T0418092

La ciudad sin murallas

TATIANA HERRERO

La ciudad sin murallas

Grijalbo

Papel certificado por el Forest Stewardship Council®

Primera edición: febrero de 2025

Printed in Spain – Impreso en España

ISBN: 978-84-253-6134-0
Depósito legal: B-21268-2024

Compuesto en Llibresimes, S. L.

Impreso en Black Print CPI Ibérica
Sant Andreu de la Barca (Barcelona)

GR 6 1 3 4 0

A David, por todas esas tardes en las que las escobas
se convirtieron en lanzas y espadas

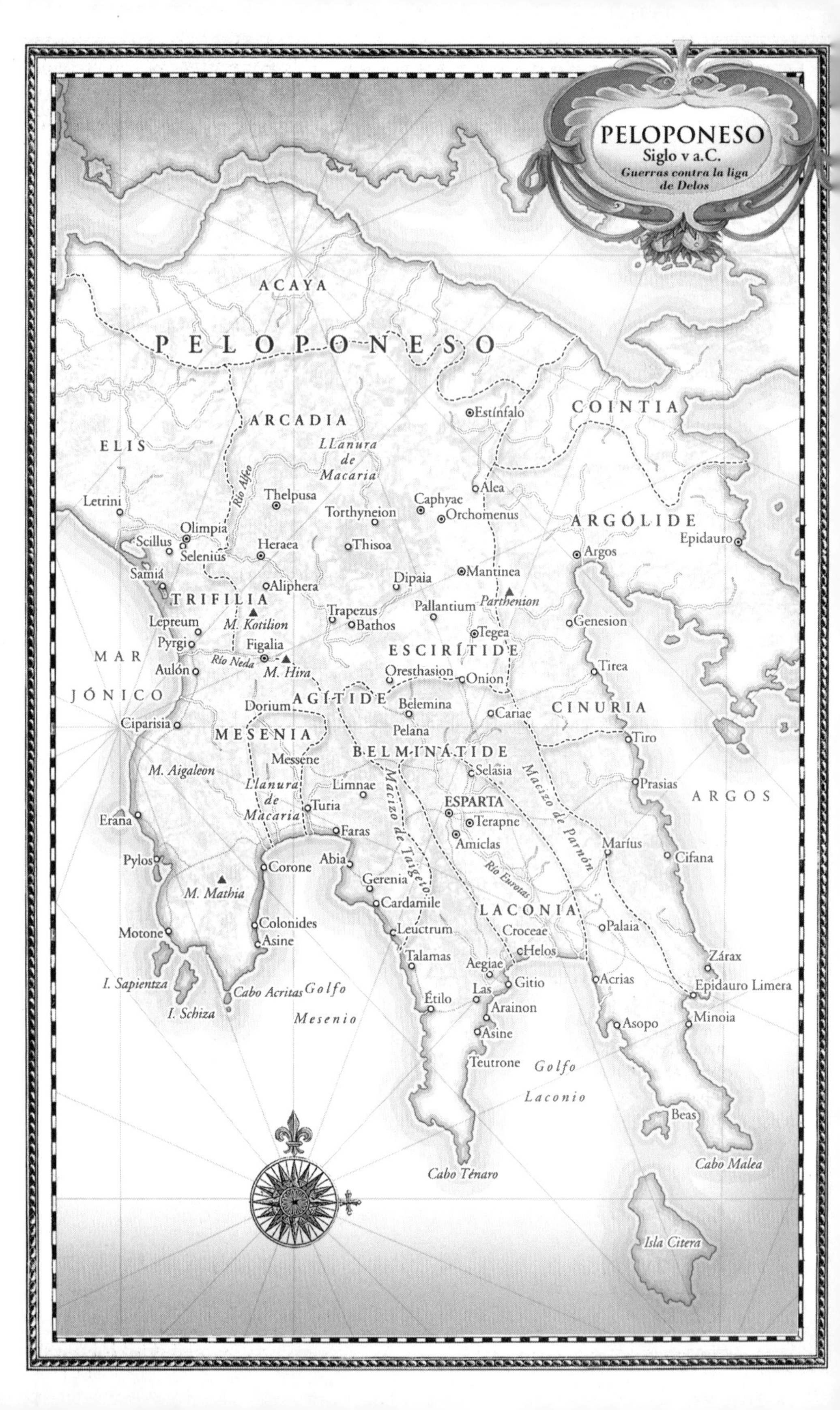
PELOPONESO
Siglo v a.C.
Guerras contra la liga de Delos
ACAYA
PELOPONESO
COINTIA
ARCADIA
ELIS
Llanura de Macaria
Río Alfeo
Estínfalo
Alea
Letrini
Thelpusa
Caphyae
Torthyneion
Orchomenus
ARGÓLIDE
Olimpia
Scillus
Seleniús
Heraea
Thisoa
Epidauro
Argos
Samiá
Aliphera
Dipaia
Mantinea
TRIFILIA
Parthenion
Trapezus
Pallantium
Lepreum
M. Kotilion
Bathos
Genesion
Pyrgi
Tegea
Figalia
MAR
Río Neda
ESCIRÍTIDE
Aulón
M. Hira
Tirea
Oresthasion
Onion
JÓNICO
AGÍTIDE
Dorium
Belemina
Cariae
CINURIA
Ciparisia
MESENIA
Pelana
Tiro
BELMINÁTIDE
Messene
Selasia
M. Aigaleon
Macizo de Taigeto
Macizo de Parnón
Llanura de Macaria
Limnae
Prasias
ESPARTA
ARGOS
Turia
Terapne
Erana
Faras
Amiclas
Maríus
Pylos
Abia
Corone
Río Eurotas
Cifana
Gerenia
M. Mathia
Cardamile
LACONIA
Colonides
Motone
Leuctrum
Croceae
Palaia
Asine
Helos
Talamas
Zárax
Aegiae
Gitio
I. Sapientza
Acrias
Epidauro Limera
Cabo Acritas
Golfo Mesenio
Las
Étilo
Arainon
I. Schiza
Minoia
Asopo
Asine
Teutrone
Golfo Laconio
Beas
Cabo Malea
Cabo Ténaro
Isla Citera

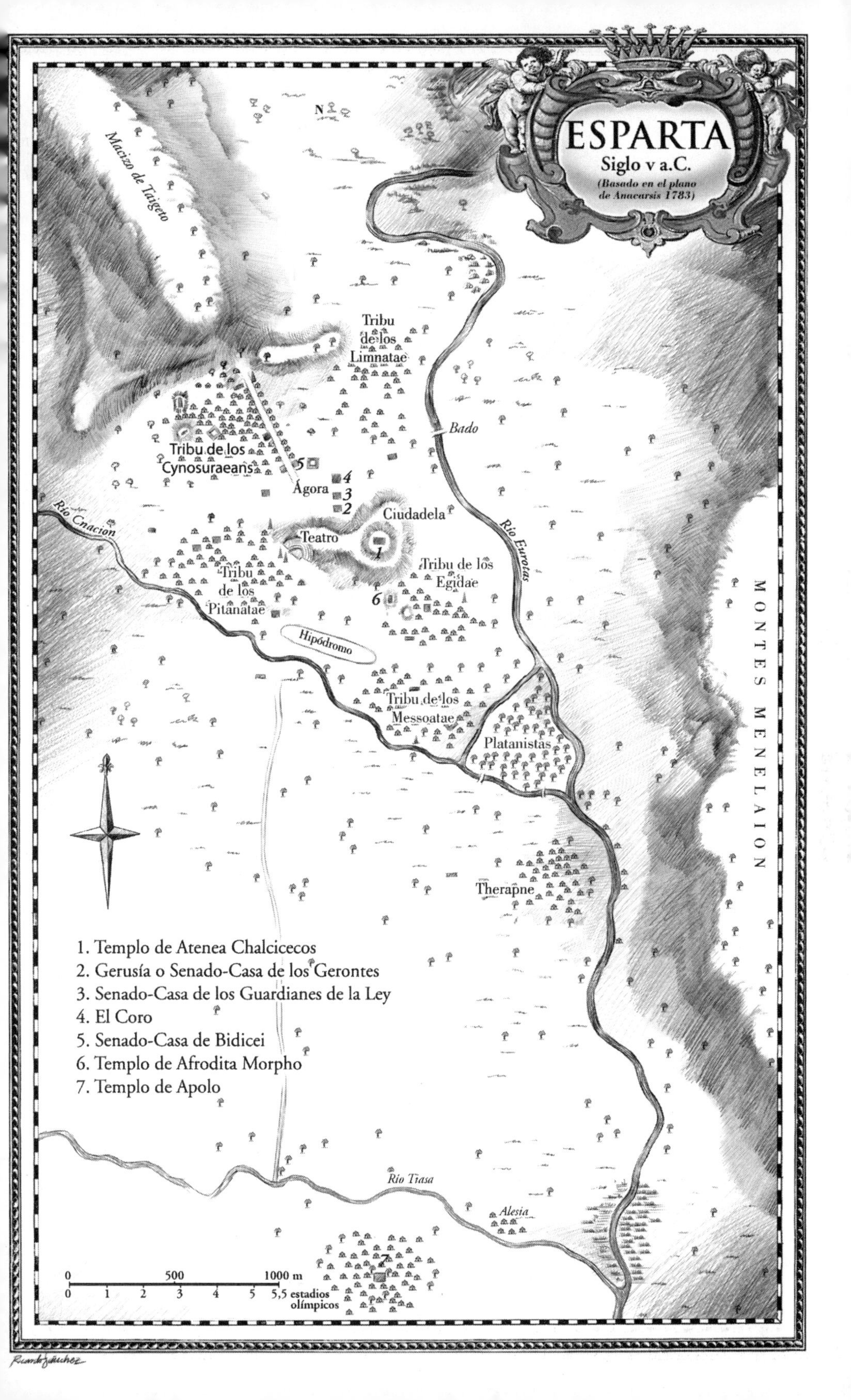
ESPARTA
Siglo v a.C.
(Basado en el plano de Anacarsis 1783)
N
Macizo de Taigeto
Tribu de los Limnatae
Bado
Tribu de los Cynosuraeans
Ágora
Ciudadela
Río Cnacion
Teatro
Río Eurotas
Tribu de los Egidae
Tribu de los Pitanatae
Hipódromo
Tribu de los Messoatae
Platanistas
MONTES MENELAION
Therapne
1. Templo de Atenea Chalcicecos
2. Gerusía o Senado-Casa de los Gerontes
3. Senado-Casa de los Guardianes de la Ley
4. El Coro
5. Senado-Casa de Bidicei
6. Templo de Afrodita Morpho
7. Templo de Apolo
Río Tiasa
Alesia
0 500 1000 m
0 1 2 3 4 5 5,5 estadios olímpicos

Selasia, doce horas antes de la batalla

Las fuerzas enemigas se han apostado en las montañas alrededor de Selasia aprovechando la cobertura que les ofrecía la noche. El ejército de los reyes viaja desde el centro mismo de Esparta para ayudar a proteger la ciudad y expulsar a los enemigos. Pero eso pone su hogar, y todo lo que ama, en peligro. Se separa de la ventana y se encuentra con dos pares de ojos que la miran temerosos de pronunciar esas preguntas que les angustian. Son aún demasiado jóvenes para vivir algo así. Cara se esconde detrás de la pierna de su hermana mayor, mientras que esta mantiene la mirada fija en su madre, esperando sus órdenes. Aún no ha perdido la inocencia que lleva a los niños a creer que sus progenitores son semidioses.

—La coraza, rápido —deja escapar entre dientes—. Mi espada, mi lanza y dos dagas.

Las niñas actúan con rapidez y le acercan la coraza de cuero que había guardado unas semanas atrás esperando no necesitarla en los siguientes meses. Mientras Cara le ayuda a afianzar la armadura y las protecciones de piernas y brazos, Adara se dispone a engancharle en el cinto las armas, pero su madre la detiene antes de fijar las dagas.

—Iban a ser un regalo para ti. —Le acaricia la mejilla, guardando las lágrimas que amenazan con regar su rostro—. Defiende a tus hermanos. Protege a tu padre.

«No mueras», le quería decir. Adara asiente, como si pudiese palpar el miedo que se desprende de las palabras de su madre. Se funden en un abrazo al que se une Cara. Su corazón se encoge al sentirlas a su lado. «Volveré a veros», piensa, sin atreverse a pronunciar una promesa que no sabe si podrá cumplir.

Se agacha para abrazar con fuerza a su hija pequeña y le besa la mejilla, mientras la mayor va en busca de su capa escarlata, la que la convierte en soldado del ejército espartano. Cuando esta vuelve con la prenda en las manos, se pone en pie y suelta a la pequeña. Adara se encarga de afianzar la capa a su espalda y Orianna no puede evitar recordar cuando debía agacharse para que su niña acometiera esta tarea que se ha convertido en un ritual de despedida entre madre e hija antes de una batalla inminente. Al girarse hacia su primogénita, le dedica una sonrisa y aprieta sus hombros con cariño. Durante los últimos meses ha crecido a una velocidad vertiginosa, ya llega casi a su altura, y ha fortalecido los músculos en sus entrenamientos. Será una guerrera valiente, no le cabe ninguna duda.

Unas pisadas la sacan de sus pensamientos. Egan ha oído la llamada que convoca a todo guerrero que se encuentre en la ciudad. No hace falta que le diga lo que piensa, puede leerlo en su gesto: no aprueba que salga a batallar tan pronto, debería descansar y recuperarse. Pero la conoce lo suficiente para saber que cuando luce el escarlata su deber es lo único que importa.

Acurrucada en su pecho, totalmente ajena al caos que acontece a su alrededor, duerme la criatura que ha parido hace menos de una semana. Se acerca a ambos, besa la frente del pequeño y aspira durante unos segundos el dulce aroma que desprende. Aún no ha tenido tiempo de escogerle un nombre. Dormido como está, agarra con sus diminutas manos la tela con la que Egan lo sostiene en su pecho, mientras balbucea en sueños. Con apenas unos pocos días de vida, va a tener que presenciar una guerra a las puertas de casa.

Orianna levanta la mirada y los ojos de Egan la envuelven con amor. Si se marcha a la guerra no es para lograr fama y gloria, sino para proteger todo aquello en lo que cree y a todos a los que ama. Si debe poner su vida en riesgo para defenderlos, lo hará tantas veces como haga falta.

—Están muy cerca y no sé si la ciudad resistirá. Protegeos a toda costa. —Acalla con un gesto la queja que ve asomarse en el rostro de su marido y mejor amigo—. Necesito que me prometas que harás todo lo necesario para manteneros a salvo.

Ella lo mira a los ojos y él asiente sin pronunciar palabra. Hay promesas que solo pueden hacerse en silencio. No le dice lo que teme, que tal vez sea la última vez que se vean, que está demasiado débil después de un parto difícil, ni que está dejando en sus manos lo más valioso que tiene. No puede mostrar debilidad, no en momentos como este, ni delante de sus niñas.

Sella su pacto con un último beso y sale por la puerta de la oikos dejando atrás a su familia, pero se gira un último momento para contemplar cómo Adara ya ha empezado a organizarlos, tendiéndole a su padre una de las muletas que necesita para caminar y dándole una de las dagas a su hermana pequeña. Espera de corazón que no necesiten emplearlas.

Todo su mundo, su seguridad y sus vidas dependen de ella. Y aunque lo que más desea es dar media vuelta y quedarse a su lado, se arma de valor y echa a correr hacia el campo de batalla.

Protegerá a aquellos a los que más quiere.

O morirá en el intento.

1

EGAN

El año de mi séptimo cumpleaños fue convulso. Esparta acababa de ser testigo de la ejecución de uno de sus dos reyes, y los pocos seguidores que quedaban del fallecido Agis IV debían volver a agachar la cabeza. Las Carneas se presentaban como una oportunidad de reconciliación de la sociedad, de volver a unir a las cinco tribus y purificar toda la ciudad de los pecados cometidos. Aunque, para mí, esas Carneas significaron algo muy diferente.

Mamá me había hecho salir de nuestra oikos en muy pocas ocasiones. La acompañaba a entrenar con su grupo de iguales y me quedaba cerca de los otros niños, que, aunque me miraban con extrañeza, tenían la bondad de no hacerme participar en sus correrías. Lo que pretendía hacer aquel año me aterraba.

—¿Por qué no puedo quedarme en casa? —le pregunté esa misma mañana—. Alysa me cuidará bien.

La esclava, que estaba ajustándome la túnica, me sonrió a través del espejo y me apretó con suavidad el hombro.

—Todos los hombres deben ser testigos de las Carneas —me respondió—. Ya has cumplido siete años, Egan, debes empezar a aprender cuáles son tus obligaciones como espartiata. —Y girándose hacia Alysa—: Asegúrate de que la túnica le quede perfecta.

De un cajón de mi armario extrajo una pequeña caja de madera. La abrió, sacó algo de su interior y nos lo enseñó a ambos.

—Estas fíbulas las llevó tu padre en sus primeras Carneas, lo mismo que todos tus hermanos. —Me las tendió y las sostuve en mis manos, acariciando el relieve del oro. Cada una de las piezas, idénticas, se trenzaba hasta formar un arco dorado—. Ojalá pudieran estar aquí.

Se inclinó hacia mí y me besó la frente. Luego ordenó algo en silencio a la esclava y se fue, dejándome a solas con ella.

—No quiero ir —reconocí, casi en un susurro.

—Es normal tener miedo —dijo Alysa.

—¡No tengo miedo! —exclamé, apretando con tanta fuerza las fíbulas que se marcaron en mi piel durante unos instantes.

La esclava dio la espalda al espejo, se agachó para ponerse a mi altura y me pidió una de las fíbulas para ajustarme la túnica a los hombros.

—No puede engañarme, joven amo. —Me sonrió y añadió, antes de que pudiera continuar—: Todos tenemos miedo alguna vez. Incluso su madre.

—Ella nunca tiene miedo.

Alysa frunció el ceño al escuchar sus palabras. Mi madre era la mujer más valiente que había conocido en mi corta vida.

—Claro que sí, amo; pero le quiere tanto que no desea mostrárselo. ¿Se esconderá en casa en lugar de acompañarla y darle su apoyo?

La esclava había acabado de ajustarme la tela, se levantó y, de nuevo a mi espalda, contemplamos juntos la imagen que reflejaba el espejo. Llevaba mi mejor túnica y estrenaba las fíbulas más hermosas que había visto nunca. Las acaricié y pensé en ese padre y en esos hermanos que jamás llegué a conocer.

En ese instante, Helios cruzaba el horizonte con su carro por el este, dando comienzo a un nuevo día. Cuando mi madre vino a buscarme poco después, aun estando aterrado, me agarré a su mano y salí de la oikos camino del muro de la ciudadela. Desde lejos podían verse las grandes tiendas que habían levantado en honor a Apolo.

—En cada una de ellas hay nueve guerreros de tres fratrías diferentes —me explicó mamá.

—¿Y por qué están ahí?

—Los han escogido por ser los más fuertes, los más valientes.

Aquellos hombres, unos gigantes a tenor de mi escasa estatura, alzaban sus lanzas y escudos mientras los demás acompañaban su entusiasmo con vítores. Solo podía ver cuatro tiendas como esas, cada una de diferentes colores, pero sabía que había cinco más que terminaban de rodear la ciudadela. Nosotros nos dirigimos a la primera, de tela amarilla y blanca, frente a la cual pude reconocer a una de las compañeras de lucha de mi madre. Según supe después, su marido era uno de los guerreros seleccionados.

—Agatha —la saludó, abrazándola con cariño—. Me alegra verte aquí. —Mamá me empujó con suavidad para que la saludara y ella torció el gesto en una mueca—. No sabía si al final vendríais los dos.

—Son sus primeras Carneas, debía traerlo.

—Sí, pero...

—¡Ya llega la barca! —gritó un muchacho junto a nosotros mientras señalaba hacia un punto que era incapaz de ver.

A nuestro alrededor se había acumulado ya mucha gente y me aferré con fuerza a la túnica de mi madre, temeroso de no poder seguirle el ritmo y perderme entre la multitud. Ella puso su mano en mi espalda y tiró de mí hacia su lado.

—¿Sabes por qué celebramos las Carneas? —me preguntó; su voz se abría paso a través del griterío.

—Para liberarnos de la maldición de Apolo, ¿no?

Ella asintió, se agachó, me tomó en brazos y me colocó sobre sus hombros.

—¿Los ves?

Sí que los veía. Nueve guerreros prácticamente desnudos tiraban de una barcaza enorme en mitad de la cual se erguía la estatua de Apolo decorada con guirnaldas. Al pasar cerca del pueblo, las mujeres, muchachas y niños lanzaban flores hacia el interior de la barca.

—Nuestros antepasados cometieron un acto atroz, mi niño. Mataron a uno de los siervos más fieles del dios del Sol y este, como castigo, envió una enfermedad que acababa con nosotros lentamente.

La barca cada vez estaba más cerca de nosotros y en ese momento me percaté de que a su alrededor la seguían hombres y mujeres tocando liras y flautas. Encabezaba la marcha uno montado en una mula mientras cantaba la historia de los Heráclidas, los descendientes de Heracles que acabaron en estas mismas tierras y tuvieron que reconciliarse con el dios Sol obedeciendo sus profecías y siguiendo en una barca por tierra a un hombre de tres ojos.

—¿El hombre tenía tres ojos de verdad, mamá?

—Como todas las profecías, mi vida, son ciertas a medias. Fíjate en quién guía la comitiva.

Aquel que cantaba era un hombre encapuchado y su mula tenía vendado uno de los ojos.

—¡Un hombre con tres ojos! —grité, emocionado, al reconocer dónde residía la magia de la adivinanza—. ¿Qué pasó entonces?

—El Sol se apiadó de nuestros antepasados, les dejó habitar aquí y les dotó de gran salud. Cada año recordamos ese día y volvemos a reconciliarnos con el Sol para que nos proteja y purifique.

Permanecí un rato más sobre los hombros de mi madre, mientras la barca avanzaba hasta nosotros y seguía adelante, pues debía atravesar nuestras tierras de punta a punta. Una vez que la perdimos de vista, aunque las flautas siguieron sonando durante todo el día, mi madre me bajó de nuevo al suelo.

—Las Carneas duran nueve días, hasta la noche de luna llena.

—¿Y la barca se pasea todos los días?

—No, claro que no —respondió, sonriendo—. Hay canciones, bailes y juegos; y está prohibido pelearse. Son nueve días de paz.

—¡Quiero ir a ver la música!

La sonrisa de mi madre se ensanchó y supe, como sabe cualquier niño, que no podía negarse a mis peticiones. Paseamos por la ciudad, sin alejarnos demasiado de la zona de nuestra tribu, siguiendo la estela de las canciones y los bailes. Todos llevaban sus mejores galas y parecían dispuestos a recitar las canciones más bellas para aquella ocasión. Mamá me contó que muchos se preparaban durante todo el año para las competiciones musicales de las Carneas. Fui feliz durante aquellas horas en las que paseábamos ella y yo solos a través de Esparta, ajeno a las miradas que nos dirigían la mayoría, pues estaba demasiado emocionado para percatarme de nada.

Al mediodía, el momento en el que más fuerza ejerce Apolo sobre nosotros, el pueblo se dirigió al río, y nosotros seguimos sus pasos. Cuando llegamos ya había toda una multitud formando un semicírculo de cara a la orilla del agua. Nos abrimos paso entre ellos para llegar hasta la primera línea. Aunque seguían sonando las flautas a lo lejos, me percaté de los murmullos que despertaba nuestra presencia.

—¿Adónde vamos, mamá? —le pregunté, deteniéndome—. No hace falta acercarnos tanto. Si me subes a tus hombros, puedo ver bien.

—El Agetes llamará a la nueva generación de guerreros —dijo, señalando con la cabeza a un hombre mayor, seguido de cinco jóvenes que en ese instante se colocaban en el centro—, y tú formas parte de ella.

—¿Tengo que salir ahí delante de todos?

Miré alrededor y me mareé. Vi todos esos rostros vueltos hacia mí. Algunos apartaban la vista, con el ceño fruncido; otros, los más, me dirigían una mirada de asco. Nadie pronunciaba palabra, no delante de Agatha Aegide, pero no hacía falta que lo hicieran para dejar claro lo que pensaban. Mi madre se agachó frente a mí y me dijo al oído:

—Eres Egan Aegide y, como hijo de tu madre, no vas a permitir que te amedrenten unas miradas de envidia. Sal ahí delante en cuanto te llamen y obedece al sacerdote. Sé valiente, igual que lo soy yo por ambos cada uno de mis días.

Entonces me abrazó por los hombros y permanecimos así hasta que el Agetes rompió el silencio y empezó a relatar, de nuevo, la historia sobre los descendientes de Heracles llegando a nuestras tierras. Mi madre volvió a ponerse en pie y colocó su mano en mi hombro con afán protector.

—Por eso estamos hoy aquí —proclamó el sacerdote—, para recordar cuánto le debemos a Apolo Carneo y para hacernos perdonar de nuevo nuestros crímenes y pecados. —Los cinco jóvenes que estaban a su lado hicieron sonar los tambores que sujetaban con correas alrededor del cuello—. Purificaremos nuestros cuerpos en las aguas que bañan nuestras tierras y nutren los cultivos de los que nos alimentamos; y también pediremos perdón para olvidar viejas heridas y rencores y ser más vigorosos en nuestras próximas batallas. —Los tambores sonaron más fuerte—.

Primero daremos la bienvenida a la nueva generación de guerreros, aquellos que empezarán pronto su entrenamiento y acabarán formando parte de nuestro ejército. Niños, dejad atrás a vuestras madres y uníos a nosotros.

Un grupo numeroso de críos abandonaron la seguridad de la multitud para adentrarse en la planicie y detenerse frente al Agetes; algunos caminaban con resolución, otros con algo de miedo. Las madres sonreían ante el avance de sus retoños, mas yo permanecí en mi sitio hasta que sentí que la mía me empujaba por detrás.

Me abrí paso a través de mis convecinos, que se apartaban al verme, asqueados. El Agetes, que había retomado su discurso, se interrumpió cuando notó que algo no iba bien. Los adultos se hicieron a un lado formando un semicírculo en mitad del cual aparecí yo a trompicones. Aun sin verla, noté la mirada de mi madre clavada en mi nuca. También escuché los murmullos que, lejos de ella, se hacían ensordecedores.

—¿Quién ha parido a un monstruo?

—¿Quién ha osado dejar que entre esto aquí?

—¡Que alguien lo aleje de mis hijos!

Me detuve a un par de pasos del resto de los niños, todos ya girados en dirección a donde me encontraba. El Agetes desvió la mirada hacia la multitud y luego la centró en mí antes de preguntarme:

—¿Quién eres, pequeño?

—Soy Egan Aegide, hijo de Agatha y Darius. Cumplo siete años, señor.

—Tu madre no debería haberte traído aquí.

Solo tenía siete años y no supe cómo reaccionar ante aquella sentencia. Me quedé allí plantado mientras me llovía por detrás un aluvión de reproches e insultos. Noté una mano en mi hombro que me sobresaltó. Al ver a mi madre a mi lado, me sentí de pronto más seguro.

—Con todo el respeto, Agetes —dijo ella, inclinando ligeramente la cabeza—, todo varón debe ser purificado para asegurarse del perdón de Apolo en estas fechas tan importantes. Mi hijo es un espartiata y, como tal, tiene sus derechos.

El anciano suspiró mientras se acercaba a nosotros, y a continuación pronunció las siguientes palabras en voz baja:

—Agatha, no puedes forzar a Esparta a aceptar entre sus iguales a un niño deforme. Lo puedes engalanar con la mejor de las telas y las más ricas joyas, pero sus piernas torcidas son una debilidad a la vista de cualquiera. Nadie lo va a querer.

Yo ya sabía que no era como los demás. Tanto mamá como sus compañeras tenían unas piernas rectas que les permitían correr y saltar con agilidad. Las mías estaban curvadas hacia fuera, lo que me hacía caminar torcido y lento. No aguantaba mucho tiempo de pie, por eso agradecía cuando el resto de los niños me dejaban al margen en sus juegos. Aun así, nunca pensé que siempre quedaría relegado a no poder participar de la vida normal de cualquier espartiata.

En mis primeras Carneas no me permitieron sumergirme en las aguas del río. Aquel día fui consciente de que una debilidad con la que había nacido, y contra la que no podía luchar, me convertía en un monstruo a ojos del resto de los espartanos.

¿Quién querría tener a su lado a alguien que apenas podía sostenerse derecho?

ORIANNA

Siempre me he imaginado así: con el escarlata a mi espalda, una lanza en la mano y un grito en los labios. Fiera, feroz. Invencible. Llevo toda mi vida luchando por ser una más del ejército espartano. Y no me he acobardado nunca. Jamás.

Todos en mi familia son guerreros. Soy la única hembra en una gran familia de fieros varones. Antes de empezar a hablar, aprendí a pegar. Derribaba a mis primos a empujones y patadas. Me ganaba las mejores piezas de carne moviéndome rápido y golpeando aún más fuerte. Era la más joven y la más escuálida, pero pronto aprendí que con una buena patada en la entrepierna podía derribar a quien fuera. Era una enana que creía que todo podía resolverse así de fácil, con una pelea y una risotada compartida. Quiero a mis primos y a mis hermanos, por muchas palizas que nos diéramos jugando de críos.

Los despedí a todos cuando marcharon a la agogé. Iban a convertirse en guerreros de Esparta y sus lanzas ya no serían de madera. Abandonaron el hogar uno a uno cuando los llamaron, hasta que solo quedé yo. Ese año pasó muy lento. Madre se dedicó por entero a mí, sin otras criaturas de las que preocuparse. La acompañaba hasta la palestra, junto a su grupo de iguales, con las que se había educado, y practicaba a su lado algunos movimientos.

Unos meses antes de que cumpliera siete años e, igual que mi primos, iniciara mi aprendizaje militar, madre insistió en hacer contactos. Me quejé todo cuanto me atreví. Era estúpido gastar tiempo hablando en lugar de estar entrenando. Pero madre no dio su brazo a torcer. Visitamos durante semanas las oikos de aquellas otras niñas que habían ya cumplido los siete años y que formarían parte de mi grupo. Me pareció una estupidez, porque ya las conocía a todas: vivíamos en la misma tribu, habíamos jugado varias veces juntas y nuestras familias coincidían en varios de los banquetes nocturnos. ¿Para qué servía todo eso?

—Vas a conocer a las que se convertirán en tus compañeras el resto de tu vida —me regañó madre un día en el que arrastraba los pies—. No se trata solo de entrenar unas al lado de las otras. Creceréis y maduraréis juntas. Serán importantes para ti, casi como si fueran familia. —Puse los ojos en blanco cuando no me miraba—. Debes empezar con buen pie y conocer, al menos, el nombre de todas las de tu generación.

Nunca he tenido paciencia. Aquello era una pérdida de tiempo, pero obedecí. Iba y venía de casa en casa, e intentaba fingir que disfrutaba de ese parloteo absurdo. Mi madre quería tender puentes y alianzas, no solo para su hija, sino para la propia familia; y yo no era quién para desobedecerla.

Antes de que mi entrenamiento empezara, me dirigió una orden muy clara y directa:

—Conócelas a todas, Orianna. Acércate a ellas.

Aquella noche solo pude dormir unas pocas horas de tan nerviosa que estaba. Apenas cerré los ojos, noté cómo madre me zarandeaba. Una primera claridad se empezaba a intuir en el horizonte: aún quedaban un par de horas antes del amanecer.

—Quiero ir sola —le dije tras cruzar la cortina que separaba mi cuarto dentro del gineceo—. Igual que se fueron todos. Los despedí desde esta misma puerta.

—Ya lo hemos hablado —me contestó, tajante.

—Orianna —intervino mi tía mientras me recolocaba la túnica—, tu caso no es el mismo que el de tus primos. No vas a ir al templo de Atenea, volverás cada mediodía tras el entrenamiento.

Fruncí el ceño.

—Pues no entiendo por qué no —dije, indignada.

—¿Tan rápido te quieres librar de nosotras? —rio ella, tratándome como a la niña que era.

Madre se volvió hacia mí, con los brazos cruzados.

—Eres una hija de Esparta, Orianna. Eres sangre de mi sangre. Hazme sentir orgullosa.

—Lo haré, madre.

No había opción a réplica, debía cumplir el plan que ella había trazado para mí. Sin mediar palabra, dieron el visto bueno a mi aspecto y nos dirigimos las dos hacia una de las palestras de nuestra tribu. Madre saludaba a las mujeres por la calle con un gesto de la cabeza mientras yo la seguía en silencio. Cuando llegamos, algunas mujeres ya estaban reunidas a un lado mientras las niñas se juntaban por grupos en el centro del campo de entrenamiento. No me hizo falta saber qué esperaba mi madre de mí, así que me acerqué a ellas y las saludé a todas por sus nombres, haciéndome ver. Cuando miré hacia atrás un instante, pude verla contemplándome con una media sonrisa.

Aun así, no me iba a quedar quieta hablando de tonterías con las otras niñas, así que me moví de grupo en grupo y descubrí que no todas las caras me eran conocidas, así que me hice con más nombres para la colección. Fue en este deambular en el que me di cuenta de algo fuera de lo normal.

Había un niño.

Su madre se erguía detrás de él con la espalda bien recta, mientras él parecía más interesado por el polvo que cubría sus sandalias. Estaban completamente solos. El resto, madres y niñas, los evitaban. Y estaba claro por qué. El niño estaba roto. Todo era normal hasta llegar a las piernas, que se torcían en dos curvas hacia fuera que le hacían caminar de forma extraña. Se tambaleaba de un lado para otro, no sabía si por los nervios o por la poca estabilidad. Seguramente fuera una combinación de ambas.

Me acerqué a él, impulsada por la curiosidad.

—Hola —le saludé—. ¿Por qué tienes las piernas tan raras?

El niño se sorprendió y tardó unos segundos en responderme:

—Nací así. —Acompañó sus palabras con un encogimiento de hombros.

—Vaya mierda —respondí—. Me llamo Orianna, ¿y tú?

—E... Eg... Egan —tartamudeó.

Quise preguntarle más cosas, pues no le había visto nunca por las calles de nuestra tribu, pero una voz a nuestras espaldas cortó todas las conversaciones:

—Me alegra descubrir que todas sois puntuales.

Al girarme, quedé maravillada. Era una mujer guerrera. Podía ver en su cuerpo musculoso lo fuerte que era. Madre también entrenaba todos los días para robustecerse, pero Maya era mucho más que una madre: tras ella ondeaba una capa carmesí, la misma que se ponía mi padre cuando acudía a la guerra.

—Madres —se dirigió a las adultas que nos rodeaban—, me siento honrada de que me entreguéis bajo custodia al fruto de vuestros vientres. Durante los próximos años me aseguraré de curtir sus cuerpos y de convertirlas en mujeres de provecho para Esparta.

Acto seguido, inclinó la cabeza ligeramente, en muestra de respeto, y las mujeres allí presentes imitaron el gesto antes de alejarse y dejarnos solas con nuestra maestra.

Era tan fiera como parecía a primera vista. Nada más presentarse, nos ordenó a gritos que formáramos y la saludáramos con el respeto merecido. Me coloqué la primera en la fila y me golpeé en el pecho con fuerza, mirándola a los ojos y manteniendo la posición de firmes. Otra niña dio un paso al frente y me imitó. La miré con el rabillo del ojo y ella me sonrió. Era Ellen, vivía con su madre y sus hermanas pequeñas a dos calles de nosotras. El resto pareció entender lo que querían de ellas y formaron a nuestro alrededor.

Maya no pareció contenta.

—¿Qué clase de mujeres van a dominar las calles de Esparta si no sois capaces ni de saludar al unísono a vuestra maestra? —Golpeó caderas, recolocó posturas y rehízo el gesto en los puños de mis compañeras mientras hablaba—:

Sois las futuras madres, las que guiaréis a los próximos soldados a la guerra, las que cuidaréis de esta ciudad y las que la nutriréis y protegeréis con vuestra propia sangre.

Detuvo sus pasos y sus palabras al colocarse a mi lado. Cuando vio que no tenía nada que corregir, me dedicó una leve sonrisa.

—Vuestro deber es fortalecer vuestro cuerpo —continuó—. Alguien débil es una molestia, un estorbo.

Todas las miradas, incluso la mía, se dirigieron hacia el niño con las piernas raras. Maya justo se había parado a su lado, lo miró de arriba abajo y pasó de largo sin dedicarle palabra alguna. El niño mantenía un saludo tan perfecto como el mío.

—Cada amanecer nos encontraremos aquí —ordenó—. Daréis cinco vueltas a la palestra. Y eso solo para calentar. ¡El entrenamiento de verdad empezará justo después!

Más de una se lo tomó como una amenaza; yo lo entendí como un reto. Maya pretendía hacernos mejores: más ágiles, más robustas, más duras. Y yo, al verla, no pude evitar que me asaltara una idea que me impulsaría durante toda mi vida: «Quiero ser tan fuerte como ella».

Cuando volví de nuevo junto a mi madre, sudorosa y famélica, me sentía radiante. Le conté cada uno de los ejercicios que habíamos realizado con Maya, le dije que había quedado segunda en la carrera que habíamos hecho y que deseaba portar el escarlata.

—Se nota que eres sangre de mi sangre, Orianna. —Bebió un largo trago de vino mientras yo daba cuenta de mi cuenco. Mis tías, a mi alrededor, me felicitaban por mi primer día—. Yo fui la mejor de mi generación, no espero menos de ti.

Asentí y me limpié la boca con el antebrazo. Dudé unos instantes antes de abordarla con una duda:

—¿Por qué hay un niño en nuestro grupo?

Madre golpeó la mesa con la jarra, sorprendiendo no solo a mis tías, sino también a las otras mujeres que estaban sentadas a la mesa comunal.

—¡Eso no es un niño! ¡Es una aberración!

—No seas así, Galena —intervino su propia hermana, que conocía lo irritable que se ponía cuando bebía—. Agatha lo ha perdido todo y...

—Es un insulto para todas nosotras, que hemos parido y criado niños sanos, que se le permita a esa ricachona mantener vivo a uno que no se sostiene en pie. Y como no lo consideran un hombre, ¡lo tienen que poner a entrenar junto a nuestras hijas!

—Ha corrido con nosotras —intervine, bajando la voz—. Corre raro, pero corre.

—No te acerques a él —replicó madre—. Lo que hay que hacer cuando un crío te sale así es arrojarlo por el Taigeto en lugar de aferrarte a él. Tanta sensiblería solo consigue debilitar la sangre espartana. No quiero a ningún monstruo cerca de ti.

Varias mujeres corearon sus palabras y asentí, no sin dudas, a lo que me había ordenado. Egan no me había parecido ningún monstruo. Era un niño extraño, pero con los mismos miedos que cualquiera de las que estaban presentes en la palestra.

NELLA

Nunca olvidaré la noche en la que me quedé huérfana. Aún ahora, después de haber recibido tantas humillaciones, esa escapada a las montañas sigue protagonizando mis peores pesadillas. Mi madre me había despertado cuando era noche cerrada, zarandeándome y llevándose una mano a la boca para indicarme que no hiciese ruido.

—¿Qué pasa? —pregunté yo, restregándome los ojos con las manos, aún medio dormida.

—Necesito que estés muy callada, Nella —me dijo en un susurro casi inaudible—. Vamos a atravesar las montañas.

Me levantó de la cama y me puso encima de mi túnica vieja una oscura capa con capucha. Me iba algo grande, como toda la ropa que poseía. También me tendió un fardo que me colgué de los hombros, lo mismo que ella hizo con el suyo. La seguí, cogida de su mano, hasta la puerta de entrada. Allí nos reunimos con mi padre y mi hermano mayor, los cuatro encapuchados y con hatillos que contenían nuestras pocas pertenencias y algo de comida. Antes de abrir la puerta, mi madre se arrodilló para ponerse a mi altura.

—Jugaremos a algo, ¿vale? No podemos decir ni una sola palabra. Quien gane le dará el primer mordisco.

Y, a continuación, sacó del bolsillo de su capa una manzana roja.

Miré a mi hermano, que asintió a sus palabras. Nunca me habían dejado dar el primer mordisco a la única pieza de fruta que recibíamos cada pocos días. Mi hermano siempre mordía antes que yo y se llevaba la mejor parte. Aun así, acepté esperanzada el comienzo del juego.

Alcanzado el anochecer, no teníamos permiso de salir de nuestras casas sin una orden o permiso expreso de un pelilargo; lo sabía tan bien como cualquier niño ilota. Era lo segundo que nos enseñaban nuestros padres; lo primero, no acercarse a un pelilargo. Titubeé al dar el primer paso, pero mi madre tiró de mí para que siguiera su ritmo. Nuestros amos nos habían trasladado hacía muy poco a esa zona, cerca del monte Taigeto, para cultivar las tierras de alrededor. Pocos se atrevían a huir por las montañas, no solo por la vigilancia que pudiera haber sobre nuestro pueblo, sino también por lo escapado de aquellos riscos.

Aquel día, con solo cinco años de edad, atisbé frente a

nosotros un gigante rocoso asalvajado. Se me antojaba más una bestia a la que subirse por el lomo que una montaña por la que escapar. Agarré con fuerza la mano de mi madre y ella me devolvió un suave apretón. Sin embargo, ese no era el único peligro que nos aguardaba. Nuestra casa estaba rodeada por otras parecidas donde vivían más familias ilotas a las que habían enviado allí para lo mismo que a nosotros. Algunas tenían un farol colgado del porche, o cerca de las ventanas, por lo que tuvimos que rodearlas evitando cualquier atisbo de luz. Las capas nos camuflaban en la inmensidad de la noche, pero no nos hacían invisibles ante una mirada atenta.

Mi padre y mi hermano iban delante de nosotras, abriendo el camino y asegurándose de que no hubiera peligro. Entonces oímos voces no muy lejos de nosotros. Ellos dos nos avisaron con un gesto y se escondieron entre unos arbustos; mi madre y yo nos quedamos rezagadas, arrimadas a una pared sin ventanas. Una de aquellas voces era áspera, cargada de reproches y órdenes; a la segunda apenas se la oía asentir y balbucear. Aun sin verlos, era fácil imaginar cuál de las dos pertenecía a un varón con la cabeza rapada.

Me asustó tener a un pelilargo cerca de mí, por lo que hice amago de alejarme. De pronto, además de las voces, pudimos ver claramente la luz de un farol acercándose a nosotras. Mi madre me agarró con fuerza contra su pecho. La luz se detuvo, se abrió una puerta y la claridad desapareció en su interior. El suspiro que madre e hija soltamos podría haber levantado las hojas del suelo.

De los labios de ella salió un cacareo que imitaba a una corneja; era la señal que indicaba que estábamos a salvo, una de tantas que aprendíamos a enviarnos sin pronunciar palabra. Nos pusimos de nuevo derechas mientras comprobábamos que la otra mitad de nuestra familia seguía intacta.

Fue entonces cuando todo se torció.

Algo se estrelló contra el suelo detrás de nosotras. Una muchacha con la cabeza rapada y un moratón en la mejilla había dejado caer un cubo a sus pies al vernos. Mi madre actuó con rapidez. Me soltó un instante para llevarse una de las manos a la boca, pidiéndole silencio, y la otra al bolsillo en el que guardaba la manzana que me había prometido. La joven miró a un lado y a otro y extendió la mano hacia la fruta que le ofrecía mi madre. Pero en el último momento pareció pensárselo mejor y dio un paso atrás.

—¡Quieren huir! —gritó, alejándose de nosotras, señalándonos—. ¡Amo! ¡Huyen!

Yo solo tenía ojos para la manzana roja, que cayó al suelo en cuanto los gritos de alarma se extendieron a través de las casas y las puertas empezaron a abrirse. Mi madre me cogió con fuerza de la mano y tiró de mí. Ya no corríamos con sigilo, ahora nos alejábamos a toda velocidad en dirección contraria a los gritos.

Esa última carrera la recuerdo de forma muy confusa. No sabía dónde estaban mi padre y mi hermano. Solo podía ver la espalda de mi madre, que me tiraba del brazo para que siguiera sus pasos. Sé que llegamos al monte Taigeto y que nos encaminamos por uno de los senderos que nos alejarían de Esparta. A mi espalda, sin poder girarme, escuchaba voces, gritos y ladridos. Mi mente infantil imaginaba monstruos horripilantes tras nosotras. En realidad, no andaba tan equivocada.

Apenas podía seguir el ritmo de mi madre. Mis piernas flaqueaban, después de toda la caminata hasta allí, por lo que ella tenía que arrastrarme. No entendía absolutamente nada de lo que pasaba a mi alrededor. Solo quería parar y descansar.

Así que tomé la decisión más estúpida de mi vida: soltar su mano.

Caí de culo al suelo, pues estábamos subiendo un camino inclinado y perdí su punto de apoyo. Ella se giró hacia mí y me miró a los ojos, luego a un costado, unos metros más abajo, al lugar de donde provenía el vocerío, y me dio la espalda. De repente echó a correr a través de la maleza, mucho más ligera, pues ya no tenía que cargar un peso muerto. Dejándome atrás, ofrecía un señuelo fácil para los perseguidores y lograba la tan ansiada libertad. Nunca se lo he llegado a perdonar, aunque entiendo su decisión.

Cuando llegaron hasta mí, se encontraron a una niña llorando a moco tendido, con los trapos que usaba como ropa manchados de barro y lágrimas. No se lo pensaron dos veces y me cogieron en volandas. Acabé colgada del hombro de uno de ellos, como si fuera un saco de cereales, y me devolvieron de nuevo a mi jaula.

Nunca llegué a saber si mi madre lo logró, si mi sacrificio valió la pena.

Me llevaron de vuelta a la aldea y me lanzaron como si fuera una bestia descarriada al interior de una de esas casas comunitarias en las que se hacinaban los nuevos ilotas, algunos sin familia y otros con tendencia a la rebeldía. Ellos se alejaron de mí y yo les ignoré, me dirigí al fondo de la estancia y me hice un ovillo en aquel suelo de paja húmeda y maloliente.

Al día siguiente, antes de que despuntara el alba, nos hicieron acudir al centro de la plazuela de nuestra comunidad. Allí estaban mi padre y mi hermano, amordazados y con los ojos vendados. Quise acercarme a ellos, pero uno de los pelilargos me tiró de bruces al suelo de un empujón. Gritaban y maldecían nuestra naturaleza traidora, mientras las lágrimas corrían por las mejillas de mi padre.

No aparté la mirada cuando le clavaron un puñal en el pecho. Nos obligaron a contemplar cómo se le escapaba la vida por las heridas y sucumbía en los brazos de Hades.

Había nacido ilota, era hija de ilotas y eso seguiría siendo el resto de mi vida. Con solo cinco años aprendí que, si querías escapar de Esparta, debías hacer algo mucho más inteligente que salir corriendo.

Selasia, once horas antes de la batalla

Jamás la guerra había llegado tan cerca de ninguna ciudad espartana. Egan había temido por la seguridad de su mujer, pero nunca por la de sus hijas. Ahora se encuentra en la oikos familiar, mientras el caos envuelve todo a su alrededor, y su prioridad es poner a salvo a sus pequeñas. Acuna suavemente al bebé que lleva colgado de su pecho, que parece querer despertarse, y consigue mantenerlo en calma.

—¿Qué hacemos, papá? —le pregunta Adara, con una de las dagas colgada ya del cinto. La otra se la ha dado a Cara, que parece no saber qué hacer con ella.

—La ciudad es pequeña, sabrá protegerse —dice, no demasiado seguro de sus palabras—. ¿Adónde os he enseñado que debéis acudir en caso de ataque?

Con un gesto, ordena a su hija mayor que le acerque las muletas que usa para caminar, mientras le ata a Cara la funda de la daga en su cinturón.

—Al centro de la ciudad —responde Adara, y su hermana asiente.

—¿Por qué?

—Porque juntos somos más fuertes —responde la pequeña, con una sonrisa.

—Eso es. —Justo en ese momento, Adara le tiende las muletas y él las agarra con fuerza. El bebé se sostiene sin problemas contra su pecho, afianzado por la tela que lo abraza—. Si nos reunimos todos, podemos crear una barricada y defendernos juntos.

—Solos somos vulnerables —dice Adara.

Egan no puede evitar sonreír y sentirse orgulloso de sus niñas. Son tan pequeñas e inocentes... No es justo que tengan que vivir una guerra, ni que deban aprender a usar un arma a una edad tan temprana. Por mucho que Orianna se empeñe en regalárselas para que sepan protegerse, aún no están preparadas para utilizarlas contra otro ser humano. Cara ni siquiera ha tenido su primer sangrado y Adara, aunque es una de las mejores de su promoción y sabe empuñar la lanza con maestría, aún posee esa inocencia infantil.

—¡Inna, Finn! —grita, llamando a los dos ilotas domésticos, que llegan de inmediato—. Habrá que cerrar la casa. Si entra el enemigo a la ciudad, no quiero que tengan oportunidad de robarnos nada. —Ambos asienten con sus características cabezas rapadas—. Avisad a todos para que vayan directamente al centro de la ciudad, traeremos armas con las que protegernos.

—¿Necesitará ayuda el amo con las armas? —se ofrece Finn.

—Sí —admite Egan. Mira tras ellos, sorprendido de no ver a nadie más en el interior de las cocinas—. ¿Dónde está Nella?

—Debía inspeccionar una plaga en la zona sur, amo —añade la esclava, bajando la mirada—. Dijo que lo mejor era actuar de madrugada. Debe de seguir aún allí.

—Maldita sea.

Se trata de la zona más alejada de la ciudad, la que se encuentra cerca del río. Varios labriegos habían avisado sobre unos insectos que estaban comiéndose el cereal de la familia. Aun con la guerra a las puertas de Selasia, Nella se había empeñado en ir a echar un vistazo. Por suerte, no estaba sola, pues se había llevado con ella a una cuadrilla de ilotas.

—Eso está lejos —comenta Cara, mirando a su padre con una pregunta en la punta de la lengua—. Y es de noche.

—No importa. —Egan la tranquiliza con una caricia amable y una sonrisa—. Nella es una de las mujeres más listas que conozco. Hará todo lo que esté en su mano para volver con nosotros lo antes posible.

—¿Cuáles son sus órdenes, amo? —pregunta Finn, balanceando su peso de un pie a otro.

—Vendrás con nosotros hasta la palestra, Orianna guarda allí sus armas. No está muy lejos. Inna, encárgate de cerrar con llave todas las entradas de la casa, incluidas las de los almacenes, para que nadie pueda entrar.

—Pero... —empieza a decir Cara, aunque Egan la acalla con un gesto.

—Tenemos una misión importante. En el caso de que nuestro ejército perezca, el enemigo llegará a Selasia. Debemos prepararnos para defendernos, porque sin armas caeremos enseguida. Venid tras nosotros.

Finn se adelanta y mantiene la puerta abierta para que su amo y las dos niñas puedan pasar. Egan encabeza la marcha, intentando moverse con cierta agilidad por las calles de la ciudad, impulsándose lo más rápido que puede con las muletas y cargando con el bebé atado al pecho.

Uno de sus alumnos aparece de pronto y se sitúa a su lado con una antorcha para iluminar el camino.

—Maestro, venía a buscarle. ¿Qué debemos hacer?

Sin embargo, Egan no se detiene, dispuesto a llegar cuanto antes a la palestra, que queda más allá del mercado, alejada de la plaza central. Allí entrenan sus alumnos, pero también es donde Orianna adiestra a las jóvenes de la ciudad, Adara incluida. Entonces le dedica una mirada de soslayo a su hija y enseguida nota el temor en su gesto. Intenta esconderlo para no preocupar a Cara, que va agarrada a su mano.

—Tomaremos todas las armas que guardamos en la palestra —responde mientras trata de coger aire por el esfuerzo físico—, luego nos reuniremos todos en el centro de la plaza para construir una defensa.

—Pero no llegarán hasta la ciudad, ¿no? —le pregunta su alumno—. El ejército y el mismo rey Cleómenes lucharán contra ellos.

—Esparta es grande y fuerte, no solo por sus soldados, sino también por las gentes que cuidan de sus calles.

Poco a poco se unen a él varios de sus alumnos y empiezan a pasarse sus órdenes de unos a otros. En cuanto Egan y las niñas llegan a la palestra, los muchachos ya se han ocupado de iluminar la zona con antorchas y de reunir en dos montones las armas: las de entrenamiento, que enseguida han descartado, y una veintena de lanzas y espadas de hierro viejas.

—Cargadlas entre todos —ordena Egan—. El resto corred la voz por la ciudad: que todos abandonen sus hogares y se reúnan en el centro de la ciudad. Debemos proteger a nuestras familias.

Justo a sus espaldas, en el frente, empiezan a sonar los tambores y las flautas de los guerreros.

2

NELLA

Me dejaron con vida y ese fue el peor de los castigos. No sé por qué no me ejecutaron junto a mi familia en aquella plazuela. Tal vez creían que era lo bastante joven para volver a domesticarme. O, simplemente, era insignificante para ellos, pues una niña tan pequeña no les suponía ninguna amenaza.

La vida de esclavo es difícil, pero se hace más llevadera con el apoyo de tus semejantes. Excepto si eres descendiente de prófugos, porque entonces se alejan de ti como si tuvieras chinches. Los amos sabían de quién era hija y todos parecían seguros de mi naturaleza transgresora, así que me rehuían para evitar que algún pelilargo pensara que estábamos conspirando para fugarnos.

Solo tenía cinco años, acababa de perder a toda mi familia y no tenía un lugar caliente en el que poder dormir. En aquella casucha debíamos mantenernos con vida, y eran los más rápidos los que conseguían lo mejor entre los restos que nos echaban. Yo me quedaba con las últimas mantas, viejas y roídas de tantos años que tenían y, sí, también cargadas de chinches que picoteaban mi cuerpo. Nadie me dejaba dormir a su lado, nadie me guardaba comida ni se preocupaba de lavar o remendar los harapos que me cubrían.

No sé muy bien cómo sobreviví allí. Como ya no tenía padres, debía ganarme el alimento por mis propios medios. Solo recibían comida los ilotas que trabajaban. Antes del amanecer, me presentaba ante el capataz encargado de asignarnos las tareas; era otro esclavo como yo, pero este vestía ropas más limpias y vivía en una casa más bonita. Solo si completábamos el trabajo nos daba nuestra ración. No podía enfermar, pues eso significaba no comer. No había nadie que se ofreciera a doblar su turno por mí, nadie que me cuidara ni que me protegiese. Aunque lo cierto es que yo tampoco pedía ayuda, ni siquiera el día en el que amanecí con fiebre, pues estando en esas condiciones, labré los campos de cultivo junto al resto.

Creo que todos pensaban que acabaría muriendo o huyendo, y ante esa perspectiva no les merecía la pena dedicar sus esfuerzos a mantenerme con vida. Puede parecer algo duro, pero es la realidad que se esconde en los campos que alimentan a las buenas gentes de Esparta.

Acabé aprendiendo a ser rápida, a despertarme la primera y a completar mis tareas cuanto antes para conseguir los trozos más apetitosos de comida. Algo más que se aprende al convivir con decenas de esclavos es a esconder tus escasas pertenencias. En mi caso, guardaba con recelo un peine que había encontrado en el camino frente a una de tantas casuchas y un vaso de madera que el capataz se había dejado olvidado. Se podría decir que se lo robé, aunque eso sería simplificar demasiado las decisiones de una niña hambrienta y abandonada.

Envolvía ambos objetos con la capa oscura que mi madre me había dado el día de nuestro intento de huida y los escondía enterrados bajo una piedra plana, cerca del río que regaba los cultivos. Decidí esconder esa capa que podría haberme dado calor por las noches, mucho más que las roñosas mantas que teníamos, porque me sentía incómoda guardando cerca algo de mi madre, pero tampoco quería deshacerme de lo único que me quedaba de ella.

Mi pequeño escondite no estaba cerca de nuestra aldea. Para llegar a él, debía caminar bastantes minutos hasta alcanzar el río. El hecho de que los otros esclavos no quisieran tenerme cerca me ofrecía una ventaja: la libertad necesaria para moverme por aquellas tierras. Siempre y cuando no traspasara la frontera entre nuestra zona y la de los pelilargos, no corría peligro. Seguía temiendo a nuestros amos, por eso me escondía entre los cultivos o entre el resto de los ilotas cuando veía a uno en mi camino. Por suerte, nunca se fijaban en mí, ni se extrañaban cuando me veían deambular.

En una de esas caminatas descubrí una zona alejada y tranquila en la que algunas mujeres lavaban la ropa, y lo elegí como uno de mis escondites favoritos. Además de esconder allí, bajo la piedra, mis pocas pertenencias, era también el lugar al que acudía cuando debía lavarme o quería estar sola. Con el paso del tiempo conseguí hacerme con una toalla pequeña y vieja, y con una aguja de coser torcida. Tenía una sola túnica, la misma con la que mi madre me vistió aquella última mañana, que debía lavar y remendar yo misma. Alguien había dejado un espejo roto olvidado en la casa comunitaria, así que lo tomé prestado y lo añadí a mi exiguo tesoro.

Cuando el cabello nos crecía demasiado, los pelilargos aparecían en nuestra puerta y nos ordenaban hacer una hilera ordenada para raparnos. No nos permitían tener armas, claro; ni tan siquiera un cuchillo con el que poder hacerlo nosotros mismos. Intentaba ponerme de las primeras en la cola para, después de raparme, ir al río, aprovechando que estarían ocupados con el pelo de los otros esclavos. Era uno de los pocos placeres que me permitía en esa época, nadar y bañarme en soledad en sus aguas, y así olvidaba que los restos de mi libertad, esos mechones oscuros y ondulados, no volverían a crecerme en mucho tiempo.

Al terminar, siempre contemplaba mi reflejo en el espejo roto, desde el cual una niña cada vez más delgada y escuálida me devolvía una sonrisa triste.

EGAN

Vivía el entrenamiento como si fuese mi Tártaro particular.

Salía de casa bien temprano, acompañado de un par de ilotas que me iluminaban el camino con faroles. Cuando llegaba a la palestra de entrenamiento, el resto de mis compañeras ya estaban allí. Me quedaba rezagado en un costado y mandaba a los esclavos de vuelta, pues no necesitaba más testigos de mi sufrimiento. Aquella niña, Orianna, la única que me había saludado el primer día, solía sonreírme de lejos. Luego se quedaba con el resto, charlando y riendo, hasta que Maya llegaba junto a la salida de Helios.

La maestra nos profería cuatro gritos para que formáramos y después nos hacía correr. Así como Sísifo luchaba contra la tortura de subir la pesada roca por la montaña, para luego verla caer rodando por el otro lado, en mi caso debía enfrentarme a mi propia debilidad. Ambos habíamos sido castigados por los dioses, aunque nunca llegué a entender el porqué de mi maldición. Corría porque era lo que tenía que hacer; mamá me había dejado bien claro que debía mostrar todas mis fortalezas al resto, y así hacerles entender que era alguien digno para Esparta.

Nunca he andado demasiado bien. Mis piernas están abombadas y torcidas, lo que me hace estar siempre inclinado y moverme sin agilidad. Algo en mi interior no termina de encajar bien: con cada paso siento un hormigueo que me sube desde la planta del pie hasta la pantorrilla. Correr, por tanto, era una tortura. Ese hormigueo se convertía en punzadas de dolor que me paralizaban el músculo de la pierna y me hacían trastabillar. Me detenía lo justo para recuperar el aliento y masajearme ligeramente los muslos. Me quedaba siempre el último, por supuesto, mientras todas mis compañeras me adelantaban. Agachaba la cabeza cada vez que escuchaba sus pisadas para que nadie se diera cuenta de lo rojo que tenía el rostro, por el esfuerzo y por la vergüenza.

—Tú puedes, Egan —susurró una voz al pasar a mi lado.

Al levantar la mirada, vi la espalda de Orianna alejándose de mí. Corría como un rayo, casi siempre acababa en las primeras posiciones. Esas palabras de ánimo se convirtieron en una costumbre: cada vez que me alcanzaba, gastaba algo de su aliento para insuflarme coraje.

—¡Vamos! ¡Vas muy bien! —me volvía a decir en su segunda vuelta—. Yo acabo ya, ¡te espero en la pista!

Puede parecer una tontería, pero esas palabras me transmitían algo de su fuerza para recuperar cierta entereza del principio, la suficiente para apretar un poco más el ritmo y correr durante unos pocos pasos más antes de descansar. Era plenamente consciente de que todas las miradas estaban puestas en mí, aunque llegó un punto en que solo me interesaba la suya, pues venía acompañada de palabras amables.

Cuando terminaba la carrera, solo pensaba en dejarme caer al suelo y estirar las piernas hasta que ya no temblaran. Más de una vez me sentí tentado de llamar a algún ilota para que me llevara hasta mi casa, fantaseando con la idea de sumergirme en agua caliente. Nunca lo hice, aunque no me faltaron ganas. Con las piernas tambaleantes, me ponía junto al resto de mis compañeras, que se ejercitaban de forma diferente según el día: haciendo flexiones, abdominales o saltando al ritmo que ordenaba Maya. Pero la mayoría de las veces habían terminado sus ejercicios para cuando yo acababa la carrera. Debo decir que la maestra nunca me reclamaba recuperar lo que no había hecho, pero yo me empeñaba en ejercitarme igual que ellas.

Uno de esos días, estaban agrupadas en parejas para hacer abdominales. Era el ejercicio que más nervioso me ponía. Busqué al grupo de tres que debía haberse quedado desparejado. Miré a Maya, y aunque ella se fijó en mí, me ignoró. Respiré hondo, me acerqué al trío y saludé. La que estaba en el suelo se llamaba Rena y se detuvo con el ceño fruncido, mientras las otras dos se giraban hacia mí extrañadas.

—¿Qué quieres? —espetó.

—Necesito que alguien me aguante las piernas. —Sonreí. Me temblaban las extremidades del ejercicio y de los nervios. Escondí las manos tras mi espalda.

—Sí, hombre. Yo no pienso tocarte. ¡Qué asco!

Las otras dos rompieron a reír, señalándome las piernas y frunciendo el rostro con una mueca de desprecio absoluto. No supe qué hacer, así que me quedé allí plantado.

—Sois idiotas —escuché una voz detrás de mí—. Solo son piernas.

—Pues hazlo tú, si tan poco asco te dan —replicó Rena.

La chica que había hablado soltó un ruidito de asentimiento y oí cómo se levantaba del suelo. Me di la vuelta: había reconocido la voz de Orianna. ¿Quién si no? Las otras niñas le preguntaron si estaba segura de lo que hacía y ella les gruñó en respuesta. La seguí hasta una zona que estaba despejada y nos sentamos en el suelo.

—Yo ya he hecho unas cuantas, ¿te aguanto las piernas?

—¿No te doy asco?

Ella no respondió enseguida, primero me contempló. Parecía estar pensando bien las palabras que quería decirme.

—Todos dicen que eres un monstruo. —Agaché la mirada, incómodo—. Pero solo eres un niño. Y te esfuerzas por ser fuerte. Eso es lo importante.

Con Orianna todo era así de sencillo. Veía mi debilidad y mis pésimas habilidades atléticas; pero también mi perseverancia y mi esfuerzo. Desde aquel día se preocupó de ayudarme con los ejercicios y de animarme mientras corría. Aquello hacía más soportables las mañanas, porque al menos tenía alguien con quien hablar y que me miraba sin torcer el gesto.

Tras los estiramientos y demás ejercicios que se suponía eran el calentamiento, empezaban las lecciones de verdad. Lanzábamos jabalinas, competíamos en saltos, hacíamos carreras. Aunque lo que más disfrutaba Orianna, tal era el brillo que iluminaba sus ojos, eran las técnicas defensivas de lucha. Para esas lecciones, por suerte, buscaba una pareja que le supusiera un desafío, aunque este era fugaz, pues tiraba a cualquiera en la arena en apenas un minuto, y lo hacía con tanta fuerza bruta que yo suspiraba de alivio por haberme dejado al margen del ejercicio.

—Mis hermanos sí que eran brutos —me decía, riendo, cuando le preguntaba cómo había aprendido a pelear así—. Xander me estampó contra la mesa cuando se me ocurrió acercarme a la espada de madera que padre le había regalado. —Y entonces rio como si fuera la anécdota más divertida de su infancia. Tal vez notara en mi rostro la confusión, pues detuvo su carcajada y añadió—: Todos en mi familia son fuertes guerreros. Están todos en la ciudadela, en la agogé. Pero pienso crecer lo suficiente para seguir dándoles palizas.

—¿Podías con ellos? —pregunté, con los ojos como platos.

—Claro. Los chicos tenéis un punto débil. —Señaló mi cuerpo y agaché la cabeza para ver a qué se refería. Estaba señalando mi entrepierna—. ¿Vienes?

Era casi mediodía y el entrenamiento ya había terminado. Como cada día, todas iban a las termas de la tribu para limpiarse el sudor del cuerpo y, según tenía entendido, nadar y jugar en los baños comunales.

Sacudí la cabeza con nerviosismo. Me había negado a ir con ellas desde el primer día, aunque mamá me había insistido en que debía fortalecer los vínculos con mis compañeras. Todas, excepto Orianna, seguían torciendo el gesto al mirarme, aunque ya habían pasado semanas desde que me había incorporado al grupo. Y eso que solo veían mi cuerpo a través de la túnica que lo cubría. Me horrorizaba que tuvieran más motivos para mirarme mal.

—Mi madre me espera en casa —respondí, viendo que no se había movido del sitio.

—Hueles a culo, Egan —espetó de pronto, llevándose las manos a la cadera y dedicándome una mueca graciosa—. Has sudado casi tanto como yo.

—Tenemos unas termas en casa.

—Espero que eso sea cierto —me respondió, dándose la vuelta y echando a correr hacia el grupo de chicas que ya se iba—. Solo falta que la clase de Fannie apeste aún más.

No pude evitar sonreír ante su ocurrencia. Orianna era una chica de acción, dedicada a correr y a lanzar y aporrear cosas, de modo que, para ella, las mañanas eran la mejor parte del día. En cambio, para mí lo eran las tardes en la oikos de la vieja Fannie. Con ella no importaba quién era más fuerte, más ágil o quién tenía las mejores piernas, pues su cometido era contarnos las leyendas de nuestros ancestros y luego hacer que las memorizáramos. Nos enseñaba a leer, a escribir y a administrar una hacienda. Junto con las lecciones de historia, también tocaba una vieja lira y nos cantaba las grandes hazañas de nuestros antepasados. Pronto también nos enseñó a cantar y a bailar, despertando en mí esa curiosidad por la música que ya había sentido en mis primeras Carneas.

—¿De qué le sirve a Esparta que sepamos soplar por un palo? —comentó Orianna mientras agitaba una de las flautas de Fannie, creyendo que esta no la oía.

—Dime, ¿de qué vale saber guerrear si nadie va a recordar nuestro pasado? —replicó la maestra—. ¿Cómo no cometer los mismos errores si no hay nadie que recuerde a los hombres en qué fallaron?

Orianna se puso roja. Fannie se inclinó hacia ella, que estaba sentaba en el suelo, en primera fila. Apartó el bastón que tenía apoyado sobre sus piernas y pensé que le atizaría con él. Nos encontrábamos en el patio interior de su oikos, éramos sus aprendices, y un comentario como ese era una gran muestra de descortesía. Pero no lo hizo. Fannie siempre tenía una sonrisa para sus alumnas, aunque las palabras que nos dedicara fueran duras.

—Entre todas tendréis que ocuparos de que vuestros hombres no arruinen Esparta. Si no conoces nuestro pasado, ¿cómo vas a procurar un buen futuro a tus hijos?

Orianna acabó bajando la mirada al suelo y pidiéndole disculpas, aunque la maestra la conocía lo suficiente para saber que creía que todas esas horas eran una pérdida de tiempo.

Yo, en cambio, disfrutaba de corazón aquellas lecciones. Fannie era una de las mujeres más sabias de toda Esparta. Había dedicado su vida a educar no solo a sus hijos y nietos, sino también a los hijos y nietos de las mujeres de la tribu Aegide. Parecía conocer todas las historias que rodeaban nuestra cultura, sabía tocar varios instrumentos y su caligrafía era impecable. Con ella no importaba cómo tenías las piernas; solo debías tener buena memoria, practicar el alfabeto con el cálamo y dejarte dominar por la curiosidad.

Aquellas clases me hacían sentir útil. No valía para luchar, mi cuerpo no estaba preparado para ello. Tal vez dejaran de mirarme con asco las piernas si sabía contar las historias que otros protagonizaban.

ORIANNA

Echaba de menos a mis primos y hermanos, pues me convertí de pronto en la única preocupación de mi madre y mis tías. Tras las lecciones de Fannie, cuando ya oscurecía, volvíamos todas al centro de la tribu. Allí los ilotas habían preparado las mesas comunales y podía olerse la cena a medio cocinar.

Madre me buscaba con la mirada y acudía a ella enseguida, igual que hacían mis compañeras con sus progenitoras. Aunque la mía era dura a rabiar.

—Hoy he superado mi marca, madre —le expliqué un día—. He logrado saltar tres pies más que...

—¿Sabes qué he oído? —Tragué saliva. Había aprendido que era mucho más inteligente callar y que ella misma desvelara lo que sabía antes que exponer alguna falta que ella aún no conociera—. Dicen que mi hija se empareja con el tullido, que le ayuda a hacer los ejercicios y que la han visto hablar con él entre lección y lección. ¿Cómo debería reaccionar ante estas calumnias?

Agaché la mirada. Justo esa tarde había llegado algo después que el resto porque había hecho el camino junto a Egan, que me contaba una de las hazañas de Heracles, y en cuanto vi las luces de las hogueras, simplemente me despedí de mi amigo y eché a correr. Pero mi madre tenía muy buen olfato para las mentiras.

—¿Es que acaso alguien te ha cortado la lengua?

Levanté la cabeza. A la mirada airada de madre se habían unido las de mis tías.

—No —respondí. Ella se cruzó de brazos—. No me calumnian, madre. Es verdad.

Cuando me disponía a añadir algo más, ellas no me dejaron:

—¡Qué clase de hija he criado que no sabe seguir una orden directa de su madre!

—Sobrina, ¿cómo no te repugna su presencia?

—No alcéis la voz —las calmó la hermana de mi padre—. Orianna tendrá una buena razón para habernos contrariado.

Las miré de nuevo, llené los pulmones de aire y, cargándome de fuerza y valor, repliqué:

—Es un niño raro, no digo que no. Pero es muy inteligente, aprende antes que nadie las...

—¡No le queda otra que tener buena mollera! —espetó madre tras resoplar—. No tiene nada más que eso, ¡ni siquiera es una persona completa!

Mis tías asintieron a su comentario.

—Para mí correr es fácil —añadí en cuanto se apagaron sus voces—. A él le duele hacerlo y, aun así, se levanta cada vez que se cae. Eso es ser fuerte, madre. Valoro su fortaleza.

—No, no valoras nada de eso. —Me golpeó el centro del pecho con el índice—. Te parece raro y por eso te acercas a él. Lo puedo entender, pero no voy a tolerarlo. No quiero que la tribu piense de ti nada extraño, hija.

—¿Qué van a...? —pregunté, sin entender nada de lo que me decía.

—La debilidad hay que rechazarla —me interrumpió—. Si hubieses nacido como él, te habría matado. Sin dudarlo. En Esparta no podemos permitirnos criar a inútiles. No quiero que te juntes con él y no hay más que hablar.

—Me ordenaste que me relacionara con todas las de mi pelotón y eso he hecho. Él forma parte de mi pelotón. Además, tú me dijiste que serían como de mi familia. ¿O es que mentías?

Había heredado el carácter de madre, eso estaba claro. Me crucé de brazos, me negué a volver a hablar con ella y no probé ni un bocado del guiso que los ilotas nos sirvieron. Mis tías intentaron apaciguar mi enfado, pero también me negué a hablar con ninguna de ellas. En cuanto empezó a correr el vino por la mesa de los adultos, despacharon a los niños y volví corriendo hasta mi casa.

La sentí vacía sin mis primos y hermanos. Con ellos podría haber comentado la discusión con madre, podríamos haber jugado a ser soldados y, con un par de golpes, correrías y achuchones, se me habría pasado la rabia que sentía rugir en mi interior. En su lugar, la alimenté durante toda la noche.

Siempre había obedecido a mi madre sin plantearme ninguna de sus decisiones, pero aquella en concreto me molestaba. Había recorrido toda Esparta para conocer bien a todo mi pelotón, como ella me había ordenado; no entendía por qué me impedía ser también amiga de otro niño más. En aquella época ya era consciente de que estar cerca de Egan me hacía sentir bien. Me calmaba. Siempre tuvo ese poder sobre mí. Con el resto de las niñas tenía que demostrar que yo era la más fuerte; con él me limitaba a ser yo misma. ¿Por qué renunciar a Egan solo porque sus piernas estuvieran mal hechas?

Llegué a la palestra antes que nadie. Había salido de casa mucho más pronto de lo normal, pues la rabia no me había dejado dormir y quería evitar encontrarme con madre. En cuanto llegaron mis compañeras, me puse junto a ellas. Egan tardó algo más en aparecer, siempre lo hacía cuando faltaba muy poco para que amaneciera. Me había acostumbrado a acercarme a él antes de la carrera. Pero ese día dudé. Sabía que mis compañeras lo comentaban en sus casas y que por eso mi madre se había enterado. Le dediqué una media sonrisa al verle, pero sin moverme del sitio. Me quedé allí plantada y él agachó la cabeza.

Iniciamos la rutina de todas las mañanas: dar unas cuantas vueltas a la palestra. Me coloqué de las primeras y eché a correr con ganas, sintiendo cómo se disipaban los quebraderos de cabeza que me había provocado mi madre con cada zancada que daba. Entonces, como ocurría siempre, alcancé a Egan. Corría con la espalda inclinada hacia delante, torcido hacia uno de los lados y con las piernas más abombadas que cuando andaba. Su velocidad podía ser la mía caminando rápido. Me bloqueé de nuevo. Pasé de largo sin dedicarle ni una sola palabra, sintiéndome una estúpida por dudar. Ese momento se repitió otras dos veces, y por mucho que deseaba darle ánimos, sentía la lengua pegada al paladar.

Tenía muchas cosas en la cabeza y corría poco concentrada. Justo antes de llegar a la línea de meta, Ellen me pasó por el costado y la alcanzó antes que yo. Detestaba a aquella chica. No porque me ganara, sino por cómo se pavoneaba cuando lo hacía. Llegué segunda, me detuve resoplando y el resto de las chicas se fueron amontonando para felicitar a la ganadora. Las ignoré y me dirigí a la zona en la que Maya ya estaba preparando las jabalinas, pero alguien me detuvo agarrándome de la túnica con suavidad.

—¿No me felicitas?

Ahí estaba: esa sonrisa que me sacaba de quicio. Era rápida, así que solíamos disputarnos el primer puesto en las carreras, pero no tenía nada que hacer contra mi fuerza bruta.

—No tengo por qué.

—Ah, ya veo. —Se dio la vuelta hacia mí, inclinó la cabeza y puso con los brazos en jarras—. Solo felicitas a los perdedores, ¿no?

Una risa se extendió por el grupo. Me quedé callada, apretando los puños.

—Dice mi madre —añadió, motivada por las risas de las compañeras— que solo te juntas con él porque así sí que eres la más fuerte. —Ensanchó la sonrisa—. Como a mí no puedes ganarme, necesitas tener a tu lado a un tullido para sentirte mejor.

Egan apareció justo en ese momento, detrás del grupo, aún en la pista; estaba terminando su segunda vuelta. Algunas se giraron al verlo y estallaron en carcajadas. Ellen estaba en el centro, muerta de risa y muy cómoda con la situación que ella misma había creado.

Siempre he sido de mostrar lo que siento con acciones y no con palabras, así que dejé que mi cuerpo hablara por mí. Me abalancé sobre ella y le propiné tal puñetazo en el rostro que la tiré al suelo y empezó a sangrarle la nariz. Las risas cesaron de golpe.

—Imbécil —le solté, temblando por la ira.

De pronto, un vozarrón atronador detuvo mis pensamientos y su posible revancha.

—¿Qué sucede aquí?

Mantuve la cabeza bien alta y miré a mis compañeras a los ojos, desafiante. Todas me señalaron.

—Cobardes —escupí.

—No sé qué le ha pasado, maestra. —Ellen se levantó del suelo y, de espaldas a Maya, me sonrió; disfrutaba de hacerme pasar vergüenza. En cuanto miró a la maestra, su rostro se llenó de una falsa preocupación—. Yo...

—Te va a quedar una cicatriz horrible —espeté con una risotada—. Te llamarán «Ellen Nariz Partida».

—¡Silencio! —gritó Maya—. Coged una jabalina. Ya sabéis qué tenéis que hacer.

Cuando me encaminaba hacia la palestra, añadió:

—¿Dónde te crees que vas?

Di media vuelta y me planté frente a ella. Agaché la cabeza y respiré hondo. Maya era la segunda mujer que más respeto me inspiraba.

—Te las acabas de poner en tu contra. Lo sabes, ¿verdad?

Me quedé callada.

—¿Qué ha pasado? Como no te expliques, te llevaré de la oreja hasta tu casa y no volverás a entrenar conmigo. —Levanté la cabeza de golpe, con los ojos como platos—. Sabes que yo no amenazo en vano. O me dices a qué ha venido la pelea...

No le dejé terminar la frase.

—Estoy hasta las narices... —dejé escapar en un murmullo—. No entiendo por qué no lo ven. Quiero decir que lo ven, pero no lo ven. —Me llevé las manos a la cabeza, intentando ordenar todas esas palabras—. Si hablaran con él con los ojos cerrados, nadie lo trataría así.

—Se han metido con Egan.

—Sí.

Las dos guardamos silencio.

—¿Qué dice tu madre?

—Pues... —Bufé—. No quiere que me acerque a Egan. Hoy lo he ignorado y no quiero hacerlo. Estoy bien con él. ¿Por qué tengo que elegir?

—Egan ha mejorado mucho desde que le ayudas.

Me sorprendieron sus palabras, pues siempre la había visto muy brusca con él. Al principio, prácticamente lo ignoraba.

—Me echa una mano con las historias que nos cuenta la maestra Fannie —añadí—. Me cuesta acordarme de tantos nombres.

—Eso también lo sé.

Maya no era madre, los dioses no le habían otorgado la virtud de procrear, por eso se dedicaba a la guerra como un hombre. Aun así, se parecía a la mía en lo de tenernos bien vigiladas y controladas.

—Debes establecer vínculos de valor con tu grupo de iguales, Orianna. —Asentí a sus palabras. Lo sabía, madre había insistido mucho en ello—. No pienso tolerar ningún tipo de agresión fuera del entrenamiento. Atacar así a una compañera hace que pierdas tu honor. Además, en el supuesto de que tengáis que resolver un agravio, siempre podéis ir a las Platanistas.

Había oído hablar de ese lugar. Era una pequeña isla que creaba el propio río, alejada del centro de Esparta, a la que llamaban así porque en ella abundaban los plataneros. Allí se solucionaba cualquier discusión al más puro estilo espartano: a puñetazos. El ganador se llevaba consigo la victoria y, con ella, la razón en la disputa.

—Por supuesto. No se repetirá.

—Si sucediera de nuevo, me vería obligada a echarte del grupo.

Asentí. Maya relajó su postura.

—En cuanto a Egan... —Dudó un momento—. No puedes obligar a tus compañeras a que lo traten bien usando para ello las amenazas. Tendrá que ganarse su respeto de alguna forma. Tal vez puedas ayudarle a conseguirlo.

—Mi madre...

—Hablaré con ella, pero no te aseguro nada.

Nunca había sido consciente hasta ese día de cómo unas pocas palabras podían disolver toda la ira que había en mi interior. Me sentí comprendida y eso me tranquilizó.

—Eso sí, vas a tener que disculparte con Ellen.

Lo hice a regañadientes y sin disimular la cara de asco que me producía, pero al final me excusé. Sabía que el grupo acabaría convirtiéndose en mi familia y debía afianzar lazos que me unirían a esas futuras guerreras prácticamente de por vida. Ahora bien, tampoco dejaría a Egan al margen. En unos pocos meses se había convertido en mi mejor amigo y no pensaba renunciar a él.

En esto también había salido a mi madre: en cuanto algo se me metía entre ceja y ceja…

Selasia, once horas antes de la batalla

Cualquiera vería los destrozos que está sufriendo la plantación. En casi todos los tallos aparecen marcas de mordiscos. De día es imposible detectar la plaga, pues salen de noche a alimentarse y, al acabar, se refugian en el manto de la tierra para dormir.

—¿Desde cuándo está así? —pregunta Nella, aún agachada entre la hierba alta.

—Unos días... —titubea el ilota que la ha guiado—. Tal vez un par de semanas.

—¿Dos semanas permitiendo que las cosechas se echen a perder? —No le hace falta levantar la voz para que el hombre se estremezca—. Ahora la plaga está demasiado avanzada.

Sigue rascando la tierra húmeda que rodea los tallos hasta que da con lo que sospecha: un grupo de gusanos cortadores hechos una bola. Descansan después del festín que se han dado. Nella se levanta y se quita la tierra de las manos con un par de palmadas.

—Organiza dos cuadrillas, una diurna y otra nocturna. Durante la noche salen a comer. Tendréis que sacar todos los gusanos que encontréis.

—Sí, señora. ¿Y la diurna?

—Compraré melaza en el mercado, para combinarla con serrín. Con esta mezcla, tendréis que trazar círculos alrededor de cada uno de los tallos. No os dejéis ninguno. Si los gusanos quedan embadurnados, les será difícil subirse al tallo.

—Entendido. ¿Algo más?

Nella se vuelve hacia el esclavo, que sigue con la mirada gacha. Lo conoce, a él y a su familia. Sabe que su hija menor está enferma y que su mujer de nuevo está encinta. De forma inconsciente se lleva la mano a los mechones rizados de su cabeza. Un gesto que al principio se le hacía antinatural, pero al que ya empieza a acostumbrarse.

—Recibiréis más comida por vuestro esfuerzo. —Él levanta la mirada y le dedica una leve sonrisa—. Que nadie doble ningún turno; si alguien necesita más raciones, que...

Los tambores acallan sus palabras. Tras ellos, por todo el valle, se empieza a escuchar la llamada a la guerra. Casi de inmediato se oyen las flautas que los guerreros espartanos hacen sonar cuando se acercan al combate.

Orianna le ha hablado de lo que sucede más allá de Selasia, lo que le permite sentir el mundo exterior más cercano, a pesar de que nunca haya salido del dominio de Esparta. Sabe que un hombre con demasiado poder pretende matar a otro hombre con aún más poder. Y, en lugar de asesinarse el uno al otro, deciden poner a dos ejércitos entre ellos.

Por cómo suenan los tambores, los que fueron sus amos tienen al enemigo a las puertas.

—Por todos los dioses —se le escapa. Los campos rodean la pequeña ciudad y son los que quedan más desprotegidos. También es donde viven los ilotas—. Coge a tu familia y ve a Selasia.

—Pero los campos...

—Que le den a los campos —espeta ella—. Corre hacia la ciudad. Ve al centro mismo, hazte con un arma y protege a los tuyos. Si demuestras valentía, puedes ganarte la libertad. Díselo a todo con el que te encuentres.

Nunca ha entendido por qué un pueblo tan guerrero como el espartano construye sus ciudades sin murallas. Tal vez por una muestra estúpida de orgullo o una confianza desmedida en su propio poder militar.

Nella vuelve sobre sus pasos hasta el camino a través del cual ha rodeado los campos. Allí encuentra la burra parda que la había llevado un rato antes, con los orificios nasales abiertos y pataleando nerviosa.

—Tranquila, preciosa —le susurra, palmeando su hocico con cariño—. Venga. Nos vamos a casa, ¿sí?

Con un rápido movimiento, le quita el arnés que la unía al carro que tiraba. Recoge un saco y un par de mantas que coloca sobre la silla y se sube a ella de un salto.

—Que le den a los campos —repite, ahora para sí misma.

Ignora los caminos que ella ha diseñado y hace correr al animal campo a través, con la vista fija en la casa que atisba en el horizonte. Se encuentra a varios esclavos en su camino, que le preguntan qué hacer. A todos les da la misma orden:

—Corre a Selasia. Protégete.

Frena de golpe al animal cuando se acerca a la valla que separa la casa familiar de los campos. Salta del lomo de Manchas y, guiándola con las riendas, se dirige hasta la puerta principal. La intenta abrir, pero está cerrada.

Tira de su collar, del que cuelga una gruesa llave de hierro. Nunca antes había necesitado usarla, pues siempre había alguien dentro de la oikos. Cuando por fin abre, se la encuentra vacía. No hay rastro de Egan ni de Orianna. Ni tampoco de sus hijas.

Entra en el dormitorio, pero no ve ni la lanza ni la coraza; sabe perfectamente dónde ha decidido ir de cabeza. Es estúpida. Tan cabezona que dan ganas de golpearla. Cuando sale de nuevo a la calle, en el umbral de su hogar, tiene claro dónde encontrar a quienes busca: Orianna debe de haber tomado el camino de la izquierda, directa a la batalla; Egan y las niñas habrán seguido el camino de la derecha, al centro de la ciudad.

Su familia está dividida y le parte el alma tener que escoger entre ellos.

3

ORIANNA

Recuerdo aquellos años con una sonrisa en el rostro. Mi mayor preocupación era demostrarles a todos que era fuerte y rápida; una espartana de la cabeza a los pies. Madre continuaba refunfuñando sobre mi amistad con Egan, pero ambas sabíamos que no tenía nada que echarme en cara. Aun estando a su lado cada día, seguía siendo de las mejores de mi generación.

Ahora sé que estaba tranquila porque confiaba en que tarde o temprano nos separaríamos. Cuando cumpliéramos doce años, Maya seleccionaría a las más fuertes y capaces para seguir con ellas un entrenamiento físico más duro.

—La fortaleza de vuestros cuerpos os hará más resistentes —nos contó una vez—. Esparta deja en vuestras manos la gestación y la educación de nuevos guerreros. Solo un cuerpo bien entrenado puede soportar las inclemencias de un embarazo y un parto.

Cuando las explicaciones de nuestras maestras eran sobre niños y embarazos, siempre ponía mala cara y me giraba a mis compañeras haciendo una mueca graciosa. Al principio, todas me miraban y se aguantaban la risa; pero, con el paso del tiempo, mis bromas dejaron de hacer gracia.

—Vuestro honor está en los hijos que traigáis al mundo —continuó, ajena al aburrimiento que me provocaban sus palabras—. Tendréis que seleccionar parejas fuertes para que la criatura herede la fortaleza de ambos. Recordad...

Mi mente empezó a divagar y me perdí el importante recordatorio que Maya quería recalcarnos. Se acercaba el invierno y eso significaba que padre, junto al ejército, regresaba a Esparta. No se luchaba durante los meses oscuros, o al menos se evitaba. Cada vez que padre volvía, me contaba todas las aventuras que había vivido. Me hacía sentarme a su lado, me tendía una jarra de vino y, desde bien pequeña, me enseñaba a beber con moderación. «La guerra puede alcanzarnos en cualquier momento, Orianna», me decía. «Debes aguar siempre el vino, solo los ilotas se ponen en ridículo dejándose seducir por Dioniso. Ningún hijo mío responderá borracho a una amenaza».

En mi caso, no había duda alguna que había nacido de su simiente. Su pelotón lo llamaba Miles el Gigante: sus espaldas eran anchas, sus extremidades eran muy musculosas y superaba a todos en dos o tres palmos de altura. No es que solo acabaría siendo tan grandota como él, sino que además compartíamos el mismo tono rojizo en el pelo, tan poco habitual en estas tierras. Ninguno de mis hermanos había nacido como él, seguramente porque mi madre escogió a otros hombres para concebir a sus criaturas. Eso me hacía sentir especial y disfrutaba enteramente de la compañía de ese hombre que era bravo con los demás, pero cariñoso conmigo.

Conecté de nuevo con la lección de mi maestra gracias a un suave empujón de Egan. Habíamos roto la formación y nuestras compañeras estaban ayudando a Maya a sacar las jabalinas para empezar a ejercitarnos.

—¿Acaso Morfeo te ha hechizado para quedarte dormida de pie?

—Oh, calla —le respondí—. Me aburro cada vez que se ponen a babear por bebés.

—¡No es para tanto! —Puse los ojos en blanco y Egan se rio. Era el único al que le seguían haciendo gracia mis caras de fastidio—. Llevan toda la vida escuchando qué es lo que deben hacer, y la mayoría ya pueden hacerlo.

—¡Estarían locas!

—Ya, ya —me calmó—. Solo digo que es fascinante que puedan crear una vida entera en su interior. ¿Qué maravilla es esa?

—Oh, no. No, por favor. ¡Tú no!

Me llevé las manos a la cara y me tapé los ojos con ellas.

—Eres una dramática. —Me empujó suavemente de nuevo y yo lo miré entre los huecos de mis dedos—. No puedes negar que es increíble que algunas ya puedan tener un bebé.

—Te lo cambio —le dije, señalando mi vientre—. Te doy todo esto y ya los tienes tú por mí.

—¡No estoy diciendo eso!

—Ah, no. Ahora no puedes negarte. Es un trato.

Y eché a correr, como si hubiésemos firmado un contrato irrompible.

Él negó con la cabeza con una sonrisa en el rostro y se acercó también, a su ritmo, hasta el centro de la palestra, donde nuestras compañeras ya habían empezado a lanzar jabalinas.

—Pensaba que habías decidido dejar de entrenar —me regañó Maya con firmeza.

—Disculpe, maestra. Estábamos debatiendo sobre lo que nos ha explicado.

—¿Tú y el tullido? —preguntó con curiosidad.

Todos lo llamaban así, era algo que ambos habíamos aceptado, pues era una batalla que no podíamos vencer. De momento, al menos.

—Sí —añadió él, que llegaba tras de mí. Cada día lo notaba más rápido y ágil, ya no tardaba tanto en recorrer la palestra de lado a lado—. Es un verdadero don de los dioses que seáis capaces de llenar el mundo de vida.

—No todas somos capaces —soltó Maya con brusquedad.

Y ahí terminó la conversación.

Dedicamos el resto de la jornada a pelearnos por mejorar nuestras marcas de tiro de jabalina. Las piernas de Egan eran débiles, pero había ganado fuerza en los brazos. Tras años de práctica, ahora conseguía muy buenos lanzamientos. De hecho, aquel ejercicio se había convertido en su favorito; tanto, que algunas veces temía que superara mis marcas más altas. Nunca se lo llegué a decir, pues me avergonzaba de mis propios pensamientos. En mi interior había dos Oriannas: una que deseaba que me superara para que pudiera reconocerse su validez y otra que temía que lo hiciera por lo que pudiesen pensar de mí al perder frente a un tullido.

Me recreaba mucho en las palabras que pudiera dedicarme madre. Con el paso de los años, había acabado acostumbrándome a las miradas de extrañeza cuando lo miraban o me veían con él, pero seguía hiriéndome cuando ella me juzgaba por sus debilidades, como si todos mis avances se vieran empañados por ser amiga suya.

Creo que hoy soy tan fuerte gracias a esa presión. Aprendí a defender lo que quería de miradas de odio, de aquellos que no se molestaban en conocer para juzgar. Entonces era demasiado pequeña para ser consciente de las maldades del mundo adulto; solo quería defender a mi mejor amigo.

Cuando terminamos el entrenamiento aquella mañana, ya pasado el mediodía, las chicas se fueron hacia las termas, como cada día. Siguiendo mi rutina habitual, acompañé a Egan a su casa. Era algo que había empezado a hacer un día que se sentía especialmente dolorido de las piernas, para ayudarle en su trayecto o, al menos, hacérselo más entretenido. Disfrutamos tanto de aquel ratito a solas que decidí repetirlo.

—Sabes que no necesito ayuda, ¿verdad? —insistió, como hacía cada día—. Puedo llegar solo a mi casa.

—No vengo a ayudarte —repliqué yo, con una sonrisa—. Solo quiero saludar a tu madre.

Y es que otro de mis grandes descubrimientos siendo amiga de Egan fue Agatha. Cada vez que volvíamos juntos a casa, Agatha nos esperaba en la puerta, acompañada de una ilota con una bandeja de uvas y queso fresco que también me ofrecían a mí.

—Orianna, te veo radiante hoy —me saludó la mujer.

—Gracias, señora —respondí, agachando la cabeza en señal de respeto—. Ha sido un entrenamiento entretenido.

—¿Quieres hacer uso de nuestras termas? —me ofreció, como hacía cada día.

—Muchísimas gracias, pero debo negarme. Me esperan. Solo subía a saludar.

—¿Entrarás algún día en casa? —me preguntó Egan.

—Ella sabe perfectamente que aquí tiene un hogar. —Su madre me sonreía, sin sentirse ofendida por mis continuas negativas—. Que tengas un buen día, Orianna.

Me despedí con la mano y volví sobre mis pasos. Algo me impedía traspasar esas puertas. Por un lado, hacerlo suponía una traición a mi propia madre. Agatha me ofrecía una calidez que madre nunca me había proporcionado. Por otro lado, me sentía diminuta en ese hogar. Se trataba de una gran oikos donde solo vivían Egan y su madre, además de algunos esclavos. Yo estaba demasiado acostumbrada a vivir en una casa pequeña abarrotada de gente.

Y eso clavaba en mi interior una espinita que me hacía sentir indigna de las atenciones de esa familia, especialmente de los privilegios con los que contaban.

EGAN

Orianna se alejaba de mi hogar como hacía cada mediodía, después de rechazar la invitación de mi madre. Me sentía incómodo con su negativa, como si todo lo que había conseguido no fuera suficiente para ella. Como si sintiera vergüenza de que la vieran entrando en nuestra oikos.

—Es una buena muchacha.

Mamá sonreía, de brazos cruzados, mientras la veía descender corriendo la pequeña colina sobre la que estaba construida nuestra casa.

—Nunca quiere quedarse. —Levanté los hombros y no quise añadir nada más, pero mamá me conocía lo suficiente.

—No tiene nada que ver contigo, Egan. Orianna vive una lucha interna.

—¿Por mí?

Ella rio, se acercó a mí y me abrazó.

—Eres el centro de mi mundo, cariño, pero no eres el centro del mundo. —Me besó la frente—. Orianna tiene una madre complicada.

Asentí, dando por acabada la conversación, aunque tardé en quitarme esa mala sensación de mi interior. Alysa me acompañó a las termas y me ayudó a limpiarme y a relajar los músculos tras una mañana especialmente intensa.

—Perdone que se lo comente, amo —dijo la esclava, pidiendo permiso para hablar. Asentí—. Si me permite el consejo, debería empezar a ir a las termas con sus compañeras.

—¿Tú también? —espeté, y lancé un largo suspiro—. Mamá me lo dice cada noche.

—Porque es una mujer sabia y bondadosa. —Con un ademán le indiqué que siguiera hablando, pues la conocía lo suficiente para saber que aún tenía que añadir algo más—. Antes de servir en su noble casa, ayudaba en las labores de las termas. Tanto los varones como las hembras acuden allí diariamente. Y el motivo principal no es acicalarse, sino crear vínculos. Es el lugar en el que se fraguan las mayores amistades. Jamás osaría aconsejarle algo que pudiera perjudicarle, mi amo. Creo que asistiendo conseguiría que sus compañeras se acostumbraran más a su presencia. —Detuvo el masaje que estaba haciéndome en una de las piernas y me miró directamente a los ojos—. Incluso ayudaría a la batalla interna de Orianna.

—Gracias, Alysa. —Me recosté en el asiento de nuevo, pues la conversación me había tensado—. Lo pensaré.

—Es un honor servirle, amo.

Aquel día, como todos los demás, comimos solos en el interior de la oikos. Sabía que el resto de mis compañeras lo hacían en las mesas comunales de la tribu, las mismas que se llenaban de música y canciones por las noches, especialmente en esas épocas en las que nuestros guerreros volvían a sus hogares. Aunque una parte de mí deseaba hacer lo mismo, estas comidas en casa con mi madre me proporcionaban un refugio en el que descansaba mi cuerpo de una mañana agotadora y me preparaba para la tarde, cuando recibía las enseñanzas que realmente me interesaban.

A diferencia de Maya, Fannie me miraba a los ojos y me incluía como a un miembro más de su clase. No solo no era un estorbo o una molestia, sino que destacaba por encima del resto. Con ella aprendíamos las leyendas de nuestros antepasados.

—¿Sabéis por qué Esparta cuenta con dos reyes y dos reinas? —nos preguntó en una ocasión.

No todas sus enseñanzas versaban sobre historia antigua, sino que también nos hablaba de cómo funcionaba la ciudad en la que vivíamos. Nos explicó la importancia de la asamblea de Esparta, pues los varones mayores de edad se reunían para votar las leyes y nombraban cada año a los éforos, funcionarios que dirigían, junto a los reyes, la vida diaria del pueblo espartano.

Sin embargo, las lecciones que yo más disfrutaba eran aquellas en las que nos hacía recitar epopeyas famosas y nos enseñaba a cantar. Recuerdo perfectamente el día en el que nos presentó todos los instrumentos que podíamos aprender a tocar. Los esclavos pusieron a nuestros pies una flauta de Pan, otra dulce, una lira de plata y una cítara.

—No es que tengan un sonido diferente —explicaba nuestra maestra—, sino que cada uno de ellos requiere una destreza particular para hacerlos sonar. Además, se asocian a distintos tipos de canciones e historias.

Tomó los instrumentos y, uno a uno, tocó exactamente la misma canción mientras nos explicaba sus sutilezas:

—Las flautas se convierten en vuestra voz, mientras que las liras y las cítaras os permiten cantar junto a la melodía.

—¿Tenemos que aprender a tocar uno de estos chismes? —preguntó Orianna, con el ceño fruncido.

—Desde luego. Como mínimo uno, aunque os aconsejo aprender a dominar al menos dos de ellos. Así seréis…

—¿Y cuál es el más fácil? —la interrumpió mi amiga.

—Las flautas —contestó la maestra, señalándolas—. Requieren menos técnica y son las que se usan en el ejército para infundir miedo en el enemigo.

Orianna sonrió y supe exactamente qué instrumento escogería; no era difícil de adivinar: cualquier cosa que tuviera una mínima relación con la guerra la atraería. Mientras ella se hacía con una de las flautas de madera, yo dudaba. Mi mano osciló entre todos, sin terminar de decantarme por ninguno.

—Las flautas son sencillas —me dijo Fannie, casi al

oído—, no te hacen destacar ni te permiten cantar. Tú tienes una voz preciosa, Egan. No la escondas.

La miré y le sonreí más por educación que porque creyera realmente en lo que me decía. Fue entonces cuando recordé mis primeras Carneas. No la humillación final, sino cuánto disfruté al escuchar a mis vecinos cantar y tocar aquellos instrumentos. Recordé cuánto me cautivó el sonido que salían de las liras y entonces lo tuve claro. La vieja maestra asintió ante mi elección.

—Os enseñaré a ser diestras con cada uno de los instrumentos que escojáis. Debéis aprender a sacar de ellos las mejores notas y conseguir cantar una bella canción frente a nuestra tribu.

—¿Frente a todos? —preguntó mi amiga, con el rostro desencajado.

—Eso mismo he dicho.

Orianna era así. No se quejaría si Maya le ordenara escalar una montaña, derribar a un enemigo tres veces más grande que ella o pelearse con todo un pelotón. Ahora bien, la música era harina de otro costal. La tranquilicé con una sonrisa, pero ella me devolvió una mueca poco convencida.

Dedicamos aquellas semanas más frías de invierno a aprender cómo sacar de los instrumentos las notas necesarias. No me costó demasiado entender el funcionamiento de la lira, todo era cuestión de práctica y agilidad en los dedos. Por suerte, mis manos estaban sanas y, además, las había fortalecido gracias al entrenamiento.

Una de aquellas tardes, en una de las habitaciones de Fannie, Orianna arrojó su flauta al suelo.

—¡Esto no suena bien! —se quejó.

—Como la maestra te vea tratar así sus flautas... —dije, dejando de tocar la lira para mirarla fijamente.

Orianna se había acercado a Rena, una de nuestras

compañeras que también había escogido la flauta como instrumento.

—La mía no funciona —escuché que le decía—. ¿Me la cambias?

Rena se encogió de hombros y, sin darle mayor importancia, accedió. Yo me quedé observando a Orianna mientras recogía del suelo su flauta para hacer el intercambio. De nuevo a mi lado, volvió a colocar los dedos tapando alguno de los agujeros y sopló con fuerza. Sonó un chillido agudo que nos obligó a fruncir el ceño a quienes estábamos allí.

—¡No funciona! —exclamó, dejando caer los brazos a los lados, derrotada.

Coloqué mi lira encima de unos cojines, bien envuelta en un paño de algodón, y me acerqué a mi amiga.

—Funciona, lo que ocurre es que eres una bruta —le dije. Ella levantó la cabeza y me miró desafiante—. Soplas como si quisieras mover un molino en vez de sacar una melodía.

—Hago todo lo que me ha dicho Fannie.

—Tocas de pena, Orianna.

Se lo solté a bocajarro, como siempre hacíamos entre nosotros. Sabía que pocas se atrevían a decirle lo que realmente pensaban, en parte porque sabían que era una bruta que no se tomaba demasiado bien las críticas. Pero, desde el inicio de nuestra amistad, siempre nos habíamos dicho las cosas tal y como las pensábamos. Es una de las pocas cosas que, ya en aquella época, le agradecí a mis piernas débiles: Orianna nunca tuvo que demostrarme su fortaleza.

—Mimimimi... —se burló ella, poniendo una de sus caras ridículas—. Pero quiero que suene bien. ¿Qué coño tengo que hacer?

—Dime, ¿por qué de pronto te importa este ejercicio?

—Porque el día que toquemos estará mi padre presente —farfulló con vergüenza—. No quiero quedar en ridículo.

—Anda, ven. No es tan difícil.

Y así fue como durante aquellas semanas, gracias a la torpeza de Orianna, no solo aprendí a tocar la lira, sino también la flauta. Le enseñé una de las epopeyas más sencillas, aquella que narra el enfrentamiento de Heracles contra la hidra de Lerna. Mientras ella repetía la melodía, yo cantaba a su lado las grandes hazañas de nuestro antepasado. Decidimos entonces que tocaríamos el uno después del otro. Empezaría yo relatando cómo venció a la hidra, y después, con su flauta y mi voz, narraríamos las bodas de Heracles y Hebe, hija del padre de todos.

Recuerdo con mucho cariño esos días, pues nos pasamos todas las tardes encerrados en la casa de Fannie contándonos leyendas y aprendiendo a tocar los que acabarían convirtiéndose en mis instrumentos favoritos. Pero lo más importante de todo: recuerdo esa etapa con inmenso amor porque fue justo antes de que nuestros caminos se separaran y perdiera a la mejor amiga que Fortuna jamás pondría en mi camino.

NELLA

No recuerdo los nombres de las personas con las que conviví aquellos primeros años. En parte, porque iban y venían. Solían llegar nuevos esclavos en invierno, cuando los pelilargos volvían de la guerra y traían consigo prisioneros que domesticar. Algunos eran adiestrados para trabajar en el campo, otros solo pasaban un tiempo en esa casucha hasta la siguiente partida de los pelilargos. Oí al capataz comentar que los vendían.

Los que habían nacido allí y formaban parte de mi pueblo, los ilotas, se juntaban entre ellos y formaban familias. Recompensaban su buen servicio con una choza propia en la que poder reproducirse y entregar más esclavos a los pelilargos. Todos salían ganando menos yo. Era demasiado joven para formar una familia y ninguna madre me acogía, pues seguía pesando sobre mí el crimen de mis padres.

Solo estaba pendiente de mí el capataz, un hombre fornido y calvo que, en lugar de llevar harapos, se vestía con túnicas de algodón. Aprendí pronto a camelármelo para conseguir que me diera los mejores trabajos, aquellos que no requerían el empleo de demasiada fuerza. Necesitaba que alguien le fuera recordando lo bueno que era para agrandar su minúsculo ego. Eso sirvió los primeros años. Con ocho o nueve años, empecé a ayudar en las tareas de labranza; ganada parte de su confianza, conseguí que me asignara también aquellas tareas que me permitían moverme entre los campos. Cuando algún otro grupo de esclavos necesitaba unas herramientas o semillas que teníamos nosotros, me ofrecía enseguida a ser quien las llevara de un lado a otro. Empecé cargando sacos a mi espalda, hasta que aquel hombre decidió confiarme un carro tirado por una burra. Eso me concedió una libertad insospechada para mi vida esclava.

Además de aprovechar esos momentos en los que nadie me miraba para deambular por la zona, podía emplear la jornada de trabajo para vagar con un rumbo fijo. Al principio temía desviarme demasiado de mi destino e iba directa a hacer las entregas. Poco a poco, con el paso del tiempo, me permitía ciertos rodeos. Nadie se preocupaba nunca por preguntarme adónde iba ni qué estaba haciendo allí. Veían la burra de mi capataz y asumían que tenía permiso para estar ahí.

De esta forma conocí a fondo las tierras que debíamos trabajar, de norte a sur y de este a oeste. Supe qué se plantaba en cada parcela y qué pelotón la estaba cultivando. También descubrí nuevos rincones en los que pasar un ratito a solas. La soledad y el aislamiento en el que mis semejantes me habían obligado a vivir me enseñaron lo valioso que era cuidar de uno mismo y ser fuerte frente a la adversidad.

Pero, a fin de cuentas, solo era una niña y la curiosidad empezaba a tirar de mí, sin ser del todo consciente de los peligros de la vida. Así, empecé a traspasar ciertas fronteras y límites. Primero tanteé las zonas colindantes, otras áreas de cultivo que pertenecían a otras familias. Las pocas veces en las que alguien se fijaba en mí, saludaba con una sonrisa amable y ellos seguían con sus labores. Solo eran esclavos de labranza y no sabían quiénes tenían permiso o no para cruzar por esas tierras. Una vez me detuvo un hombre mejor vestido que el resto. Di por hecho que se trataba del capataz de esa zona.

—¿Qué haces aquí, niña?

—Me mandan para preguntar si necesitáis que os lleve el trigo —respondí con agilidad, y señalé los dos sacos que cargaba.

—¿Trigo? —preguntó, frunciendo el ceño, en actitud pensativa.

Tal vez sospechaba de mí, no lo sé bien, pues fui rápida en mi respuesta:

—Hacia el molino. Me sobraba espacio en el carro y era para aprovechar el viaje.

Las dudas desaparecieron del rostro del hombre. Rechazó mi propuesta, alegando que ya habían llevado todo su cereal al molino, y me despidió sin prestarme más atención. Mi corazón, que iba desbocado durante la breve conversación, se calmó por fin.

Esa experiencia, que podría haber detenido mis ansias por explorar y conocer mi entorno, en realidad me animó a ser cada vez más incauta. Había podido engañar a un capataz, quien solo me había descubierto porque iba montada en un carro. Así, mis exploraciones llegaron más lejos, pues detenía el carro en un lugar donde tenía permitido el acceso y continuaba a pie. En otras zonas, con nuevos capataces, se repetía la misma dinámica: nadie se preocupaba por una niña. Por si acaso, llevaba conmigo un saco para fingir que estaba trabajando, y caminaba muy segura de mí misma, como si supiera exactamente adónde me dirigía.

Con el paso de los meses, llegué a conocer a la perfección todos los campos que quedaban al oeste del centro de la ciudad, así como las tareas y los horarios habituales de sus esclavos y pelilargos. Ya no me resultaba difícil escabullirme entre ellos o pasar desapercibida. La curiosidad no hacía más que tirar de mí. Seguramente era mi forma de evadirme, de olvidar la penosa situación en la que vivía; me centraba en contemplar las vidas de los demás para olvidarme de mi orfandad y mi soledad.

En una ocasión, cuando ya había cumplido diez años, me crucé con una pelilarga. No era como el resto de los pelilargos que había visto. Esta llevaba los cabellos recogidos en una coleta, y vestía una túnica fina, de gran calidad. Era un ama. Me escondí entre el centeno, que crecía alto. Ella se acercó a uno de los capataces y discutió con él. Pronto, tras un par de órdenes de aquel hombre, los esclavos cargaron un carro de alimentos y tiraron de él detrás del ama.

No sé qué me impulsó a hacerlo, pero fui tras ellos. Se dirigían a la ciudad, justo donde teníamos terminantemente prohibido entrar, como bien sabía, pero precisamente por eso me resultaba tan excitante conocerla por fin. Me sorprendió notar una fría dureza en mis pies, pues la tierra había sido cubierta con losas lisas. Allí las casas eran enormes, podrían caber en ellas perfectamente tres docenas de esclavos. También había muchísima gente. Faltaba poco para el mediodía y en las calles se mezclaban ilotas cabizbajos con pelilargos soberbios.

Llegamos a una de las más concurridas de Esparta y me perdí entre el gentío. Me asusté, pero enderecé la espalda e imité el gesto de los esclavos a mi alrededor. Escogí una calle al azar y caminé por ella hasta alejarme del centro de la ciudad. Llegué a una zona de campo abierto donde se veían personas, pero no eran esclavos labrando o cuidando las tierras, pues todos ellos tenían los cabellos largos. En cuanto me acerqué más, descubrí que se trataba de un grupo de niñas que parecían pelear entre ellas.

Aquella escena me dejó fascinada, en parte porque nunca había visto pelilargos niños; todos lo que pasaban cerca de nosotros eran adultos y, encima, de muy mal humor. Lo que me había parecido una pelea, ahora que me encontraba ya en la linde del camino, de nuevo convertido en tierra, era en realidad un juego. Discutían animadamente y también se reían. Cuando pude contemplarlas de más cerca, me di cuenta de que sostenían unos palos larguísimos acabados en punta y los lanzaban hacia el otro extremo de la pista. Una de ellas, la que logró arrojar el suyo más lejos que el resto, lo celebró abrazando a sus compañeras. Hacía tanto que nadie me abrazaba, que lo sentí como un momento demasiado íntimo para ser digna de contemplarlo.

Cuando di media vuelta para irme, me topé con una mujer con el pelo rapado, de brazos cruzados y mirándome con el ceño fruncido.

—Tú no deberías estar aquí.

Selasia, diez horas antes de la batalla

Entre cinco de sus alumnos cargan dos grandes baúles con todas las armas de la palestra. Responden rápido a sus órdenes y empiezan a caminar hacia el centro de la ciudad. Egan va tras ellos, con paso lento pero constante. A su alrededor se arremolina la gente del pueblo, que lo abordan con preguntas:

—Señor, ¿llegará la guerra a la ciudad?

—Mis hijos, señor, ¿están en peligro?

—¿Qué debemos hacer?

Aprovecha para detenerse y calmar el temblor de sus músculos, agarrotados después de la caminata. Apoya el peso en la pierna menos mala y aprovecha para comprobar que el pequeño sigue completamente dormido contra su pecho.

—Dirigíos todos hacia el ágora. Periecos e ilotas. Entre todos defenderemos a nuestras familias del enemigo.

—Pero... —empieza una mujer, lanzando una mirada cargada de desprecio a la ilota que la acompaña.

—He dicho «todos» —la interrumpe Egan—. El pueblo perieco es libre, pero débil. Esparta os protege a cambio de vuestros servicios. Pero si la guerra nos alcanza... Necesitamos más manos para defendernos.

—¿Llegarán hasta el pueblo?

—¡El rey lucha con nuestros guerreros!

Egan tiene que alzar el tono para hacerse oír entre las voces de sus vecinos:

—Espero de corazón que Esparta no necesite nuestras lanzas; aun así, debemos estar preparados. Recordad lo que os hemos enseñado.

Varios echan un vistazo a su alrededor, valorando la fuerza de los artesanos, agricultores y ganaderos allí reunidos. Dudan. Egan conoce bien esas miradas, fueron las mismas cuando, esperando un fuerte espartiata para gobernarlos, recibieron a cambio un tullido como harmosta.

—Lleváis toda vuestra vida valiendo menos que un espartiata, dedicándoos a otras labores alejadas de la guerra. Este es vuestro momento para demostrar a vuestros reyes que, aunque no hayáis nacido de hembra y varón espartiatas, tenéis tanta fortaleza como nosotros. ¿Cómo os vais a ganar su confianza si dudáis cuando debéis proteger a vuestras propias familias? ¿Queréis más derechos, pero os venís abajo cuando Esparta está en riesgo?

El bebé se remueve en el pecho, alterado por el tono de su padre, aunque permanece dormido. Egan aprovecha el silencio que se ha hecho a su alrededor para agarrarse con fuerza de nuevo a las muletas y continuar su camino.

—Quien tenga el valor suficiente para defender aquello que ama, que me siga —añade—. Quien no, que perezca en la batalla.

Está cansado de dudas y vacilaciones, así que echa a andar. En ese momento, la mano de Cara le tira con suavidad de la túnica.

—Papá...

—Tenemos que llegar al ágora, corazón —dice, sin mirar atrás, concentrado en sus pasos.

—Pero... ¿y si mamá necesita entrar en casa?

Llega corriendo uno de los herreros, junto a dos de sus hijos, cargando lanzas y espadas cortas.

—Señor, traigo todas las que tenía en la forja.

Egan asiente y con un gesto de la cabeza les indica que le sigan.

—Nos encontrará —responde a su hija pequeña, que se ha puesto a su altura.

—Pero has ordenado que lo cierren todo.

—Escudos, ¡necesitaremos escudos! —exclama de pronto, recordando que solo han cogido armas de acero. Y se detiene, repitiéndolo aún más alto para que lo oigan sus alumnos, que van por delante de él.

Uno de ellos asiente, deja que sus otros cuatro compañeros carguen con el baúl y da media vuelta.

—Ayudadle —ordena Egan a varios de los hombres y mujeres que los están siguiendo—. Traed todos los que podáis, nos protegerán de las armas enemigas.

—¿Papá? —pregunta Cara.

—¿Y corazas, señor? —pregunta uno de los que se dirigen hacia la palestra.

—Primero, los escudos —responde Egan—. Después, todo el material necesario para fortificar una defensa.

Pronto el grupo se hace más numeroso y regresa hacia la palestra. Egan respira hondo y vuelve a ayudarse de las muletas para dirigirse al ágora.

—¿Papá? —insiste su hija pequeña, tirando otra vez de su túnica.

—Cara, necesitamos...

—Si están los almacenes también cerrados...

—Silencio, hija —la interrumpe, nervioso. Respira un segundo y añade, intentando mantener cierta calma—: Céntrate en llegar al ágora, ¿vale? No podemos detenernos.

—Pero, papá...

—¡Cara, por favor! —exclama, esta vez con más dureza.

Adara toma la mano de su hermana y la obliga con suavidad a soltarle la túnica. Egan sabe que su hija mayor la tendrá vigilada, así que se concentra en avanzar hasta alcanzar su objetivo.

Después de lo que le parece una eternidad, llega por fin al ágora. Sus alumnos han tumbado los bancos y las mesas para delimitar un perímetro donde refugiarse. Han distribuido varios faroles y antorchas en la periferia para poder ver mejor si alguien se acerca. Se trata de una de las muchas maniobras defensivas que tanto él como Orianna les enseñaron.

—No hay armas para todos —le informa uno de ellos.

Egan asiente; ya lo sabía.

—Los más aventajados que cojan las mejores lanzas —ordena—. El resto, haceos con cualquier cosa con punta o filo; son preferibles las armas con las que podáis herir a distancia. Nos defenderemos desde el interior de esta coraza. Solo necesitaremos las espadas si la cosa se pone muy fea. Que las mesas nos sirvan como primer escudo y recemos a Atenea para no necesitar el segundo.

A medida que va dando instrucciones, los hombres y las mujeres de Selasia obedecen y pronto se ve rodeado por las grandes mesas que hacía unas pocas horas habían empleado para celebrar un banquete. Rodeando un carro con algunas provisiones, empiezan a llegar los niños de la ciudad, que se sitúan en el centro de la circunferencia. Tienen las caritas pálidas y la mayoría lloriquean en silencio.

—Adara, necesito… —empieza, pero antes de que termine de pronunciar la frase, su hija mayor ya le ha acercado un baúl en el que se deja caer con cuidado y extiende las piernas—. Gracias, cariño.

Le acaricia la mejilla y Adara se sonroja. A su alrededor están sus compañeras de pelotón. No es que se avergüence de su padre, solo está en una edad demasiado temprana para que su padre le muestre afecto en público.

—¿Por qué no permanecemos en casa, señor? —le pregunta uno de los granjeros.

—Nuestras ciudades no tienen murallas —responde Egan, y mira a su hija.

—El pueblo de Esparta es la única muralla que necesitamos —apostilla Adara como en un acto reflejo.

—Somos el escudo de nuestra familia —añade Cara, detrás de ella.

Egan reconoce en la mirada de Adara la fuerza de su madre, aunque aún es demasiado joven para tener que vivir una situación tan extrema.

—El ejército expulsará al invasor —le dice finalmente al granjero, poniéndole una mano en el hombro—. Pero si los dioses quisieran ponernos a prueba, tenemos que estar preparados. No luchas por ti, luchas por tu familia.

El hombre asiente y endurece el rostro, contagiado por la falsa seguridad de Egan. Sin embargo, el pequeño, que unos segundos antes dormía contra su pecho, como si fuera capaz de percibir el miedo que se esconde en el corazón de su padre, rompe a llorar.

4

EGAN

La palestra nunca fue mi sitio. Con Fannie me sentía algo más cómodo, pero era un extraño para todas mis compañeras y pronto tendría que dejarlas. Por aquel entonces no era consciente aún de ello. Me aferraba a la esperanza de que gracias a la música y a mi amistad con Orianna podría sentirme uno más en el grupo.

Todo cambió poco antes de las Carneas de mis doce años, aquellas en las que debíamos ofrecer una canción a nuestra tribu. Desde hacía meses, me despertaba cada día un poco más temprano. Orianna se había empeñado en que debíamos entrenar más que las otras. Quería convertirse en la mejor guerrera de su generación y faltaba poco para que Maya escogiera de entre sus pupilas a las que seguiría entrenando en edad adolescente. No las preparaba para la guerra, sino para que sus cuerpos resistieran cuando les tocara parir guerreros sanos. A pesar de tener claro lo que todo el mundo esperaba de ella, Orianna pretendía demostrar su valía por encima del resto.

Ambos perseguíamos un imposible, aunque éramos demasiado jóvenes para darnos cuenta. Ella me hacía acompañarla para robustecer mis piernas como si con ejercicio pudieran arreglarse; y yo la seguía, pues disfrutaba del tiempo que compartíamos.

—Puedes correr mejor —me decía—, ¡debes entrenar para que tus músculos sean fuertes!

Yo asentía y la obedecía, más por paliar la soledad que porque realmente creyera en sus palabras. Era cierto que los músculos de mis piernas ya no estaban tan débiles y que me sostenía mejor de pie, pero no hasta el punto que ella deseaba. Cada día llegaba a casa con las extremidades magulladas, doloridas por tanto esfuerzo. Y aunque las sentía más robustas, año tras año se inclinaban cada vez más. Caminar me resultaba penoso, y encima me provocaba un dolor punzante en la espalda, que usaba para corregir la torcedura impuesta por mis extremidades deficientes.

Mamá era consciente de mi empeoramiento, por lo que hacía llamar al médico varias veces al año. Era un ateniense de gran reputación y especialmente caro. Preparaba distintos ungüentos que debían frotarme por las piernas y la espalda, y también me aconsejaba ciertos ejercicios para aliviar el dolor.

En la última visita del galeno, después de examinarme las piernas y hacer que las moviera siguiendo sus indicaciones, chascó la lengua.

—Su hijo está creciendo. —Siempre hablaba de mí como si no estuviera presente—. Sus huesos se estiran.

—¿Qué se puede hacer? —preguntó mi madre.

—Seguidle frotando el ungüento que os indiqué la vez anterior, aunque necesitará algo más. —Hizo una pausa, y esta vez me miró directamente a mí—. No va a ser capaz de mantenerse de pie demasiado tiempo él solo. Necesita ayuda. Un bastón o una muleta podrían servir para que las piernas no carguen tanto peso.

—¿Un bastón? —le pregunté, pues creía haberle entendido mal—. ¿Como los ancianos?

—Parecido. Le indicaré al carpintero cómo debe hacerlo

exactamente. —Y dirigiéndose a mi madre—: Si está de acuerdo, por supuesto.

Mientras el galeno y mamá hablaban sobre las calidades del bastón y cómo me ayudaría en mi día a día, yo solo pensaba en la cara que pondría todo el mundo al verme llegar con un bastón, como si fuera el viejo más joven de la ciudad.

—¿Y qué más da? —espetó Orianna cuando se lo conté—. Ya te miran todos.

—Pero es humillante. Es... es... —Bufé de frustración—. No quiero llamar aún más la atención.

Ella detuvo sus estiramientos y se sentó a mi lado.

—Eres así, Egan. Los que te queremos lo seguiremos haciendo con bastón o sin él. —Me sonrió de oreja a oreja y me calmé un poco—. Y si alguien tiene algo que decir, ahora tendrás un arma con la que aporrearle.

—No tendré jamás una lanza, pero sí un bastón, cierto.

Me golpeó el hombro con el suyo, sacándome una sonrisa.

—Y seguro que tu madre se encarga de que tengas el mejor de todos.

Orianna la conocía lo suficiente para estar en lo cierto. Todo el mundo conocía a Agatha y le hacían los favores necesarios para contentarla. El carpintero fue rápido y al cabo de muy poco llegó a casa un muchacho con un paquete de su parte. No era un bastón de anciano, era algo diferente. El artesano había seguido todas las instrucciones del médico: me llegaba justo hasta la axila, que se apoyaba en un soporte acolchado con cuero curtido, y además tenía un agarre más abajo, bien trabajado para que resultara cómodo al tacto. Debía colocarla en el lado izquierdo, pues así reforzaría la pierna derecha, que era la que más me fallaba.

—Me esperaba algo peor —me confesó Orianna la primera vez que me vio con mi nuevo apoyo.

—Yo también. —Le sonreí—. Es cómodo.

Aquella mañana temprano, nos habíamos alejado un poco de la palestra. Orianna había subido hasta el huerto de mi casa y me veía caminar de un lado a otro con aquella muleta.

—¿Preparado?

Asentí, pues no me quedaba otra. Me había pasado las últimas semanas entrenando con un dolor insoportable. Debía usar la muleta para poder seguir siendo mínimamente funcional. Era lo que me repetía mientras llegábamos a la palestra y todas mis compañeras se giraban para mirarme, entre cuchicheos.

—Si alguna te dice algo, ¡aporréala con fuerza! —bromeó Orianna, guiñándome el ojo.

Por suerte, no hizo falta. Me siguieron ignorando igual que hacían todos los días. Ocupé mi puesto acostumbrado, el último en la carrera, pero al menos la pierna ya no ardía por el esfuerzo. Al terminar, vi cómo todas se preparaban para iniciar los ejercicios atléticos; aquel día, una carrera de obstáculos, con saltos y tiro de jabalina. Me vi en un aprieto: teniendo una de las manos ocupadas, apenas podía hacer nada con la otra.

—Acostúmbrate a la muleta —me dijo Maya al acercarse a mí—. Es tu primer día con ella, no te fuerces tanto. Úsala como una herramienta más, como otra extremidad.

Me libré de los ejercicios y me quedé sentado contemplando cómo mis compañeras daban lo mejor de sí mismas. Las había visto entrenar cada día y era evidente que habían ganado en fuerza y agilidad; en cambio, yo me volvía más débil, más vulnerable, más enclenque.

Fue entonces cuando caí en que las próximas Carneas, momento en el que debutaríamos frente a nuestras familias interpretando la canción que llevábamos meses ensayando, tendría que presentarme junto al resto de los chicos de mi edad con la muleta, y volver a pedir que me permitieran purificarme en las aguas del río, en honor a Apolo.

Solo faltaban unas pocas semanas para que todo el pueblo me repudiara una vez más. No sabía qué era peor: si saberme rechazado o empezar a acostumbrarme a ello.

NELLA

Cuando me vi sorprendida por esa extraña, tardé en reaccionar. No tenía ninguna excusa preparada, no al menos para encontrarme en el centro de la ciudad, sin vigilancia y sin nada que hacer. Pronuncié algo incoherente y ella torció el gesto.

—¿Cómo te llamas?

—Nella —dije enseguida.

Había aprendido que responder muy rápido generaba en el otro la sensación de que decías la verdad.

—¿Cómo has llegado hasta aquí?

—Acompañaba un carro hasta la ciudad, pero me he perdido. —Lo cual tampoco era mentira—. Disculpe, señora.

Agaché la cabeza en un saludo e intenté dar media vuelta para escabullirme entre la multitud, pero ella me sujetó del hombro y me retuvo en el sitio.

—Tú no tienes permiso para entrar en la ciudad.

—Debo volver —dije, algo nerviosa—. Me están esperando.

—¿No decías que estabas perdida?

Me quedé helada y en silencio. No solía encontrarme a esclavos tan preguntones. A la mayoría les daba igual si iba o venía, siempre y cuando no los molestara demasiado. Aprovechó mi silencio para darme la vuelta, agacharse para ponerse a mi altura y mirarme a los ojos.

—Ninguna madre en su sano juicio permitiría que su pequeña entrara sola aquí. —Me acarició la cabeza, de la que asomaban los mechones de pelo que empezaban a volver a crecer—. ¿Quién se encarga de raparte, Nella?

—El capataz, señora.

—Entonces vives en los campos, ¿verdad? —Asentí—. ¿Vives bien allí?

Me encogí de hombros y agaché la mirada. Ante mi silencio, se incorporó y me soltó; pero no intenté escapar, me quedé plantada frente a ella.

—¿Tienes hambre? —Sacó de un bolsillo una galleta de cereales y me la tendió—. Cógela, yo ya he comido.

La tomé, no sin cierto temor a que se arrepintiera antes de que me diera tiempo a cogerla, y la escondí en el interior de mi túnica. Nos quedamos un momento en silencio, que ella no tardó en romper:

—Acompáñame. Hay más como esta en el lugar en el que vivo.

Dio media vuelta y tomó el camino que serpenteaba alrededor de aquella pista de entrenamiento. Me había dado la espalda, permitiéndome huir si así lo quería. Pero estaba hambrienta, así que fui tras ella y me llevó hasta una pequeña casa de piedra. Era más pequeña que la chabola en la que vivía con el resto de los ilotas, tenía un huerto en la entrada y una valla de madera que lo bordeaba.

—Esta es mi casa. Entra, si quieres. Te calentaré algo de leche.

Obedecí, tentada por una bebida caliente. Fue entonces cuando me di cuenta de que era realmente su casa. Únicamente suya. En el interior había una pieza central con una obertura para que saliera el humo de la lumbre, una mesa con un par de sillas y tres arcos que daban paso a habitaciones contiguas.

—¿Vive aquí? —pregunté—. ¿Usted sola?

—Mi ama me cedió este espacio para que formara una familia.

Había encendido el fuego y puesto una pequeña cacerola encima. En pocos minutos nos envolvió el olor de la leche caliente. Mientras hablábamos, entró en uno de los cuartos, que, al parecer, era una pequeña despensa, y al salir traía consigo un puñado de galletas que dejó en la mesa.

—Vamos, siéntate y come. Estás muerta de hambre, no hace falta que lo disimules. Y háblame de tú, por favor.

—¿Dónde está tu familia? —le pregunté, llena de curiosidad, pues me parecía estar comiendo lo que correspondía a sus hijos.

—Estoy sola. —Se acercó con un tazón humeante de leche y lo puso delante de mí. Me lo llevé directo a los labios. No quise preguntar si alguna vez hubo niños entre esas cuatro paredes o si acaso los pelilargos se los habían llevado, igual que les sucedió a mis padres—. Tú también lo estás, ¿verdad?

Asentí mientras me relamía la nata de los labios. Alargué la mano hasta las galletas y cogí una. Era de avena, nada del otro mundo, pero, junto con la leche, me supo a gloria. En la casucha nunca nos daban leche; en contadas ocasiones, algún queso rancio. La leche se la reservaba el capataz para su familia y los esclavos más fuertes y útiles.

Me había quedado pensativa y me sorprendí al ver cómo aquella mujer me examinaba de arriba abajo, lo que me violentó ligeramente. Dejé el tazón vacío sobre la mesa y guardé otra de las galletas en el interior de la túnica.

—¿Qué edad tienes, pequeña?

—Tengo diez años —aventuré, pues no sabía cuándo había nacido, pero contaba el paso de las estaciones para poder responder si me hacían esa misma pregunta.

—¿Cuándo los perdiste?

—Llevo cinco cosechas sin ellos.

Nos quedamos en silencio. Era la primera persona que se preocupaba realmente por mí, la primera que me había preguntado algo personal en mucho tiempo. La mayoría de la gente con la que convivía solo intercambiaba conmigo gruñidos u órdenes. Ella, en cambio, me hacía sentir incómodamente observada.

—Tu capataz debe de preguntarse dónde estás.

Sus palabras rompieron totalmente la magia.

—No creo que me eche de menos —respondí, levantando los hombros—. Ya he cumplido con mis tareas de hoy. —Entonces lo recordé de pronto—. He dejado a la burra pastando, tengo que devolverla al corral antes de que oscurezca.

Me puse en pie, agitada. Los nervios del capataz cada año se enrabietaban más. Prefería no irle con excusas para que se creyera en el derecho de darme otra paliza.

—Te acompaño —me respondió la mujer, poniéndose también de pie—. Quiero tener un par de palabras con ese capataz tuyo.

—No, gracias —respondí enseguida—. No quiero ponerle nervioso.

Sin embargo, ella ya se había echado una capa sobre los hombros, apagado el fuego y guardado el tazón de la leche. Me acompañó hasta la salida, pero, en lugar de seguir por el camino, me condujo hasta la parte de atrás, donde tenía atado un burro.

—Así llegaremos más rápido.

Esa mujer no daba su brazo a torcer y yo no quería perder más tiempo. Salimos de Esparta y fui guiándola hasta llegar al lugar en el que había dejado el carro. Bajé del burro de un salto y llamé a la mía, que acudió a mi encuentro enseguida. Le acaricié el morro y ella me lamió la mano, me hizo cosquillas y se me escapó una risa.

—¿Querrías ser mi hija?

Me soltó la pregunta como si llevara pensando en ella todo el camino. Había bajado detrás de mí y sostenía las riendas de la bestia.

—No he tenido hijos —añadió al ver que no respondía—. Tengo una casa grande, con comida de sobras. Tendrías tu propio cuarto.

—No lo sé...

—¿Temes por el capataz? —Asentí—. A ese déjamelo a mí.

Sonrió e imité su gesto. Nos subimos ambas al carro y nos dirigimos al campo en el que había vivido los últimos años. Aproveché esos momentos para contemplarla mejor. Llevaba una túnica sencilla, nueva y bien cuidada. Su cabello estaba rapado igual que el mío, aunque empezaban a asomarse mechones canosos. Tenía una mirada que te atrapaba.

Cuando llegamos, desmontó y fue directamente al hombre que había sujetado todo ese tiempo las riendas de mi vida. No tuve ni que señalarle de quién se trataba. Cuando llegué a su lado, me topé con una conversación ya empezada:

—... sin el pelo bien rapado, la túnica sin lavar y destrozada. ¡Y muerta de hambre!

—Es una huérfana, hija de prófugos. Aguanta viva no sé muy bien por qué.

—¿Y qué tiene que ver eso con nada? —El capataz iba a replicar, pero ella se adelantó—: Tienes la obligación de proteger a las personas bajo tu cuidado, sean quienes sean.

—Tú no me dices...

—Oh, yo no, querido. Pero no me costaría nada hacer que viniera quien sí tiene poder sobre ti. ¿Quieres eso? ¿Le enseño qué debes de tener en tu almacén?

El hombre se puso blanco y tragó con dificultad. Yo observaba toda la escena con los ojos como platos. Ningún rapado le había hablado de esa forma al capataz. Estaban algo apartados del resto y se había formado una hilera de curiosos que empezaban a cuchichear entre sí.

—Me la llevo.

—No puedes hacer eso.

—¡Y tanto que puedo! Ya inventarás una excusa, a no ser que quieras que suelte la lengua.

La mujer dio media vuelta, se topó conmigo, me cogió de la mano y me llevó de vuelta al carro. Desligamos su burro de los arneses que lo unían a la caja y nos subimos a él, yo delante y ella detrás, abrazándome para sostener las riendas. Con una ligera orden, el animal se puso en camino hacia Esparta. Empezaba a oscurecer, pero, por algún motivo, me sentía segura con mi espalda contra su pecho.

—Por cierto, me llamo Alysa.

Fue así como conocí a la que se convertiría en mi segunda madre. Por un momento me vino a la mente esa capa oscura que envolvía mi tesoro escondido bajo una piedra plana. No me costó nada abandonarlo junto a todo recuerdo de mi primera familia. Los dejé atrás, igual que ellos habían hecho conmigo.

ORIANNA

No recuerdo ningún día en el que me encontrara más nerviosa que aquellas Carneas. Faltaba poco para que cumpliéramos doce años y Maya había sido muy clara: tras la celebración decidiría cuáles serían las pupilas que entrenarían con ella. El resto se quedarían fuera, rezagadas a un entrenamiento menos físico. Me había insistido una y otra vez que aquellas enseñanzas junto a Fannie eran tan importantes como las suyas, por lo que viví con mucha intensidad aquella prueba. Ni madre ni yo misma nos perdonaríamos que no me escogiera por una estupidez tal como no saber soplar bien una flauta.

Atosigué a Egan durante las semanas previas. No solo madrugábamos para ayudarle a entrenar y, al mismo tiempo, volverme yo aún más fuerte, sino que empezamos a reunirnos después de las lecciones de Fannie para continuar practicando. Egan no lo necesitaba, ¡la flauta se le daba genial! Aun así, se quedaba para ayudarme. Nunca entenderé cómo en sus manos aquel trozo de madera silbaba canciones y en las mías escupía chirridos.

—Voy a hacer el ridículo —dijo él, dando voz a mis pensamientos.

—¿Qué? —Le miré extrañada. Estaba sentado en un banco y apoyó la cabeza en las manos, con la mirada baja—. ¿Cómo ibas a hacer tú el ridículo? —No dijo nada, así que añadí—: ¡Yo sí que voy a hacer el ridículo! ¡Esto se me da como el culo!

—Eso es verdad —admitió él con una leve sonrisa—. Pero eres fuerte, ágil y guapa. —Se tapó la cara con las manos. ¿Me había llamado «guapa»?—. A mí todos me ven como a un monstruo.

—Tendrían que cerrar los ojos y escucharte. —Me acerqué a él y le aparté con delicadeza las manos del rostro—. Tu lira suena como si el propio Apolo tocara las cuerdas.

—No seas exagerada.

—¡No lo soy! —exclamé, poniéndome en pie—. Fannie también lo cree. No me mires así —añadí cuando me dedicó una mueca—. Sabes que todas se quedan embobadas cuando tocas. ¡Y eres el único que ha aprendido a dominar dos instrumentos!

—La flauta es muy fácil —dejó escapar.

—Sí, dímelo a mí.

No sé qué fue lo que hice, si fueron las palabras, el gesto o el tono, pero Egan rio.

—Eres malísima —dijo entre carcajadas.

—No sé en qué estaría pensando Fannie —añadí, al verle de nuevo riendo—. Va, basta de ensayos. Mañana es el gran día. ¿Tu madre ha preparado algo?

—Iremos a cenar con todos —respondió, encogiéndose de hombros—. Y supongo que tendrá encargada una retahíla de túnicas que me hará probar para la ceremonia.

—¡Ni que fueras un príncipe! —me quejé, sabiendo que mi amigo sufría con lo que ocurriría en las Carneas—. Voy a ir a las termas, estoy demasiado nerviosa.

Había tomado esa costumbre. Además del baño que nos dábamos las compañeras al mediodía, terminaba las tardes, antes de la cena, con otro. Era un momento en el que la mayoría estaban ya en las mesas comunales, bebiendo y charlando con sus amigos y familiares. Los esclavos, sin embargo, mantenían las termas encendidas incluso una vez empezada la cena. Lo descubrí por pura casualidad una tarde en que necesité limpiarme el sudor después de un par de carreras. A partir de entonces, en días cargados de nervios como aquel, aprovechaba para darme un remojón bien caliente antes de cenar.

—Voy contigo —dijo de pronto Egan, poniéndose en pie con toda la rapidez de la que era capaz—. Si te parece bien —añadió después, con una pausa extraña.

—¿En serio? ¿Por fin vas a venir a las termas?

Él solo asintió. En aquel momento no entendí los pensamientos que surcaban su pequeña cabecita, pero me alegré de que me acompañara. Lo guíe de la misma forma que había hecho Maya con el grupo de chicas el primer día que fuimos. Una vez traspasado el vestuario, donde dejamos nuestras túnicas, caminamos por los pasillos que conducían hasta las piscinas.

—Ahora ya es tarde, pero siempre está una ilota especializada en masajes.

—¿Masajes? Me podrían venir bien. —Le miré extrañada y él se vio obligado a añadir—: Para mis piernas y eso.

Solté una tremenda carcajada que resonó por las paredes de piedra.

—No da ese tipo de masajes, Egan.

—¿Qué?

Negué con la cabeza y él tardó en entenderlo. Se puso rojo. No quise chincharle de más, ya que era la primera vez que accedía a acompañarme. Lo llevé hasta la piscina de agua caliente, en la que me sumergí de inmediato.

Cuando saqué la cabeza a la superficie, lo vi dubitativo. No había metido ni un solo pie. Una curiosidad ingenua me llevó a mirar con mayor atención aquellas piernas. Sin una túnica que lo cubriera, podían verse del todo retorcidas, como si los músculos no estuviesen en el lugar correcto.

—No me la imaginaba tan grande —dijo. Levanté la vista y comprobé que estaba mirando a su alrededor—. Lo que tenemos en casa se parece más a una bañera donde solo quepo yo.

Estábamos completamente solos, así que hice el muerto sobre el agua, una costumbre por la que Maya siempre me reñía, y me moví de un extremo a otro de la piscina. Egan tenía razón: era enorme, cabía dentro todo el pelotón y aún quedaba espacio para unas pocas personas más.

—¿Vas a entrar o no?

Egan pareció decidirse e intentó bajar con la muleta, pero se le resbaló de las manos. Sin mediar palabra, salí de las aguas y le ayudé a sostenerse de pie para luego sentarse en uno de los escalones. El agua le cubría por encima del ombligo.

—Lo siento —dijo él—. Por ser una molestia —añadió al ver mi mueca de incomprensión.

—Un grano en el culo, eso es lo que eres —le solté, muerta de risa—. Anda, cállate y disfruta del agua caliente.

Fue un momento de paz, al menos al principio, pues no duró mucho el silencio entre nosotros. Acabamos salpicándonos agua, riendo y pegando tales gritos que un par de madres nos sacaron de allí casi cogiéndonos por las orejas.

Por suerte, la primera en encontrarnos fue Agatha, que nos reprendió con la mirada, pero después, cuando la otra mujer se alejó, nos sonrió y sacó de su bolsillo un par de dulces de leche.

Una hora después, en la entrada de su casa, me despedí de Egan.

—Nos vemos mañana.

Egan tanteó un par de pasos hacia mí y, como única respuesta, me estrujó entre sus brazos.

—Gracias.

No sabía qué era lo que me estaba agradeciendo, pero le devolví el abrazo.

Al día siguiente, bajé de la cama de un brinco. No hizo falta que nadie me despertara. Ya estaba limpia, vestida y preparada para cuando mis padres y mis tíos aparecieron por la zona común, y les ayudé a decorar la puerta de casa en honor a Apolo.

Cuando salimos juntos para pasear por las calles, toda Esparta había cambiado, como siempre ocurría en las Carneas. Eran unos días muy especiales en que nos olvidábamos de nuestro entrenamiento, donde todo era paz, fiesta y música. El mismísimo ejército tenía prohibido entrar en combate, pues debíamos saldar nuestra deuda con Apolo. Desde que tengo memoria, me recuerdo correteando por aquellas calles de espectáculo en espectáculo. Pero ese día me sentía muy diferente por ser yo la que sería observada y juzgada. Caminaba con la flauta metida en el cinturón, sintiéndola arder cada vez que me golpeaba la cadera, mientras nos acercábamos al lugar acordado con Maya.

Llegamos hasta el centro de la tribu, donde solíamos comer y cenar. Habían decorado las mesas, encendido los braseros y abierto un espacio en el centro para el espectáculo. Me estremecí al notar la mano de mi padre en el hombro.

Era un hombre imponente incluso sin su armadura. Todos le alababan por su fiereza en la batalla y por las victorias que había acumulado a lo largo de los años. Traía honor para la familia cada invierno y dedicaba las noches a contarnos sus gestas.

—Me ha dicho tu madre que te has preparado muchísimo para hoy. —Asentí. Él me apretó el hombro con más fuerza. A pesar de todo el tiempo que pasaba fuera de Esparta, al volver siempre se ponía al día sobre mis avances—. Me encantará escuchar a mi pequeña guerrera.

Le sonreí tímidamente y lo seguí hasta tomar asiento. Su intención era animarme, pero me puse nerviosa. Quería impresionarle y que estuviera orgulloso de mí. Había nacido de su simiente y quería demostrarle que, aunque no fuera varón, podía llegar a ser tan fuerte como él.

No tardaron mucho en llegar mis compañeras con sus familiares y, detrás de todos, Maya y Fannie. Me separé de los míos para acercarme a las maestras y saludarlas con el merecido respeto, tal y como se esperaba de mí. Egan se puso a mi lado y me sonrió. Por suerte, su voz adornaría mi penosa melodía.

—Familias y amigos —saludó Fannie, cortando las conversaciones del círculo que nos había rodeado—, hoy es un día importante para Esparta, pues recordamos nuestros pecados pasados y le pedimos a Apolo que nos perdone y nos vuelva a bendecir. Es un día en el que hacemos que la magia de la música alegre nuestros corazones y alcance a los dioses.

Asintió ante nosotras y empezó el espectáculo. La propia Fannie tocó una bella canción sobre Apolo con su arpa, mientras cantaba sobre una relación de amor con un árbol o algo así. No la escuché del todo, estaba demasiado nerviosa para prestarle atención. Tras ella fueron saliendo mis compañeras, solas o en parejas, cada una de ellas interpretando una canción diferente de nuestra historia. Me había sentado al lado de Egan y este me apretó la mano con fuerza, dedicándome una sonrisa.

—Respira hondo —me dijo en un susurro—, estás temblando.

Hasta que me lo dijo no me había dado cuenta de que me tiritaban las manos. Quise decirle algo, pero la música terminó y él se puso en pie. Era su turno. Tras él me tocaba a mí. Le hice caso, respiré hondo y llené los pulmones tanto como pude, para luego espirar todo el aire de mi interior. Lo repetí varias veces mientras contemplaba cómo mi amigo llegaba al espacio reservado a las músicas. Noté, igual que todos, los cuchicheos desde las mesas. Algunos hombres golpeaban contra ellas sus puños, soltando algún improperio, y los demás reían las gracias. Cosa distinta ocurría entre los que rodeaban a Agatha, que se encontraba muy firme en su silla y cerca del improvisado escenario.

En cuanto la lira de Egan empezó a sonar, la tribu entera enmudeció. Su música siempre había causado esa impresión en nuestras compañeras. Tenía una voz dulce y entonaba las letras cargado de emoción. Toda la fuerza que le faltaba en la palestra la estaba empleando en la canción. Me quedé embobada igual que el resto, escuchando una de las peripecias de Heracles, aunque ya me la sabía de memoria de tanto escucharla ensayar. Cuando la música terminó, el silencio se hizo incómodo. Alguien al final de las mesas empezó a aplaudir, dos o tres personas más le acompañaron.

—¡Bravo por el tullido! —exclamó uno, levantándose torpemente para aplaudir. Al ver que nadie más lo hacía, espetó—: No seáis estúpidos, ¡ha tocado de maravilla!

Me indigné un poco igual que él, pero tuve que dejar de prestar atención al público cuando me golpearon la espalda para recordarme que había llegado mi turno. Egan seguía en el escenario, con la lira en las manos, esperándome.

Me levanté con pesadez y cierta torpeza hasta situarme donde me correspondía. Egan me susurró alguna palabra de ánimo y saqué la flauta de su funda. Me abrumaba que tantas miradas estuvieran puestas en mí.

—Orianna. —Egan me había colocado una mano en el hombro y me obligó a mirarle—. Haz como si estuviésemos solos, ¿vale? Toca como lo hiciste ayer.

Asentí y, desobedeciendo una orden directa de Fannie, me puse de costado al público y me llevé la flauta a los labios. Me temblaban las manos y la primera nota sonó chillona. Una risilla se escapó entre los presentes, momento en que la voz de mi padre restalló en el aire:

—¡Callaos, maldita sea, que no escucho a mi niña!

Sonreí, lo mismo que Egan. Con un gesto de la cabeza, me indicó que volviera a empezar, y así lo hice. Mientras de mi flauta escapaba la melodía, Egan cantaba cómo Heracles fue perdonado por Hera y se celebraron las bodas entre este y Hebe. Me equivoqué un par de veces, pero terminé la canción sin el temblor del inicio. Cuando nos giramos hacia el público, ahora sí mirándolos de frente, todos aplaudieron. Mis padres me sonreían y asentían. Me puse tan contenta que no pude evitar abrazar a Egan con fuerza, mientras este se quejaba de mi entusiasmo.

Fannie nos echó de allí para dar paso a la siguiente pareja y, a partir de entonces, ya pude disfrutar de verdad de la fiesta. Reía con el resto cuando alguna se equivocaba en alguna nota, aplaudía con fuerza al terminar cada canción y gozaba de la alegría que mostraban mis compañeras. Incluso Ellen me pareció simpática aquel día.

Cuando el carro de Helios estaba en su cénit, Fannie terminó el espectáculo con la historia que nos llevaba a celebrar las Carneas. Me sorprendió ver a Maya a su lado, tocando una pequeña flauta con la que acompañaba la voz de su compañera. Todos aplaudimos y Maya quedó sola en el escenario.

—Vuestras hijas han crecido a nuestro lado —dijo, acallando las conversaciones—. Algunas han demostrado un valor y una fuerza inigualables, por eso deseo convertirlas en fieras mujeres de Esparta. Quiero entrenarlas para que sus cuerpos den vida a niños fuertes y grandes y, a través de su propia sangre, pueblen Esparta de guerreros temibles.

El público coreó sus palabras, aplaudiendo y golpeando las mesas con vítores. Ese era el momento en el que la maestra designaría a las pupilas a las que entrenaría de ahí en adelante.

Cerré los ojos y respiré hondo. Noté cómo Egan me apretaba la mano.

—Orianna Aegide, hija de Galena y Miles.

Fui la primera en ser nombrada. Cuando los abrí de nuevo, me ahogué en las voces de celebración y vítores. Madre se lanzó hacia mí y me subió a sus hombros. Todos, mi familia y los amigos del clan, gritaban festejando mi pequeña victoria.

—¡Sabía que lo lograrías! —exclamó mi madre—. Mi pequeña ha sido la primera en ser nombrada. Mi Orianna es la más brava de todas las de su generación.

Mi padre aulló tras sus palabras y, con él, nuestros amigos y vecinos corearon mi nombre. Me sentía llena de fuerza: había traído honor a mi familia y todos se veían recompensados por mis hazañas. Maya siguió nombrando a las demás elegidas, aunque yo apenas podía oírla entre el griterío de mis seres queridos.

No me di cuenta, anestesiada como estaba de mi victoria, de que Egan no había sido nombrado y había desaparecido de la celebración.

Selasia, diez horas antes de la batalla

Orianna se siente cómoda en este tipo de caos que precede a una buena batalla. Los civiles se alejan corriendo hacia el centro de Selasia, mientras que todos los guerreros se dirigen directamente hacia el norte. No le resulta difícil encontrar el grupo al mando: justo en el centro, indicando la posición de cada una de las enomotías del ejército.

—Enomotarca Orianna —saluda al oficial con su rango y nombre, golpeándose el pecho—. Bajo las órdenes del pentekonter Damon.

—Por todos los dioses, ¿qué haces tú aquí? —El hombre arruga el ceño—. Acabas de parir. Deberías estar recuperándote.

—No si mi pueblo corre peligro. —Orianna mantiene la posición de firmes mientras nota vacilar al oficial—. Me imagino que no hay tiempo que perder, así que no querrás malgastarlo discutiendo conmigo.

Confirma que su fama le precede cuando el hombre deja a un lado su titubeo. Siguiendo sus indicaciones, encuentra a los doce periecos a los que lleva entrenando casi tres años. Visten sus corazas de cuero y cada uno de ellos porta una lanza y una espada corta. Aunque la mayoría se han dejado la cabellera larga al estilo espartano, no lo son. Viven en los márgenes de Esparta como hombres libres, pero no son parte de la ciudadanía espartana, pues su sangre no es pura: solo aquellos nacidos de madre y padre espartiatas pueden formar parte de la clase gobernante. Eso sí, deben servir al ejército cuando los reyes los llaman a la guerra. La misión de Orianna es, precisamente, no enviarlos a una muerte segura y que sean capaces de infligir el mayor daño posible al enemigo.

—Enomotarca Orianna —la saludan, cuadrándose al verla.

—Suerte que habéis venido directos aquí o tendría que ir a buscaros uno tras otro y arrastraros por las orejas.

El grupo suelta una carcajada, desatando la tensión acumulada. Era algo que Orianna había tenido que hacer en su primera misión como enomotarca.

—Maldita seas, Orianna, ¿ni después de parir te tomas un descanso?

A pesar de la oscuridad que los envuelve, no necesita verle la cara para reconocer su voz.

—¿Alguna vez lo he hecho?

Damon se acerca a ella, alumbrado por las luces que han ido encendiendo los hombres. Es uno de los mayores tocapelotas que ha conocido nunca y también su superior directo. Se trata de una mole, tanto por lo que respecta a sus músculos como a su fortaleza interior. Es muy joven para ser pentekonter, pero se lo ganó tras acumular grandes victorias.

Se acerca a ella y la abraza con fuerza; tanta, que siente cómo los huesos le crujen ante la muestra de afecto de su compañero.

—¿Cuál es la situación?

Él asiente y dirige una mirada hacia su pelotón, que los contempla sin disimulo.

—Preparad las armas —ordena ella—. Colocaos bien las armaduras y aseguraos de que vuestras espadas estén muy afiladas. Un error estúpido os podría costar la vida.

Damon se aleja del grupo y, con un gesto, llama a los otros tres enomotarcas. Ellos también se encargan de un grupo de doce periecos cada uno. Al ver acudir a Orianna a la llamada, la miran de arriba abajo: es la única mujer en las reuniones entre los líderes.

—Enomotarca Orianna —saluda y acompaña sus palabras con un golpe de cabeza.

Tiene el mismo puesto que ellos y no piensa realizar el saludo que se reserva a los oficiales superiores.

—La situación es desesperada —empieza Damon—. Esos macedonios están acampados más allá de las montañas. Se dirigen hacia Esparta, siguiendo el camino junto al río. El objetivo del ejército es pararles los pies antes de que lleguen a Selasia, o tendrían vía libre para entrar hasta la capital.

—¿Cuáles son nuestras órdenes? —pregunta uno de los otros enomotarcas.

—El ejército se dividirá en tres. Dos moras se dirigirán junto al rey Cleómenes al monte Olimpo. Con él estará nuestra mayor fuerza. —Orianna asiente, se refiere a las enomotías formadas por los espartiatas—. Nosotros iremos junto a Euclidas a la colina de Evas. El resto permanecerán cubriendo el río.

—Es una estrategia inteligente —apunta Orianna—. Les bloquearemos el paso y se verán obligados a llegar a nosotros por un terreno escarpado.

—Así es —espeta uno de los otros líderes, escupiendo al suelo—. Asegúrate de que tus hombres sepan usar bien sus lanzas y no nos pongáis en peligro. Esto no es ningún juego de niñas.

—Maldito borracho, te he visto más tiempo bebiendo

que entrenando —replica Orianna sin titubear, cruzándose de brazos y dando un paso hacia él—. ¿Acaso has olvidado cómo manejar un arma? ¿Necesitas que te enseñe?

—Luego os dais los meneos que queráis —los regaña Damon—. Tendremos que aprovechar nuestra posición privilegiada porque nos superan en número. —Se detiene unos segundos y los mira uno a uno—. No podemos fallar. Esparta está en peligro.

Todos asienten. No hace falta más para dejar atrás las rencillas.

Orianna vuelve con su grupo. Tienen las armaduras mejor colocadas y varios de ellos están acabando de afilar las espadas. La líder les explica la situación y muchos de ellos ponen los ojos como platos al escuchar el plan del ejército.

—¿Lucharemos junto a Euclidas? ¿El hermano del rey?

—¿Nosotros? ¿Los periecos?

—Nos ofrecen un puesto de gran honor. No solo se trata de luchar codo con codo con Euclidas, sino de proteger nuestra ciudad y a nuestros seres queridos.

Esta guerra no es como otras en las que ha participado Orianna. Está acostumbrada a viajar lejos de su hogar y derribar unas murallas que no son suyas. Nunca antes el enemigo había llegado tan cerca de su hogar ni del corazón de Esparta. No se trata solo de proteger a su rey ni a su tierra; se trata de que el enemigo puede llegar a las puertas de su casa, de su familia y de sus hijas. Nunca antes ha tenido que enfrentarse a algo así, siempre ha sido ella ese enemigo amenazador.

—Si fallamos hoy, les fallamos a nuestras familias. —Todos asienten, cada uno pensando en aquellos a los que dejan atrás, pero a los que llevan en su corazón—. ¡Por Esparta!

El grito de Orianna se aleja y se agranda a medida que lo repiten sus hombres y aquellos que pertenecen al resto de las enomotías, hasta llenar el silencio de la noche con una única voz. Como si estuviese ensayado, justo en ese instante empiezan a sonar las flautas que los van a guiar en la batalla.

Cada guerrero sigue a su enomotarca y este a su pentekonter. Así, poco a poco, paso a paso, cada una de las secciones del ejército se cierran sobre sí mismas y se separan hasta formar los tres frentes de combate: una va directa al este, junto al rey; la segunda se encamina al norte, siguiendo el camino, y la tercera, que engloba a los periecos y mercenarios, hacia el oeste.

En cuanto empiezan a ver en el horizonte pequeños puntos de luz que señalan el campamento enemigo, Orianna envía una plegaria a los dioses:

—Atenea, dame la fuerza necesaria para vencer y la destreza suficiente para que mis golpes sean certeros. —Calla unos segundos, temerosa de verbalizar uno de sus mayores miedos—. Y si hoy debo partir hacia el Hades, protege a mi familia.

5

NELLA

Nunca había asistido a unas Carneas hasta el año en que conocí a mi segunda madre. Servir en el campo no era precisamente algo sosegado, pero los ilotas de la ciudad se movían corriendo de un lado para otro. Aquel primer día, ajena a cómo era realmente vivir en el centro de Esparta, creí que se trataba de lo habitual.

—Has llegado en un momento especial —me explicó Alysa cuando le expuse mi desconcierto—. Son las Carneas. Incluso los ilotas comemos carne durante esta festividad. Aunque también hay mucho trabajo que hacer.

Asentía a lo que me decía y cumplía con todas mis tareas, la mayoría de las cuales consistían en ir a buscar algo a la ciudad. No tenía nada que ver con lo que me exigían en los campos y pude centrarme en lo verdaderamente importante: entender cómo era Esparta. Gracias a esos recados pude ubicar dónde se encontraba la casa de mis nuevos amos —sobre una pequeña colina, en el centro de una de las tribus de pelilargos— y también los puntos más importantes a los que tendría que acudir habitualmente: el mercado, las termas e incluso el río. Alysa me acompañó las primeras veces, pero no tardó mucho en darme mis propias responsabilidades.

—Si eres capaz de orientarte en la ciudad un día como

este —me dijo después de entregarme una cesta—, serás capaz de moverte por Esparta sin ningún problema.

Al despedirse de mí, siempre me besaba en la frente y me encomendaba a los dioses. Resultó que Alysa administraba las fincas de una de las familias más adineradas de Esparta. Al venir de su parte, los tenderos no hacían ninguna pregunta; simplemente depositaban lo acordado en mi cesta y yo volvía sobre mis pasos. Apenas hablaban conmigo, y eso, en realidad, me alegraba, porque aún sentía cierta presión en el pecho cuando un pelilargo se me quedaba mirando.

Subí la pequeña colina en la que se alzaba la oikos de los amos. Como tenía prohibida la entrada por la puerta principal, debía dirigirme al este para acceder por otra más pequeña. Al girarme, me detuve en el acto: un pelilargo se acercaba a la entrada. Era un niño, algo mayor que yo. Tenía las piernas torcidas y caminaba con dificultad, ayudándose de una muleta. Pero no fue eso lo que más me llamó la atención de él. Estaba llorando. Las lágrimas le recorrían las mejillas y ahí se amontonaban hasta caer en goterones sobre su magnífica túnica blanca. Nunca había visto a ninguno llorar. Gritaban, se enfurecían y pegaban. En mi mente infantil un pelilargo era un monstruo que, ante el mínimo error que yo cometiera, me devoraría entera. Aquel, en cambio, lloraba a moco tendido.

Me ignoró por completo. Es posible que ni tan siquiera me viera allí plantada. Llegó a las puertas, llamó con toda la fuerza de la que disponía y, visto que nadie le abría, las empujó con dificultad y se escabulló en su interior. Yo sabía que en la casa no había nadie. Alysa había ido al centro de la ciudad para ayudar a preparar la comida, y a mí me había mandado a por unas medicinas que debía guardar en un almacén. Entré detrás de él, sin hacer ruido, y le seguí. Alysa aún no me había enseñado la casa, solo sabía por dónde debía entrar y dónde dejar lo que llevaba.

Aquel niño me guio hasta un patio interior que comunicaba con las habitaciones de la oikos. Alysa lo había llamado «peristilo» y me había insistido que era donde habitaban los amos. Me detuve, sin atreverme a dar un paso en aquella zona prohibida. Fue entonces cuando los sollozos sonaron aún más altos. Aquel sonido tiró de mí hasta verme plantada frente al marco de una habitación. El niño había dejado caer la muleta en el suelo de cualquier manera y se había tumbado en la cama, donde ahora lloraba encogido sobre sí mismo.

Me puse muy nerviosa. Sabía que no debía estar en aquel lugar. Me sentía estúpida. Cuando me disponía a volver sobre mis pasos, las vasijas de la cesta chocaron entre sí y el niño levantó la mirada, sobresaltado.

—¡¿Quién eres?! —gritó, con la cara llena de lágrimas.

—Per... perdonad, a... amo —balbuceé. Me giré de nuevo e incliné la cabeza.

—¿Quién eres? —repitió, más sosegado.

—Soy la hija de Alysa —me presenté—. Como le escuché llorar, creí que necesitaba ayuda.

—¿Su hija? —Se sentó en la cama y se secó las lágrimas con la manga de la túnica—. Lleva todo el día hablando de ti.

Me sonrojé, sin apartar la mirada del suelo.

—Disculpad si estoy donde no debo.

—¿Dónde deberías estar?

—Debía entregar estas medicinas y dejarlas en el almacén antes de...

—¡Egan! —Un grito acalló mis palabras. Se oían pasos airados que venían desde la entrada principal—. ¡Egan! ¿Dónde estás?

Unos segundos después me vi rodeada de pelilargos. Como si siguieran nuestros pasos, aparecieron dos mujeres, una más anciana que la otra, ataviadas con túnicas preciosas. Detrás de ellas iba Alysa, que me lanzó una mirada de sorpresa.

—¡Aquí estás! —gritó la mujer más joven. En cuanto se acercó a nosotros, volví a agachar la cabeza y fui a apartarme, pero la mujer me detuvo con su voz—: ¿Quién eres y qué haces en mi casa, ilota?

Se me heló la sangre. No supe qué hacer ni cómo reaccionar. Me paralicé en el sitio, aferrando con tanta fuerza la cesta que me clavé en la piel el asa de mimbre.

—Es mi hija, ama —respondió Alysa—. La niña de la que le he hablado.

—Estaba ayudándome —salió en mi defensa el niño—. No ha hecho nada malo.

Algún gesto debieron de intercambiar y que yo me perdí al tener la vista clavada en el suelo, pues la pelilarga se olvidó de mí y siguió hablando:

—¿Por qué te has ido así de la fiesta?

—Estoy harto, mamá —espetó el crío, arrancando de nuevo a llorar—. No solo no me miran, ni me oyen ni me quieren... ¡Es que no paran de humillarme! No sé por qué me esfuerzo tanto. No vale la pena nada de lo que intento.

—No seas tan exagerado, jovencito —le increpó la otra mujer, la que era mucho más anciana. Tenía una voz dulce y sosegada—. Eres un tullido, ¿qué esperabas? No van a aplaudirte si no te ganas su confianza. Tendrás que espabilar, sobre todo si quieres ser mi aprendiz.

—¿Aprendiz? —preguntó él, confundido.

—No le daría ese puesto a cualquiera, niño. Necesito a alguien lo bastante inteligente para saber cuán importantes son las leyendas y la música para Esparta. No puedo permitir que cualquiera me ayude en la educación de nuestras jóvenes.

Se hizo un silencio incómodo. Levanté ligeramente la cabeza hasta mi madre, que me indicó con un gesto que me quedara donde estaba, sin abrir la boca. Obedecí. Me atreví a mirar de reojo a aquel niño, que parecía sorprendido ante las palabras de la anciana.

—¿De verdad? ¿Me cree de veras capaz?

—No tengo todo el tiempo del mundo, Egan. Límpiate las lágrimas de la cara, no avergüences más a tu madre. —Se echó la capa sobre los hombros—. Pasadas las Carneas te quiero ver al amanecer en mi casa. No llegues tarde.

—Gracias, maestra —susurró el niño.

Con la cabeza aún gacha, oímos los pasos de la mujer alejarse por el pasillo, hasta cruzar la puerta y cerrarla tras de sí. Me tensé al notar cómo la pelilarga, la madre de aquel niño, se acercaba a mí y me ponía la mano bajo el mentón.

—Me hubiese encantado conocerte en otras circunstancias. —Me subió con fuerza la barbilla y me obligó a mirarla a los ojos—. Alysa lleva todo el día hablando de la niña que ha adoptado. —Hizo una pausa y se puso a inspeccionar los rasgos de mi cara. Pareció complacida y, al fin, añadió—: Soy Agatha, viuda de Darius, y ahora también tu ama. Servirás a mi hijo procurando su bienestar. ¿Lo has entendido?

—Sí, ama —respondí como en un acto reflejo—. Lo he entendido.

Fue así como me convertí, con solo un par de palabras de una pelilarga, en una ilota doméstica.

ORIANNA

El primer día del nuevo entrenamiento quedé fascinada. Maya nos prometió que nos enseñaría a usar la lanza y el escudo, pero primero debíamos aprender a defendernos sin armas. Mantuvimos la rutina diaria que iniciaba la jornada con varias carreras alrededor de la palestra y los ejercicios habituales para calentar y fortalecer los músculos. Justo después seguimos practicando los ejercicios de salto y lanzamiento de jabalina. Al cabo de unos días, Maya aprovechó el resto de la clase para enseñarnos movimientos y técnicas de combate.

No solo era divertido, sino que me hacía sentir fuerte y útil, pues debíamos enfrentarnos a un reto tras otro. Me gustaba uno en el que teníamos que tumbar a la adversaria en menos de dos minutos, sin salirnos ninguna de las dos de un círculo dibujado en la arena. Mis compañeras eran fuertes y muy ágiles, y era esta segunda cualidad la que muchas veces me tumbaba en la arena a mí.

—Si siempre ganaras —me dijo Maya un día en el que estaba especialmente enfurruñada por haber perdido—, querría decir que he seleccionado a malas compañeras para ti.

La miré, sin dejar de fruncir el ceño. Ante mi silencio, ella añadió:

—El valor de un guerrero no se mide por su fuerza o por la habilidad con la lanza, sino por la habilidad de los contrincantes a los que derrota. Podría ponerte a pelear con niños. —Me revolví de golpe en el sitio, incómoda con mi enfado—. No me costaría nada cambiarte de grupo y ponerte a pelear con niñas de siete años.

—Ni hablar. —Bufé—. Está bien, vale. Lo entiendo.

—Piensa en cómo puedes derrotar a alguien más rápido que tú en lugar de enfurruñarte en una esquina.

—¿Eso no deberías enseñármelo tú? —espeté, aún con algo de enfado en mi interior—. Digo, usted —me corregí, ante la mirada asesina que me lanzó Maya.

—No siempre estaré a tu lado, así que espabila. Y ahora vuelve con el grupo.

Me levanté del suelo, dejando a medias las flexiones que estaba haciendo, y me acerqué de nuevo al grupo de chicas.

Me sentía cómoda con ellas. Habían sido mis compañeras durante toda mi niñez y a muchas las conocía incluso de antes, pues sus madres eran amigas íntimas de la mía.

Maya había juntado a una docena de alumnas. Algunas destacábamos por nuestra fuerza y bravura; otras, por su agilidad, rapidez o resistencia. Ellen, por supuesto, se encontraba entre ellas. Me hacía morder el polvo demasiado a menudo. Mis músculos, ya a esa edad, destacaban por encima de la media; ella se veía pequeña a mi lado, a pesar de haber nacido el mismo año, pero lo que le faltaba de fuerza lo tenía de agilidad.

En aquel momento entraban en el círculo de lucha ella y Rena. Me puse junto al resto y me crucé de brazos para ver la pelea. Rena, impaciente como siempre, abrió el combate lanzando un puñetazo directo al estómago de su contrincante. Ellen respondió dando medio paso hacia atrás y agarrándola del brazo extendido; aprovechando la inercia del golpe de Rena, tiró de ella para poder cogerla de espaldas. Esta respondió con una coz al tobillo de Ellen para desequilibrarla y deshacerse del agarre. Aprovechando el momento, Rena se acercó a ella y, poniéndole la zancadilla, la intentó empujar. Fue imprudente, ya que no se dio cuenta de que Ellen ya había recuperado el equilibrio y estaba en disposición de contraatacar. La cogió con fuerza del tronco y la tumbó hacia la derecha. Rena cayó al suelo y Ellen la inmovilizó poniéndose encima y agarrándole los brazos. Se retorció en el sitio, intentando deshacerse de aquella técnica, pero Ellen no soltaba su presa.

—Vale, ya —dijo Rena desde el suelo—. No hace falta que te regodees tanto, cabrona.

Ellen se hizo a un lado y, cuando le tendió la mano para que se levantara, Rena tiró de su brazo, la hizo caer al suelo e intercambiaron las posiciones.

—¡Serás...! —espetó Ellen cuando se vio inmovilizada.

Rena rompió a reír, contagiando a todo el pelotón. Yo también lo hice, en parte porque me divertía ver a Ellen derrotada.

—¡Dejad de jugar! —gritó Maya, rompiendo el momento festivo—. ¿Qué podemos aprender de esto?

—¿Que Rena es una lianta? —dijo Ellen mientras se sacudía el polvo de los brazos.

—Que nunca hay que fiarse del enemigo —respondí yo. Estaba acostumbrada a esas preguntas de Maya que nos obligaban a pensar constantemente desde el punto de vista del contrincante—. Un combate no termina hasta que alguien acaba preso o se le da muerte. —Todas me miraron, así que añadí—: O hasta que Maya pone fin al entrenamiento.

—Ojo con Orianna... Cualquier día nos ensarta con una lanza —dijo Rena, acercándose a mí y dándome un capirotazo cariñoso en la cabeza.

—No digas estupideces, solo pienso en...

—Exactamente —intervino la maestra, obviando las bromas de Rena—. El enemigo empleará todas las armas a su alcance, así que no os dejéis manipular. Por otra parte... —se giró hacia Rena, que estaba a mi lado, y se puso tensa—, gracias por ilustrar la forma en la que podría luchar un enemigo. —Rena fue a abrir la boca, pero la cerró enseguida—. Aun así, para que te tomes más en serio el entrenamiento, da cinco vueltas más a la palestra.

—¿Qué? ¿Otra vez? —Era ya la segunda vez esa semana que Rena era castigada por algo similar. Como respuesta a sus preguntas, Maya se cruzó de brazos—. Sí, maestra.

—El resto, recoged y dejad la palestra despejada. Nos vemos mañana al alba.

—Sí, maestra —saludamos todas al unísono con el respeto merecido.

Maya se alejó mientras hacíamos lo que nos había ordenado. No tardamos mucho entre todas en barrer la arena en la que habíamos entrenado y recoger nuestras túnicas del suelo. Una de las novedades de ese entrenamiento era que nos permitían luchar igual que los chicos: para evitar las molestias de los roces de la túnica, podíamos hacerlo desnudas. Era todo un alivio, pues las telas dificultaban los movimientos.

—Llevo dos horas pensando en agua caliente —dijo Ellen a nadie en particular. Entonces buscó a Rena con la mirada, que iba por su segunda o tercera vuelta, y le gritó—: ¡Como no corras más rápido, nos vamos sin ti!

Todas vimos cómo aceleraba el ritmo y corría como si le fuera la vida en ello. Era rapidísima; tanto, que competía conmigo y con Ellen por llegar primera en las carreras. Pero también era perezosa y se permitía rebajar el ritmo los días en los que no le apetecía esforzarse de más, por lo que recibía reprimendas casi a diario. Cuando terminó, chorreaba sudor, pero lucía una gran sonrisa en los labios. Le tiramos la túnica que había dejado sobre un banco de piedra y nos fuimos todas juntas a las termas.

Era uno de los mejores momentos del día. Si bien las visitas nocturnas a las termas siempre me han ayudado a relajarme y a rebajar tensiones, en las diurnas pasaba tiempo con mi grupo de iguales. Maya había creado un pelotón de lo más variopinto; todas éramos muy diferentes, pero, al mismo tiempo, teníamos muchas cosas en común.

—¿Qué te ha pasado hoy? —me preguntó Sofía mientras nos limpiábamos el sudor del cuerpo con esponjas húmedas.

—Me he ido a hacer flexiones.

—¿En serio?

Sofía era una chica callada que no destacaba demasiado, pero parecía observarlo todo; se daba cuenta hasta del más mínimo detalle.

—No me gusta perder. —Me encogí de hombros—. Ellen tiene un don para ponerme nerviosa.

—A ninguna nos gusta perder. —Se acercó a mí y me golpeó con cariño el hombro—. Somos tus iguales; tu fortaleza reside en la unión de todas; tu debilidad, en ir por libre.

Siempre hacía ese tipo de comentarios que nos obligaban a pensar un poco para entender a qué se refería. Me recordaba mucho a Egan.

Lo extrañaba. Hacía una semana que no sabía nada de él. La noche de las Carneas no lo eché en falta hasta que fue muy tarde y ya no me dejaron ir a buscarlo. Perdí de vista a su madre también, y nadie de su familia volvió a aparecer por la ciudad el resto de las fiestas. Por más que insistí, madre no me dejó ir a su casa a verle; teníamos que celebrar por todo lo alto mi pequeño ascenso, privándome así de festejarlo con mi mejor amigo.

Por eso me alegré tanto de encontrármelo por la tarde, junto a Fannie. Lo miré extrañada cuando, en lugar de sentarse a mi lado, lo hizo junto a la vieja maestra, frente a nosotras.

—Niñas —saludó Fannie—. Este año habéis dado un cambio y un pequeño paso hacia vuestra madurez. Dedicaréis más tiempo a vuestro entrenamiento y también aprenderéis conmigo maneras de administrar una hacienda.

Todas nos miramos extrañadas, sin entender qué hacía Egan allí. Algunas incluso me miraban de reojo, como si yo tuviera más información que ellas. Fannie pareció darse cuenta, así que añadió:

—Oh, sí, claro. Egan nos acompañará en calidad de mi aprendiz.

¿Aprendiz? ¿De Fannie? Le dediqué una amplia sonrisa, pero él mantuvo la vista fija en el suelo.

Nada más empezar la clase intenté sonsacarle alguna

información con la mirada, pero Egan solo parecía atento a lo que decía la maestra. Cuando terminó, me acerqué de un salto hasta él.

—¿Aprendiz de Fannie? —le pregunté casi a gritos—. ¡Los dioses te han concedido un gran presente!

—Egan, cuando termines...

Él asintió a su maestra, me dedicó una sonrisa y me pidió que lo esperara mientras terminaba de recoger. Fuera, las chicas me dedicaban miradas cargadas de preguntas, pero las despaché con un gesto de la cabeza. No quería compartir con ellas mis conversaciones con Egan. Tal vez fuera algo egoísta de mi parte, pero necesitaba volver a sentirme segura a su lado. Solo habíamos dejado de hablar apenas una semana, tampoco nos veíamos antes o después de los entrenamientos, y eso me hacía sentirme extrañamente sola, a pesar de estar rodeada de gente.

Le esperé con impaciencia hasta que salió de la oikos de Fannie y me acerqué al trote a su lado. No pude evitar estrujarle entre mis brazos.

—Lo siento, lo siento, lo siento —me disculpé, levantándolo ligeramente del suelo con mi abrazo—. No me di cuenta de que te habías ido y madre no me dejó...

—Me alegro por ti, de verdad —me cortó él—. Sabía que te iban a escoger y que formarías parte del mejor grupo que jamás haya entrenado Maya. Solo que me sentí... —le solté un poco y cuando le miré a los ojos vi que estaba incómodo—, fuera de lugar, así que volví solo a casa. Perdona si...

—No hay nada que perdonar —dije, y le solté—. ¿Cómo es eso de ser aprendiz de Fannie?

—Raro —contestó con una risa que me contagió—. Es extraño veros desde arriba y no estar a tu lado.

Entonces me di cuenta de que junto a él había una niña ilota. Había permanecido allí todo el rato, cabizbaja y en silencio. Llevaba colgada una pequeña cesta del brazo. Cabeceé en su dirección, lanzándole una pregunta muda a mi amigo.

—Oh, sí, ¡claro! —Se golpeó la frente con la mano, como si acabara de recordar algo—. Esta es Nella. Es la hija de Alysa. Mi madre la ha puesto a mi cuidado.

—¿Estará *siempre* contigo?

—Supongo.

—Mírame, ilota —le ordené.

Ella levantó la cabeza. Primero se mostró algo dubitativa, pero cuando su amo confirmó la orden, me obedeció.

—Cuídale bien. No te perdonaré si le haces el más mínimo daño —la amenacé como un acto reflejo.

Egan era muy valioso para mí y me preocupó que una completa desconocida fuera a pasar tanto tiempo a su lado.

—No se me ocurriría, ama —me respondió con una falsa dulzura en la voz. En esa ocasión no agachó la cabeza, me miraba directamente a los ojos—. Mi cometido es ayudar al amo Egan en todo lo que necesite.

No hablaba como lo hacían el resto de los ilotas. Había algo en su voz, en su forma de mirarme, que me daba mala espina. No era tan dócil como sus iguales, solo lo aparentaba. La mayoría de los esclavos tenían los ojos apagados, mientras que en los suyos parecía brotar una llama interior.

EGAN

Había echado mucho de menos a Orianna. Cada día. Aunque siempre había aborrecido el entrenamiento extra que me obligaba a seguir, disfrutaba de su compañía. No solo era mi mejor amiga, era la única que tenía. Temí que nuestra separación nos alejara más el uno del otro, de que encontrara otros amigos y me dejara de lado. A fin de cuentas, yo solo era uno de tantos.

Saber que ese día de las Carneas tuvo la intención de ir a buscarme me liberó. Además, Fannie me había explicado exactamente a qué grupos enseñaba por las tardes, y sabía que entonces la vería. Aun así, temí que no quisiera acercarse a mí, por eso intenté evitar su mirada. Ahora sé que había sido un necio. Aunque ella siguiera teniendo a su grupo de iguales, no quería separarse de mí. Insistió en esperar a que terminara con Fannie para pasar juntos el rato antes de la cena.

Aunque ya no estábamos solos, pues la ilota me seguía a todas partes. Mamá le había ordenado que fuera mi asistente personal, pues, como ayudante de Fannie, debía moverme mucho por la ciudad y me venía bien tener a alguien a mi lado. Sin embargo, aunque eso fuera cierto, no me hacía sentir menos incómodo. Era una niña agradable y obediente. Cargaba los utensilios que necesitaba para cuidar los instrumentos musicales y las herramientas de escritura. No tuve que explicarle mucho; me observaba con tanta atención que en dos semanas me tendía lo que necesitaba sin tener que pedírselo. Si solo hubiera consistido en eso mi nuevo trabajo, cuidar de los instrumentos y los enseres de escritura, habría sido muy feliz.

—¿Sabes por qué eres mi aprendiz? —me preguntó Fannie la primera mañana.

—Se me da bien la música —intenté adivinar. Ella negó con la cabeza—. Tengo buena memoria. —Volvió a negar—. No lo sé, maestra. ¿Por qué?

—Porque nadie te acogería más bajo su protección. Tu madre ha comprado este tutelaje a un precio muy caro.

Me había dado cuenta de los pendientes de zafiro que llevaba puestos desde nuestra primera clase. Habían sido el regalo de bodas que mi padre le había hecho a mamá. Los guardaba con celo y solo los usaba en los momentos especiales. Fannie los paseaba por la ciudad, dejando bien claro el precio que había tenido que pagar la noble y rica Agatha para que su hijo tullido pudiera tener una educación.

—Eres inteligente, pero te miran antes de escucharte —añadió ella ante mi silencio—. Voy a ser lo más clara posible, Egan. Cuando tu madre muera, estarás solo en el mundo. Sin un lugar de honor en Esparta, serás poco más que un perieco.

—Mi madre tiene...

—Tanto da lo que tenga tu madre —me cortó. En sus ojos había un atisbo de desesperación, como si necesitara hacerme entender aquello por encima de cualquier otra cosa. Suspiró, volvió a recuperar la entereza y añadió—: Podría perder las tierras o tener que venderlas. Lo que necesitas es hacerte con un nombre entre las personas importantes.

—¿Un nombre?

—Reputación, honor. Un puesto en la política de Esparta.

Cavilé unos segundos, intentando entender lo que quería decirme.

—No estoy aquí para aprender a enseñar —concluí.

—No. Estás aquí porque conozco a las madres, las esposas y las abuelas de los prohombres de la ciudad. Vamos a trabajar duro para que sepan de ti, no solo por tus piernas, sino también por tu inteligencia. Voy a convertirte en parte del eforado.

¿Del eforado? Eso era apuntar muy alto. Mi madre conocía a uno de los cinco éforos que habían sido seleccionados aquel año. Sabía, por lo que me contaba ella, que se necesitaban influencias y amigos en las diferentes tribus para que tu pueblo te escogiera como uno de sus magistrados. Aquel tierno Egan de apenas doce años vio imposible que la asamblea de Esparta pudiera confiar tanto en él como para nombrarlo miembro de su gobierno. Sin embargo, en aquel momento, y a pesar de las dudas, asentí a sus palabras. A fin de cuentas, era ella la adulta y yo, solo un niño.

Lo cierto es que me decepcionó mucho que mi labor junto a ella fuera más social que educativa, pues disfrutaba mucho cuando la ayudaba con las lecciones de los grupos más jóvenes. Me veía reflejado en alguna de aquellas niñas, especialmente en las más tímidas; en otras, en cambio, veía la misma mirada aburrida de Orianna, y sabía cómo atraerlas para que disfrutaran de las canciones y las historias de nuestros dioses. Fannie me permitía tocar para ellas algunas de las fábulas y, cuando les enseñábamos las letras de nuestro alfabeto, me ponía junto a las que más les costaba para ayudarlas a dibujar con firmeza los trazos más complicados.

Esa era la parte buena del día. Entre clase y clase, Fannie me paseaba por la ciudad. Ya lo había hecho con nosotras unos años antes, enseñándonos cómo se administraba nuestro pueblo y qué lugares eran los más importantes en esa tarea. Ahora, sin embargo, sentía que me exponía como una mercancía que vender. Acudíamos cada día al ágora. Fuese la hora que fuese, siempre había alguien en el centro de la ciudad. Alrededor de esa gran plaza se erguían los edificios más importantes de nuestra sociedad: la casa del eforado, el edificio de la asamblea y la Gerusía, lugar en el que se reunían los gerontes, los ancianos que procuraban la justicia. Además, por supuesto, de los puestos de mercado en los que los periecos ofrecían manjares y bebidas a los espartanos.

—La verdadera política —me explicó una vez Fannie, yendo de camino hacia allí— no se ejecuta dentro de esos edificios, sino en los bancos del ágora. Por eso siempre llevo una cesta conmigo con dulces y vino.

Lo que más hacía Fannie entre esos hombres era sonreír,

asentir y ofrecer golosinas y bebida. Parecía encantada con todo lo que le contaban, aunque fueran ideas completamente contrarias ante las que había asentido anteriormente. Poco a poco, dulce tras dulce, iba introduciendo una pregunta, una duda o una idea con la que quería influir a aquel magistrado en concreto.

—Las mujeres no tenemos permitida la entrada en la asamblea —me comentó en voz baja una vez—, pero eso no quita que no dominemos las decisiones de los hombres que sí atraviesan esas puertas.

Yo asentía a todo, anestesiado por cuanta información volcaba en mí y por tantas caras nuevas con las que tenía que conversar.

—Le presento a Egan, mi buen señor. —Así empezaba ella para que yo luego avanzara un paso y dibujara la mejor de mis sonrisas—. Es hijo de Agatha y Darius, de los Aegide. No le distraiga su malformación; hay tanta inteligencia en esa cocorota que no me extrañaría verlo por aquí en unos años seguido de otros aprendices.

El hombre de turno sonreía siempre y asentía a lo que Fannie le decía, pues menospreciarla después de compartir su comida y su bebida era una afrenta a los dioses; pero también callaba lo que realmente pensaba. En realidad, durante aquellos paseos con mi maestra aprendí que aquellos que decían cuidar del pueblo a través de las palabras callaban lo que de verdad pensaban. Otros eran dolorosamente sinceros al negarse a tomar la bebida y la comida que Fannie les ofrecía por estar yo a su lado.

Curiosamente, uno de los que más acudían a las comidas con Fannie era el Agetes, el sacerdote de Apolo al que recordaba de las celebraciones de las Carneas. Disfrutaba de la compañía de mi maestra, pues eran amigos de la infancia. Con él no hablaba de mí como hacía con el resto, sino que disfrutaban del tiempo en mutua compañía mientras mi ilota y yo permanecíamos en silencio a su lado. Fue, de hecho, en una de esas meriendas cuando nos llegó la noticia de que uno de nuestros dos reyes, Leónidas II, había muerto en batalla.

El ágora bulló en un inmenso caos. Salieron todos al encuentro del ejército que volvía de la guerra, encabezado por Cleómenes, hijo del fallecido. La vida se paralizó en la ciudad y esta se centró en celebrar un digno funeral por Leónidas. Se cantaron sus historias más emblemáticas, también sus pasajes más tétricos. Nuestro otro rey, Eudamidas III, hijo de Agis IV, de la dinastía de los Euripóntidas, dedicó unas palabras amables al hombre que había condenado a su padre y le rindió homenaje a su futuro compañero de trono, Cleómenes.

—¿Por qué Leónidas ejecutó a Agis? —pregunté tras escuchar el discurso. Se me hacía muy extraño pensar en cómo debía de haberse sentido Eudamidas al haber heredado el trono de su padre y haberse sentado junto a su ejecutor para gobernar Esparta.

—Agis tenía ideas extrañas —me contó mamá en casa, tras el funeral—. Pretendía repartir las riquezas y las tierras entre todos los espartiatas.

—¿Y eso es malo?

—Perderíamos las tierras que hemos ganado con el sudor, la sangre y las vidas de nuestros ancestros. ¿Qué culpa tenemos nosotros de que el resto de las familias no sepan administrarlas bien y se las jueguen a los dados?

—Ninguna, supongo —decía yo, no muy convencido.

—También quería hacer espartiatas a lo periecos. Y eso no tiene ningún sentido: ¡por nuestras venas no corre la misma sangre! —Bufó y puso los ojos en blanco—. Su hijo es un blando, apenas conoce las responsabilidades de su puesto. Nuestro gran Leónidas ejecutó a su padre, sí; pero por un bien común.

Ese bien común no solo había servido para ejecutar a Agis, sino también a su madre y a su abuela, quienes poseían grandes riquezas. Los ejecutores se habían repartido estas entre ellos, premiando a los traidores que habían engañado al rey para llevarlo frente a sus asesinos. Los defensores de Agis tuvieron que volver a agachar la cabeza durante todo el reinado de Leónidas, temiendo correr ellos una suerte parecida.

Durante las semanas que siguieron a la muerte y al funeral de Leónidas circularon por el ágora todas estas historias, contadas, claro está, entre susurros. Algunos, envalentonados por el exceso de vino, se quejaban a viva voz de las injusticias que había propiciado el antiguo rey y pedían que el nuevo recuperara la cordura.

Todos asistimos a la coronación de Cleómenes III, hijo de Leónidas, heredero de la dinastía de los Agíadas. A su lado, en su recién estrenado trono, se sentó su esposa Agiatis, viuda del ejecutado Agis.

—¿Recuerdas lo que te he estado enseñando estas semanas? —me susurró Fannie en la cena, sentada a mi lado.

Lo recordaba perfectamente. El destino de los habitantes de Esparta podía estar bajo la merced de las mujeres más poderosas de Esparta, y en el trono, junto al nuevo rey, se sentaba una mujer que no solo era rica y tenía influencias, sino que además compartía con su difunto esposo unas ideas que, según mi madre, podrían dejarnos sin tierras.

Y, por lo tanto, a mí sin herencia ni futuro.

Selasia, nueve horas antes de la batalla

Selasia está conmocionada. En las calles reina el caos: nadie parece recordar las directrices de seguridad que su harmosta les repite cada invierno. Un grupo de jóvenes corren de un lado a otro, cargados con armas y escudos, mientras gritan las órdenes que hay que seguir:

—¡Refugiaos en el ágora! ¡Coged cualquier arma a vuestro alcance!

Nella les da alcance montada en su burra y los deja atrás. Parece que las interminables tardes enseñando a esos periecos han dado sus frutos, pues han tumbado las grandes mesas para convertirlas en una defensa rudimentaria. No aguantará mucho, pero al menos les ofrecerá una reconfortante —y falsa— sensación de seguridad.

Se baja de la burra de un salto y se cuela por uno de los huecos tirando de sus riendas. En el centro de todo ese caos, trastabillando sobre sus muletas, está Egan. A pesar del llanto del recién nacido que porta contra su pecho, recorre la indefensa fortaleza repartiendo órdenes.

—¡¡Mamá!! —gritan dos voces.

Antes de que le dé tiempo a girarse hacia ellas, la embisten en un abrazo.

—¡Has tardado mucho! —se queja Cara contra su pecho. Nella le acaricia el pelo moreno y rizado.

—¿Estás bien? —pregunta Adara sin soltar su abrazo.

—¡¡Nella!! —Egan llega a trompicones hasta el grupo y las niñas le abren paso—. ¿Cómo se te ocurre? ¡Orianna nos avisó de que había una guerra en ciernes! ¡Que llegarían en el peor momento! ¡Y tú te vas a cazar cucarachas!

—Gusanos —le corrige, cruzándose de brazos—. Me he llevado a Manchas y he llegado enseguida.

—Me da igual si son gusanos o si...

Nella lo calla con un beso. Y solo con ese gesto la tensión en los hombros de Egan parece relajarse un poco.

—Ahora estoy aquí —le dice al separarse—. Respira. ¿Qué necesitas?

—Esto es un caos —responde Egan, como absorto.

Mira a su alrededor. Nella y las niñas lo imitan. En el centro hay un carromato con comida, bebida y mantas. Una de esas medidas que Nella siempre había tachado de exageradas de sus parejas. En torno a los víveres están los niños y las niñas menores de siete años y algunos ancianos con dificultades de movimiento. Alrededor de estos se arremolinan los vecinos de Selasia, periecos e ilotas. Aunque unos llevan el pelo largo y los otros la cabeza rapada, en ambos grupos se ven el mismo terror y miedo. A pesar de guardar en su interior idéntica inquietud, son muy diferentes. Los unos reclaman; los otros obedecen. Unos deben sobrevivir; los otros deben hacer esto posible, aun a costa de sus propias vidas. El simple hecho de haber nacido de un vientre u otro les otorga o quita derechos. O eso es lo que siempre se les ha enseñado. Al mirarlos, muchos ilotas levantan la cabeza, reclamando su atención.

Los únicos hombres fuertes que están en la ciudad son, precisamente, los ilotas, pues los periecos han sido llamados al combate. Son las mujeres las que se quedan para proteger sus tierras, ayudadas por los mismos esclavos que desprecian.

—¿Qué necesitas? —repite para centrar la atención de Egan.

—Encárgate de los ilotas. Que no se quede nadie fuera. El ágora es suficientemente amplia para albergar a todos en su interior.

—¿Quieres pasar la noche aquí?

Él asiente.

—Necesitaremos dónde dormir y organizar a todo el mundo.

—No los separaré del resto.

—No te he pedido eso. —Egan deja de mirar alrededor y le dedica una sonrisa—. Te pido que me ayudes a mantener a todo el mundo protegido aquí. A todos.

Adara, de pie a su lado, asiente. Nella lleva su mano a la espalda de la niña y la mira. Ha crecido tan rápido que casi parece una Orianna en miniatura, con esa fuerza en su mirada y esa determinación en su corazón. Movería montañas enteras solo para complacer a su padre.

—Ocúpate de encontrar alguien que pueda amamantar al niño —le dice a Egan—. Y descansa un poco, déjanos a nosotras. Mantas, un lugar donde dormir y guardias —enumera, y Egan asiente.

—Puedo organizar las guardias —dice Adara.

—Cada tres horas, nunca menos de tres personas atentas al movimiento del horizonte. No queremos que nos sorprendan. —La niña, que ahora mismo no lo parece, asiente de nuevo—. Y que en cada guardia haya al menos un adulto.

Vuelve a asentir y se aleja a la carrera.

—Cara. —Nella mira a la niña, de rostro redondeado e infantil. No puede evitar acariciarle la mejilla y siente la tremenda necesidad de dejarla junto a los niños pequeños, protegida de todo el peligro—. ¿Serás capaz de ver si falta alguien? Necesito que cuentes a todo el mundo y preguntes si alguien echa en falta a algún vecino o compañero.

—Es fácil —dice ella, con una sonrisa.

—No salgas de la empalizada —ordena Nella cuando la niña da media vuelta y se aleja mientras balbucea números en voz baja.

Una vez ha comprobado que Egan se ha acercado a una mujer lactante y que el pequeño está comiendo, se dirige a un grupo grande de ilotas. Se han quedado a un lado, con la cabeza ligeramente agachada, pero atentos a sus movimientos.

—Voy a necesitar vuestra ayuda —les dice, y en ese momento todos la miran. Los conoce: son una familia, dos hermanos con sus mujeres e hijos—. Nos quedaremos a dormir todos juntos en el ágora. Juntos somos más fuertes. —Ellos asienten, aunque sabe que se trata de un gesto automático que tienen interiorizado cuando reciben una orden directa—. Todos —insiste—. Necesitamos organizar el espacio para que todo el mundo tenga un lugar donde echarse.

—¿Qué necesitas, Nella?

—Tengo que encontrar a algunos más para mover los puestos del mercado y sacarlos afuera. El resto, buscad mantas con las que delimitar espacios. Lo ideal es dejar franjas por las que podamos pasar para movernos.

Asienten de nuevo, con una energía diferente, y, antes de que se alejen, coge del brazo a una de las madres del grupo.

—Que nadie se quede fuera, por favor. El enemigo está demasiado cerca.

—Gracias, Nella —le dice ella, con una sonrisa triste.

Tardan poco en abrir espacio en el centro. Algunos periecos se unen a la labor y empieza el verdadero dolor de cabeza: dividir el espacio entre todos.

—No entiendo por qué tenemos que dormir todos juntos como animales —se queja una mujer. Es la esposa de uno de los herreros del pueblo. La conoce perfectamente. Es una familia trabajadora, pero también muy orgullosa—. ¿No tiene más sentido encerrarnos en nuestras casas? ¿Por qué voy a dormir a la intemperie rodeada de ilotas?

Nella respira hondo para bloquear la primera respuesta que le viene a la garganta. En lugar de hablar con la mujer, se dirige a su hija, que es una de las que entrenan junto a Adara:

—¿Cuál es el mejor momento para atacar una ciudad?

La niña se queda un momento parada, alternando su mirada entre ambas mujeres.

—De noche. —Nella asiente y, con un gesto, la invita a seguir hablando—. Es cuando hay peor visibilidad. Puedes esconderte entre las sombras y atacar un pueblo que está desprotegido y dormido. —Mira a su madre para decir lo último—. Es lo que siempre nos dice la maestra Orianna.

—Y otra de las cosas que dice —añade Nella— es que hay que convertir tus puntos flacos en fuertes.

—Sí, pero... —intenta protestar la mujer.

—Estando todos juntos haremos guardias de vigilancia. Tendremos las armas a nuestro alcance y una empalizada con la que intentar limitar el golpe inicial.

—Todo eso lo sé, pero...

—Si, aun sabiéndolo, prefieres quedarte en tu casa y hacerte responsable de lo que le pueda pasar a tu familia, es tu decisión. Yo tengo claro que quiero proteger a la mía.

La mujer hace un mohín, pero no replica. Se aleja de Nella y se adueña de una de las mantas más amplias, para quedarse un espacio mayor.

Cara la sorprende a su espalda. Es sigilosa como una serpiente y le hace dar un brinco más de una vez.

—Los que no están aquí es porque están trayendo algo

—dice la cría—. Han ido a buscar a dos familias ilotas que no han llegado y solo faltan los animales.

—¿Los animales?

—Dijiste «todos», ¿no? Las cabras están en el campo norte, tenemos aquí a Manchas, pero hay dos burras más en...

—No te preocupes por los animales —la interrumpe Nella, agachándose para ponerse a su altura y colocarle un mechón detrás de la oreja—. Están bien protegidos en sus corrales. El enemigo no les hará daño.

—Pero ¿y si no tienen comida? —El rostro de Cara se tiñe de preocupación.

La niña la ha acompañado siempre en sus labores como administradora desde el día en que nació. Subidas ambas en Manchas, han recorrido aquellos campos de punta a punta. No solo conoce los terrenos de labranza casi tan bien como ella, sino que, desde que era capaz de ponerse derecha, demostró su afinidad con los animales de la zona. Se preocupaba por los que tenían en custodia, y también de aquellos que andaban libres por aquellas tierras. Dejó de regañarla por traer animales heridos cuando se dio cuenta de que era algo instintivo en ella.

—Mañana a primera hora me ocuparé de ir a revisarlo, ¿vale?

Complacida con la respuesta, Cara asiente y se calma. Luego se encuentran a Egan junto a Adara y a un numeroso grupo de jóvenes, repartiéndose las guardias. No le extraña saber que Adara está en la primera. Nunca ha podido quedarse quieta cuando hay acción a su alrededor; le será prácticamente imposible dormir.

Las órdenes son claras. Primero, deben preocuparse de que la zona alrededor de la empalizada quede siempre bien iluminada, y se apostarán en diferentes puntos para vigilar desde todas las posibles entradas. Luego, el resto se dividirán las mantas, dejando en las posiciones más cercanas a los pasillos a los siguientes en el turno de guardia. Alguna otra perieca protesta por tener que dormir en el suelo y a la intemperie, aunque no se atreve a dirigir la queja a ella o Egan.

Estos se colocan en una manta cualquiera, entre el resto de los vecinos, aunque ocupan una posición jerárquica superior. Egan se tumba, dejando a un lado las muletas, y Nella puede apreciar cómo se le han hinchado los tobillos. Se los acaricia masajeándolos.

—No puedes hacer tanto sobreesfuerzo.

—A ver si Orianna y tú vais a ser las únicas.

—¿Estará bien mamá? —pregunta Cara, tumbada entre ambos, junto a su hermano.

Los dos adultos se miran de soslayo.

—Sabes que cuando mamá va a la batalla… —empieza Nella.

—Estará bien —se apresura a decir Egan—. Tu madre es fuerte.

—Es la más fuerte de todas —repite Cara, bostezando, mientras entorna los párpados.

Nella le dedica una mirada asesina a Egan. Nunca miente a las niñas ni les da esperanzas vacías. Él le responde con un «lo siento» mudo. Quiere decirle muchas cosas, regañarle por lo que acababa de decir, pero, al mismo tiempo, expresarle el miedo que siente. Su corazón lleva encogido desde que ha escuchado los tambores de guerra. No solo sus hijas están en peligro, sino que Orianna se ha dirigido al combate cuando aún no está recuperada del todo.

Es una guerrera fuerte y brillante, pero eso no la hace invencible. Envidia la facilidad de la niña para creer en la promesa de su padre y conciliar el sueño. Ella permanece algunas horas más con la vista puesta en el firmamento. Solo consigue dormirse cuando nota el calor de Adara a su lado, tras terminar el primer turno de guardia.

6

NELLA

Pasaron los meses y me acostumbré a aquella vida. El calor del verano dio paso a la frescura del otoño y, con él, Esparta se vació. Mi madre me contó que era porque el ejército partía a cumplir con su misión y solo se quedaban en la ciudad las mujeres, los ancianos y los niños; además de los periecos y nosotras, claro.

A diferencia de mis primeros años en el campo, en la ciudad sentía que formaba parte de algo. Para empezar, tenía una madre que procuraba que comiera caliente cada día y que me rapaba el pelo con cariño. También me obligaba a bañarme muy a menudo y, aunque intentaba rehuir de esos chapuzones, ella me lo impedía. «No pienso permitir que ninguna hija mía vaya hecha unos zorros por la ciudad», me decía ella mientras me frotaba la espalda. No teníamos permitido usar las termas, pero Alysa contaba con un barreño grande en el que me metía y me echaba agua caliente por encima. «¿Qué dirían de mí al verte caminar sucia por Esparta?». Y es que caminar era lo que más hacía. A primera hora acudía al cuarto del pequeño amo con el desayuno y le ayudaba a vestirse. Disfrutaba muchísimo cuando le acompañaba al hogar del ama Fannie, pues estando a su lado podía aprender igual que hacían el resto de las niñas. No sabía si tenía permitido semejante privilegio, así que por miedo a perderlo, guardaba silencio oculta en una esquina de la oikos, con la cabeza agachada, mientras escuchaba atenta cada nuevo aprendizaje, cada canción y cada historia que narraban. Aunque disfrutaba de estas últimas, me cautivaban mucho más los números. Con el grupo de alumnas pequeñas aprendí a contar, y con uno en el que eran un poco mayores, a hacer operaciones más complejas.

Saber de matemáticas me servía en las labores que debía realizar. Los días que no acompañaba al amo Egan a sus clases, Alysa me enviaba a la ciudad a hacer recados. Cuando la tarea consistía en llevar algo a algún sitio, me hacía ir sola; sin embargo, disfrutaba mucho más cuando caminábamos juntas. Primero, porque estaba contenta de tener una nueva madre y pasar tiempo con ella; a fin de cuentas, solo era una niña. Pero, también, porque me enseñaba cómo funcionaba ese nuevo mundo en el que ella me había introducido. Llevaba siempre colgado en su cinto una pequeña bolsa de tela con algunos dracmas y óbolos. «Es importante que suene lo suficiente para llamar la atención, así te toman en serio y puedes regatear con los vendedores», me decía.

Me hacía permanecer en silencio y escuchar a su lado. Nos acercábamos al ágora a la que siempre acudían Egan y Fannie. En lugar de entrar en ella por los grandes pórticos, Alysa se desviaba por una de las calles laterales y lo hacíamos en el mercado. Una de las grandes diferencias con el campo era el ruido. No solo porque había mucha más gente en un espacio pequeño, sino porque pugnaban por gritar más que el vendedor de al lado. Eran también pelilargos, por lo que agachaba siempre la mirada al acercarme a uno. Mi madre, en cambio, los encaraba con la barbilla alzada, y cuando tocaba, solo asentía levemente. Era una Alysa del todo diferente a la que hablaba con el ama Agatha. Con ella era complaciente, educada e, incluso, cariñosa. Con el resto de los pelilargos se mostraba en una relación de igualdad; solo exhibía cierta reverencia al saludar con un cabeceo y con un murmurante «amo» en los labios, casi como una coletilla que empleara por costumbre.

Estando entre ellos, Alysa se movía como si aquellas fueran sus tierras y supiera exactamente dónde se encontraba lo que había ido a buscar. En mi entonces corta vida, jamás habría osado contrariar a un pelilargo; Alysa, en cambio, les hacía frente y rechazaba los precios que le pedían cuando lo creía oportuno. Nunca aceptaba el primero que le decían, y al final compraba lo que necesitaba casi por la mitad de lo que al principio le pedían. «Así nuestra bolsa nunca se vacía del todo», me decía, guiñándome el ojo.

Algunas veces íbamos por orden de Agatha, sin la necesidad de llevar una bolsa colgada del cinto. Nuestra ama hacía que le trajeran lo que nos mandaba comprar, y allí les pagaba. Nunca tocábamos una moneda suya, pues las que usaba mi madre eran aquellas con las que nuestra ama le premiaba por su buen servicio. La generosidad de Agatha nos daba un techo y, como parte de los ilotas domésticos, nos correspondía con los restos de las comidas comunales. Para Alysa aquello no era suficiente y empleaba sus pocas ganancias en proveerse de pequeños lujos.

Uno de esos días, mientras volvíamos a casa, Alysa sacó de uno de los armarios del almacén unas tablillas. Eran muy parecidas a las que empleaban las niñas para aprender a escribir cuando no usaban el pergamino, solo que eran algo antiguas. Estaban cosidas y cerradas una sobre la otra. Al abrirlas, me encontré una amalgama de anotaciones con una letra minúscula. Sabía, porque lo había visto con los amos, que podía escribirse en ellas y, como estaban hechas con cera, era fácil borrar para corregir o volver a empezar.

—¿Para qué son estas tablillas, madre? —le pregunté, sentándome sobre las rodillas a su lado.

—He pensado que sería un buen momento para enseñártelas. Las compré muy baratas a una familia que iba a tirarlas; solo tuve que pedir un marco nuevo.

Mientras ella hablaba, yo contemplaba los dibujos que decoraban aquellas dos hojas. Una estaba casi llena, mientras que en la otra apenas había anotadas un par de líneas. Eran casi todo números, sumas y restas, acompañadas de algunas letras que aún no sabía descifrar.

—Cuentas —dije para mí en voz baja.

—Así es. Mis ahorros... Nuestros ahorros —se corrigió—. Aquí anoto todo lo que el ama me da junto con todo lo que gastamos en el mercado.

Al final de la segunda página había anotada una cifra acompañada de algunas letras. Puede reconocerlas con facilidad de los ejercicios que hacían las niñas más mayores.

—«Una mina, treinta dracmas y tres óbolos» —leí, y Alysa asintió.

—Ahora tenemos que restar lo que hemos gastado hoy.

—Una mina, veintiocho dracmas y cuatro óbolos.

—¿Qué? —me preguntó, confusa.

—Hemos gastado once óbolos, ¿no? —Ella asintió a mi pregunta—. Pues eso es lo que nos queda: una mina, veintiocho dracmas y cuatro óbolos.

Lo comprobé contando con los dedos de las manos y lo confirmé con un cabeceo. Alysa frunció un poco el ceño, hizo las operaciones sobre la hoja de la tablilla y me miró extrañada.

—¿Cómo lo has calculado tan rápido?

—Cuando estoy con el amo, al no poder escribir, hago las cuentas en la cabeza.

—¡Qué hija más lista tengo! —Me besó y me arrancó una sonrisa de los labios.

Era muchísimo dinero. Había aprendido de números gracias a las lecciones de Fannie y escuchando los precios del mercado mientras hacía mis tareas. Sabía que era una cifra muy elevada para que una esclava pudiera alcanzarla solo con las propinas de su ama, por muy generosa que fuera esta. Aun así, no quise preguntarle nada. Tal era mi contento de poder serle útil, que la ayudé a anotar lo que nos habíamos gastado. Me acordaba de cada uno de los puestos en los que nos habíamos detenido y qué habíamos comprado en ellos. Recordé entonces cómo se relacionaba con esos pelilargos y no pude evitar preguntar:

—¿Por qué tratas así a los amos?

—¿Qué? ¿Qué amos?

—Los amos del mercado —aclaré yo—. Les hablas... —vacilé, intentando encontrar la palabra correcta—. En el campo nos azotaban si no agachábamos la cabeza ante un pelilargo; en cambio, ¡tú los miras a los ojos!

—¡No son amos! —espetó ella, riendo—. Solo son periecos. —Al ver que no entendía lo que me estaba diciendo, añadió—: Son personas libres, pero no son espartanos de verdad.

—Pero llevan el pelo largo.

—Claro, porque son libres —repitió. Entonces se levantó del suelo y fue a cerrar las ventanas que habíamos dejado abiertas para que corriera el aire. De nuevo a mi lado, continuó en voz baja—: Los periecos se creen más de lo que son. Los dueños de Esparta y de nuestras vidas son los espartiatas, hombres y mujeres como nuestra ama. Sangre guerrera. Nunca verás a un amo vender nada en el mercado, ni hacer otra cosa que no sea comer, salir a cazar y hacer ejercicio como si la guerra estuviese a las puertas de nuestro hogar.

Rio como si hubiese hecho una broma muy graciosa.

—Pero también les llamamos «amo».

—Porque hay que alimentar ciertos egos para que no se

te echen encima. Los peores son los bastardos, esos hijos ilegítimos que usan su fuerza sobre nosotros para sentirse más poderosos. No son capaces de asumir que están a la misma altura que una familia de artesanos o un esclavo liberto. No heredan los mismos derechos, pero sí ese rancio orgullo espartano. —Al verme con la mirada perdida, intentando entender a qué se refería, añadió—: Mi dulce niña, has vivido muy alejada de la ciudad y allí, en el campo, solo hay periecos que se creen espartanos. Debes ganarte la confianza de un espartiata, ellos son dueños de nuestras vidas y, lo que es más importante, de nuestra libertad. Los periecos son útiles, puedes hacer tratos con ellos, e incluso ganar algo de dinero, pero quienes pueden liberarte son los espartiatas.

—¿Liberarnos? ¿Podríamos ser libres?

—¿Por qué te crees que guardo tanto dinero, mi pequeña? —Ante mi silencio, ella añadió—: Existen tres formas de ganarnos la libertad: huyendo, comprándola o que un espartiata te la regale. La primera está descartada. —Se pasó el dedo pulgar por la garganta, de lado a lado—. Así que intento la segunda o la tercera.

—¿Cuánto cuesta?

—Mucho, mi niña. Por eso me humillo tanto ante el ama y le consigo la mercancía lo más barata posible. Ella me recompensa con migajas, pero, óbolo a óbolo, se puede acumular una pequeña fortuna.

—¿Y por qué no te la da sin más?

—Porque en realidad no quieren que nos vayamos. Se quedarían sin nadie que les limpie la mierda que dejan allá donde van. —La amabilidad que Alysa esgrimía en público se deshilachaba cuando estábamos a solas, mostrando su verdadero ser—. Tendrías que hacer algo verdaderamente importante para conseguir que te firmen la libertad.

—¿Cómo que «firmar»?

—En realidad, no es más que un garabato sobre un pergamino que indica qué grandeza has realizado para que tal o cual familia implore tu libertad a los reyes.

—¿Tan fácil?

—Y tan difícil.

Dejó escapar un largo suspiro y nos quedamos pensando ambas en aquello que quedaba tan lejos de nuestro alcance.

EGAN

Me acostumbré con facilidad a la nueva rutina y a la ilota que me había asignado mamá. Al principio me molestaba tenerla cerca, enfurruñado porque creía que era una nueva estrategia para tenerme controlado; aunque pronto me sentí cómodo junto a Nella.

Ella creía que no me daba cuenta, pero la veía contar con los dedos escondidos tras la espalda y susurrar números durante las clases de aritmética.

—No me gusta esa esclava tuya —me había dicho Orianna una vez que la despaché para hablar con ella a solas—. Tiene… no sé. Es como si se creyera mejor de lo que es.

—Solo es curiosa —respondí, encogiéndome de hombros.

—Ya sabes lo que dicen de los esclavos curiosos…

—¿Qué dicen? —pregunté, sin saber a qué se refería.

—No sé… —repitió mi amiga, y su respuesta me sacó una sonrisa que la hizo enfadar—. Pero ¡nada bueno!

Orianna era muy testaruda y cuando se le metía algo entre ceja y ceja no había manera de hacerle cambiar de opinión. Siempre ha sido así, ni la edad la ha ablandado. Por eso, siempre que veía a la ilota torcía el gesto.

—¿Le sucede algo al ama Orianna, amo Egan? —me preguntó un día cuando estábamos solos de regreso a casa. Aproveché para pararme un momento y descansar. Ella se detuvo a mi lado, con la cabeza gacha, pero alternando su peso de un pie a otro, nerviosa—. Parece que la he molestado en algo y no era mi intención.

—Orianna es como un fuego —respondí—. Calienta y te hace sentir seguro cuando su llama está controlada. —Ella asintió—. Cuando se siente confusa, esa llama se hace cada vez más grande. Si te acercas demasiado, puedes quemarte. Con los años he aprendido a darle espacio y esperar que se apague sola.

—¿Quiere decir eso que la he hecho enfadar de alguna forma?

—No, Nella. —La llamaba pocas veces por su nombre y, cada vez que lo hacía, ella parecía sobresaltarse—. Solo digo que está de mal humor. A veces la chispa más pequeña le afecta. Está muy centrada en su entrenamiento y algo disgustada. —Le puse la mano en el hombro y ella levantó ligeramente la cabeza hacia mí—. No te preocupes. ¿Volvemos a casa?

Ella asintió, como si de verdad tuviera poder de decisión, y retomamos el camino. Por lo que me había contado mi madre, Nella no era hija natural de Alysa, sino que se la había encontrado vagando por las calles, huérfana y abandonada. Me embargaba cierta pena pensar en que alguien, ilota o libre, tuviera que vivir los primeros años de su vida completamente sola. Me imaginaba sin mi madre, teniendo que sobrevivir a las inclemencias de Esparta, y no me veía capaz de hacerlo. En parte, fue por esto por lo que acabé aceptando la compañía de Nella a mi lado, y también porque me fascinaba la curiosidad con que lo observaba todo.

Un día me la encontré tan concentrada escuchando lo que explicaba Fannie a las niñas que no se dio cuenta de que me acercaba a ella para pedirle ayuda. Vi claramente cómo contaba con los dedos, entornaba uno de los ojos, pensativa, y acababa con una sonrisa de oreja a oreja.

—¿Cuál es el resultado? —le pregunté.

Ella se sorprendió tanto, que, del susto, volcó unas de las vasijas de agua que sostenía. Por suerte, la pudo agarrar a tiempo de que cayera al suelo. Todas las miradas se posaron en nosotros.

—Siento la interrupción, ama Fannie.

Dicho esto, marchó rauda de la habitación y volvió enseguida con un trapo, se arrodilló en el suelo y secó el agua que había derramado. Yo regresé junto a Fannie, que requería de mi ayuda con las niñas más lentas, pero no dejé de observar a Nella con el rabillo del ojo. La ilota se había puesto tan tensa después de que yo la sobresaltase, que el resto de la lección permaneció con la cabeza gacha. Y así siguió toda la mañana, hasta que Fannie despidió a las alumnas y nos quedamos los tres terminando de recoger la sala.

—Puedes irte ya, Egan. Nos vemos por la tarde.

—Sí, maestra —asentí yo, agachando la cabeza con reverencia.

Nella vino tras de mí cuando salí de la oikos y me dirigí a las mesas comunales de la tribu. Esperé hasta alejarnos unos metros para aminorar el paso y que ella me alcanzase.

—Estás disfrutando de las clases de aritmética. —Nella no dijo nada—. No es una reprimenda —proseguí—. Mamá siempre dice que no se le debe cortar las alas a la curiosidad. —Me detuve frente a ella y le sonreí. Ella levantó ligeramente la cabeza y se sonrojó.

—Discúlpeme, amo. No sabía si yo podía... —Dejó la frase inacabada y, al ver que yo no decía nada, añadió—: Paso muchas horas con usted y es inevitable que preste atención. Es interesante, me gusta.

—Me alegra no ser el único que disfruta con las lecciones —dije, riendo. Ella sonrió.

—¿Puedo seguir acompañándole?

—Por supuesto.

Fue así como empecé a ver a Nella de forma diferente. Era mi esclava doméstica, pero también alguien inteligente con quien poder conversar. Al terminar las clases con Fannie, especialmente las de aritmética más avanzada, intercambiábamos ideas sobre lo que nos había enseñado. Al principio, ella me consultaba dudas que le habían surgido durante las explicaciones, pero, para mi asombro, en pocos meses se puso a mi nivel y ya me planteaba preguntas que yo era incapaz de responder. Era una de las personas más inteligentes que había conocido en la vida.

La soledad que había sentido al separarme del pelotón se estaba curando no solo gracias a tener a mi lado a alguien con mis mismas inquietudes, sino también porque podía ver a Orianna prácticamente todos los días. Aún refunfuñaba por la ilota que me seguía a todas partes, aunque siempre me lo tomé como algo que hacía por costumbre, más que por sentir verdadero desprecio hacia ella. Eran mis momentos favoritos del día, cuando podía pasar tiempo con las dos. Me ayudaban a paliar las humillaciones que debía soportar al intentar incorporarme a la política espartana.

Tenía claro que no lograría tan alto honor, pero ni mi madre ni Fannie iban a tolerarlo. Me veía capaz de ejercer de magistrado, pero también sabía que conseguir que la mayoría de la asamblea me aceptara como a un igual resultaría una tarea titánica. Día tras día, veía el odio y el rencor reflejados en las miradas de aquellos hombres que, aun siendo espartiatas como yo, me despreciaban como si fuera algún tipo de abominación.

Recuerdo una tarde en que Fannie me había ido a buscar tras la comida para pasar la tarde en el ágora. Llevaba, como siempre, una cesta con algunos dulces y una jarra de vino de higos que deleitaba a muchos. Nella nos acompañaba, pues necesitábamos a alguien que cargara y preparara la merienda. Como siempre que entrábamos en el ágora, saludamos a aquellos con los que nos cruzábamos y no evitaban nuestra cercanía. Con uno de ellos, Fannie se entretuvo a hablar, así que aproveché para alejarme unos pasos, fingiendo interés por un puesto del mercado en el que vendían pasteles recién horneados. A veces necesitaba airearme un poco del parloteo incesante de la maestra para despejar la cabeza.

—¿A ti qué se te ha perdido aquí? —escuché a mi espalda.

No pensé que fuera conmigo, así que seguí paseando la mirada entre las tortas y demás dulces exhibidos. Me di cuenta de que algo no iba bien cuando la perieca del puesto torció el gesto hacia algo o alguien que tenía detrás.

—Te han preguntado qué haces aquí, tullido —insistió una segunda voz.

Alguien me agarró con fuerza del brazo y me obligó a girar sobre mí mismo. Fue entonces cuando los vi: un grupo de chicos de mi edad que no me eran extraños; se trataba del pelotón al que me habrían asignado de haber nacido sin ninguna tara física. El que me había cogido del brazo era uno especialmente grandote, con unos brazos enormes y una sonrisa de superioridad dibujada en el rostro.

—Acompaño a mi maestra —respondí sin más.

Intenté zafarme del agarre, pero aquel gigante apretó con más fuerza.

—¿Y para qué la acompañas? ¿Qué puedes tú aportar a nadie si no eres capaz de sostenerte de pie tú solo?

De golpe soltó mi brazo para arrebatarme la muleta. No supe cómo reaccionar, apenas lo vi venir. Al perder el punto de apoyo, trastabillé y caí de rodillas al suelo. Todo mi cuerpo tembló cuando el hueso se dio contra la piedra. El grupo se echó a reír y uno tras otro se fueron acercando a mí para lanzarme un escupitajo.

—Inútil.

—Servirías mejor de alimento para los lobos.

—Tendrías que estar muerto.

Nadie hizo nada por ayudarme. Un manto de silencio cayó sobre el ágora, petrificada, contemplando el enfrentamiento. Y, una vez declarado un vencedor, todos reanudaron sus conversaciones como si nada hubiese pasado. Intenté levantarme, pero había perdido la sensibilidad en la pierna derecha por el golpe y no tenía fuerza suficiente en los brazos. Sentí cómo el sofoco me subía hasta las mejillas al verme a mí mismo en posición tan deshonrosa, con el pelo lleno de escupitajos de aquellos imbéciles.

Nella se alejó de mí para recuperar la muleta que habían tirado unos metros más allá. Luego me ayudó a levantarme. Cuando estuve de pie, no solo tuve que apoyarme en la muleta, sino que necesité de su brazo para poder caminar.

Fannie estaba a unos pocos pasos, sola, mirándome a los ojos con los brazos cruzados.

—Te dejas pisotear —me recriminó cuando llegamos a su lado—. Es eso lo que les da más fuerza. Debes defenderte.

—¿Y cómo lo hago, maestra? —repliqué, agotado—. ¿Les pateo el culo con unas piernas que apenas puedo levantar? ¿Los persigo y les doy una paliza con mi ridícula muleta? Me odian por el simple hecho de haber nacido, ¿cómo puedo luchar contra eso?

Jamás le había hablado con tanta rabia, mas ella ni se inmutó.

—Convirtiendo tu debilidad en parte de ti, no escondiéndote —contestó—. Es ridículo que cada vez que vengas al ágora te escondas detrás de mí o finjas interesarte por lo que venden en los puestos del mercado. Nunca dejarán de fijarse en ti. Siempre te verán, Egan, y te señalarán, y se reirán de ti y, por supuesto, no perderán ocasión de demostrar que son más fuertes que tú.

—¿Y qué hago, entonces? —Agaché la mirada, sintiendo cómo las lágrimas pugnaban por derramarse.

—Acéptalo. —Me golpeó con suavidad en el pecho con su bastón—. Y demuéstrales que eres mucho más que dos piernas torcidas. —Su bastón me recorrió el pecho hasta llegar a la barbilla y me obligó a levantarla para mirarla a los ojos—. Por muchas joyas que me hubiera ofrecido tu madre por tenerte bajo mi tutela, jamás habría aceptado si creyera que eres un inútil.

ORIANNA

Con el paso de los meses, aprecié un cambio enorme en mí. Crecí un par de palmos, era mucho más resistente en las carreras y mucho más fuerte en los enfrentamientos. Mi cuerpo abandonaba sus formas infantiles y se robustecía.

A pesar de ello, fui de las últimas en sangrar, y aquello lo sentí como una patada en la entrepierna, no solo por el dolor que me cruzaba el vientre y me martilleaba los riñones, sino también porque todas las mujeres de mi familia se volvieron locas. Mi madre y mis tías decidieron anunciar a los cuatro vientos mi nueva condición de mujer y me felicitaron por algo en lo que yo no tenía ningún tipo de control. No me permitieron quedarme en la cama hecha un ovillo hasta que desapareciese el dolor, sino que me pasearon orgullosas por la ciudad.

—Solo os falta preguntar qué imbécil quiere meterme un crío dentro —espeté yo uno de esos días en que me exhibieron como si fuera ganado.

—¡No seas desagradecida, niña! —me respondió mi tía—. Es todo un don que nos ofrecen los dioses para que nuestro pueblo siga creciendo poderoso.

Me llevaron frente a la estatua dedicada a la diosa del amor, esposa de la guerra, y ofrecieron frente a ella mi primera sangre.

—Ayuda a mi hija, magnífica Afrodita, a lograr encontrar un marido fuerte que la haga una madre afortunada —rezó madre—. Protégela en tu abrazo y guía su corazón.

Mientras las mujeres rezaban frente a la estatua, pronunciando sus súplicas con la cabeza baja, aproveché para, arrodillada a su lado, levantar la cabeza y contemplar a Afrodita, diosa del amor y la belleza, la que provocó la guerra más importante de todos los tiempos y la única capaz de controlar a Ares, su irascible marido. Vestía una fina túnica que, aun siendo de piedra, se sentía ligera. Nos observaba desde arriba con una soberbia y una belleza dignas de una diosa del Olimpo. Sin embargo, yo me detuve a contemplar el casco que llevaba en la cabeza y el escudo que reposaba a sus pies. Diosa del amor y también de la guerra. Diosa creadora, pero también destructora.

Agaché la cabeza y le dediqué un rezo en voz baja:

—Dame tu fuerza y tu entereza, Afrodita. Haz que los demás me vean y se me conceda lo que realmente deseo. —Detuve aquí mi pensamiento un instante, temerosa de que la diosa se enfadara conmigo. Visto que no reaccionaba de ninguna forma, añadí—: Formar parte del ejército de Esparta.

Permanecí así unos minutos, con el puño sobre el corazón y una plegaria lanzada a los cielos. Cuando mi familia terminó de pedir que los hijos brotaran de mi vientre fuertes y sanos, me levanté junto a ellas y emprendimos la vuelta a casa.

Aquel día y el siguiente me prohibieron salir a la calle, decisión que me tomé más como un castigo que como una ayuda, y me proveyeron de unos paños de cuero que debía emplear cuando volviera a sangrar. Fannie ya nos había explicado en su momento esta reacción del cuerpo, pero agradecí el recordatorio: no prestaba demasiada atención a aquellas lecciones.

—Temía que no sangraras —me susurró madre cuando nos quedamos a solas—. Me alegro tantísimo de que las diosas te hayan bendecido así.

Me besó la frente y me apretó fuerte contra su pecho, tal y como hacía cuando solo era una cría. Le devolví el abrazo, sintiéndome extraña con esa muestra de afecto. No solo porque fuera algo poco habitual en ella, sino porque parecía que mi valor como persona dependía de algo arbitrario como sangrar o no sangrar, mientras que mi esfuerzo diario en la palestra no tenía tanta importancia.

El segundo día que falté al entrenamiento y me quedé en casa junto a las mujeres de mi familia, recibimos la visita de la ilota de Egan.

—Me envía mi amo —dijo Nella en la puerta, con la cabeza gacha, pidiendo permiso para entrar. Madre accedió con un gruñido desde el interior—. Traigo un mensaje para el ama Orianna.

Como no quería que mi familia supiera qué tenía que decirme aquella esclava, me levanté de mi asiento y me dirigí a la puerta.

—Aprovecharé para dar un paseo, necesito que me dé el sol —dije, y con un gesto de la cabeza indiqué a la ilota que me siguiera. Madre no me dijo nada, así que me lo tomé como un sí—. Necesitaba una excusa para salir de aquí —añadí en voz baja a Nella.

—Me alegro de haber servido de ayuda —repuso ella, con una sonrisa falsa en el rostro. Era la típica frase que todo ilota repetía cuando no sabía qué decir.

—¿Qué quiere Egan?

—Está preocupado, ama. Al no verla estos días, pensaba que podía haber enfermado.

—¿Y por qué te envía a ti en lugar de acercarse él mismo? —pregunté, molesta, no sabía muy bien por qué.

Aquella esclava me incomodaba.

—No soy quién para...

—Ya, ya. Lo sé.

Mis pies nos habían llevado hasta el campo de entrenamiento. Faltaba poco para el mediodía, así que mis compañeras estaban repartidas por parejas para practicar los movimientos de desarme y derribo.

—Estoy bien —le dije, rompiendo el silencio, pero sin dejar de mirar frente a nosotras, a la pista—. Dile que ya puede intercambiarse conmigo cuando quiera. —Al ver la cara de desconcierto de la esclava, añadí—: Él lo entenderá.

—Por supuesto, ama.

Permaneció a mi lado, incómodas las dos.

—Si me permite... —dijo. Creí que me pedía permiso para irse y se lo concedí con un ademán, pero en lugar de hacerlo, se apoyó en la barandilla y añadió—: Fue lo que me fascinó de la ciudad el día que llegué. —La miré extrañada—. Los combates. Me quedé en una de estas vallas mirando ensimismada cómo un grupo de niñas peleaba.

—Venías del campo, ¿verdad? —Ella asintió—. Nunca he estado, ni ganas que tengo. La ciudad nos hace más fuertes. Me gusta luchar, nos prepara para el ejército.

Me sentí rara confesando uno de mis deseos más íntimos a una simple esclava. Me removí en el sitio.

—Es interesante ver los entrenamientos, ama, pero... —Se calló. Me miró. La miré—. Nada.

—No. ¿Qué ibas a decir?

—Solo son pensamientos de una ilota estúpida.

Ahí estaba otra vez esa sonrisa falsa.

—Dímelo.

—No sé si sabe el ama que una de mis responsabilidades implica moverme mucho por Esparta. —Asentí. No lo sabía, pero me daba igual, deseaba que me dijera eso que quería ocultarme—. Hace unos días tuve que acercarme al templo de Atenea, donde entrenan los varones. —Asentí de nuevo. Ella dudó.

—¡Habla ya, ilota! —le grité.

—La forma en que ellos luchan nada tiene que ver con lo que las muchachas hacen aquí, ama. —Fruncí el ceño—. Son maravillosas las peleas de esta palestra. Es un orgullo para su familia.

—¿Pero? —insistí.

—Ellos ya están ejercitándose con armas de verdad.

—Serán los mayores.

—No. —Se puso seria—. Reconocí a los de la generación del amo.

—¿Cómo sabes tú quién...?

—¡Orianna! —oí la voz de mi madre a nuestra espalda—. ¿Acaso pensabas ir a entrenar? ¡¿Qué te he dicho?!

—Discúlpeme, ama, no era mi intención incomodarla. El amo Egan debe de estar esperando su respuesta.

Nunca habría imaginado que aquella muchacha pudiera desaparecer de mi lado con tanta agilidad. Hizo una reverencia, se dio la vuelta y echó a andar tan rápido que pronto se perdió entre el gentío. No me dio tiempo a reaccionar, pues mi madre llegó a mi lado, me agarró del brazo y me arrastró, de nuevo, al interior de casa.

Lo que me dijo aquella esclava se me quedó clavado en la mente. Al día siguiente, cuando los dolores menguaron lo suficiente para poder retomar mi entrenamiento, en lugar de dirigirme a la palestra, subí hasta la agogé, la ciudadela en la que se encontraban los varones jóvenes. Ellos, a diferencia de nosotras, dejaban el hogar familiar para vivir todos juntos bajo la tutela y la protección de los grandes maestros.

Antes de que asomara Helios por el horizonte, traspasé aquella pequeña fortaleza y me escondí entre los arbustos.

Había muchos grupos. Entraban allí con siete años y no se incorporaban al ejército hasta los veinte. A lo lejos reconocí a Leonel, uno de mis primos, solo dos años mayor que yo, rodeado de un par de docenas más de muchachos de su generación. En cuanto su maestro, un hombre anciano de tupida barba blanca, se acercó, formaron igual que hacíamos nosotras. Pero a partir de ese momento todo fue completamente diferente. Usaban lanza y escudo en los ejercicios de entrenamiento y se empleaban a fondo, simulando un combate real. Nuestros entrenamientos parecían simples juegos de niños en comparación con los suyos.

Por mucho que me resistiera a creer a aquella esclava, me dolió que tuviera razón. Aquel era un grupo dos años mayor que el nuestro, y ya se estaba preparando para la guerra. Maya nos había prometido que emplearíamos lanzas más adelante, pero aquella espera se me hacía angustiosa.

Me armé de valor, salí de mi escondite y caminé hacia el portón que daba al interior de la residencia. Sabía que no todos podían estar entrenando y que allí también se daban clases teóricas, igual que nosotras cuando íbamos con Fannie.

Se trataba de un edificio muy sencillo, rectangular, con un pasillo central y varias recámaras en los laterales. Al final podía verse una escalera que subía, aunque no me hizo falta llegar tan lejos. Las recámaras no tenían puertas, sino que eran espacios abiertos al pasillo. Me escondí tras las columnas para espiar hasta que, en mi cuarto o quinto intento, reconocí a los varones de nuestra generación. Mis hermanos se llevaban muy bien con uno grandote, Damon, que tenía un vozarrón que se oía desde lejos. Me escondí cuanto pude tras la columna que decoraba la entrada y escuché su conversación.

—Los más débiles, a los extremos.

—Si dejas a los débiles a los dos extremos, tu fuerza de ataque la entregas a tu hombre más débil.

Se hizo el silencio en el grupo.

—Panda de inútiles —espetó el maestro—. ¿Es que no escucháis cuando os hablo? ¿Cómo organizamos el ejército? ¿Cuál sería vuestro lugar en la guerra?

—Me refería a reforzar el flanco derecho —respondió otro aprendiz—, dejar que caiga el izquierdo, y así envolver al enemigo y poder atacarlos por detrás.

El maestro se acercó a él con dos grandes zancadas.

—Eso está mejor. —Le dedicó una sonrisa al que había respondido correctamente y de nuevo se dirigió a la clase al completo—: Todos forman parte de la misma enomotía, ¿quién la dirige?

—Un enomotarca.

—¿Y cómo conseguimos convertirnos en ello?

—¿Poniéndonos de rodillas frente al hombre indicado? —respondió Damon, provocando una gran risotada en sus compañeros.

Desde donde estaba, solo pude llegar a ver cómo el maestro desaparecía de mi campo de visión. Oí un golpe seco y el silencio que sobrevino después.

—Si no eres capaz de contener tus estupideces, tal vez este no sea tu lugar, Damon.

Escuché movimiento en el aula, pero no me dio tiempo a reaccionar. Cuando el muchacho salía de la sala, se encontró de frente conmigo.

—¿Qué demonios…? —preguntó, sorprendido—. ¿Tú qué haces aquí?

Intenté salir corriendo, pero él se interpuso en mi camino y me hizo caer al suelo. Se montó tal revuelo que se llenaron los pasillos de curiosos.

—¿Quién está a tu cargo? —preguntó el maestro. Me

quedé congelada en el sitio—. Responde si no quieres recibir una buena reprimenda.

—La maestra Maya.

Tardaron poquísimo en hacerla llegar. Me retuvieron en el suelo frente al aula que estaba espiando, y allí me encontró mi maestra. Apretaba la mandíbula y los puños con fuerza. Apenas me dedicó una mirada de soslayo, pues el maestro de aquel grupo hizo un aparte con ella para explicarle lo que había pasado.

—De esta no te libras… —rio Damon.

Se había quedado con los brazos cruzados y la espalda apoyada en la pared a mi lado, como si estuviera vigilando que no intentara escaparme.

—Cierra esa bocaza, estúpido.

No me importaba el castigo; estaba claro que había desobedecido una orden directa, así que no discutiría lo que Maya dispusiese para mí. Lo que me hacía sufrir de verdad era la reprimenda que ella estaba recibiendo por mi culpa.

—Debería estar bajo tu tutela —espetó el hombre, golpeando el pecho de Maya con el dedo índice—, y no ultrajando el templo de Atenea, colándose a hurtadillas.

—Dudo mucho que Atenea se sienta ultrajada porque una niña quiera aprender el arte de la guerra.

Maya se cruzó de brazos y permaneció en el sitio, mirando a aquel hombre con total indiferencia.

—Ahora vas a saber qué quiere una diosa. —Chascó la lengua y se volvió para mirar a su alrededor, donde varios maestros y alumnos habían salido a los pasillos a escuchar lo que pasaba—. ¿Y qué es esa ignominia de que una muchacha desee aprender el arte de la guerra?

—No sería la primera… —Maya alzó los hombros y añadió—: Ni será la última.

—Que a ti te hayan concedido el escarlata porque no

sirves para otra cosa no quiere decir que ahora todas podáis formar parte de nuestro ejército.

Maya se tensó. Aunque no lo demostró, la conocía lo suficiente para saber que ese tic en el ojo revelaba un enfado de los gordos.

—Como tu maestro no se calle —le solté a Damon, que seguía a mi lado—, Maya le va a hacer saltar los dientes.

—Por aquí dicen, maestro, que esa mujercilla puede propinarte una paliza —repuso el grandote, dirigiéndome una sonrisilla.

De haber estado en otro lugar, le hubiese estampado el puño contra la mejilla. Sin embargo, la mirada que me lanzó Maya me hizo quedarme en el sitio.

—¿Te crees más fuerte que yo? —preguntó el maestro.

—No he dicho eso —contestó mi maestra.

—Pero lo piensas. Crees que podrías conmigo, por eso te quedas como un pasmarote. Incluso piensas que tus chicas son mejores que mis muchachos.

Cada vez había más y más gente a nuestro alrededor. Me dio la sensación de que las aulas se habían vaciado. No me extrañaba, con el espectáculo que estábamos montando en el pasillo.

—Mejor que los tuyos, no lo sé. Lo que sí sé es que os lo pondrían muy difícil en combate.

—Les darían una paliza, mujer. Ellos llevan entrenando años, formándose de verdad para la guerra. Vosotras solo jugáis y os preparáis para parir.

—¿Tan seguro estás de tus alumnos?

Él asintió, llevándose la mano al pecho, y por primera vez en toda la discusión, Maya sonrió. Eso tendría que haber preocupado a aquel hombre; sin embargo, solo prestaba atención a los vítores que los jóvenes de su alrededor le lanzaban.

—Demostradlo. Enfrentemos a nuestros grupos —propuso Maya, y se hizo el silencio—. A no ser que os dé miedo que un grupo de mujeres os pateen el culo.

—Jamás nos acobardaríamos ante vosotras —contestó el otro, indignado—. Seremos considerados y os daremos un par de meses para que aprendáis por dónde se coge una lanza. —En el pasillo se extendió la risa ante su burla—. Y nos veremos aquí, al alba.

—De acuerdo. —Maya seguía sonriendo—. Invitaremos al eforado a presenciar nuestra pelea, para que puedan decidir si estamos o no a vuestra altura.

El maestro torció el gesto, como si de pronto se diera cuenta de que había caído en la trampa de Maya. Ya no podía echarse atrás, no ante el alarde de fanfarronería que había demostrado frente a toda la agogé. Quedaría como un cobarde y en Esparta no había nada peor que eso.

—Trato hecho.

Se escupió en la mano y se la tendió a Maya. Ella imitó su gesto y estrechó la mano de su homónimo con fuerza; tal como yo lo vi, más de la necesaria.

Al separarse de él, me ordenó con un gesto seco de la cabeza que la siguiera. Recorrimos el templo hasta la salida, mientras todos nos miraban y comentaban lo que había pasado. Yo permanecí en silencio junto a Maya, temiendo qué pudiera estar pensando de mí. La había puesto en evidencia frente al resto de los maestros y había incumplido las normas. Me había defendido, sí, pero su silencio me incomodaba.

Cuando nos alejamos del templo, la miré de soslayo. Caminaba con la vista al frente y con una ancha sonrisa en los labios.

Selasia, dos horas antes de la batalla

La noche ha sido tranquila, a pesar de la agitación que sienten las tropas por la inminente batalla. Desde lo alto de la colina de Evas se ve el campamento enemigo. Han fortificado su posición y permanecen ahí sin moverse, al menos por el momento. No tienen una forma de acceder a Selasia, ni con ello al centro de Esparta. Justo al este de donde está Orianna se ven las antorchas del campamento del rey Cleómenes, sobre el monte Olimpo. Entre ellos, protegiendo la entrada a través del río, está apostada la caballería y una parte de la infantería.

Cuando dos de sus hombres la despiertan, se cree que es para acudir a la batalla y no para cubrir la siguiente guardia. De haber estado ella en su posición, hubiese atacado al enemigo de noche, aprovechando la oscuridad que les otorgaba Nix. Los macedonios estaban enfurecidos de verdad. Orianna se lamenta de no haber podido participar en la acción relámpago que el rey había orquestado para, aprovechando la hibernación de las tropas enemigas, destruir Megalópolis, invadir la Argólide y llegar hasta las puertas de Argos para retar al cobarde Antígono, que no osó salir a defenderse con sus tropas. En lugar de eso, había esperado a recomponerlas y fortalecerlas para atacar el corazón de su enemigo. Ahora mismo hay casi el doble de hombres apostados a las puertas de Selasia. Por suerte, la posición de los espartanos es mucho mejor.

Orianna nunca se toma a broma una guardia. Sabe que, aunque se acerque el alba, debe atender a cualquier movimiento, tanto por los mensajes que puede enviarles el rey sobre la colina contigua, como por las acciones del enemigo. Así que se despereza con un par de sacudidas, toma su lanza y ocupa el lugar que le han asignado. Mira justo hacia los macedonios y dedica toda una hora a observar los movimientos del campamento enemigo. Las antorchas siguen donde anoche, pero poco a poco se van encendiendo otras; están despertándose. Mira hacia el monte Olimpo, donde también hay una cuadrilla dedicada a montar guardia. Las antorchas permanecen en su lugar, sin moverse para transmitir ningún mensaje.

Orianna se acerca a la suya y la desclava de la tierra. Volviéndose hacia las antorchas de sus compañeros, tapa su luz una vez para llamar la atención de los otros vigías. Espera. Ninguno responde a su señal. Varios de sus hombres hacen guardia en la misma tanda que ella y los había adiestrado bien en las labores de un buen vigía, incluidos los mensajes con antorchas. Mantiene la vista oscilante entre el campamento enemigo y las antorchas a su alrededor y repite el mensaje de saludo hasta tres veces más.

Algo raro pasa, el enemigo está despertándose y ningún vigía ha avisado de ese movimiento. Nadie le responde. Es imposible que doce personas se hayan quedado dormidas a la vez o que justo ninguna esté dándose cuenta del cambio en el campamento enemigo. Ahora mismo no es alarmante que los macedonios comiencen a desperezarse del sueño, pero sí que los vigías no parezcan reaccionar a ello.

Molesta por la incertidumbre, decide acercarse a la antorcha contigua a la suya. Tarda solo unos minutos en llegar.

—¡Por todos los dioses! —espeta al no encontrar a nadie.

Mira alrededor y, alumbrando con su antorcha, que aún lleva en la mano, se da cuenta de un rastro en la hierba. Alguien ha caído al suelo y parece haber sido arrastrado. No se lo piensa más, levanta la antorcha tan alto como puede y se llena los pulmones de aire para dar el grito de alarma.

Un golpe en el hombro, desde detrás, le hace caer al suelo. Rueda a tiempo para esquivar una segunda acometida. Se pone en pie a trompicones, mientras retrocede e intenta ver a su atacante. Es un varón joven, escuálido, con una capa escarlata sobre los hombros igual que la suya, pero la oscura noche oculta su rostro. No le da margen a nada más, pues vuelve a arremeter contra ella, espada en mano. Orianna maldice por haber dejado la lanza en su puesto de vigilancia y se limita a esquivar los golpes.

Aprovechando que el atacante deja una guardia abierta al intentar herirla por el costado, esquiva la espada de un salto y recoge la antorcha del suelo. Sin embargo, el hombre es rápido y recupera con facilidad su posición ventajosa; se echa sobre ella y ambos caen al suelo en un revoltijo de capas y el entrechocar de sus respectivas corazas.

Orianna interpone la antorcha entre ambos, parando los golpes con la gruesa madera. Aprovecha ese momento para alumbrar el rostro del traidor, pero es incapaz de reconocerle. Cuando este consigue ponerse encima de ella y levanta la espada para clavársela en mitad del pecho, Orianna le golpea con la antorcha en la entrepierna.

Espera que los alaridos de dolor de ese malnacido despierten a todo el campamento, pero este se retuerce y suelta a su presa sin que se le escape un solo lamento. Orianna le arrebata el arma de las manos y se intercambian las posiciones. Él se retuerce en el suelo, por el dolor que siente y para evitar el filo que Orianna acerca a su cuello. No hace falta demasiada parafernalia para matar a un hombre ni para mancharse las manos de sangre, solo un corte en el lugar indicado.

El miedo desaparece de golpe en los ojos del atacante. Orianna aproxima el filo al cuello, lanzando en silencio una plegaria a Hades. Cuando el filo toca y raja superficialmente la piel, un fuerte golpe en la cabeza le hace soltar el arma. Está aturdida, no entiende qué está pasando, hasta que ve la sonrisa en los labios del que creía ya muerto.

Debería haber comprendido que hace falta más de un hombre para dejar fuera de combate a todos los vigías. Antes de que le dé tiempo a hacer nada más, un segundo golpe la inunda en la oscuridad de la inconsciencia.

7

ORIANNA

En mi inconsciencia, soñé con el pasado. Mi mente voló al momento en que me habían pillado en la agogé de los chicos. Salí del templo de Atenea completamente acongojada. No por el inminente desafío contra aquellos alumnos, sino por la no reacción de Maya. Era cierto que la había pillado sonriendo, pero en nuestro paseo de vuelta a la tribu permaneció en completo silencio, cavilando para sí misma. La había dejado en evidencia frente al resto de los maestros e incumplido una de las normas más básicas de nuestros entrenamientos. Por fin separó los labios un instante antes de llegar a la palestra en la que entrenaba mi madre.

—Actúas dominada por la emoción —soltó, como si llevara todo el camino pensando las palabras indicadas—. Todo movimiento, en la guerra y en la vida, trae consecuencias. Es de necios y de locos actuar sin tenerlas en cuenta. —Se detuvo y se inclinó hacia mí, poniéndose a un palmo de mi cara. Tragué con dificultad—. ¿Eres una necia o una loca?

—Solo quería...

—¿Necia o loca? —repitió, golpeándome el pecho con el índice—. La necedad puede curarse; la locura, en cambio, la llevas en el alma. Contéstame, ¿eres necia o loca?

—Necia, maestra. —Agaché la mirada y ella se separó de mí.

—A los necios es fácil manipularlos, Orianna. Solo tienes que tirar un poco de su ego para conseguir lo que deseas.

Dicho esto, continuó la marcha. A pesar de que hacía poco que había despuntado el día, me dejó allí sin pronunciar una sola palabra, ante la mirada interrogativa de mi madre. Ella ya se encargaría de sacarme los colores.

—¿Qué has hecho? —me interrogó en cuanto Maya nos dejó a solas, pero no me dejó responder—. ¿Volverás mañana al entrenamiento?

—Sí, claro —dije, aunque la duda me carcomía—. Creo que sí.

Mis tías acudieron enseguida; bien parecía que olían las peleas igual que los lobos detectan la sangre fresca. Les conté todo lo que había pasado, obviando que habían sido las palabras de Nella las que me habían llevado a espiar a los chicos. No quería que me ridiculizaran por escuchar a una esclava y dejarme manipular por ella.

Su reacción fue extraña. En cuanto supieron del desafío que Maya había lanzado, se miraron entre ellas sin mediar palabra. El silencio solo duró un par de minutos, pues no tardó en llegar la avalancha de reproches y alabanzas:

—Pero ¿por qué diablos tienes que ir a ningún lado? —me espetó madre.

—¡Maya tiene más arrestos que cualquier hombre! —exclamó entre risas su hermana.

—¡Y no le falta razón! —contestó la hermana de mi padre.

—Debéis vencerles —sentenció mi madre—. Así demostrarás tu valía y nos harás sentir orgullosas a todas. La mujer más fuerte de su pelotón. —Puso su mano sobre mi hombro y lo agarró con fuerza—. La mujer que le pateó el culo al pelotón masculino. Una digna hija de tus padres.

—Y que lo digas... ¡Anda que no disteis que hablar! —soltó su cuñada.

—¿Qué esperabas?, no me iba a casar con cualquiera —respondió mi madre y sonrió, recordando tiempos pasados.

Me habían contado esa historia miles de veces y aquella fue la excusa perfecta para volver a repetirla.

—Galena era bellísima —explicó su hermana— y la mejor de toda su generación.

—Era rápida y tenía un derechazo... —añadió mi tía, llevándose la mano a la mejilla, como si lo hubiese comprobado en sus propias carnes.

—Solo había que verla para saber que sus hijos serían fuertes, pero había un problema.

—No se quería casar —añadí yo, sonriendo.

—No con cualquiera —me corrigió mi madre—. Eran unos patanes —dijo riendo—. Venían detrás de mí pidiéndome un revolcón, y yo los echaba de mi lado a puñetazos.

—Tu padre se llevó más de uno.

—Madre se puso firme —dijo su hermana, haciendo referencia a mi abuela, que murió antes de que yo naciera— y le exigió traer un marido a casa antes de que terminara el año.

—Así que organizó un concurso —añadió la hermana de mi padre.

—¡No fue un concurso! —la corrigió madre—. Simplemente hice saber que solo me casaría con quien fuera capaz de vencerme en combate singular. Solo alguien más fuerte que yo podría ser un digno marido.

—¡Se cagaron vivos, Orianna! —Mi tía acompañó sus palabras con una palmada—. Esa lista de pretendientes tan solícitos no tuvo los arrestos necesarios.

—Una cosa era recibir un puñetazo después de solicitar

amores, pero ¿batirse en duelo con una mujer? Pocos lo hacían.

—¿Por qué? —les pregunté con verdadera curiosidad.

—Por miedo a quedar en ridículo.

—La tenían muy pequeña. —Mi tía hizo una pausa demasiado larga, mirando con una sonrisa a su hermana, y añadió—: La autoestima, digo.

—Pero él sí se presentó. —Madre sonrió, seguramente imaginándose a mi padre de joven, en esa escena que tantas veces había escuchado contar—. Y le derribé. Al día siguiente volvió y le vencí de nuevo. Y entonces...

—Te dijo que volvería todos los días de su vida hasta que lo consideraras digno —terminé yo.

—¿Verdad que son adorables?

—Pero ¿qué tiene que ver eso con el desafío de Maya?

—Os hará fuertes... Mejor dicho —se corrigió mi madre—, os hará visiblemente fuertes. Solo así podrás atraer a un hombre digno de ti, Orianna.

Las mujeres de mi familia siguieron recordando tiempos pasados. Yo me quedé pensativa, reflexionando sobre lo diferente que veían ellas el mundo. No le había dicho a mi madre que quería entrar en el ejército, pues sabía cuál sería su reacción. Ella lo enfocaba todo al matrimonio y a la crianza de los que serían sus nietos. En aquel momento le quité importancia. De momento, al menos, teníamos un objetivo común: que nos vieran como a un grupo fuerte.

Ni mis tías ni mi madre me acompañaban nunca a la palestra. Ellas se entrenaban por su cuenta mientras yo iba con mi pelotón. Pero durante esas semanas decidieron cambiar la rutina y las tres se enfocaron en ayudarme a ser más ágil, más rápida y más fuerte. Ya estaba acostumbrada a madrugar más de la cuenta para intensificar mi entrenamiento. En lugar de irme sola a correr antes de la salida del sol, salíamos las cuatro. Era asfixiante tener a tres mujeres ordenándome qué hacer en cada momento, sobre todo porque muchas veces se contradecían entre sí. Durante los entrenamientos con Maya, se quedaban junto a la palestra observando. Cuando terminábamos, venían con nosotras a las termas y discutían con la maestra diferentes estrategias.

En tan solo unos días se había corrido tanto la voz sobre nuestro desafío que otras madres se acercaban a la palestra a mirar qué estábamos haciendo. Alguna que otra vez también aparecían pelotones enteros de chicos, que venían llamados por la curiosidad, con o sin su maestro. Cuando los hombres volvían de la guerra, muchos acudían también a nuestro lugar de entrenamiento para observarnos.

En realidad, no era nada fuera de lo normal. Maya nos estaba enseñando lo básico sobre el ejército. Hasta entonces no habíamos hablado nunca de técnicas de ataque, nos habíamos centrado en desarmar e inmovilizar al enemigo. En algunas ocasiones, incluso, luchábamos entre nosotras llevando lanza y escudo, pero siempre enfocándolo a la técnica de defensa. Ahora, en cambio, empezaba lo divertido: nos enseñaba cómo derribar y matar al enemigo.

—El ejército se divide en seis moras —nos explicó el primer día—. Cada una de ellas dividida a su vez en dos lochois; dentro de este, cuatro pentekontys y, por último, este dividido también en cuatro enomotías.

—Yo ya me he descontado —dijo Rena, rascándose la cabeza.

—Cuando un pelotón acaba su formación —prosiguió Maya, ignorándola—, se integra en una enomotía, que reúne más o menos doce hombres.

Hizo una pausa en la que miró con atención a todas las chicas. Me había escondido entre ellas, cabizbaja, sin querer destacar demasiado después de la que había armado. Mis compañeras habían reaccionado muy bien al desafío lanzado por la maestra y se mostraban dispuestas a aprender a atacar.

—Cada enomotía debe tener un líder —dijo finalmente Maya—. Se coloca en el extremo derecho y todos los miembros se organizan desde el más fuerte hasta el más débil a partir del líder.

—¿En qué consiste el enfrentamiento? —preguntó Ellen—. Quiero decir, ¿qué debemos conseguir para salir victoriosas?

—Hacernos con el líder contrario: desarmarlo e inmovilizarlo.

—Ellos tendrán el mismo objetivo —dijo Ellen, más pensando en voz alta que lanzando ninguna pregunta.

Maya asintió.

—El primer paso será designar quién será vuestra líder. Necesitamos a alguien que sea fuerte, pero también que sea capaz de mantener la compostura para dirigir al pelotón y dar las órdenes.

Se hizo un silencio, aunque todas las miradas se dividían entre Ellen y yo. Nadie parecía atreverse a decir nada, así que di un paso al frente.

—Creo que todas estamos de acuerdo en que soy la más fuerte del pelotón. —Ellen fue a decir algo, pero añadí—: No soy la más indicada. Necesitamos a alguien con la cabeza fría, que sea calculadora y que sea capaz de pensar en mitad del caos de una batalla. —Miré a Ellen—. Aunque no me guste admitirlo —dije con una sonrisa—, esa eres tú.

Todas estuvieron de acuerdo conmigo y Ellen aceptó su nuevo cargo con orgullo. A partir de entonces, Maya se encargó de hacernos sudar como nunca. Alargó los entrenamientos para retomarlos también algunas tardes, librándonos de muchas de las clases de Fannie. Dejamos a un lado todos los movimientos de desarme y empezamos a empuñar las lanzas con agresividad.

No nos resultaba difícil trabajar en equipo para formar una línea defensiva, a fin de cuentas era lo que veníamos haciendo desde niñas; el verdadero reto era aprender en tan poco tiempo a empuñar una lanza con la intención de matar a nuestro enemigo. Cada día Maya insistía en corregir nuestras posturas y enseñarnos nuevos movimientos, y se reunía muy a menudo con Ellen para decidir con ella la estrategia que emplearíamos en el desafío.

Todas nos dedicamos a ello en cuerpo y alma, muchas porque les motivaba un reto tan inspirador como ese, otras porque se dejaban llevar por la energía general. Yo, con aquella lanza en mis manos, sentí que me entregaban una parte del cuerpo que llevaba años apartada de mí. Por fin estaba completa. Y, ahora que había aprendido a manejarla, pensaba luchar con fiereza para que me permitieran seguir entrenando de verdad.

Con suerte, se darían cuenta de mi fuerza y determinación y me permitirían formar parte del ejército de mi pueblo como una más, portando el escarlata con orgullo sobre los hombros.

EGAN

Por aquel entonces había dos temas que parecían recorrer la ciudad de punta a punta: el desafío que había propuesto el grupo de Orianna a los alumnos de la agogé y las nuevas directrices del rey. Dos circunstancias que parecían haber confluido e incomodado a los políticos espartanos.

Todos veían cómo las chicas entrenaban cada día con un fervor apasionante. De hecho, cada mañana un grupo de hombres y mujeres curiosos se congregaban alrededor de esa palestra que yo conocía tan bien. Por esas fechas, Cleómenes lanzaba en la asamblea unas consignas demasiado parecidas a las que proclamaba el contrincante de su padre, Agis. Volvían a recorrer el ágora ideas como la repartición de las tierras entre todos los espartanos o, lo que más indignaba a la mayoría, la concesión de la ciudadanía a algunos periecos.

Se acercaba la época de frío y aquel año el ejército volvió antes de lo previsto a hibernar en la ciudad. Seguramente esto se debió al ambiente de inestabilidad que podía palparse en cada uno de los espacios públicos, en los que los ciudadanos debatían, en susurros o a gritos, las novedades que el nuevo rey parecía querer implementar. Cada vez eran más los cuchicheos y las charlas que recorrían el ágora. Ahora, con todos los varones reunidos en la ciudad, Fannie insistía en pasar las mañanas entre ellos, recogiendo rumores y entablando conversaciones en tono cordial.

—En nada vas a cumplir ya los quince años, Egan —me dijo un día que me mostraba especialmente reacio a repetir de nuevo la caza de un maestro—. La mayoría inicia su tutelaje a los doce o trece. Cuanto más tardemos en establecer un vínculo, más caro nos costará.

Llevaba nada más y nada menos que dos años bajo el cuidado de Fannie. Me había acomodado a servirle como ayudante en las clases, supervisando la tarea de aquellas niñas que no terminaban de entender bien la lección. Ni siquiera tenía el valor de reconocerme a mí mismo que esa era la profesión que hubiese escogido de haber dispuesto de la libertad para hacerlo.

Sin embargo, me veía cada día presentándome ante magistrados y administradores públicos de las tierras de los reyes, mientras Fannie ensalzaba mis habilidades relacionadas con el cargo que el interlocutor ostentaba. Dependiendo del tipo de funcionario, unas veces mi maestra me proclamaba como uno de sus alumnos de aritmética más aventajados, y otras como uno de los mejores oradores de las generaciones que habían pasado por sus expertas manos. Todos asentían y me dedicaban una sonrisa que ocultaba lo que realmente pensaban: «No quiero menospreciar a tu madre ni a tu tutora, mujeres ambas de renombre en la sociedad, pero no voy a acoger bajo mi protección a un tullido».

Llegó un punto en el que ya no me dolía el rechazo. O no tanto como al inicio. Seguían sin querer considerarme un ciudadano más, y las Carneas se convertían en una tortura a la que me negaba a asistir. Por eso, aquel día en que Fannie se mostraba tan ansiosa para que me presentara en el ágora con ella, me quedé perplejo cuando descubrí que nuestra cita era con un grupo de hombres con acuerdos comerciales con mi madre. Y entre ellos se encontraba el Agetes.

—... de los errores del pasado —estaba diciendo uno de esos hombres honorables—. ¡Su padre ya puso freno a esa clase de ideas!

—Ofrecer la ciudadanía a los periecos... ¿Qué será lo siguiente? ¿Liberar a los ilotas? —preguntó otro, provocando una carcajada conjunta.

—Buenos días tengan, señores —saludó Fannie, aprovechando que habían detenido la conversación al ver que se acercaban a ellos.

Con un gesto suyo, Nella dio un paso al frente, saludó con una leve reverencia y les tendió una bandeja de pasteles que llevaba en la cesta que siempre nos acompañaba.

—Venerable Fannie —dijo uno de ellos mientras acercaba su mano a la bandeja—. Vamos a tener que dejar de invitarla a nuestras charlas, pues empiezo a resentirme de tantos pasteles —añadió, golpeándose la barriga.

El grupo le rio la gracia.

—Nadie le obliga a comérselos —respondió ella con educación—. Eso habla muy bien de las ilotas a mi cargo, saben que siempre escojo lo mejor de lo mejor para servirme.

Y ahí empezaba otra vez. Agaché ligeramente la cabeza, sintiéndome incómodo de nuevo, pero entonces sucedió algo que nunca había pasado antes: el Agetes intervino, cortando de plano la conversación que pretendía iniciar Fannie.

—Y tú, joven —se dirigió a mí, con un golpe de cabeza—, ¿qué opinas de todo esto?

—¿Yo? —pregunté, levantando la mía para mirarlo de frente. El anciano asintió y Fannie me dedicó una mirada que no fui capaz de descifrar—. ¿A qué se refiere?

—A las políticas de nuestro rey.

Llevaba toda la semana escuchando a aquellos hombres demasiado viejos para ir a la guerra discutir sobre las ventajas o desventajas de lo que estaba insinuando Cleómenes. Me detuve un momento a pensar y ordenar mis ideas.

—Esparta carece de hombres para liderar un frente de batalla sólido, y los macedonios están al acecho. —El anciano se llevó la mano a la barbilla y me indicó con un gesto que prosiguiera—. Nuestros guerreros son los más fuertes y valientes, nadie nos vencería en un combate. El problema está en que nos estamos quedando sin hombres.

—Entonces, ¿te parece bien que tu madre pueda perder todos sus bienes para que se los lleven unos sucios periecos? —escupió el magistrado que había hablado en primer lugar.

—No estoy diciendo eso. —Guardé unos segundos de silencio para escoger las palabras más indicadas—. Cleómenes está buscando soluciones a un problema real que tiene nuestro pueblo. Negarlo es de necios. No nos hacen menos fuertes nuestras debilidades, sino, más bien, no ser conscientes de ellas —dije, reproduciendo una de las lecciones que había aprendido con Maya—. Si la guerra está tan próxima, o al menos es eso lo que se escucha en el ágora, deberíamos valorar todas las opciones.

Era la conversación más larga que había tenido con uno de esos magistrados. Por algún motivo, el resto habían permanecido callados, mirando al Agetes y esperando su reacción. A fin de cuentas, era él el que había iniciado un debate político con el tullido. Cerré la boca y le dediqué una sonrisa torcida. Al ver que no decía nada, tal vez esperando que repusiera algo más, añadí:

—Al menos esa es mi forma de verlo, pero soy joven y podría estar equivocado.

—¿Qué otras opciones tendríamos para fortalecer nuestras filas? —me preguntó.

—Entrenar debidamente a aquellos que podrían acompañarnos a la guerra, no solo a los periecos, sino también a nuestras propias mujeres.

—¡Ya estamos otra vez con el dichoso tema! —volvió a la carga el magistrado, rompiendo la armonía del debate que manteníamos.

—Mis disculpas, magistrado, pero si se me permite... —empecé, el Agetes asintió y continué—: No perdemos nada si entrenamos a los miembros de nuestra comunidad, de ser necesario...

—¿Acaso sugieres que nos llevemos a nuestras mujeres, hermanas e hijas a la guerra? —me cortó el magistrado, cada vez más alterado—. ¿Y qué será lo siguiente? ¿Entrenar a caballos y a mulas? ¡Por favor!

—Si equipara a una mujer espartana con una mula, es usted un necio.

Lo solté con rabia indisimulada y los puños apretados. El hombre se ofendió tanto que casi le lanzó a Nella el pastelito a medio comer a la cara, y se fue de allí sin dedicar las acostumbradas palabras de cortesía.

Fannie me contempló con los ojos como platos y una

ristra de reproches en la punta de la lengua a punto de salir disparados. Pero se quedaron ahí, pues la voz del Agetes se adelantó a la suya y la dejó tan petrificada como a mí:

—Si defendieras con tanta valentía tu propia ciudadanía, Egan, haría tiempo que te hubiese bañado en las aguas del río.

Tras esas palabras y la promesa de volver a vernos el día siguiente, el viejo sacerdote abandonó el ágora seguido del resto de los magistrados, que habían permanecido en silencio escuchando la conversación.

¿Había conseguido impresionar al hombre que más me odiaba?

NELLA

Se percibía en Esparta la agitación. Escuchaba las conversaciones de esos pelilargos importantes en el ágora. También lo veía en las calles y los mercados. Me sentía bailar entre dos mundos completamente diferentes. Los espartiatas, como Alysa me había enseñado que se llamaban, estaban nerviosos por una guerra que se avecinaba; pero aún más por si uno de sus reyes decidía, de pronto, dar tierras a los otros. Los periecos estaban agitados en otro sentido: esas noticias habían llegado hasta ellos y cada día eran más insufribles.

—El precio ha subido, niña —me espetó un panadero—. Si tu ama quiere pan recién hecho, tendrá que soltar unos cuantos óbolos más.

Aquel día volví a casa con las manos vacías, pues de pronto todos los vendedores habían decidido subir el precio de sus productos. Cuando Alysa, que estaba tendiendo las sábanas, me vio llegar, frunció el ceño y volvimos juntas frente al mismo vendedor.

—¿Qué sucede? —preguntó, plantándose frente al panadero, sin importarle que ya estuviera atendiendo a otra ilota.

—Lo mismo que le he dicho a tu hija, Alysa: los precios han subido. —Sonrió—. ¿Sabes que nos van a dar tierras? Dentro de poco tendré a mis propias ilotas y deberé alimentarlas, ¿no?

La otra esclava cogió el pan que había pagado y huyó de lo que parecía que iba a ser una buena discusión. Alysa puso los brazos en jarras.

—No, claro que no. ¿Acaso no sabes que somos propiedad del Estado y de los reyes? Son ellos los que nos alimentan y deciden nuestro destino. Si quieres una esclava propia, tendrás que comprarte una.

—Da igual —replicó el panadero, claramente avergonzado al ver su ignorancia al descubierto—. He decidido subir el precio.

—Cada año le he recomendado a mi ama tu panadería, quien cada año ha comprado aquí el pan para su familia. Y también lo ha recomendado a sus amigas. —Alysa miró a su alrededor; más concretamente, a otro panadero que tenía su parada a pocos metros—. No me costará nada encontrar a otro que venda su pan al precio que tú tenías antes, solo por la satisfacción de ver a un competidor arruinado por su mala cabeza.

Alysa no esperó a que el hombre reaccionara, dio media vuelta y se dirigió al otro puesto de pan. Yo la seguí, imitando su temple.

—¡Alysa, espera!

Mi madre siguió caminando.

—¡Olvida lo que he dicho! ¡Mantenemos el trato!

Entonces ella se detuvo y giró ligeramente la cabeza hacia el panadero.

—No puedo olvidar una afrenta así, viejo. —Lo miró

de arriba abajo, con un desprecio hacia un pelilargo que nunca antes le había visto—. Mi precio ha subido diez dracmas.

—¡Estás loca!

—Ganas cincuenta dracmas al año solo con los pedidos que hace mi ama. —Se fue acercando a él paso a paso, bajando cada vez más el tono de su voz. De pronto, todo el ruido imperante del mercado quedó acallado por la tensión del momento—. Puedes dejar de ganar cincuenta dracmas o pasar a ganar cuarenta. No me parece una decisión difícil de tomar.

El hombre dudó, apretando los puños y mirando de lado a lado, preocupado por si alguien escuchaba la conversación.

—Como quieras —dijo Alysa, apretando aún más.

A continuación, giró sobre sus talones y siguió caminando ligera hacia el siguiente puesto de pan.

—¡No! ¡Para! ¡Espera! —Alysa le ignoró y el tendero tuvo que salir de su puesto para agarrarla del brazo y detenerla—. Te daré diez dracmas al acabar el año.

—No me fío de tu palabra.

Él bufó y refunfuñó, pero acabó sacando de su bolsa diez monedas de plata y se las ofreció a Alysa.

—Es un placer hacer negocios, amo —se despidió de él mi madre, volviendo al tono cordial de costumbre, y una gran sonrisa en el rostro.

Repitió la estrategia con todos aquellos tenderos que me habían negado el encargo de la ama. Con algunos solo amenazó con irse a la competencia, sin sacarles un dinero extra; con otros acabó rompiendo el trato y cambió de tendero, ganándose unos dracmas extras por un trato de preferencia.

—Mi ama solo compra a través de mí o de mi hija —les explicaba ella. Algunos lo entendían a la primera, con otros tenía que ser más directa—. Por un módico precio vendremos siempre a tu negocio.

El ama Agatha era bien conocida en los mercados por dejar siempre una propina por el servicio bien hecho, por lo que muchos deseaban poder trabajar con ella. Pero para eso antes debían pasar por nosotras.

—¿Es así como consigues reunir el dinero? —le pregunté, una vez en casa.

—Es una de las formas, sí —respondió mientras contaba las monedas sobre la mesa y las anotaba en su tablilla de cuentas—. ¿Te acordarás de a quién debes acudir ahora para hacer los encargos?

Claro que me acordaría: nunca se me olvidaba una cara, aunque no ocurría lo mismo con los nombres. Aun así, no supuso para mí ningún problema tratar con amabilidad a un tendero con el que teníamos un trato y con frialdad a otro con el que no había acuerdo. De hecho, era extrañamente divertido tener esa pizca de poder, que me permitía tratar con ligero desprecio a alguien que estaba por encima de mí.

—Ni se te ocurra comportarte así frente a un espartiata. No le gustará y podría mandar azotarte o… —detuvo sus palabras y me miró—, o algo peor.

Me había explicado mil veces la diferencia entre espartiatas y periecos: los primeros solo guerrean, y los segundos se encargan de cubrir el resto de los trabajos. Jamás encontraría un espartiata panadero o herrero, pues son funciones que solo llevan a cabo los periecos, que se encuentran en una posición intermedia entre nuestros amos y nosotros: son libres, pero no tienen los mismos derechos.

Por entonces, a mí me parecían todos iguales: con el pelo largo, el mismo tono de piel y esa mirada de odio, desprecio o completa indiferencia hacia mí. El único que no me miraba así era Egan, que parecía disfrutar de mi compañía. Al principio me sentía extraña a su lado, él era un pelilargo y podía condenarme a muerte cuando se le antojara. Era uno de esos monstruos que protagonizaban mis pesadillas de pequeña, pero, a la vez, completamente vulnerable. Yo era de las pocas personas que podían ver su debilidad, todo el esfuerzo diario que dedicaba a aparentar que no le temblaban las rodillas con cada paso, que no le salían úlceras en las piernas o que podía sostenerse de pie sin más ayuda que su muleta.

Yo le veía de verdad, tal como era. Y, por algún motivo que no entendía, él parecía interesado en mí. Temí que me dedicara a otras tareas cuando me pilló atendiendo a las lecciones de Fannie y me alejara de eso que me producía tanto interés. En cambio, insistía en que le acompañara incluso los días en los que no necesitaba mi ayuda. Poco a poco le perdí el miedo, me di cuenta de que era un niño igual que yo y empecé a preguntarle por todo aquel conocimiento que enseñaba su maestra.

Con el paso de los meses, incluso de los años, me acostumbré a las charlas al atardecer sobre aritmética, filosofía o historia. A él se le daba muy bien esta última disciplina y le gustaba contarme las vidas de héroes pasados. No sucedía muy a menudo, pero a veces incluso se animaba a acompañar sus cuentos con la lira. Era mi momento preferido. Lamentablemente, en esas ocasiones siempre estaba con nosotros el ama Orianna.

Me recordaba a un lobo. Era muy protectora con Egan y nunca le gustó que yo estuviera a su lado; solo me toleraba porque acababa siendo útil. Cuando algo le parecía una amenaza, mordía con fuerza para defender aquello que amaba.

—... y por eso es importante respetar las normas de hospitalidad y atender siempre a los forasteros —terminó Egan.

Estábamos sentados en uno de los bancos que había alrededor de la palestra, donde el grupo de Orianna aún entrenaba. Para hacer tiempo mientras la esperábamos, Egan había decidido contarme una historia.

—No sea que Zeus se disfrace de mortal y te acabe castigando —contesté, con una sonrisa en los labios.

—¿No te lo crees? —Egan se giró hacia mí y lo preguntó con genuino interés, sin el menor reproche.

—Sí… y no. Zeus suele disfrazarse, pero ¿por qué poner a prueba a los mortales con ese truco tan simple? Suele estar más interesado en otros asuntos, ¿no?

Mi comentario arrancó una carcajada a Egan, lo que me hizo sonreír a mí también.

Entonces apareció de improviso Orianna, que se dejó caer en el banco, entre Egan y yo.

—¿Interrumpo? —preguntó, dejando claro su mal humor.

—¿Todo bien? —Egan se echó hacia el extremo, dándonos más espacio.

Incómoda ante la cercanía de Orianna, me contraje en mí misma y bajé la vista.

—Como la seda —respondió en un tono que indicaba todo lo contrario—. Esta última semana estamos entrenando a destajo y… no sé.

—Permítame, ama —dije mientras me levantaba del banco.

Me puse tras ella y coloqué mis manos sobre sus hombros. Solía masajear las piernas de Egan cuando caminábamos de más y había aprendido a rebajar la tensión en unos músculos cansados. Aquellas cervicales estaban tensas y agarrotadas, apreté donde debía y Orianna dejó escapar un gemido al notar la presión.

—¿Mejor?

—Tu esclava tiene buenas manos —le dijo a Egan, sin

dirigirme la palabra—. ¿Sabes que fue ella la que me dijo que los chicos entrenaban diferente que nosotras? —Detuve mi masaje al oír aquello—. Igual pretendía ponerme en un compromiso y dejarme en evidencia.

—No, jamás —contesté yo—. La veía tan interesada en...

—Estás de un humor de perros —terció Egan, intentando rebajar la tensión—. ¿Y si nos vamos a las termas?

—Buena idea. Ilota, guárdanos cena para cuando volvamos.

Se levantó del asiento y, sin mirarme, ayudó a Egan a hacer lo propio para encaminarse hacia los baños. Me quedé tontamente plantada en el sitio, lo que me permitió escuchar a Egan decirle:

—Puedes llamarla por su nombre, ¿sabes?

—¿Para qué? Solo es una ilota.

Selasia, dos horas antes de la batalla

Las niñas están a su alrededor, escuchando una de sus tantas historias. Cara está sentada frente a él con esos ojos curiosos que se empapan de toda la información a su alcance. Adara se cansa enseguida del cuento y le pide jugar. La lanza por los aires cada vez más alto y más alto y más alto y más...

Un llanto lo despierta con sobresalto. Le rodea un caos absoluto. La gente está corriendo, Nella se levanta a su lado, igual de aturdida que él. Coge al pequeño de las mantas, sin evitar pensar que justo hoy cumple cinco días y que debería ser nombrado frente a toda la comunidad. Le besa la frente y, aún sin acallar el llanto, se lo cuelga como siempre contra el pecho. Parece calmarse un poco al sentir su corazón, por mucho que lata descontrolado.

Con ayuda de Nella consigue ponerse en pie y, en cuanto uno de sus tantos alumnos pasa por su lado, lo retiene.

—¿Qué está pasando?

—La batalla ha empezado, mi señor. Los enemigos se acercan.

Mira directamente hacia el horizonte, donde sabe que se encuentra Orianna, protegiéndolos de todo mal, como siempre.

—¿Nuestros guerreros han fracasado?

—Eso parece, señor.

—¿Y qué demonios estáis haciendo correteando como pollos sin cabeza? —le reprende Egan. El muchacho agacha la cabeza—. ¿Qué os he dicho que hay que hacer en situaciones como esta?

—Avisar a nuestro supervisor y asegurar el perímetro. Pero la gente está saliendo, maestro.

—¿Que están haciendo qué? —espeta él, atónito.

La multitud se arremolina en el interior del ágora, sin saber qué hacer. Le exaspera que, después de tantos inviernos explicando y ensayando las directrices en caso de ataque, sean incapaces de seguirlas igual de bien el día que llega la guerra a sus puertas. Juntos son más fuertes, juntos pueden resistir. Cada uno de esos largos inviernos se lo repetía. Separados, cada mujer y niño en sus casas se convierten en presas, en un buen botín de guerra.

—Han abierto un paso y hay muchos que han decidido salir, ahora mismo...

—Cerradlo.

—¿Qué?

—Que cerréis el paso. Impedid que el enemigo pueda entrar por él y nos embista.

—Pero los que están fuera...

—Ellos mismos han decidido salir, no podemos sacrificar todo el poblado por unos pocos.

Con un par de órdenes, consigue detener el vaivén de los jóvenes, que se ponen manos a la obra para cerrar el paso y reorganizar a los vecinos. Deben permanecer protegidos tras la empalizada; aquellos que puedan, armados con lanzas y espadas. No tienen suficientes para todos, por eso las otorgan primero a los más diestros con ellas. Le guarda una a Adara, buscándola con la mirada entre el ir y venir de personas a su alrededor.

—No están.

Se gira hacia la voz de Nella, que le mira con preocupación.

—¿Qué? —pregunta, sin entenderla.

—Las niñas. No están. No… —balbucea—. No estaban cuando nos hemos despertado y no las encuentro por ninguna parte. Nadie las ha visto.

—¿Qué? —repite.

Se ha levantado con tanto caos a su alrededor que solo se ha preocupado del llanto del bebé y de acunarlo. No se ha dado cuenta de que no había nadie durmiendo junto al pequeño, ni que faltaba la sombra de Adara recostada junto a Nella.

—Creo que sé dónde han ido —dice ella—. Tenemos que ir a buscarlas.

—Todo esto es un caos, Nella. No saben cómo organizarse y parecen gallinas asustadas.

—Me da igual. Puedes acompañarme o no, Egan, pero yo voy a por ellas.

Sin mediar palabra, Nella se da media vuelta y se encamina al carromato de recursos, junto al cual espera pacientemente Manchas. Solo le da tiempo a dar un par de pasos hasta que Egan la agarra de la muñeca.

—No se trata de eso. He ordenado cerrar la empalizada, si salimos…

No termina la frase, porque no es necesario. Por lo que cuentan los vigías, el ejército está retrocediendo, acercando cada vez más el enemigo a casa. No saben muy bien qué ha pasado, solo que se mueven hacia ellos.

—No las dejaré atrás, Egan. No pienso dejar a mis hijas atrás.

Nella no llora nunca. Solo lo hizo cuando le pusieron a la pequeña Cara en sus brazos, tras un extenuante parto. Lloró de alegría y se quedó dormida después del esfuerzo.

Hoy una solitaria lágrima surca su mejilla. No es de alegría, tampoco de pena, sino de miedo. Miedo a perder a las personas a las que más quiere y miedo a convertirse en una de las personas a las que más odia.

—No vas a ir sola, te acompaño. —Nella le dedica una sonrisa con la que está conteniendo el llanto, de pura impotencia, de pura rabia—. Las encontraremos.

—Con Manchas iremos más rápido. —Egan se revuelve en el sitio, molesto—. Y no me vengas con tonterías, que ya me sé el cuento del buen espartano... Vosotros camináis y os indigna que otro os lleve a los sitios. Pero no pienso acomodarme a tu paso, no podemos perder...

—Vale.

—¿Qué? —Ella lo mira atónita; había esperado que fuera más difícil de convencer.

—Iremos con Manchas porque avanzaremos más rápido, puede que incluso lo suficiente para volver. —Le sonríe, repitiendo eso que tanto le repite Nella—. Dejaré mi orgullo a un lado.

Ella le besa; un beso suave, frágil y empañado por las lágrimas que no ha dejado caer. Se dirigen hacia Manchas y, para cuando Egan llega, Nella ya la ha ensillado. Le ayuda a subirse a la burra, asegurándose de que el pequeño se sienta cómodo en su pecho, y anuda las muletas, cada una a uno de los lados de la bestia.

—Puedes dejarlas aquí.

—Si no volvemos, las necesitarás para caminar.

Él asiente. Como siempre, ella es la de las ideas prácticas, la que le soluciona los problemas del día a día y consigue que todo —la familia, la casa y el poblado— funcione bien. No sabría cómo ser un buen harmosta sin tenerla a su lado.

Nella sube tras él. El animal se queja por el peso de más, pero ella lo calma con un par de chasquidos de la lengua y caricias en el lomo. Entonces le pasa las manos por la cintura a Egan y agarra las riendas.

—¿Adónde crees que han ido?

—A casa.

8

EGAN

El Agetes no bromeaba. Al día siguiente acudió a nuestro lado y, en lugar de conversar con Fannie, me instó a dar mi opinión sobre las cuestiones políticas de Esparta. Los magistrados que siempre le acompañaban escucharon en silencio. Solo uno maldijo entre dientes cuando defendía al grupo de Orianna, pero una sola palabra del sacerdote le hizo callar.

—Todos comen de su mano —dije, una vez en casa, después de contarle a mamá cómo había ido la reunión.

—Son hombres que han recibido la protección del sacerdote y, gracias a sus influencias, son lo que son.

—Contar con su apoyo nos permitiría empezar a mover piezas más grandes —añadió Fannie, sentada en una silla a su lado y con una copa de vino en las manos—. Las Carneas se acercan.

—¿Qué le habéis prometido a cambio de que me preste atención? —les pregunté, alzando un poco el tono de voz.

Llevaba demasiado tiempo con Fannie para saber que todo tenía un precio y que mi madre estaba dispuesta a pagar el que fuera.

—Aún nada —respondió mi madre y, acto seguido, se volvió hacia Fannie—. ¿Qué nos pedirá?

—No lo sé aún. —Ante la mirada interrogativa de

Agatha, añadió—: El Agetes es complicado. Lo conozco bien y no le gustan este tipo de tratos. Por eso no se lo presenté, quería que se fijara en él por su cuenta. Ahora tenemos algo con lo que poder empezar a negociar.

—¿Tierras, dinero, favores? —insistió mi madre.

Fannie se acercó la copa a los labios y bebió, mientras parecía meditar sus palabras.

—Creo que nada de eso.

—Entonces, ¿qué podemos usar para ganarnos su favor?

—Su voz.

—¿Qué? —preguntamos a la vez mi madre y yo.

—Su voz —repitió la maestra—. El Agetes no está interesado en enriquecerse, tiene otras preocupaciones e intereses. No te ha escuchado cantar nunca, ¿verdad? —Negué con la cabeza—. Empezaremos por ahí. La música amansa a las fieras y ablanda los corazones.

—Orfeo... —dejé escapar yo, recordando las historias que nos había contado sobre el discípulo de Apolo, famoso por ser capaz de ablandar el corazón de la reina infernal con su música.

Fannie se movió rápido y apenas tardó dos días en conseguir que el Agetes me pidiera tocar en su presencia, para lo cual montamos un paripé de lo más ridículo. Me hizo cargar la lira hasta el ágora y, una vez allí, me dijo que me pusiera a afinar las cuerdas en espera de que la gente acudiera. Esto suscitó más de una mirada de recelo hacia mí, que estaba llamando la atención más que nunca.

El primer día, el Agetes me miró y entornó los ojos sin pronunciar palabra. Pero el segundo... picó el anzuelo. Fannie lo enredó en su propia curiosidad para acabar pidiéndome que tocara para él una de las canciones que, supuestamente, llevaba semanas preparando con mi maestra. Una mentira a medias, claro, pues tocaba para mí, y las únicas personas con las que compartía mi música eran Orianna y Nella. El plan no era demasiado malo, ya me había hecho a la idea de que aquel hombre me escuchara cantar. Pero había un problema.

—¿Tiene que ser en el ágora? —pregunté de nuevo—. ¿Delante de tanta gente?

—No es la primera vez que tocas en público —apuntó Fannie.

—¡Y salió genial! —me animó mi madre.

—Esta vez... —me llevé las manos a las sientes y apreté con fuerza, intentando deshacer la presión que sentía—, no le voy a gustar.

—Si se me permite... —Una voz casi inaudible se hizo oír desde una esquina; era Nella. Mamá le cedió la palabra con un ademán—. Amo Egan, su música es maravillosa. Dudo mucho que haya alguien en Esparta a la que no le guste.

Se sonrojó y volvió a su lugar, con la cabeza gacha. Mi madre la miró con extrañeza.

—Mi hija tiene razón —intervino Alysa, que en ese momento entraba con una bandeja con pan y queso—. Todas le hemos escuchado cantar y tocar la lira. Es capaz de hacer sentir a cualquiera el dolor, la tristeza o la alegría que pretende transmitir.

—Una cosa es lo que sientan y otra, lo que quieran demostrar en público —insistí yo—. ¡Nadie me aplaudió cuando tocamos para toda la tribu!

Habían pasado ya dos años, pero era una espina que tenía clavada muy hondo.

—El Agetes ya se muestra interesado en ti. Ha sido él el que te ha invitado a tocar. No cometería una descortesía semejante.

—Y el amo Egan no estará solo —añadió Alysa, que se había quedado de pie al lado de mi madre—. Estará junto a Fannie y Nella. Toque para ellas, amo. Olvídese de los hombres que tendrá delante.

Miré a Nella, quien había levantado la mirada al escuchar su nombre, y me sonrió.

—Tengo la canción perfecta para... —empezó Fannie.

—Cantaré sobre Orfeo —la interrumpí— y su bajada a los infiernos.

—Es un poco... —dudó la maestra.

—Nella —la ilota levantó la cabeza—, dedicaré el resto del día a ensayar, espero que me podáis disculpar. Mamá, Fannie...

Me despedí y salí de la estancia seguido de Nella.

—He tenido una revelación —le confesé una vez estuvimos a solas—. No sé si es una locura o no, pero Orfeo vino a mi mente enseguida y creo que si...

—Lo hará bien —dijo ella, cortando el hilo de mis pensamientos—. Respire hondo y hable con tranquilidad.

No me había dado cuenta de que había empezado a parlotear, soltando los pensamientos tal cual llegaban a mi cabeza. Detuve enseguida mi verborrea. Siempre me pasaba cuando me ponía demasiado nervioso. Antes lo hacía en soledad; ahora tenía siempre a Nella a mi lado. Respiré hondo, tal y como ella me había indicado. Para entonces ya habíamos llegado a mi cuarto. Ella se adelantó para abrirme la puerta y entró tras de mí.

Dediqué toda la tarde y parte de la noche a preparar una de las canciones más hermosas, tristes y difíciles que he tocado en toda mi vida. La había escuchado mucho antes, en una de esas clases de historias y leyendas junto a Orianna. Fannie me había explicado cómo tocarla con la lira cuando me aburría de las más sencillas. Aquella canción contaba una de las historias más tristes que jamás he escuchado. Orfeo, tras la muerte de su esposa Eurídice, decide bajar a los infiernos a recuperarla. Es tal el dolor que siente por perderla, que la música que emana de él conmueve a todos. Caronte le permite cruzar en su barca, Cerbero le admite en la entrada del Inframundo y la propia Perséfone, reina infernal, se apiada de su dolor y le devuelve el alma de su esposa, aunque para ello le impone una única condición: no puede mirarla hasta que los rayos del sol bañen su cuerpo y recupere, por influjo del sol, su corporalidad. Esa es la parte más complicada de la canción, pues es cuando Orfeo duda, trastabilla y decide girar la cabeza. En ese instante, el espíritu de su mujer le devuelve la mirada con sorpresa y se ve engullida por la oscuridad del infierno, al que debe volver y no regresar jamás al mundo de los vivos.

Cuando pronuncié el último verso y la última nota de la lira quedó suspendida en el aire, ya no estaba en mi cuarto, ni era Nella la única que me escuchaba, aunque sí fue la primera a la que miré. Me contemplaba con las manos en el pecho y lágrimas en los ojos. A su lado, Fannie asentía ligeramente y me dedicó una sonrisa.

—Fannie no exageraba —dejó escapar el Agestes, rompiendo el silencio por fin—. Tienes un don para la música.

—Todo el mérito es de mi maestra, que ha sabido enseñarme bien —respondí yo, como se esperaba de mí.

—No —replicó el sacerdote, alterando un poco la formalidad del momento—. Se puede enseñar a tocar una lira y a entonar bien. Pero hay algo en ti que es innato, joven.

Me miraba fijamente, como estudiándome. Olvidé cómo sostener correctamente la lira, sintiéndola ahora molesta en las manos.

—Es asombroso que alguien como tú… —añadió, pensando en voz alta. De pronto volvió a centrar su atención en mí—. ¿Sabes por qué cantamos en las Carneas?

—Es una forma de honrar a Apolo, dios de músicos y artistas —respondí yo, sin pensarlo demasiado—. No todo es una cuestión de fuerza.

—Exacto —añadió y, seguidamente, repitió más alto—: ¡Exacto! ¡No todo es fuerza!

Miré a Fannie, sin saber cómo proseguir. El anciano volvió a atraer mi atención.

—Necesitaré tu ayuda en las próximas Carneas.

—¿Las próximas Carneas? —pregunté, extrañado.

Los días más calurosos del verano ya estaban llegando a su fin. Faltaba poco para la fiesta sagrada.

—Sí, claro. Apolo se complacerá de escuchar tu música.

—¿Mi música?

—Claro, joven Egan. ¿Es que no escuchas?

Se giró hacia mi maestra, como molesto por mi desconcierto. Ella dio un paso al frente y se hizo cargo de la situación. En un momento quedó acordado que los siguientes días pasaría a ayudarle en el templo de Apolo. No me estaba aceptando oficialmente como su pupilo, pero era un primer paso.

¿Quién me lo iba a decir? Resultaba que la música sí era capaz de amansar a las fieras.

ORIANNA

Ya era estresante prepararse para un enfrentamiento contra el pelotón masculino, pero es que encima tuve que soportar el regreso de mi hermano mayor a casa. Siempre nos habíamos llevado bien de niños, pero el Xander adulto era insufrible.

El siguiente invierno, para el que faltaban pocas semanas, mi hermano cumpliría los veinte años y pasaría a formar parte del ejército. Se convertiría en un hombre adulto y dejaría atrás toda su infancia viviendo en el templo de Atenea. Se presentó a la cena comunal cogido de la mano de una muchacha sonriente.

—Madre —saludó con una inclinación ante la cabeza

de familia. Ella se volvió hacia él y miró de arriba abajo a la chica que lo acompañaba—. Te presento a Leah, hija de Delia y Leo. Mi... —titubeó ante su ceño fruncido.

—Su esposa, mi señora —acabó por él la muchacha. Se soltó de mi hermano y se acercó a su suegra con la mano en el pecho, en señal de respeto—. Nos unimos frente a Atenea hace un par de meses.

En ese momento estaba sentada al lado de mi madre, así que pude ver toda la escena a la perfección. La muchacha era bonita y no había mostrado ni una pizca de miedo al acercarse a mi madre, que era conocida en toda la aldea por tener muy mal carácter.

—¿Cómo es posible que mi hijo no sea capaz de decirme algo así?

Ambas mujeres se giraron hacia el susodicho, que se puso firmes en el sitio, como si estuviera recibiendo la reprimenda de un general.

—Decidimos unirnos en secreto para poder... —Xander se puso rojo y Leah sonrió, pero no intervino—. Poder conocernos mejor y... ahora que voy a formar parte del ejército, quería traerte una nuera a casa, madre.

—Y no vengo sola —terció Leah, llevándose las manos al vientre.

No hizo falta añadir nada más. Galena de los Aegide iba a ser abuela. Instó a los ilotas a sacar más vino especiado y dulces de las alacenas para celebrar tal acontecimiento. Me dieron una copa a mí también. A mis quince años, ya había aprendido a beber con moderación y podía disfrutar del néctar de Dioniso junto a los adultos.

—Tú debes de ser Orianna —me dijo cuando se sentó frente a mí—. Tu hermano me ha hablado mucho de ti. —Me dedicó una sonrisa amable y cálida—. Yo solo tengo hermanas, tendrás que darme algunas pistas de cómo sobrevivir entre tanto varón.

—Es fácil: cuando te molesten, solo tienes que darles una patada en los...

—¡Orianna! —me cortó mi madre, que siempre tenía el oído atento—. ¡Haz el favor!

—No me extraña que diga algo así. —Mi hermano se sentó junto a Leah, le pasó el brazo por los hombros y la arrimó a su lado. Ella rio y le besó en la mejilla—. Está todo el templo muerto de risa de que quiera pegarse con uno de nuestros pelotones. —Fruncí el ceño—. ¿Es que Hera ha nublado tu juicio? ¿En qué se supone que estás pensando?

—En demostrar mi valía.

—Tu hermana es una mujer brava, Xander —me defendió madre—. Déjala demostrar su fuerza, te sorprenderá.

Él chistó, quitándole importancia a lo que estaba diciendo. Leah, en cambio, pareció interesada en la conversación.

—Me parece maravilloso —dijo—. Galena, has criado a hijos fuertes y valientes. Tanto que incluso tu hija desea pelear como un varón.

Lo dijo como un halago, aunque lo sentí como una puñalada.

—Le viene de familia —respondió mi madre, sonriendo con orgullo—. Yo también fui bastante peleona.

—No es solo ser peleona, madre —intervine—. Amo el arte de la guerra.

—¡Pero ya tenemos a los hombres para eso! —Leah empleaba un tono dulce y cariñoso, era difícil enfadarse con ella—. Nosotras tenemos el don de dar la vida y dotar de más hombres y mujeres a nuestra querida Esparta. ¿Para qué salir ahí fuera a ponernos en peligro? Nosotras derramamos sangre para crearla, no para destruirla.

—No soy tan débil para...

—Cuéntame —me cortó mi madre, inclinándose sobre la mesa para acercarse a Leah—, ¿quiénes son tus padres?

Cerré la boca porque no quise perturbar el buen humor de mi madre. Me recosté sobre mi silla y vacié la copa de un par de tragos. Abandoné la mesa comunal a las pocas horas, siguiendo la comitiva que acompañaba a los novios a su nuevo hogar. A partir de ese día, Leah pasó a vivir en una de las habitaciones grandes del gineceo, y en cuanto Xander cumpliera la mayoría de edad, se mudaría con nosotros. Aun así, lo teníamos a cada momento en casa, aprovechando para visitar a su nueva esposa e importunarme a mí con sus consejos de hermano mayor.

—¡Haréis el ridículo! —me decía cuando madre no estaba—. Luego no habrá quien se case contigo.

—¿Y quién te ha dicho que quiero casarme?

—No digas estupideces. ¿Y qué vas a hacer, sino? ¿Vivir con nosotros el resto de tus días?

—Nadie soportaría semejante castigo —le decía, apretando los puños y mirándolo con rabia—. Eres insufrible.

—¡¿Qué has dicho?! —vociferaba él, imitando mi gesto.

—Si os tenéis que pegar —intervenía siempre mi cuñada, casi como una rutina que los tres habíamos aprendido—, que sea en la palestra.

Y tan rápido como se había encendido la llama, Leah la apagaba de un soplo. Él refunfuñaba y maldecía para sí, volviendo a lo que fuera que estuviera haciendo. Y yo solía salir por la puerta de casa, de camino a la palestra, a casa de Egan o, simplemente, a dar una vuelta para airearme. Desde que los tenía en casa, me sentía más ahogada, y esa sensación crecía y crecía en mi pecho con cada día que se acercaba la fecha del desafío.

Mis compañeras y yo habíamos dedicado esos dos meses a prepararnos lo mejor posible. La lanza se había convertido en una extremidad más y aprendí a estocar, golpear y empujar con ella y el escudo. Ya no me veía capaz de luchar sin ella, pues se había convertido en parte esencial de mi entrenamiento. El último mes, además, Maya nos trajo una docena de espadas romas con las que poder defendernos y practicar el cuerpo a cuerpo. Estaba lo más preparada que podía estar en el límite de tiempo acordado. Aun así, me pasé la última semana con una presión en el pecho que me dificultaba respirar. Solo conseguía calmarla durante las charlas nocturnas con Egan, en las cuales podía pasarme horas y horas escuchándole hablar. Oír las historias que otros protagonizaban me ayudaba a alejarme de mis problemas.

—Irá bien —me dijo la noche antes del desafío—. Sé que vas a dar lo mejor de ti.

Había despachado a su ilota, pues me molestaba su presencia cuando teníamos momentos de intimidad como ese, en el que estábamos tumbados sobre la hierba, mirando las estrellas, mientras él me contaba la historia de sus constelaciones. Se había girado para mirarme y yo le imité. Nuestras caras quedaron a un palmo la una de la otra.

—¿Y si no es suficiente? —le susurré; él era la única persona ante la que me atrevía a desvelar mis miedos—. ¿Y si no soy suficiente?

Él acarició mi mejilla con su mano y me dedicó una sonrisa.

—¿Cómo no vas a serlo, Orianna? Eres la mujer más fuerte que conozco.

Recorrió con la mano mi mejilla hasta llegar a la barbilla, y justo ahí acarició una de mis pecas. Iba a decirme algo más, pero se apartó cuando a lo lejos oímos una voz llamándome.

—Oh, no —bufé, llevándome las manos al rostro—. Me ha encontrado.

—No es mala persona.

—Ya lo sé. Solo que quiere que sea su hermana, y a mí no me va eso de hacernos trencitas la una a la otra.

—¿Ah, no? —me preguntó él, levantando una ceja, divertido—. Seguro que te quedan bien.

—Anda, cállate.

Me levanté y le ayudé a incorporarse. Nos despedimos con un abrazo y seguí la voz de Leah. Querría prepararme para el día siguiente, lo que para ella significaba cuidar mi pelo... y a saber qué más.

Cuando Helios estiraba sus brazos hacia el amanecer, yo ya estaba vestida y armada. Maya me había dejado una lanza y aprovechaba las primeras horas de luz para estirar los músculos y calentar el cuerpo. Se acercaba el invierno y no había mejor forma que esa para entrar en calor. Mi familia entera me acompañó a la palestra, donde ya estaban Maya y algunas de las chicas. Cuando nos reunimos todas, nos encaminamos hacia el templo de Atenea, el lugar acordado para el desafío.

Nuestro pueblo solía reunirse a menudo, especialmente en los festejos y banquetes, y también cuando celebrábamos algún pancracio u otra competición deportiva. Nunca imaginé que se reunirían para vernos luchar a nosotras. Los chicos ya estaban allí, ganándose los vítores de sus semejantes. Los maestros se encontraron en el centro de la gran palestra, junto con dos éforos, e intercambiaron algunas palabras. Cuando se separaron, los dos grupos formamos en dos falanges. Cada combatiente al lado de un aliado, creando una férrea línea de defensa. Ellen, como nuestra líder, se encontraba en el extremo derecho, y la seguíamos yo y Rena, en este orden.

Damon encabezaba la falange masculina, y me dirigió una mirada de curiosidad cuando me vio al lado de Ellen y no en su lugar. En cuanto el eforado anunció que daba comienzo el enfrentamiento, los chicos empezaron a golpear sus escudos al unísono, sin moverse del sitio.

—Pretenden provocarnos —le susurré a Ellen. Ella asintió.

—Lanzas —ordenó. Todas asimos nuestras armas y las apuntamos al frente—. Escudos. —Nos aseguramos de tenerlos bien agarrados y, a continuación, nuestra líder lanzó la siguiente orden—: Avance.

Nos acercamos a ellos paso tras paso, manteniendo el mismo ritmo. Lo habíamos ensayado cada uno de los días que nos habían dado para prepararnos. En cuanto nos vieron avanzar a paso firme, cambiaron el ritmo de sus escudos a uno más pausado y empezaron a caminar hacia nosotras. Poco a poco, el golpeteo se hizo más y más rápido, así como su embestida. Se lanzaron directamente hacia Ellen. Toda su falange se desplazó hacia nuestra derecha, pretendiendo envolvernos y atacarnos por detrás.

—¡Defendeos! —gritó nuestra líder, pero la orden quedó enmudecida ante el estruendo del primer choque.

Sus lanzas chocaron contra nuestros escudos. El chico que quedaba frente a mí me embistió con tanta fuerza que partió su lanza con el primer envite.

—¡Gilipollas! —escupí, pues había perdido su arma en aquel primer golpe.

En cuanto su lanza se partió, aproveché que mi contrincante perdía la estabilidad para desequilibrarle con el escudo. No cayó al suelo, pero sí se trastabilló, y en ese instante le golpeé con fuerza el flanco derecho. Sonreí cuando le oí soltar un quejido.

A mi derecha, Ellen se defendía de las acometidas de su rival, quien demostraba ser más cauto que su compañero. Me dispuse a ayudarla, pero, de pronto, el que estaba frente a mí se retiró y uno de sus compañeros, con su lanza en perfectas condiciones, se colocó en su lugar y vino directo a mí, intentando herirme con ella en las piernas. Solo tuve que desviarlo con el escudo. Luego dirigí mi lanza a sus hombros para contrarrestar su fuerza de ataque, pero entonces algo me golpeó en el costado y me hizo fallar. Rena había partido su lanza y su contrincante había aprovechado para atacarme. Ella, sin embargo, aprovechó que estaba distraído para empujar con el escudo y, en respuesta, partirle la lanza. Dos sin lanza, no estaba nada mal.

—¿Estás bien? —me preguntó, aunque no me dieron oportunidad de responder.

Se escuchó una flauta sonar, lanzando ligeros pitidos, y los chicos se movieron. Los que estaban sin lanzas intercambiaron sus posiciones con los que estaban luchando más a la izquierda. Algunos sacaron sus espadas. No tenía suficiente visión para ver cómo se encontraban mis compañeras ni tiempo para hacerlo.

Un tercer contrincante se abalanzó contra nuestra falange, pero no iba a por mí, sino a por Ellen. A fin de cuentas, ese era el objetivo del enfrentamiento: inutilizar al líder del pelotón enemigo. Ellen interpuso su escudo entre la lanza enemiga y su cuerpo, pero se llevó un buen golpe del otro. Sin embargo, este se había expuesto en exceso, así que le golpeé con fuerza en el hombro, descargando toda mi ira y frustración en él.

—¡Ramera! —gritó, y soltó su lanza, que cayó a nuestros pies.

Retrocedió dos pasos, pero el grupo no aflojaba su presa hacia nosotras, pues apareció otro más en su lugar y Damon a nuestras espaldas; estaban consiguiendo rodearnos, lo cual significaba que nuestras compañeras del flanco izquierdo seguramente habían caído.

—Pégales tan fuerte como si lo hicieras contra mí —le susurré a Ellen, con una sonrisa en los labios—. Te cubro la espalda, cubre tú la mía.

Sin esperar su respuesta, me giré, exponiendo mi retaguardia, y me coloqué tras Ellen, haciendo frente a los que pretendían rodearla. Volví a sonreír cuando les vi el rostro deformado por la rabia. Uno de ellos cojeaba y a otro le sangraba la nariz. Al cojo fue sencillo dejarle fuera de combate, pero rompí mi lanza cuando, pretendiendo darle un golpe en la cabeza, el segundo lo bloqueó con su escudo.

—Mierda —farfullé.

Y aprovechando que estaba desarmada, fue a por mí. No podía echarme hacia atrás si no quería desestabilizar a Ellen, así que actué como era mi costumbre: llevada por la rabia y sin pensar. Él apuntó su lanza hacia mis hombros, pero yo era más rápida y finté hacia el otro lado, corrí hacia él y lo empujé con mi escudo, derribándole al suelo. Aproveché que me había separado de la línea de la falange para buscar con la mirada a mis compañeras: dos estaban fuera de combate, curando sus heridas junto a Maya, mientras cuatro de ellos estaban sentados frente a su maestro; el resto seguían luchando.

Un par de minutos después, volví junto a Ellen y preparamos el ataque contra Damon.

—Están demasiado cerca —le dije, y ella asintió. Su respiración era acelerada y no le quitaba ojo al grandullón.

—Tenemos que envolverlo cuando se quede sin apoyo —me dijo sin mirarme—. ¡Espadas! —gritó al resto—. ¡Machacadlos!

Damon se relamió al escuchar las palabras de Ellen. Lanzó su arma hacia nosotras, lo que nos hizo trastabillar ante lo inesperado de su acción, y seguidamente arremetió contra nosotras, espada en mano.

Ellen bloqueó su ataque con el escudo y le empujó hacia atrás. Él, en lugar de retirarse, dio medio giro y aprovechó el desconcierto de la líder del pelotón para golpearle el costado. El resto de su falange apareció a su lado y lo imitaron, empezando a rodear a Ellen.

—Por Ares, ¡¿cómo saben qué tienen que hacer?! —protesté, sin esperar una respuesta—. Damon no ha soltado ni una sola palabra.

Ellen no me dijo nada, algo inteligente, pues yo empezaba a quedarme sin aliento. Con las lanzas y suficiente distancia entre nosotras, habíamos podido contener a los chicos, pero ahora, con el poco espacio que había entre ellos y nuestras espadas, se volvió una tarea complicada.

Uno de ellos se colocó a la izquierda de Ellen, que carecía de protección, y se lanzó contra ella. Desatendí mi posición para ponerle la zancadilla y acabó en el suelo. Le pateé el arma y quedó fuera de juego. A cambio me llevé un golpe en el hombro de su compañero. Me giré hacia él y le empujé en el pecho con el escudo, lo que lo dejó sin aliento, y le desarmé con una segunda embestida. El escudo de madera crujió y lo dejé caer.

—¡Orianna! —gritó Ellen, casi sin aliento.

Me volví justo para ver cómo Rena, que había ocupado mi puesto, caía al suelo y le hacían soltar la espada de una patada. La habían derrotado entre dos, que se volvieron de pronto hacia Ellen. Damon dio un par de pasos hacia atrás para recuperar el aliento mientras dos de sus compañeros lo cubrían. Solo quedábamos nosotros: cuatro de su bando y nosotras dos.

Llegué justo a tiempo para desviar con mi espada un golpe que iba directo a la cabeza de Ellen, pero recibí una patada que casi me hizo caer al suelo. No sé cómo, acabé medio abrazada a uno de mis enemigos, que me miró sorprendido, mientras yo sonreía. Con la misma fuerza con la que me había caído encima de él, hice un barrido con la pierna para desestabilizarlo y quedarme con su arma. Sin escudo, podía ir a dos espadas.

Ellen se acercó de espaldas a mí mientras se apretaba el costado con la mano.

—¿Estás bien? —le pregunté al verla herida.

Ella asintió.

—No veo cómo...

—Solo son tres.

Fue a decirme algo, pero no le dieron oportunidad. Los tres se lanzaron sobre nosotras, cada uno de ellos por un lugar distinto. Me adelanté para desviar el espadazo de Damon. Cuando intenté volver al lado de Ellen, este me embistió con el escudo y me hizo caer de rodillas. Rodé por el suelo para esquivar el golpe que iba dirigido a mi cabeza. Con una de las espadas ataqué su tobillo y le hice saltar hacia atrás, momento que aproveché para ponerme en pie de un salto y lanzarme hacia él, atacándole con todo. Él bloqueaba mis estocadas con su escudo y volvió a empujarme con él. Me eché hacia atrás para esquivarlo y una de mis espadas chocó con la de Ellen.

A sus pies había caído uno de los chicos, desarmado. Ahora éramos dos contra dos. No estaba todo perdido. Ellen dio un paso hacia delante, aferrando su escudo y su espada. Cojeaba de una pierna y su respiración se escuchaba demasiado agitada. Preparé mis dos espadas y encaré a Damon, lazándole una estocada que evitó sin problemas, pero descubrió su flanco derecho y fue ahí donde golpeé con fuerza. Él aguantó con una mueca y, antes de que me diera tiempo a reaccionar, escuché a mi espalda cómo Ellen caía al suelo. Me giré por instinto y me llevé un buen golpe en el hombro derecho. El compañero de Damon se lanzaba sobre Ellen para someterla. Me interpuse, ignorando a su líder. Le empujé con mi cuerpo y le hice caer al suelo.

—¡Levanta! —le grité a Ellen, alargando mi mano hacia ella.

No pudo cogerla, pues Damon se abalanzó hacia mí, tirándome al suelo. Me inmovilizó, empleando todo su peso, y levantó mi cabeza tirándome del pelo. Quería que viera cómo su compañero alzaba la barbilla de Ellen con la punta de su espada.

—Estás muerta —le susurró con una sonrisa en el rostro.

NELLA

La familia iba a acudir al evento del que llevaban cuchicheando dos meses. El ama Agatha insistió en que fuéramos todos, esclavas incluidas. Según me dijo mi madre, iban a congregarse las familias más importantes de Esparta, uniendo a miembros de diferentes tribus.

—Creía que todos eran espartiatas —comenté, sin entender esa diferenciación.

—Y lo son. Solo que se dividen en cinco tribus.

—¿Como si fueran familias diferentes?

—Algo así. —Ella me sonrió a través del espejo. Nuestra ama había insistido en que nos afeitáramos de nuevo la cabeza, no quería mostrar signo alguno de imperfección—. El ama Agatha tiene muchos negocios, pero se reúne poco con los miembros de otras tribus. Esta es la ocasión perfecta.

Asentí, entendiendo que sería algo parecido a los tratos que tenía mi madre con los comerciantes del mercado. Necesitaba nuevas personas con las que poder negociar o, de ser necesario, cambiar un trato por otro.

Cuando estuvimos listas, mucho antes de que despuntara el alba, despertamos a Egan. Su madre había comprado una túnica nueva, de un blanco impoluto, y dos fíbulas de brillante plata.

—No entiendo por qué tanta pompa —dijo él, fastidiado, mientras Alysa y yo le ayudábamos a vestirse.

—Para darle su apoyo al ama Orianna —contestó mi madre en el tono apacible y dulce que siempre empleaba con él—. Y para sentarse junto al Agetes, marcando así su nueva posición.

Él siguió quejándose, pero obedecería. Siempre lo hacía.

Se desahogaba conmigo al verse tan expuesto solo para conseguir un tutor decente, aunque luego siempre seguía las directrices de su madre. Al fin y al cabo, sabía perfectamente que ella quería lo mejor para su único hijo.

Llegamos muy temprano al templo de Atenea. Era un camino ligeramente empinado, por lo que Egan necesitó más apoyo del habitual. Al alcanzar la cima y traspasar las murallas de la pequeña ciudadela, nos encontramos al Agetes junto a una sacerdotisa que impartía órdenes a un grupo numeroso de ilotas.

—Llegáis pronto —los saludó el sacerdote.

—Era nuestra intención —saludó el ama Agatha con una ligera reverencia—. Deseaba ayudarles en las preparaciones.

Y nos señaló a mi madre y a mí: estaba claro que ella no movería un dedo. Había traído a sus esclavas para que ejecutaran las tareas, mientras los espartiatas conversaban a la sombra. Me alejé de Egan y seguí las indicaciones que nos dieron.

Convirtieron aquel enfrentamiento en todo un espectáculo. Nos hicieron sacar mesas y asientos del templo y de las estancias donde vivían los alumnos que aún no tenían edad para entrar en el ejército. Preparamos todo un espacio dedicado a los reyes y los éforos, así como otros reservados a las familias más pudientes de Esparta. Los que eran de clase inferior —seguía sorprendiéndome que existiera esa distinción entre personas libres— tendrían que observar el desafío de pie.

Cuando las familias fueron llegando, se colocaron en los asientos a los que los ilotas los iban dirigiendo. Me hubiese encantado permanecer de pie al lado de mis amos y observar a Orianna luchar. La había visto entrenar muchas veces, tanto en la palestra con el resto de sus compañeras, como cuando repasaba los movimientos con Egan. Tenía ganas de verla luchar de verdad y que demostrara toda su fuerza, ya que hacía un gran alarde de ella. Sin embargo, tenía obligaciones que atender.

Tanto mi madre como yo nos pasamos toda la mañana sirviendo vino y comida a nuestros amos y sus invitados. En los minutos previos al enfrentamiento, varios espartiatas se acercaban a ellos y les dedicaban alguna palabra amable. Noté que muchos venían a saludar al Agetes y, al encontrarse sentado a su lado Egan, se veían forzados a dedicarle cuando menos un gesto cortés con la cabeza. Él estaba nervioso, solo había que fijarse en cómo tensaba las cervicales y estiraba en su rostro una sonrisa que nunca llegaba a sus ojos. Aun así, su madre no dejó de exponerlo a más y más miembros de la comunidad, siendo el centro de las miradas, algunas de curiosidad, otras de sorpresa y, las que más, de desprecio. Por suerte, estos últimos simplemente terminaban por ignorarlo y se mostraban cordiales con el Agetes y Agatha, sin mostrar sus verdaderos pensamientos respecto a la presencia de Egan al lado del sacerdote.

Cuando llegaron los combatientes, todos se agitaron. Formaron dos falanges enfrentadas en extremos opuestos, mientras los maestros salían al centro de la palestra y se dedicaban unas pocas palabras entre ellos.

—El vino —me susurró Alysa, obligándome a apartar la mirada de la pista.

El ánfora que llevaba estaba prácticamente vacía y ella señaló con la cabeza el lugar donde los sacerdotes habían decidido guarecerla del sol. Al volver sobre mis pasos, apenas pude ver más que dos líneas que se acercaban la una a la otra. Me llamaron con un silbido y empecé a servir copas. Supe que el combate había empezado por el ruido de las lanzas chocando contra los escudos.

No pude centrarme ni en lo que ocurría en la palestra ni en el servicio a los invitados. Alysa me llamó la atención varias veces y tuve que olvidarme del desafío para ocuparme de que todos los invitados que miraban embelesados la pelea tuvieran sus tripas y sus copas bien llenas. Sin embargo, no pude evitar girarme cuando de pronto todo el público estalló en gruñidos, aplausos y vítores.

Vi a Orianna en el suelo, agarrada por un muchacho gigante, que le tiraba de la melena y le apretaba una espada roma contra el cuello.

—¿Qué ha sucedido? —me atreví a preguntar.

—Ha perdido —sentenció Egan, sorprendido.

Estaba tan convencido de que su amiga ganaría que no supo reaccionar a la realidad.

Fui a decirle algo, pero una orden del ama Agatha me hizo separarme de él. Querían que preparáramos la comida, aunque fuera demasiado temprano para empezar a cocinar. Me alejé de la ciudadela junto a mi madre y la mayoría de los ilotas; solo se quedaron allí los que servían al templo.

—Desean un festín para celebrarlo —me explicó Alysa—. Seguramente se queden un par de horas en la ciudadela, querrán pelear un poco más.

—¿Más?

—Ha sido muy breve —repuso—. Para ellos, toda excusa es buena para llenarse los estómagos mientras otros derraman un poco más de sangre.

Asentí, no sin cierta estupefacción. Lo cierto era que en esos años que llevaba viviendo y trabajando para los espartiatas, esos pelilargos que protagonizaban mis pesadillas desde que era pequeña, me había dado cuenta de que su mayor preocupación consistía en comer, beber y, claro está, pelear.

—¡Comeremos carne hoy! —exclamó una de las ilotas que habían bajado con nosotras.

Lo dijo con una alegría genuina, pues la comida era

para los pelilargos un derecho, mientras que para nosotros, los esclavos, era un privilegio.

—Nella —me llamó mi madre, sacándome de mi ensimismamiento. Habíamos llegado al centro de la ciudad y los esclavos se habían distribuido las tareas. Nosotras íbamos a montar las mesas. Me acerqué a ella, que me esperaba en la puerta de un pequeño almacén donde las guardábamos. Cuando llegué a su lado, me dijo en voz baja—: Necesito que me hagas un favor. —Asentí—. Debes volver a casa.

—¿A casa?

—Sí. Entra en la estancia privada del ama Agatha y...

—No me permiten entrar ahí —dije, poniéndome nerviosa. Alysa dejó lo que estaba haciendo, se acercó a mí y me acarició la mejilla.

—Lo sé, cariño. Solo es recoger algo. Yo no podré hacerlo. —Asentí de nuevo, no del todo convencida—. Abre el segundo cajón de la derecha del escritorio. Tiene un doble fondo. Saca de su interior una pequeña caja de madera.

—Segundo a la derecha. Doble fondo. Caja de madera —repetí en voz baja, memorizando las órdenes—. ¿Se lo llevo al ama Agatha?

—No, me lo traes a mí. Yo misma se lo daré.

A pesar de tan insólita orden, obedecí, pues era lo que me habían enseñado a hacer durante toda mi vida.

Cuando llegué a la oikos, esquivé la puerta principal y accedí por la entrada que nos correspondía a los esclavos. Crucé rápido los pasillos y me detuve frente a aquella habitación. Era una de las pocas estancias prohibidas de la casa, el lugar donde la cabeza de familia se reunía con comerciantes y otros espartiatas. Solo Alysa podía entrar para limpiar y llevar bebida y comida en aquellas reuniones que podían durar horas.

Cogí aire, abrí la puerta y di un paso al frente. Era una

sala bastante amplia, con un escritorio que presidía el centro y tres divanes encarados frente a él. Seguí las instrucciones que me había dado mi madre.

—Segundo a la derecha —repetí en voz baja mientras abría el cajón correspondiente—. Doble fondo. —Esta vez era algo más complicado, pues tuve que sacar plumas, cálamos y tinteros para hacer palanca y retirar la madera que ocultaba el escondite—. Caja de madera.

Ahí estaba. Era rectangular y plana. La curiosidad me tentó y la abrí, deslizando la madera hacia un lado. Eran largos contratos sobre donaciones de propiedades. Todos terminaban con el garabato que representaba la firma del ama. No sabía para qué querría aquellos papeles en un día como ese, pero no puse en duda la voluntad del ama Agatha. Los coloqué de nuevo en el interior de la caja y la cerré con cuidado.

Mientras ponía en su sitio el doble fondo y reordenaba el cajón, oí pasos en el pasillo. Me giré hacia la puerta, con la caja de madera apretada contra el pecho, justo cuando se abrió.

El ama Agatha estaba ahí. De golpe pensé si había tardado demasiado en cumplir sus órdenes y había decidido bajar ella misma a por la caja. Dio un par de pasos hacia el centro de la habitación, seguida de un hombre que yo no conocía de nada. No se había dado cuenta de mi presencia, y cuando reparó en mí, abrió los ojos de par en par.

—Pero ¿qué...? —acertó a decir, superada por la sorpresa. Fue entonces cuando se dio cuenta de que sostenía la caja—. ¡¿Qué te crees que estás haciendo?!

Se acercó a mí con dos zancadas rápidas, me arrebató la caja de un tirón violento y me pegó tal bofetada que me marcó la mejilla.

—Ama, ¿qué...? —intenté preguntar, sin entender qué estaba pasando.

—¡Qué vergüenza! —dijo ella, agarrándome de la túnica con fuerza para obligarme a ponerme en pie—. ¡¿Cómo osas robarme?!

Los tres nos giramos al oír barullo en el pasillo. Era Alysa, quien se detuvo antes de cruzar el umbral.

—¿Qué ocurre, ama? ¿Por qué...? —Primero la miró a ella y luego a mí—. ¿Qué estás haciendo, Nella? —Se llevó las manos a la boca, fingiendo de forma muy convincente sorpresa.

—¿Qué hace tu hija aquí, Alysa? —preguntó con dureza el ama.

—Te saqué de la calle y te crie como a mi hija —me dijo Alysa, sin responderle a ella—. Te he dado una buena vida al lado de mi ama. ¿Cómo...? ¿Por qué...? —Se le llenaron los ojos de lágrimas—. Perdone, ama. No sabía...

Se le quebró la voz y todos vimos cómo las lágrimas surcaban su rostro. Yo me quedé paralizada en el sitio, sin entender nada de lo que sucedía. Ella cayó de rodillas al suelo y se postró ante su ama.

—Aceptaré cualquier castigo que quiera imponerle, ama. Pero, por favor, no me la arrebate.

Agatha, que aún no me había soltado la túnica, me miró desde arriba y luego se giró hacia el hombre que la acompañaba y que observaba la escena con curiosidad.

—Por los dioses que voy a castigarla. No pienso tolerar ladronas en mi casa.

Selasia, una hora antes de la batalla

Nella espolea a Manchas y se lanzan a las calles de Selasia. Antes de traspasar la empalizada, ve con el rabillo del ojo cómo Finn e Inna los siguen. Detiene el movimiento de la burra.

—¿Qué hacéis? ¿Adónde vais?

—A ayudaros, am... —dice Finn, aunque se corrige en el último momento—. Nella.

Son un matrimonio encantador. Vivían ya en Selasia cuando llegaron y Nella los seleccionó como ilotas domésticos para su familia. Tenían dos pequeños, de cinco y ocho años, que vivían con ellos en la casa contigua a la oikos familiar.

—Si dejáis atrás a vuestros hijos para proteger hijos ajenos, habréis perdido todo mi respeto.

Los ilotas se quedan parados, mirándola sin comprender.

—Pero nuestro deber...

—Quedaos aquí, no os separéis de vuestros hijos. Seguid las instrucciones que ha dado Egan.

Y, sin más, golpea con suavidad el lomo de la burra y esta echa a andar.

—Nella, tú no eres como... —empieza Egan.

—Concentrémonos en encontrarlas —dice ella, acallando una conversación que no quiere mantener. Al menos en ese momento.

Las calles de Selasia, que deberían estar vacías, se ven salpicadas por incautos que han decidido desobedecer. Algunos cargan cajas o baúles hacia el centro de la ciudad, poniendo en riesgo su vida para intentar salvar las riquezas que esconden en sus hogares. Otros deambulan sin rumbo aparente, inconscientes del peligro que se cierne sobre ellos. Son verdaderos idiotas, según la opinión de Nella, y no piensa preocuparse por ellos mientras sus niñas estén en peligro.

Detiene a la burra justo en la entrada de la casa. Desciende de un salto y va directa a la puerta. Está cerrada con llave, tal y como la dejó la noche anterior. Es una comprobación tonta, porque sabe que las niñas no tenían intención de entrar por ahí, así que rodea el edificio hasta llegar al portón de los esclavos y las mercancías. Y justo ahí se encuentra un culete intentando salir por la ventana y a Adara a los pies de esta, con los brazos en alto para recoger a su hermana.

—¿Qué se supone que estáis haciendo? —No levanta la voz, pero no le hace falta para que la dos den un respingo.

Adara se gira despacio hasta mirarla. Es ya lo suficientemente mayor para saber que algo así las pone a ambas en peligro.

—¿Mamá? —pregunta la vocecilla de Cara desde el interior del almacén—. ¿Me ayudas a salir?

—Yo no llego bien hasta ella y no se quiso esperar a... —empieza Adara, intentando disculpar sus acciones.

Nella pasa por delante de ella y, sosteniendo la cintura de su hija, la ayuda a salir por completo. Al dejarla en el suelo, ve el motivo por el que ha decidido volver a la oikos familiar. Sostiene contra el pecho un gato escuálido y enfermizo que había traído a casa hacía apenas un par de días.

—Me he olvidado de darle comida a Bigotes.

Su respuesta la deja sin palabras. Antes de que las recupere para regañarlas, la voz de Egan a su espalda se lo impide:

—¿Adara? ¿Cara?

Nella lo ha dejado sobre la burra, de la que no puede bajarse sin ayuda, y a trompicones ha conseguido guiar al animal hasta allí. Manchas está incómoda con la poca firmeza de sus órdenes; peor está Egan, que parece desesperado por hacer avanzar al animal mientras acalla la inquietud del bebé contra su pecho y sostiene las riendas de cualquier manera.

—¿Cómo has conseguido que suba a Manchas? —le pregunta Adara a Nella, boquiabierta.

—Lo siento, papá —espeta la pequeña, acercándose a él.

Sostiene al gato contra su pecho con una mano y, con la otra, toma las riendas del animal para guiarlo hasta las demás.

—¿Cómo se os ocurre salir de la empalizada? —empieza él en cuanto toma aliento—. ¿Sabéis el susto que nos habéis dado a vuestra madre y a mí?

—Perdonad. —Adara agacha la mirada—. Cara se despertó antes del alba. La pillé escabulléndose.

—No es verdad. No me escabullía —se defiende la pequeña.

—¿Ah, no? Y eso de irte de puntillas, ¿cómo lo llamarías?

La pequeña hace un mohín y acaricia al gato que lleva encima.

—No le había dejado comida. —El animal, como si formara parte de la conversación, ronronea y se restriega contra la barbilla de la niña.

—¡Me da igual! —grita Egan—. ¡No puedes irte sin que sepamos dónde estás! —Adara sonríe al ver cómo regañan a su hermana, pero su padre se vuelve hacia ella y se le borra la sonrisa del rostro—. Y con lo que te hemos enseñado, Adara, no sé cómo no nos has despertado. O le has impedido el paso.

—Pensé... —Vuelve la mirada a Nella y de nuevo a Egan—. Ya la conocéis, no se callaría hasta tener al gato entre los brazos. Como no había movimiento del enemigo...

—Basta ya —sentencia Nella cuando ve que Egan va a seguir hablando. Todos se callan—. Estáis bien, eso es lo que importa. Si nos damos prisa, podremos regresar al ágora a tiempo. Tal vez no hayan cerrado del todo el centro de la ciudad.

Los cuatro, junto al gato y el bebé, pesan demasiado como para que los lleve Manchas, así que suben a Cara junto a Egan. Nella sostiene las riendas y Adara camina al otro lado de la burra, de vuelta al ágora.

—Algo no va bien —susurra Adara, mirando alrededor.

Nella está de acuerdo. Si antes habían encontrado a algunos que deambulaban por las calles, ahora la cantidad de incautos se ha multiplicado.

—No han cerrado el ágora —dice Egan, frunciendo el ceño.

—¿Por qué harían algo así?

La respuesta les llega directa por el camino principal de Selasia, ese que recorre toda la ciudad de punta a punta. Uno de los discípulos de Egan los alcanza y, resollando, consigue articular:

—Ya viene. El ejército viene hacia la ciudad.

—¿Y qué diablos hacéis deambulando aquí como idiotas? —espeta Adara.

A Nella le saca una sonrisa reconocer en el tono de voz de su hija el carácter de Orianna.

9

ORIANNA

Solo podía escuchar mi respiración frenética mientras Damon me sostenía del pelo y me hacía mirar cómo su compañero derrotaba a Ellen. Intenté zafarme de su presa con violencia y caí de cara al suelo en cuanto se proclamó la victoria del pelotón de chicos, pues Damon me soltó como quien deja caer un saco.

Me incorporé en el suelo. Primero miré a Ellen, que, caída de espaldas en la arena, respiraba agitadamente y se llevaba la mano a la garganta. Gateé hasta ella, ignorando la agitación de los demás. El grupo de alumnos se lanzaron sobre Damon, celebrando cómo habían acabado con nosotras. El público los coreaba, con vítores, silbidos y golpes contra los escudos.

—¿Estás bien? —le pregunté mientras la ayudaba a incorporarse. Retiró la mano del cuello y pude ver el nacimiento de un buen moratón.

—Otro más para la colección... —murmuró ella entre toses. El golpe y posterior agarre al cuello le había dejado la garganta resentida.

El resto de mis compañeras se acercaron a nosotras; la primera en llegar fue Rena.

—¡Qué bastardos! —espetó mientras nos ayudaba a levantarnos—. ¡Ya los teníais! ¿Cómo demonios has hecho eso con las espadas? —me preguntó a mí, y gesticuló simulando que llevaba una en cada mano—. Ha sido digno de Heracles.

—Me habían roto el escudo y no iba a desaprovechar un brazo.

Rena se me lanzó encima y me dio un capirotazo cariñoso en la cabeza.

—¡Tienes que enseñarme a hacer eso!

—Has sido dem… —empezó Ellen, con la voz atropellada—, demasiado imprudente. Muy agresiva.

—Así he tirado al suelo a dos —dije a la defensiva, pero lo acabé reconociendo—: Aunque tendría que haber permanecido a tu lado.

El alboroto seguía a nuestro alrededor, mientras nosotras doce nos reuníamos en un círculo en el que nos curábamos los golpes y el orgullo herido. Evité mirar a mi familia, sabía que habían venido todos. En su lugar, busqué a Maya. Nos contemplaba de lejos, desde el lugar en el que había permanecido durante todo el combate. Parecía esperar algo. Justo en el extremo contrario, la falange masculina, junto a su maestro, celebraba llevando en alto a los dos campeones, saltando y vociferando como locos. Noté cómo a mi lado Rena se erizaba y daba un paso en su dirección. La detuve agarrándola del brazo y señalando con la cabeza a Maya.

—No ha terminado —les dije, bajando la voz.

La maestra permanecía quieta en su sitio, en una pose relajada pero firme, con las manos entrelazadas a su espalda, contemplando con una fingida serenidad el espectáculo que estaban dando no solo los chicos, sino también los hombres de su alrededor. Ella me miró y me dedicó un ligero asentimiento con la cabeza, mientras erguía un poco más la espalda.

La imité y, junto a mí, el resto de mis compañeras. Esperamos en una posición de firmes los largos minutos que duró el festejo. Cuando estos terminaron, entre risas, nos encontraron en la misma posición, atentas a las órdenes que nos fuera a dar nuestra maestra. El suyo había participado sin tapujos del frenesí de sus alumnos y, cuando todo acabó, se topó con nosotras. Dibujó una amplia sonrisa antes de sentenciar:

—Ha quedado demostrada nuestra superioridad.

Maya no abrió la boca. Nosotras tampoco. Nuestra maestra se giró hacia el eforado, cinco hombres adultos que permanecían sentados en primera fila. Uno de ellos se levantó y alzó un brazo para pedir silencio.

—Maestra Maya, insististe en que viéramos este combate y el resultado ha sido evidente. —El magistrado hizo una pausa debido a los comentarios que se oían desde el público. En cuanto se hizo de nuevo el silencio, prosiguió—: No tiene sentido enseñarles a tus chicas el arte de la guerra.

—¿Por qué? —preguntó Maya, impertérrita.

—¿Es que estás ciega? —espetó el maestro—. Habéis sido derrotadas.

Ella no reaccionó, seguía mirando al eforado.

—La derrota ha sido clara —sentenció el éforo, y al ver que nuestra maestra permanecía impasible, esperando algo más, añadió—: ¿Estás de acuerdo con la derrota?

—La capitana del pelotón ha sido sometida, todos lo hemos visto —dijo ella.

—Entonces, ¡no hay más que hablar! —exclamó el maestro con una alegría desbordante.

—¿Eso es todo? —preguntó Maya—. ¿Solo mediremos la valía de nuestros guerreros en función de una victoria o una derrota? Porque, si es así, veo entre el público a muchos perdedores.

Su comentario despertó una oleada de reproches, quejas y más de un insulto. Ella los ignoró a todos y esperó la respuesta del éforo. Este se volvió hacia sus compañeros y otro de ellos, un hombre más joven que el anterior, se levantó a su lado.

—¿Qué pretendes decir, mujer? Sé clara.

—Mis chicas llevan entrenando con una lanza de verdad, escudo y espada dos meses. —Hizo una pausa en la que pasó a contemplar a los reyes. Allí estaba Cleómenes, del que tanto hablaban últimamente, y su esposa Agiatis. A ella se la veía especialmente interesada en las palabras de Maya—. Antes de ser derrotadas, han conseguido someter a diez chicos que llevan entrenando con armas dos años. —Se alzaron voces de protesta, pero la maestra siguió hablando por encima de ellas—: Imaginad por un momento darles a estas chicas una lanza y permitirles entrenar de verdad durante el mismo tiempo. Dejad de gritar como borregos idiotas y usad la cabeza —alzó la voz, cuando las quejas se intensificaron. Se volvió de nuevo hacia los reyes—. Esparta se queda sin guerreros, sin espartanos que puedan ir a luchar. Una de tantas medidas para solucionar esto podría ser armar a sus espartanas.

—¡Y llevar a nuestras hijas a la muerte!

—¡¿Qué será lo siguiente?!

—Sin mujeres que paran, ¿cómo crecerá nuestro pueblo?

Maya permaneció impasible ante la lluvia de quejas y ofensas. Me sentí muy tentada de dar un paso adelante y ayudar a mi maestra, pero Ellen me cogió de la mano y, cuando me volví hacia ella, negó con la cabeza de forma muy sutil, señalando con la mirada a los reyes. Contemplé cómo Agiatis se volvía hacia su esposo y le susurraba algo al oído. Intercambiaron algunas palabras mientras el gentío seguía vociferando. Sin embargo, la algarabía cesó de golpe cuando el rey se puso en pie.

—Nadie ha dicho que todas las mujeres vayan a la guerra —dijo con las manos alzadas, intentando calmar los comentarios de la mayoría—. La maestra está proponiendo que se entrene a un grupo selecto de mujeres, ¿verdad?

Maya asintió.

—He luchado junto a su padre, mi rey —dijo ella, inclinando la cabeza en una reverencia—. Sé a ciencia cierta cómo es dedicarse al arte de la guerra. Y también sé que la única diferencia entre un buen y un mal ejército es la disciplina y el entrenamiento que reciben sus miembros.

De pronto nos señaló. Seguíamos en formación, en una línea recta y firmes en nuestra posición, esperando su orden para abandonarla. Los chicos, en cambio, estaban disgregados en la arena, aún ebrios de la celebración. Fue entonces cuando recordé las palabras que Maya me había dedicado cuando volvíamos del templo de Atenea: «A los necios es fácil manipularlos, Orianna. Solo tienes que tirar un poco de su ego para conseguir lo que deseas».

—¡Eso no quiere decir nada! —exclamó el maestro, al verse atacado directamente—. Mis chicos han celebrado una victoria.

Maya esperaba la respuesta de los reyes con las manos a la espalda. Cleómenes miró a su reina primero y al eforado después. No distinguí demasiado en ese intercambio de miradas, pero algo tuvieron que transmitirse, pues el rey finalmente declaró:

—Entrenarán. Eso no quiere decir que las aceptemos en el ejército —añadió ante las voces que se alzaron a su lado—, sino que tendremos en la ciudad a un grupo de mujeres diestras en el manejo de las armas. Ningún hombre las enseñará; tendrás que encargarte tú, Maya. Mi padre me habló muy bien de ti, confío en que harás un buen trabajo.

La maestra le dedicó una profunda reverencia al rey y, al volverse hacia nosotras, nos dedicó la sonrisa más amplia que jamás vi en su rostro, mientras con un gesto de la mano nos ordenaba que la siguiéramos. Obedecimos y desfilamos tras ella para salir de la palestra entre vítores, quejas y maldiciones. Yo estaba en una nube, sin terminar de entender qué sucedía.

Cuando llegamos a nuestra palestra, alejadas de la multitud, Rena preguntó atolondrada:

—¿Qué ha pasado, maestra?

Maya le sonrió y se llevó las manos a las caderas, parecía divertida.

—Los hombres tienen un ego muy frágil —dije yo.

—Han vendido la piel del oso antes de matarlo del todo —añadió Maya—. Y vosotras sois duras de pelar. —Hizo una pausa mientras nos poníamos a su alrededor formando una media luna—. Mañana empezaremos a entrenar en el templo de Atenea.

—¡¿En la ciudadela?! —preguntó a gritos Rena.

—Tenéis un año y un día para demostrarles vuestra valía. —Entonces nos miró una a una y añadió —: Tomaos esto como una lección más. Se puede vencer la guerra perdiendo una batalla. Solo hay que saber jugar bien nuestras cartas.

Nos miramos entre nosotras, sin entender del todo a qué se refería. Rena se agarró de mi cintura y me miró con una sonrisa de oreja a oreja.

—Celebrad esta pequeña victoria, niñas. Mañana empezaremos a pelear de verdad.

Y en cuanto nos dejó solas, ¡vaya si lo celebramos! Cuando fuimos conscientes de todo lo que significaba aquello, reímos como locas. Rena desapareció corriendo colina abajo. Ellen se me acercó, pero no había reproche en su mirada, sino una alegría que debía ver reflejada también en la mía.

—Lo hemos conseguido gracias a ti —me dijo aún con la voz ronca.

—Tú has sido nuestra capitana —le respondí— y una gran guía.

Sonrió y me dio un abrazo que me pilló por sorpresa, cogiéndome por los hombros y apretándome con fuerza contra su pecho. Olía a sudor y a tierra. En lugar de resistirme, le devolví el gesto, sintiendo cómo la agitación del momento me revolvía por dentro.

—¡Vino! —gritó Rena de pronto, que volvía cargando con varias jarras; aún no sé de dónde las pudo sacar—. Como nos pillen, no habrá palestra suficiente para dar vueltas de castigo.

Me separé de Ellen, algo incómoda. Ella me dedicó una sonrisa que me ruborizó y me cogió de la mano para evitar que me alejara demasiado. Nos susurró su idea y nos fuimos todas juntas hasta las termas, que encontramos completamente vacías.

Me senté a su lado y ella me tendió una de las jarras para que diera el primer sorbo. Habíamos estado así, juntas y desnudas en las termas infinidad de veces, pero ahora notaba cierta incomodidad. Una incomodidad agradable, eso sí, de esas que te hacen cosquillas. Las doce éramos distintas, habíamos crecido juntas y aquel día compartimos lo que nunca nos habíamos atrevido a decirnos: nuestros miedos e inquietudes. Me lancé entonces a contarles mi miedo a no ser suficientemente buena espartana y se fundieron en un abrazo conmigo, que me calentó el alma más que el cuerpo.

Cuando quisimos darnos cuenta, con todas las jarras vacías, nos alcanzó la noche. Ellen se había quedado dormida en mi regazo, mientras yo acariciaba su cabellera castaña y la contemplaba de cerca, fijándome en los pliegues de su piel.

Fue entonces cuando entendí la preocupación de mi madre porque encontrara a mi grupo de iguales. Aquellas chicas formarían parte de mi vida para siempre, convirtiéndose prácticamente en mi familia.

NELLA

Me quedé completamente paralizada. No entendía qué estaba pasando ni por qué mi madre se enfadaba tanto por cumplir una orden suya. ¿Tal vez me había equivocado? Tiraron de mí y reaccioné por inercia siguiendo los pasos del ama Agatha, que me arrastraba por los pasillos y me sacaba por la puerta de los esclavos.

Me tiró al suelo y permanecí ahí de rodillas. El ama se removía en el sitio, murmurando algo que no conseguí entender. Alysa estaba a su lado, con las manos cruzadas a su espalda. Me miraba y parecía querer decirme algo, pero era incapaz de entenderla. Solo veía borrones que corrían a nuestro alrededor; seguramente eran algunos ilotas que obedecían las órdenes de Agatha.

—Ama... —balbuceé desde el suelo—. No entiendo...

—¡Cállate! —me gritó y me señaló con el dedo índice—. No solo me has robado, sino que me has dejado completamente en ridículo delante de un amigo. ¿Qué dirán de mí ahora? ¿Cómo llevaré los negocios si permito que las ilotas me roben?

—¿Qué ocurre, mamá?

Se me rompió el alma al ver aparecer a Egan a su espalda. Llegaba acompañado de Fannie y un ilota. Miró a su madre, luego a mí, y se le torció el gesto. Agatha respiró hondo y se acomodó la túnica. Pareció serenarse ante la presencia de su hijo.

—Ha intentado robarnos.

—No —dijo él, entre la duda y la sospecha—. Habrá sido un malentendido.

—Amo Egan, yo...

—¿Has entrado en mis dependencias privadas? —me

cortó el ama. Tuve que asentir—. ¿Te he encontrado rebuscando entre mis cajones?

—Sí, pero...

—¿Pretendías llevarte mis contratos?

—¿Los contratos? —preguntó Egan, sin entender nada—. ¿Para qué se llevaría ella...?

—Sí, pero usted... —respondí yo, intentando hacerme oír.

—No hay más que hablar —sentenció ella y se cruzó de brazos—. Estaba a punto de cerrar un trato y la hemos encontrado en pleno robo.

Egan dio un par de pasos hacia mí.

—Me conoce, amo —le dije en un susurro—. Yo jamás...

Él dudó. Se giró hacia su madre y volvió a mirarme a mí.

—Orianna tenía razón —dijo, cerrando los ojos y apretando la muleta con fuerza—. Solo querías aprovecharte de mi confianza. —Abrió los ojos y me miró con dureza. La amabilidad con la que siempre me había obsequiado desapareció en ese instante—. ¿Qué pretendías? ¿Vender nuestras propiedades? ¿Pensabas que porque te llevabas bien conmigo no nos daríamos cuenta?

—No, claro que no. Yo solo... —intenté decir, pero me cortó con un gesto.

—¿Tú solo qué? —espetó—. Te han visto robando, Nella. No puedes aducir ninguna excusa.

Desvié la mirada hacia Alysa, que contemplaba la escena en completo silencio, sin moverse del sitio.

—Madre... —susurré.

Ella me había ordenado que fuera a buscar esa documentación. Me había dicho dónde estaba y cómo acceder a ella. Sin embargo, no hizo nada por salir en mi ayuda. Apretó ligeramente los labios, como si quisiera que me callara.

Egan me había dado la espalda y se alejaba de mí usando su muleta. De repente sentí el impulso de levantarme del suelo e ir a ayudarle, pero dos ilotas se me pusieron a los lados y me retuvieron en el sitio. Agatha se colocó frente a mí, tapándome la visión de su hijo.

—Los ladrones no son bienvenidos en mi hogar, niña —dijo—. Si fueras otra cualquiera, te entregaría a los gerontes para que decidieran tu castigo. —Hizo una pausa dramática que me causó un verdadero estremecimiento. No tenía ni idea de quiénes eran esos gerontes, pero su sola mención me puso el vello de punta—. Eres hija de Alysa y le tengo aprecio. Por ella, por el servicio que me ha dado, te perdono la vida, niña. Espero que seas muy consciente de lo que implica este gesto. —Asentí, agachando la cabeza ante ella. Me quedé rígida, temerosa de moverme, mientras veía cómo su sombra se alejaba de mí. A los pocos minutos ordenó—: Levántate.

Di un par de pasos hacia mi madre, deseando volver a su lado y olvidarnos por completo de aquella pesadilla sin sentido. Me detuve en el sitio. Agatha le estaba entregando un látigo de cuero.

—Quince latigazos serán suficientes. —Alysa lo tomó en sus manos, vacilante—. Si dudas o no te aplicas en el castigo como corresponde, doblaré la pena. Es tu hija, tienes que aprender a domarla.

Agatha se puso tras ella, para contemplar la escena, y se cruzó de brazos. Alysa dio un par de pasos hacia mí, con el látigo aún enrollado.

—Cariño —dijo con la voz algo temblorosa—, quítate la túnica.

—¿Qué? ¡No!

Los ilotas que estaban a mi lado me sujetaron de los brazos, pero ante un gesto de Alysa se detuvieron.

—Es mejor que obedezcas a la primera, mi niña.

Cortó el aire al desenredar el látigo y retrocedió unos metros, yo deseaba echar a correr. Los ilotas me cogieron de las muñecas con fuerza, reteniéndome. No me quitaron la túnica, pero sí me giraron de espaldas a mi madre.

Grité con el primer restallido. Intenté soltarme, tirar de su agarre. Con cada nuevo chasquido del látigo se me escapaba la fuerza de entre los labios. Mi madre no se detenía. Golpe tras golpe, sentía arder la piel y cómo la sangre empezaba a manar de mis heridas. Pedí clemencia, pero nadie me la concedió. Me flaquearon las piernas y caí de rodillas al suelo, pero eso no impidió que el castigo siguiera adelante.

Tras el último silbido del látigo y el último de mis gritos, se impuso un silencio trágico. Se me llenaron los ojos de lágrimas y, en cuanto me soltaron, me encogí en el suelo y me abracé las piernas. La túnica estaba hecha jirones, dejando mi espalda ensangrentada complemente al descubierto. Sentía el aire contra mi piel.

—Pagaréis con vuestro salario una túnica nueva. —Fue lo último que dijo el ama antes de dejarnos solas.

Aunque las lágrimas me imploraban salir, se lo impedí. Me estremecí cuando sentí una mano sobre mi hombro.

—Cariño...

Era Alysa, que se había dejado caer al suelo y me abrazaba. No reaccioné. No quería hablar con ella. No sabía. No entendía.

Tampoco me resistí cuando me ayudó a levantarme, intentando recolocar sobre mi cuerpo lo que quedaba de la túnica, y me llevó a casa. Allí, aunque aún era mediodía y solíamos estar atareadas hasta tarde, encendió la lumbre y calentó una gran olla con la que me limpió las heridas. Frotó la piel de mi espalda con agua caliente antes de echarme un ungüento cicatrizante. El agua se tiñó de rojo.

—¿Por qué? —acerté a preguntar, dentro de la tina, aún abrazándome las piernas. Ella fingió no escucharme, así que alcé un poco la voz—: ¿Por qué me has mandado ahí?

Ella se detuvo. Dejó la esponja a un lado y me miró a los ojos.

—Necesitaba ver la firma del ama para poder imitarla. —Le sostuve la mirada y sentí cómo la rabia crecía en mi estómago. Al ver que no decía nada, añadió—: Cuando deseas algo, a veces tienes que hacer sacrificios para conseguirlo. Con esa firma, habríamos comprado nuestra libertad.

Volvió su atención de nuevo a la esponja y se puso a limpiarme las heridas que ella misma me había infligido. Fue ese el momento en el que comprendí que ni siquiera las madres quieren a sus hijos a cambio de nada. Mi primera madre me sacrificó para salvarse, y lo mismo había hecho conmigo la segunda.

Algo en mí se quebró aquel día. Había confiado en esa sonriente Alysa, que decía querer protegerme y cuidarme, pero, al mismo tiempo, me lanzaba a los lobos. Ese día perdí la fe en el amor. No existía algo así para mí. Si quería salvarme y procurarme una buena vida, libre y alejada de Esparta, debía pensar solo en mí misma y sacrificar a cualquiera para conseguir lo que realmente deseaba.

Esa fue la gran lección que me habían dado mis dos madres.

EGAN

Las Carneas en las que cumpliría dieciséis años se tiñeron de negro por la traición de Nella. Por un lado, el Agetes me había invitado a ayudarle a prepararlas. No me nombró su pupilo de forma oficial, pues ya tenía a los karneatai, cinco jóvenes mayores que yo que ocupaban ese cargo, pero sí me permitió reunirme junto a ellos para que los asistiera.

Era muy extraña esa nueva situación. No solo por tener

que relacionarme con los varones que solían acompañar al sacerdote, sino también por verme completamente solo. Fannie no podía seguir a mi lado; eso sería visto como una señal de mi debilidad. No debía necesitar la protección o el consejo de una mujer. Y, por supuesto, me negué a que Nella siguiera siendo mi asistente personal.

Estaba enfadado. Había traicionado mi confianza. Después de casi dos años, ¿por qué? No entendía qué la había llevado a hacer algo así. Había confiado en ella. Le había permitido seguir aprendiendo en las clases de Fannie y disfrutaba de verdad de nuestras conversaciones. Su mente era muy despierta.

—Demasiado —me dijo Orianna cuando le expresé todas mis dudas una tarde en las termas—. Una ilota no debería aprender más de lo necesario.

—Los esclavos...

—Ya, ya lo sé —me cortó—. No estoy hablando de los médicos ni de los profesores, estoy hablando de los ilotas. Esos solo sirven para arar los campos y servirnos.

No opinaba igual que ella, así que apreté los labios y me quedé cabizbajo mientras ella terminaba de limpiarse el pelo.

—¿Por qué me haría algo así? —susurré, dando voz a esa pregunta que me carcomía por dentro.

—No creo que sea algo personal —me respondió mientras se echaba un balde de agua para aclararse. Entonces se puso en pie, entró en la piscina de agua caliente y se sentó a mi lado—. Tu madre es rica, querría robarle algo.

—Lo que tenía en la mano era un montón de contratos. ¿Qué iba a hacer con ellos?

—¿Venderlos? —preguntó mientras se escurría un poco más en el agua caliente, de tal forma que su torso quedó completamente cubierto, dejando solo fuera la cabeza.

Mi mente estaba mucho más lejos de ahí, recordando de

nuevo la escena. La mirada que me dedicó Nella, verla retenida por los otros ilotas y los gritos que se escucharon desde mi cuarto cuando el látigo resonó. Sentía rabia y dolor, pero también pena y tristeza. No quería admitir que, aun con todo, la echaba de menos.

Una ráfaga de agua me cayó directa a la cara. Me sobresalté. A pocos pasos de mí, Orianna se reía ante mi mirada de sorpresa.

—¡Deja de darle vueltas! Piensas demasiado.

—Claro que no —dije, provocándole una sonrisa que me hizo enrojecer—. Bueno, un poco.

—¿Un poco? —Ella se acercó a mí, manteniendo su cuerpo oculto bajo el agua, y se detuvo apenas a un palmo de mi cara. Se pasó la lengua por los labios y me sonrió—. Piensas tanto que te acabas quedando bloqueado y no actúas.

Bajé la mirada a sus labios, curvados en una sonrisa, y el agua me dejó ver lo que ocultaba más allá. La había visto muchas veces así, aunque ahora parecía que mi cuerpo reaccionaba de forma distinta a su contacto y a su cercanía. Quise acariciarla, algo me llamaba a hacerlo, pero no sabía cómo podría reaccionar ella. Antes de que me decidiera, se apartó de mí con un par de brazadas, sin deshacer su sonrisa, y repitió:

—Piensas demasiado.

—Creía que te gustaba que fuera listo —le dije, intentando recuperar la serenidad, aunque de golpe me sentía acalorado, como si hubiese subido aún más la temperatura del agua.

—Y me gusta. Pero no puede hacerte perder la sonrisa que una ilota te traicione. Está en su naturaleza.

—Nunca te ha caído bien.

—Se acercaba demasiado a ti —dijo en voz baja, como si estuviera haciendo una confesión. La miré inclinando la cabeza en una pregunta silenciosa.

—¡Estás celosa!

—¿Qué? ¡No! —Se levantó tan alta como era, indignada con mi comentario, y dejó al descubierto sus pechos. Miró alrededor, buscando a alguien refugiado en las termas como nosotros. Pero éramos los únicos. Nadie venía cuando la comida ya estaba servida.

—¿Por qué estás celosa?

—¡Que no estoy celosa! —casi gritó. La miré con las cejas enarcadas y ella se rindió. Nos conocíamos demasiado bien para saber cuándo uno de los dos mentía—. Solo me ponía incómoda que pasaras todo el día con ella. Podías conversar de todo eso que tanto te gusta, mientras yo solo te hablo de entrenamientos y de guerras.

Me levanté del sitio y me acerqué a ella, con pasos vacilantes. Orianna me tendió el brazo para que la usara de punto de apoyo y me quedé ahí, frente a ella.

—Qué tonta eres —le dije, y ella me miró ofendida. La calmé con una sonrisa. Uno de sus mechones le tapaba la cara, así que acerqué la mano para ponérselo detrás de la oreja mientras le decía—: Eres mi mejor amiga, Orianna. Disfruto de cada segundo a tu lado porque eres maravillosa.

Su mano derecha subió hasta mi nuca y me acercó a ella. No me dio tiempo a pensar cuando sentí sus labios sobre los míos. Cerré los ojos y me dejé llevar por el momento. Orianna dejó escapar un gemido entre sus labios mientras se apretaba aún más a mí y me recorría la espalda con las manos. Me separé un único segundo para mirarla a los ojos y ella pareció sorprendida y decepcionada, no por el beso, sino porque osara privarle de él.

—¿Está… está bien? —me preguntó, vacilante—. Si no quieres… lo sie…

—Sí, está bien —la interrumpí, temiendo que se separara de mí—. Solo quería mirarte.

Al decirlo me sonrojé, parecía una tontería. Ella sonrió,

apoyó su frente en la mía, cerró los ojos y respiró hondo. Su pecho subía y bajaba contra el mío. Sentí la necesidad de acariciarle los senos, de sentir su piel aún más cerca de la mía. Fue entonces cuando me di cuenta de la hinchazón de mi entrepierna y me incomodé. No sabía...

—Piensas demasiado —me susurró al oído, lo que provocó que se me erizara la piel. Depositó un beso tierno en mis labios y se separó de mí—. Debo ir a cenar o mi hermano se pondrá demasiado pesado.

Asentí, agachando la cabeza. Me moría de vergüenza. Ojalá hubiera tenido la seguridad y la entereza de ella.

—Me quedaré un poco más —le dije al ver que me ofrecía la mano para ayudarme a salir.

—Como quieras —repuso mientras se alejaba y me tendía la muleta que había dejado en la orilla.

Me acerqué a las gradas y me senté en un lateral, donde el agua me cubriera del todo. ¿Se habría dado cuenta de mi erección? ¿Se iba porque la había incomodado? Decidí permanecer sentado y ya lidiaría solo con el problema cuando se fuera. Intenté evitar mirarla cuando se secaba con las toallas y se volvía a vestir. Antes de irse, me dedicó una sonrisa y unas palabras que me sonrojaron aún más:

—He vivido rodeada de hermanos y primos, no es la primera polla tiesa que veo.

—¡¿Por qué siempre eres tan bruta?! —espeté, poniéndome colorado.

Ella soltó una carcajada y se fue por donde habíamos entrado.

No le conté nada de lo sucedido a mamá. Quería que fuera algo solo mío... nuestro. Aquella noche no pude dormir apenas, temiendo que nuestra amistad se volviera rara. Pero, como siempre, Orianna me sorprendió.

La noche siguiente vino a buscarme, como era su costumbre, al terminar mi servicio en el templo de Apolo y pasamos el rato charlando. Pronto acabaría el verano, así que aprovechábamos los últimos meses de calor para tumbarnos en la hierba cuando aún la noche era cálida. Ella me hablaba de sus nuevos entrenamientos, cómo era eso de ejercitarse en el mismo lugar que los chicos, y yo le explicaba qué era trabajar para el Agetes y preparar una canción para las Carneas. Siempre me pedía que le tocara algo, por eso nunca me separaba de mi flauta.

En aquellos momentos no podía evitar notar la ausencia de Nella. Solía ayudarme a preparar las canciones, incluso a hacer algún cambio en las letras para que sonaran mejor, no solo a afinar los instrumentos y cuidarlos con mimo.

—Es increíble. —La voz de Orianna me sacó de mis pensamientos y asentí por pura inercia. Había aprendido que no era buena idea llevarle la contraria cuando pretendía halagarme—. ¿Es la que tocarás en las Carneas?

—Sí. Espero que le guste al Agetes.

—Le encantará.

Cuando llegó la mañana de las Carneas, pocas semanas después, no podía sacarme de la cabeza la idea de que la iba a fastidiar. Alysa se presentó a primera hora con la ropa que mi madre había preparado para mí. Estábamos los dos solos, como antaño. Viéndola, no pude evitar pensar en mi antigua amiga.

—Tu hija... —empecé, sin saber qué decir. Alysa se tensó—. Está... ¿está bien?

—Amo Egan, es muy considerado —respondió ella con una sonrisa, relajando los hombros—. Está bien. Ahora se ocupa de otras labores.

Asentí. Sabía que le habría gustado presenciar las Carneas; disfrutaba de ese ambiente festivo y siempre se había interesado por sus canciones. Pero... ¿era un interés sincero? Ahuyenté esos pensamientos y me centré en lo importante: mis primeras Carneas de verdad. Porque sí, llevaba asistiendo a ellas desde que tenía siete años y jamás me habían permitido participar de forma activa ni bañarme en las aguas del río en honor a Apolo. Aquel año, por primera vez, podía moverme por la fiesta como uno más. No solo era el protegido del Agetes, sino que además participaba en la competición musical.

Cuando llegué al lugar donde se celebraría la actuación, me encontré a Orianna en primera fila. A su lado estaba su familia, quienes no me dedicaron ni una mirada, como si fingieran no haberme visto. Pero me dio igual. Tener a mi amiga ahí era suficiente, así que toqué mirándola a ella. Había decidido cambiar la canción en el último momento. No salí con mi flauta, sino que cogí la lira e interpreté aquella canción que, cuando éramos niños, habíamos cantado juntos frente a nuestras familias. No me importó nadie más que ella, pues le dediqué el tema con una mirada cómplice.

Cuando proclamaron los ganadores de la competición, me sorprendí de estar el quinto. Me colocaron una corona en la cabeza y, ante mi sorpresa, el Agetes, que había presenciado el espectáculo, se me acercó y me dijo:

—Ya va siendo hora de que le rindas homenaje a Apolo sumergiéndote en las aguas del río. ¿No crees, hijo?

No todo el mundo estuvo de acuerdo con aquella decisión. Sin embargo, al día siguiente, el Agetes convocó a todos los varones para rendirle homenaje al dios que nuestros antepasados habían hecho enfadar, y a continuación me dejé sumergir en las aguas para emerger renacido segundos después. Seguía siendo un tullido para la mayoría, pero participando de esa ceremonia empezaba a sentirme por fin parte de Esparta.

Selasia, durante la batalla

Cuando Orianna abre los ojos de nuevo, nota calor en su mejilla y el rostro de Damon demasiado cerca del suyo. Aturdida, se deja levantar del suelo y se restriega las manos por las sienes y la cabeza, que le duele como si se hubiera bebido dos jarras de vino de un trago ella sola.

—¿Qué ha pasado?

—Malditos espías... —responde Damon—. Se han infiltrado en nuestras filas por la noche y han atacado a los vigías. Estás viva de puro milagro.

Orianna mira a su alrededor. Está junto a la antorcha a la que acudió para ver qué sucedía. Cuando su cabeza parece ordenarse de nuevo, escucha el típico alboroto de una refriega. Damon y ella están escondidos tras los mismos matorrales en los que su atacante había ocultado un cuerpo.

Cuando quiere levantarse para unirse al combate, la cabeza le da mil vueltas y Damon la retiene en el suelo.

—No tan rápido. Te han dado un buen golpe. Seguramente creyeron que no te levantarías, así que te han dejado tirada aquí.

Damon saca de su morral una tela limpia y la sostiene

contra su cabeza. Orianna gruñe con el contacto de la tela en la herida.

—Hijos de perra —suelta ella—. ¿Cómo no nos hemos dado cuenta?

—Han aprovechado la última guardia. ¿Qué hacías aquí? No era tu puesto.

Orianna le explica lo extraño que le pareció que sus compañeros no respondieran a su mensaje, por lo que decidió abandonar su puesto para ir a averiguar qué pasaba.

—Una decisión estúpida —responde el pentekonter—, aunque al menos estás viva...

—Guárdate tus gracias para otro momento —le dice Orianna, golpeándole el brazo con fuerza—. ¿Cómo está?

—Debieron de golpearte con una piedra muy afilada. Es aparatosa, pero no letal.

—Digo el combate —le corrige ella—. Y, por cierto, ¿qué haces tú aquí?

—Nos estamos retirando.

—¿Retirando? —pregunta ella, sorprendida.

El ejército espartano nunca abandona un combate, las cosas deben de estar realmente mal para que sea así.

Damon se pone serio.

—Sabía que estabas haciendo guardia, así que quise comprobar que...

—No te fiabas de que me hubiesen matado —le corta ella.

—Ya sabes lo que dicen: mala hierba nunca muere.

Ríen a pesar del caos que reina a su alrededor.

—¿Cuáles son las órdenes?

—Reagruparnos y defender la retirada.

Ella asiente. Coge la lanza y el escudo del cadáver de uno de sus hombres y se levanta, manteniéndose escondida detrás de los arbustos. Damon la imita y se pone en cabeza, guiándola para evitar el enemigo y encontrarse con el resto de sus hombres.

Con cada paso, el sonido de la refriega se hace más y más intenso. No puede evitar mirar hacia la otra montaña antes de empezar el descenso y ve cómo envían mensajes con las antorchas que no van a ser respondidos. Les han jodido bien y el rey no es consciente de lo que ha pasado.

Centrando de nuevo la vista al frente, Damon se detiene tras una gran roca y le hace gestos para que se aproxime. Dos guerreros macedonios se han quedado rezagados del resto y se dedican a saquear a los caídos en combate. No hacen falta las palabras: después de tantas batallas juntos, ella y Damon luchan con una coordinación envidiable. Aprovechan que los dos soldados están distraídos y de espaldas para saltarles encima y, con el mismo silencio con el que han caído sobre ellos, les dan muerte con un rápido corte en la garganta. Los macedonios se desploman en el suelo, ahogándose en su propia sangre, y los dejan atrás para continuar el descenso.

Se esconden de nuevo cuando se topan con un pelotón enemigo preparando el ataque contra sus compañeros espartanos, que los esperan en la falda de la montaña, con los escudos en ristre y las lanzas preparadas. No está todo perdido.

—¿Atacar o huir? —le susurra Damon al oído, y todo su cuerpo se estremece al escuchar la ofensa de planear una huida cuando sus hermanos de batalla están tan cerca.

Orianna no le responde, permanece en el sitio y desenvaina la espada. En cuanto empiezan a sonar las flautas espartanas, saben que están iniciando la marcha hacia el ataque. Los macedonios son inteligentes, han dejado a los arqueros atrás, para protegerlos. Lo que no saben es que están ofreciendo las ovejas a dos lobos famélicos.

Con un gesto, Damon ordena esperar mientras ven

cómo la infantería avanza y los arqueros se quedan rezagados. Luego hace otro gesto con la cabeza y Orianna inicia su ataque. El primer arquero no es consciente de lo que se le viene encima. Lo apuñala tres veces por la espalda y cae al suelo con el arco aún en las manos. El segundo reacciona al ataque e intenta contraponer el arco a la espada corta. Orianna astilla la madera con un mandoble y, antes de que le dé tiempo a reaccionar, le empuja, aprovechando que sostiene con fuerza el arco, y cae sobre uno de sus compañeros. Con dos rápidas puñaladas acaba con ambos.

A su espalda oye el chasquido de la cuerda al golpear la madera y se gira lo suficientemente rápido para que la flecha se le incruste en el hombro en lugar de la espalda. Damon acaba con el arquero macedonio antes de que le dé tiempo a volver a cargar otra flecha. No los matan a todos, pues el resto deciden huir para cobijarse detrás de su infantería.

Orianna echa un vistazo rápido al suelo: ella ha matado a cuatro; Damon, a tres. Le ha ganado, otra vez. Pero se le borra la sonrisa del rostro al sentir una punzada de dolor en el vientre. No quiere admitir que se ha incorporado demasiado pronto a la batalla. En lugar de eso, parte la flecha clavada en el hombro, sin arrancársela, pues sabe que podría morir desangrada. De momento, no es una herida preocupante. Aunque ha perdido movilidad del brazo izquierdo, su mano dominante es la derecha.

—Ahora saben que estamos detrás de ellos, hemos perdido el elemento sorpresa —le dice Damon, y enseguida ven cómo la infantería protege a los arqueros.

Pronto ven a un pequeño grupo de macedonios acercándose a su posición. Aprovechando el caos, los dos se dejan caer por la poca pendiente de la colina y se aproximan al río para evitar al pelotón. Orianna se detiene de pronto y Damon hace lo mismo un par de pasos por delante. La infantería enemiga no solo ha subido la pendiente y atacado la cima de la colina; también han enviado otros pelotones a empujarlos a la retirada. Los espartanos se ven rodeados y son atacados de frente y por los costados. Orianna y Damon se encuentran por detrás de ellos y pueden verlos con claridad.

Siendo solo dos, podrían correr y esquivar las avanzadillas enemigas y reposicionarse junto a sus compañeros. Ese es el plan que cavilan ambos. Damon echa a correr y Orianna lo imita. Los macedonios, atentos al frente espartano, no se dan cuenta de su movimiento, o no demasiado, porque caen algunas flechas cerca de ellos y otros intentan detener su avance, pero sin éxito.

Antes de que puedan llegar a sus compañeros, el sonido de las trompetas inunda el valle. El rey Cleómenes está ordenando la retirada, y todos, enemigos y amigos, se dirigen en estampida hacia Selasia.

10

EGAN

Formar parte de los protegidos del Agetes no me solucionó la vida, sino que me puso una diana en la espalda. Pocos entendían los motivos que habían llevado al sacerdote a permitirme formar parte de su séquito, aunque fuera de manera informal, así que destinaban los momentos en los que él no podía escucharlos para dejarme claro que no me querían ahí.

Seguía viendo a Fannie a menudo, pues el sacerdote y ella habían mantenido la costumbre de comer juntos algunas tardes en el ágora. Las primeras semanas a su lado fueron bastante tranquilas, me permitía participar en algunas de sus conversaciones sobre música, historia y filosofía, mostrándose interesado en mis opiniones.

Pero duró poco. El ágora se agitó como un nido de serpientes en cuanto un mensajero trajo una noticia fatal. Varios aliados habían roto su alianza con Esparta para unirse a los macedonios. Hacía varios años que el rey Antígono acosaba nuestras fronteras, presionando para hacerse con las ciudades más débiles. Un espartano nunca muestra miedo en público, pero yo conocía su temor: si perdían más aliados, la guerra tendría un final aciago.

—Tegea, Mantinea, Cafias y Orcómeno —pronunció el Agetes con verdadero odio—. Estas cuatro ciudades están llenas de traidores y cobardes. Por eso nuestro rey va a llevarse a los mejores guerreros para sitiarlas como castigo a su deslealtad. ¡Así verán cuál es el precio de desafiar a Esparta!

Toda el ágora aulló en sintonía con la ira que sentía el pueblo espartano. El rey estaba presente y se unió a esta expresión de rabia y frustración, junto a sus iguales.

—Volved a vuestras casas, despedíos de vuestros hijos y venid conmigo al combate. ¡Nadie osará desafiarnos de nuevo! —exclamó Cleómenes.

Y Esparta obedeció.

Sin embargo, pude ver que algunos hombres mostraban reticencias a marchar de nuevo a la batalla. La mayoría destinan sus energías para entregarse a la guerra, y solo permanecen en Esparta si son heridos en combate, para las Carneas y en los meses de invierno. Se trata de una vida itinerante, teñida no solo por el rojo de la sangre, sino también por la pena de separarse de la cómoda vida en la ciudad y el calor que ofrece una familia. Por eso algunos preferían otras formas de ganarse la vida. Por lo visto, convertirse en sacerdote era una de las salidas más codiciadas.

—Yo ni siquiera deseo serlo —le confesé a Orianna una de esas noches en las que compartíamos la luz de las estrellas.

Ya se acercaba el frío del otoño, pero continuábamos acudiendo a la misma colina en la que nos tumbábamos en el suelo, ahora sobre algunas mantas de piel, a contemplar cómo las nubes se perseguían en el firmamento.

—¿Y qué demonios haces pegado al culo del Agetes?

—Yo qué sé —dije, lanzando un suspiro—. Supongo que no puedo hacer otra cosa.

Ella se quedó en silencio.

—Haces demasiado caso a tu madre. —La miré incrédulo, ella era la primera que obedecía a la suya a pies juntillas—. Antes tienes que saber qué quieres tú de tu vida.

—¿Qué quiero yo?

—Sí. —Olvidando las estrellas por un momento, me miró y me sonrió. Noté cómo el rubor me subía por las mejillas—. ¿Qué deseas? Aunque sea algo imposible, ¿qué querrías ser o tener en tu vida?

—Una familia.

—¿Una familia?

Asentí.

—Una familia enorme. Muchos críos. Y una esposa que me quiera. —Ella se quedó callada y volvió la vista al cielo. Me removí en el sitio—. ¿Es muy ridículo?

—No. —Ella me miró de nuevo—. Eres un remilgado. —Se rio—. ¡Tendrías que haberle ido a rogar a la sacerdotisa de Afrodita, y no al de Apolo!

Sentí un pinchazo en el corazón que me fastidió. No fueron sus palabras ni el tono juguetón que siempre empleaba conmigo. Orianna era así, se lo tomaba todo a risa. Pero lo que le dije era una verdad incómoda que llevaba en mi interior mucho tiempo. Solo quería que me quisieran, que me aceptaran, que dejaran de mirarme con asco cuando paseaba por las calles de Esparta. Toda mi existencia había vivido en una casa enorme solo con mi madre. Deseaba llenarla de críos. Tener una familia, hijos a los que querer y una mujer a la que corresponder. Tal vez...

—No iba en serio —cortó el hilo de mis pensamientos. Se había incorporado y me miraba desde arriba con preocupación—. Perdona si...

—No pasa nada —la corté—, sé que es algo imposible. —Me encogí de hombros—. Nadie querría casarse con un tullido y que sus hijos les salieran así.

—Yo no he dicho eso, imbécil —me dijo con el ceño fruncido—. Es un deseo tan bueno como cualquier otro.

—Puso su mano sobre mi hombro y su contacto me relajó—. No pienso mucho al hablar.

—No piensas mucho en general —repliqué para soliviantarla.

—¡Oye! —se quejó, zarandeándome con cuidado, fingiendo que estaba ofendida.

—Hablando de familias —dije en un intento de desviar la atención sobre mí y volver a ponerla sobre el firmamento—, ¿te he contado qué historia ocultan la Osa Mayor y la Osa Menor?

—Seguro que sí. Vuélvemela a contar.

Se recostó sobre mi pecho y me abrazó por la cintura. Sentía su respiración en mi cuello y, así, esquivando el frío con el calor de ambos, le conté por qué Calisto nos contempla cada noche desde los cielos y cuál fue el motivo por el que su señora Artemisa la había castigado con tanta crueldad.

—Tengo el culo helado —susurró cuando terminé la historia.

—¿Por qué siempre rompes los momentos bonitos?

—Tendré un don. —Se levantó con una agilidad felina y me tendió la mano para ayudarme a mí—. ¿Nos acercamos a las hogueras para entrar en calor?

Yo ya estaba acalorado, pero asentí. Ella recogió la manta, que había quedado húmeda por el lado que había estado en contacto con la hierba, y se la echó sobre los hombros para llevarla como una capa. Parecía una de esas amazonas salvajes que se habían enfrentado y derrotado a muchos de nuestros héroes.

—Estás guapísima. —Me sonrojé cuando me di cuenta de que lo había dicho en voz alta.

Ella se giró hacia mí, con una amplia sonrisa en los labios.

—¿Qué buscas, Egan? —me preguntó, con una mirada juguetona.

—¿Qué querrías que buscara? —me atreví a decirle.

Ella se acercó a mí en dos grandes zancadas.

—Si quieres volver a besarme, hazlo.

Era rabiosamente inteligente. Me conocía bien y jugaba conmigo, pero no en el mal sentido. Me aguijoneaba para ver hasta dónde me atrevía a llegar, igual que habíamos hecho de pequeños, cuando me empujaba a seguir corriendo y mejorando. Junto a ella era cuando me sentía más valiente. Así que cubrí el paso que nos separaba y llevé mi mano derecha a su mejilla. Acaricié con mi dedo pulgar su labio y me detuve a solo unos centímetros de su boca, podía sentir su aliento y su respiración agitada.

—¿Y quién dice que quiera volver a besarte? —susurré, y justo después di un paso atrás.

Ella abrió los ojos que un segundo antes había cerrado ante mi cercanía y me miró de arriba abajo. Primero sorprendida, luego enfadada. Me hizo tanta gracia que no pude evitar echarme a reír.

—Eres un malnacido —me dijo, contagiándose de mi risa—. Anda, ven.

Y, sin más, me cogió de la muñeca y tiró de mí. Trastabillé, pues no me esperaba su gesto repentino, pero ella me agarró de la cintura con una mano y, con la otra, de la nuca. Me besó sin preguntar. No hacía falta. Me dejé llevar por su hambre voraz, que yo mismo había alimentado. Se separó solo un instante de mis labios para coger aire.

—Voy a tener que hacerte más caso —susurré. Ella hizo un ruidito, como dándome la razón—. Tengo que pensar más en mí mismo.

—No —me corrigió—. Tienes que pensar menos.

Se me escapó un gemido cuando sentí sus labios en mi cuello y cómo su mano, que aún me agarraba de la cintura, me acercaba aún más a ella.

—¿Orianna? —nos sorprendió una voz lejana.

Ella se separó de mí de golpe, como si hubiese estado en

contacto con un hierro candente. Y yo, que había perdido su punto de apoyo, trastabillé y caí al suelo.

—Mierda, perdona —se excusó mientras me ayudaba a levantarme—. Es Leah. Es un grano en el culo, aun estando así de preñada. Mi padre y mi hermano se van hoy al frente, quiero despedirme de ellos. ¿Nos vemos mañana?

No me dio oportunidad de decir nada más, solo me tendió la muleta y se fue al trote hacia la voz que la llamaba y las luces de las hogueras. Yo, por mi parte, regresé como pude a donde sabía que mi madre comía con el resto.

Me sentía bien, pero al mismo tiempo mal. Me gustaba Orianna, eso no era ningún secreto, y menos a esas alturas. Era mi mejor amiga, la persona en la que más confiaba. La quería. Pero que se fuera de esa manera, como huyendo, me hacía sentir incómodo. No era la primera vez que lo hacía desde que habíamos aderezado nuestras conversaciones con besos.

No quería pensar mal de ella.

Decidí no pensar mal de ella.

NELLA

Las heridas de mi espalda se curaron. Las de mi orgullo, en cambio, tardaron más en cicatrizar. Era incapaz de mirar a mi madre de nuevo a los ojos y verme reflejada en las sonrisas que seguía dedicándome. Al día siguiente del castigo, gastó unas pocas monedas en una túnica vieja para mí y me la regaló como si con eso quedara todo olvidado.

No le pregunté nunca más sobre lo ocurrido con la caja. No quería enfrentarme a su verdad desnuda, que ya me había herido y roto por dentro. Sabía que ella, igual que yo, quería librarse de Esparta a toda costa. Aunque el precio para ello fuera sacrificarnos la una a la otra.

Para bien o para mal, el ama me había alejado de su hijo. Dejé de ser su asistente personal, e incluso me apartaron de la casa familiar. En parte, lo agradecí. Una de las cosas que más me habían dolido era que Egan creyera de verdad que había intentado robarle. Esa mirada, primero de incertidumbre y después de decepción, me persiguió durante varios meses. Por suerte, como decía, me permitieron alejarme de él y de Esparta.

El segundo día de las Carneas, Alysa me detuvo en la puerta de nuestra casa y me llevó al pequeño corral en el que teníamos nuestros animales: dos gallinas, un gallo y el burro.

—El ama desea que te ocupes de otras labores —me dijo, acariciando el hocico del animal—. Necesitarás a Peludo, pues tendrás que ir a visitar las tierras del ama para asegurarte de que todo va bien.

—¿De que todo va bien?

Ella asintió mientras sacaba al burro del establo y señalaba al horizonte.

—El ama posee varias tierras de cultivo. Transmitirás sus órdenes y en épocas de cosecha te ocuparás de registrar todo lo que entrega cada hacienda. —Hizo una pausa. Se quitó la bolsa que llevaba colgada del hombro y sacó de ella unas tablillas de cera. Unas en mejores condiciones que la que ella misma usaba para llevar sus cuentas—. Tendrás que apuntarlo todo aquí. ¿Entendido?

—No —respondí—. ¿Qué tengo que hacer?

Ella bufó.

—Es una de mis tareas. Ahora pasaré yo a ocuparme de Egan, pero me quitará mucho tiempo y no podré ir de hacienda en hacienda. Es fácil. Primero despiertas al ama y te indicará adónde ir y qué mensaje transmitir. Tienes buena memoria.

Cogí la tablilla de cera. En ella había una larga lista de

nombres de personas que no conocía, junto a números relacionados con materiales y cultivos.

—No entiendo nada.

—De momento vale con que tengas buena memoria y sepas contar. —Asentí, no demasiado convencida—. Peludo necesita que lo cepilles cada día, tener siempre agua fresca y heno con el que recuperar las fuerzas. Es una bestia del ama, recoge de los almacenes lo que te haga falta para cuidarlo.

Asentí de nuevo, esta vez con más seguridad.

—En la cosecha vendré contigo y... —bajó el tono de voz— terminaré de explicártelo bien.

—¿Eso es todo? —pregunté, después de asentir por cuarta vez.

No podía evitar mostrarme algo seca con Alysa, pero no pareció notarlo, porque me despidió con una sonrisa. Así que nos intercambiamos los papeles: en lugar de dirigirme al cuarto de Egan, fui hasta el dormitorio principal. Ahora, con lo que he aprendido con los años, sé que esa casa funcionaba diferente al resto. El gineceo estaba desocupado porque la única mujer que vivía ahí se había adueñado de la zona dispuesta para los hombres.

Fue extraño despertar y atender a la persona que había ordenado que mi propia madre me azotara. Permanecí unos segundos mirándola, dormida y vulnerable entre las sábanas. Se me pasaron mil cosas por la cabeza, pero mi instinto de supervivencia siempre terminaba ganando. Descorrí las cortinas y la luz del patio interior inundó la habitación.

Cuando Agatha despertó, me trató como siempre: con amabilidad, pero manteniendo claras las distancias entre ella y yo. Cuando estuvo vestida y preparada para empezar el día, me indicó que le entregara la tablilla con las cuentas y obedecí.

—Tu madre siempre me ha dicho que eres una chica lista. —No supe qué responder o cómo reaccionar a eso, por lo que permanecí impasible frente a ella, con las manos a la espalda—. Estas semanas tendrás que demostrarme si vale la pena quedarme contigo. Administrar varias fincas no es fácil. Es importante que sepa exactamente qué se está haciendo en cada una de ellas. Tú vas a convertirte en mis ojos y orejas allí. —Dejó que el silencio se apoderara de la habitación y me miró a los ojos por primera vez—. ¿Podrás?

—Sí, mi ama.

Me dio las indicaciones que necesitaba para llegar a sus fincas. Estaba a punto de comenzar la cosecha del cereal, mientras que otras hortalizas ya habían sido recogidas, y el ama quería saber si el trabajo había dado todos sus frutos.

Aunque me puse con mis nuevas obligaciones en las peores condiciones, agradecí abandonar aquella familia. Me alejaron de los pelilargos y me hicieron reconectar con esas tierras que ya había recorrido cuando solo era una cría. Fue extraño verme a mí misma como mensajera de los monstruos de mis pesadillas, acudiendo a puebluchos de ilotas que se ocupaban de unas tierras que no eran suyas a cambio de la comida mínima para no desfallecer. Me sentí superior a ellos, pero no de la forma correcta, pues sabía que en cualquier momento podría volver a caer y terminar de nuevo sola entre un montón de desconocidos, si es que no lo estaba ya.

Llegué a la primera aldea, que solo estaba a menos de una hora del centro de Esparta. Me vieron acercarme de lejos, por lo que el capataz del grupo salió a recibirme.

—¿Quién va?

—Nella, hija de Alysa. Me envía el ama Agatha.

—No sabía que Alysa tuviera una hija —me respondió, alzando una ceja.

—Ni yo que me harías perder el tiempo —escupí, descargando parte de la ira que había acumulado toda la noche en el centro de mi corazón. El hombre dio un respingo y entornó los ojos—. El ama quiere saber cómo están los cereales y dónde están las hortalizas cosechadas.

Descendí del burro y me acerqué a aquel adulto que me sacaba un par de cabezas. Me imagino el desconcierto de aquel ilota que se veía obligado a recibir órdenes de una criaja de catorce años.

—Tengo tres sitios más a los que acudir —insistí.

El hombre asintió y me guio a través de los campos, donde pude contemplar cómo el cereal empezaba a adoptar su característico tono dorado. El capataz me fue explicando cómo había ido el año y cuál era la cifra esperada de cereal. Cuando me dijo la cantidad resultante, pareció vacilar.

—¿Tan poco? —pregunté, sin tener idea de cuánto debía esperar realmente.

—Una pequeña plaga —me dijo en voz baja—. Pudimos acabar con ella antes de que se apoderara de los campos, pero se ha llevado un buen trozo. Alysa estaba al corriente.

—Lo sé —mentí—. ¿Y las hortalizas?

—Listas para enviar a la ciudad en cuanto me den el visto bueno.

Me llevó a los grandes almacenes y me fue cantando las cantidades de todo lo que habían recogido. Yo iba tras él, mirándolo todo y tomando notas. Encontré su nombre en la lista, así que, junto a las del año pasado, incorporé las nuevas cifras.

—¿Traerán el segundo carro? —me preguntó en un susurro.

No tenía ni idea de qué me estaba diciendo. Una de las cosas que había aprendido de Alysa de las veces que acudíamos al mercado a intercambiar favores con los comerciantes era la importancia de mantener una buena fachada. Si me iba a ocupar de pasar por esos campos varias veces al año para enterarme y dar parte de lo que allí sucedía, qué menos que fingir que sabía de qué me estaban hablando. La alternativa era sincerarme con aquel desconocido y explicarle que estaba allí como un castigo porque me creían una ladrona.

—Se hará como siempre —terminé diciendo, y volví la atención a las cuentas.

Hice lo mismo con las dos haciendas a las que me dio tiempo a ir antes de que anocheciera. Casi parecían un calco la una de la otra: un montón de casuchas apiñadas alrededor de una plaza central y un hombre fornido que me recibía con la duda de quién era yo y, sobre todo, de mi condición social superior a la suya. Por suerte, tenía a Peludo, que era una prueba más que evidente de quién me enviaba, así que solo tenía que añadir un poco de entereza a mis palabras. No se me hacía difícil, la verdad. Eran ilotas como yo. Ellos no tenían ningún tipo de poder sobre mí, y yo actuaba en representación del ama Agatha, que era quien decidía sobre nuestras vidas. Supongo que ese era el motivo por el que ella me puso a ocuparme de esa labor, para que viera cuál era mi posición en el mundo y no me creyera en el derecho de intentar arrebatarle nada.

Y, en efecto, me ayudó a saber cuál era mi lugar; pero no de la forma que ella deseaba. Aquella gente vivía en la mayor de las inmundicias, a la que yo pertenecía, y aquella mujer arrogante y mezquina no había hecho nada para merecerse los privilegios que tenía. Aproveché aquellos viajes tan largos de una punta a otra de Esparta para trazar un plan con el que poder arrebatarle la que para mí era su posesión más valiosa: mi propia libertad.

Los gritos de Leah nos despertaron a medianoche a todos. Berreaba como si algo la estuviera partiendo por la mitad, mientras Xander llamaba a nuestra madre a gritos.

—¿Qué demonios...? —pregunté, saliendo de mi cuarto despeinada e intentando ver qué ocurría. Me ignoraron, como es lógico. Recorrí los pasillos siguiendo las voces y los gritos. Estaban todos en la puerta del cuarto que había ocupado Leah, dentro del gineceo. Me acerqué a mi padre y le pregunté—: ¿Qué pasa?

—¿Qué va a pasar? ¡Leah está pariendo!

Xander estaba tan despeinado como yo y con la cara blanca. Nos quedamos los tres plantados frente a la puerta entreabierta, de la que se escapaban los gritos y gemidos de dolor de mi cuñada. En un momento determinado salió mi madre y, al vernos ahí plantados, nos reprendió:

—Pero ¿qué hacéis aquí? Orianna, ve a buscar a mi hermana. Miles, saca a Xander de aquí. Este no es vuestro lugar.

—Yo no...

—Hazme caso, hijo. —Padre le puso una mano en el hombro—. Es cosa de mujeres.

Y, sin más, lo arrastró hasta sacarlo fuera de la casa. Salí detrás de ellos, deseando tomar una jarra de vino en su compañía y escuchar sus batallas vividas. En su lugar, me acerqué a casa de mi tía, dos calles más abajo. Aporreé la puerta hasta que la mujer salió a recibirme y volvimos sin perder un segundo a nuestra oikos. Una vez de vuelta allí, me obligaron a entrar en la habitación. Leah parecía abrirse mientras salía de ella una criatura sangrienta y arrugada. Tardó tanto que al bicho lo recibió el sol del mediodía. En cuanto salió de su interior, madre se lo puso sobre el pecho y la manchó aún más de sangre.

—Es un niño —le susurró.

Cómo no. En mi familia parecía que solo se parían varones. Leah se quedó en la cama, con los ojos entornados, respirando con dificultad. Estaba sudorosa, ensangrentada y, sí, también se había meado y cagado encima. Pero, aun todo el mal olor que la rodeaba, su rostro lo iluminaba una sonrisa de felicidad.

—¿Puedo irme a entrenar ya? —le pregunté a mi madre, que me había retenido a su lado.

Me fui con su bendición, pero a regañadientes.

En cuanto pisé la palestra, todas se volvieron locas con la noticia:

—¿Y cómo es?

—¡Dicen que salen arrugadísimos!

—¿Es verdad que salen recubiertos de pelo?

—No digas, chorradas, Rena. Es un bebé, no un perro —la reprendió Sofía, aunque dudó un poco al ver que yo no respondía—. ¿Verdad?

Todas me miraron, esperando que detallara lo que había visto.

—Es algo asqueroso —dije, encogiéndome de hombros—. Le sale una cosa así de grande —hice un gesto con la mano para indicar el tamaño aproximado de mi sobrino— del coño y lo deja todo hecho una mierda.

—¿De verdad tienes que ser tan explícita? —me dijo Ellen, poniendo los ojos en blanco.

—No eres tú la que lleva toda la noche despierta mientras tiene que ver todo eso —gruñí con cara de asco—. Encima, hoy tocaba entrenamiento con espada y me lo he perdido.

Maya se estaba despidiendo de ellas justo cuando las alcancé, así que perdí toda la mañana. No entendía por qué el nacimiento de mi sobrino tenía que afectarme a mí en nada.

—¿Quién se apuesta que Orianna se negará a parir niños y parirá espadas?

Me reí, no pude evitarlo. Rena usaba siempre un tono con el que nos contagiaba su alegría. Por suerte, dejaron estar el tema, aunque Ellen se me acercó más tarde, mientras estábamos todas en las termas.

—Tienen curiosidad —me dijo, sentándose a mi lado y obligándome a abrir los ojos—. E igual las has asustado un poco.

—No he dicho ninguna mentira.

—Ya. —Hizo una pausa, y yo me enderecé. Me miraba fijamente, como buscando las palabras indicadas—. Todas vamos a acabar pariendo hijos. No falta tanto, de hecho. Y es algo… abrumador. Es fantástico que hayas podido verlo tan de cerca, así también…

—Buf —la interrumpí—. Cuando le vuelva a salir un niño de ahí abajo, te aviso y la asistes tú.

—Eres insufrible —me dijo, y me salpicó con el agua caliente.

Yo hice lo propio y nos enzarzamos en un juego que nos llevó a una carcajada.

—Me estoy ablandando —le dije. Ella me miró interrogante—. En otros tiempos te hubiese pegado un puñetazo, señorita Nariz Partida.

Ellen enarcó las cejas y me miró con una media sonrisa. Se acercó a mí, poniendo su mano sobre mi hombro, de tal forma que nuestras pieles desnudas se rozaron.

—Más bien… te he domesticado, pero ¿quién dice que eso sea malo?

Y, sin más, me besó. Se alejó de mí con una sonrisa y se fue con el resto, dejándome a solas son mis pensamientos.

Leah permaneció unos días encerrada en el gineceo, mientras Xander deambulaba por la otra mitad de la casa como un león enjaulado. Aquel espacio de la oikos estaba destinado a nosotras. Allí habíamos sido paridos y criados todos los descendientes de mi familia. Cuando los varones cumplían siete años, abandonaban la protección de sus madres y se lanzaban al mundo. Las mujeres, en cambio, marchaban a otros hogares y parían en otro gineceo a los hijos de otra familia. Xander nunca había dado muestras de querer entrar de nuevo, pero aquella barrera entre él y su esposa le inquietaba más de lo que cabría esperar. Durante el primer día, cada vez que salía o entraba, me interrogaba sobre el estado de Leah, hasta que madre le reprendió:

—Sabes perfectamente que debe quedarse aquí.

—Sí, pero... —intentó cortarle él.

—¿Qué imagen crees que estás dando pasándote todo el día a las puertas del gineceo? —Mi hermano se removió en el sitio y agachó la cabeza—. Leah debe recuperarse de un parto.

—¿Cómo está? ¿El niño...?

—No pierdas el tiempo metiendo las narices en asuntos de mujeres. Como dicta la tradición, permanecerá cinco días aquí, recuperándose. —Él intentó añadir algo más, pero madre le lanzó tal mirada que se detuvo—. No enfadaremos a los dioses. Aprovecha que estás en la ciudad y actúa como un buen hermano mayor.

Dicho esto, ambos me miraron, y maldita la hora en la que lo hicieron. Xander se pasó los cuatro días siguientes pendiente de mí. Como entrenábamos en la misma palestra, tenía siempre el ojo atento a mis movimientos. Intenté ignorarlo, pero se hacía muy complicado cuando pretendía acompañarme a todos lados.

—¿No te ves con ningún joven espartano? —me preguntó el segundo día, volviendo hacia casa.

—Esparta está llena de ellos. Los veo a todas horas.

—No seas imbécil, ya sabes a qué me refiero.

Pensé en Egan, aunque no iba a contarle a mi hermano nada de él. Ni a él ni a nadie. Era mi refugio, el lugar en el que podía mostrarme débil sin temor a que me hirieran.

—No, ¿para qué?

—Tendrías que ir pensando en casarte.

—¿Casarme yo?

—Dentro de poco cumplirás diecisiete. ¿No hay nadie que te mire?

—¿Nadie que mire al grupo de chicas que entrena con los chicos? No, seguro que nadie.

—Seguro que sí —añadió, ignorando mi comentario—. Estás bien.

—¿Qué?

—Que estás bien.

—Eso es asqueroso, Xander. ¿Cómo que estoy bien?

—Ya me entiendes... —Alzó las manos y me señaló—. Tienes tetas, caderas anchas...

—¿Y tú por qué tienes que fijarte en mis tetas o en mis caderas?

—Por los dioses, Orianna... Soy tu hermano, pienso en cómo conseguirte un marido.

—Pues no pienses tanto.

Con esa respuesta di por terminada la conversación. Sin embargo, al tercer día, al acabar los entrenamientos, se presentó en nuestra palestra acompañado de un muchacho un par de años mayor que nosotras.

—Por Zeus, ¿quién es ese? —preguntó Sofía, mirando tras de mí.

—El que tiene cara de estúpido es mi hermano.

Me acerqué a ellos en cuanto Maya se despidió de nosotras y acabamos de recoger todas las armas que habíamos empleado en los ejercicios.

—Orianna, te presento a Asteri. —El susodicho sonrió—. El año que viene entra ya en el ejército, es de los mejores de su promoción. —Hizo una pausa, esperando algo, pero nadie pronunció palabra—. Le he hablado mucho de ti.

—Ajá.

—Es todo un placer, Orianna. Tu hermano y yo somos buenos amigos. —Se sonrieron.

Podía imaginar qué tipo de amigos eran.

—Estoy segura de que mi hermano ha intentado venderme muy bien, pero todo lo que te haya podido decir es mentira. —Los dos cruzaron una mirada, y el pobre muchacho me dedicó una media sonrisa, tal vez intentando encontrarle la gracia a una broma—. Ni pariré a tus hijos, ni cuidaré de tu casa... ni calentaré tu cama. Creo que eso mi hermano ya lo hace muy bien. Y ahora, si me disculpáis, tengo cosas más importantes que hacer.

Y, sin más, me di media vuelta mientras oía a Xander balbucear improperios sobre lo mala hermana que era. Las chicas me miraban estupefactas, seguramente no había hablado en el tono bajo que creía. Rena estaba doblada sobre sí misma de la risa.

—¿Hacía falta ser tan cruel? —me preguntó Ellen—. No es que sea muy agraciado, pero tampoco era como para destrozarlo.

Gruñí una respuesta mientras nos dirigíamos, como cada mediodía, a las termas. Mi encontronazo con las que ellas denominaron «mi primer pretendiente» las llevó a hablar sobre los pectorales, los culos y las vergas de los chicos con los que entrenábamos. Últimamente estaban demasiado entretenidas mirándoles correr desnudos por la palestra.

—¿Hay alguno que te guste? —me preguntó Ellen, dándome un codazo—. ¿Por eso has rechazado al amigo de tu hermano?

—No digas tonterías.

—¿Así que no hay nadie que pueda penetrar ese corazón de piedra? —insistió, golpeando mi pecho con su índice.

—Con vosotras ya tiene suficiente —respondí, sin más, lo que provocó un gemidito extraño en todo el grupo.

—Eso es monísimo, Orianna —me dijo Rena, abrazándome por la espalda.

—Al final sí vas a tener corazón y todo —repuso Ellen, algo sonrojada.

Me sumergí en el agua mientras ellas seguían con sus cuchicheos sobre los jóvenes guerreros de Esparta. A no mucho tardar, el ejército marcharía sobre las cuatro ciudades que habían osado traicionarnos, así que les quedaba poco tiempo para admirar sus esculturales cuerpos o, incluso, intentar robarles algún que otro beso. En ese momento me molestaban esas conversaciones, no porque no entendiera qué les impulsaba a tenerlas, sino porque me sentía incapaz de intervenir en ellas y hablarles de todo lo que pensaba.

Mi hermano me estaba presionando cada día para que me acercara a algún varón y pudiera empezar a tantear posibles maridos. No quería ni oír hablar de que yo no estuviese interesada en ello, al contrario; insistía en que debía encontrar uno que me gustara. Yo ya tenía gente a mi alrededor a la que querer y con las que me gustaba estar. Disfrutaba de las mañanas con mis chicas y las tardes y las noches al lado de Egan. ¿Por qué tenía que ponerme a buscar algo más?

Cada día que tuve que aguantar a Xander se me hizo eterno. Para Leah tan solo fueron cinco días, pero a mí me parecieron cinco semanas. Cuando por fin pudo salir a presentar a su retoño, organizamos una fiesta en el centro de la tribu que coincidió con los festejos de despedida a nuestras tropas. Encendieron una hoguera enorme en el centro, alrededor de la cual colocaron las mesas de siempre y las llenaron de comida y bebida. Leah salió vestida con una larga túnica blanca, cargando al recién nacido. Se acercó a Xander y este lo cogió en brazos por primera vez. Aunque él lo negó más tarde, vi cómo una lágrima se derramaba en sus mejillas mientras contemplaba por primera vez al primogénito de su mujer. Era más que evidente, por el tono de piel y el cabello claro del recién nacido, que no era de su simiente. Aunque Leah había escogido a otra pareja para concebir a aquella criatura, Xander lo aceptaba como parte de la familia, igual que mi padre había hecho con él.

Xander abrazó al recién nacido y, acto seguido, lo levantó por encima de la cabeza y rodeó la hoguera con él, presentándoselo a toda la aldea, hasta volver junto a su esposa.

—Su nombre es... —empezó Xander, y entonces miró a Leah.

—Miles —concluyó esta.

Así se llamaba mi padre.

Xander besó a su esposa, estrujando con cariño al pequeño entre ambos. Mis padres se acercaron a ellos para coger a su nieto en brazos y reconocerlo como miembro de la familia. Leah se sentó a mi lado. Unas profundas ojeras enmarcaban su rostro, pero, aun así, agradecía con una gran sonrisa las palabras de todo aquel que se acercara a felicitarla.

—Es el día más feliz de mi vida —me dijo, abrazándome.

Y era verdad. Había cumplido con su deber hacia Esparta, había traído un nuevo guerrero al mundo, que había nacido fuerte y sano. La familia y la nación quedaban así ampliadas. Sin embargo, empezaba a tener claro que esa vida no iba a ser para mí. Cada vez que venía una mujer para felicitar a mi cuñada por semejante labor, sentía que me apuñalaban a mí. Era un recordatorio de lo que se esperaba de toda espartana, independientemente de si luchaba mejor o peor.

En ese momento volvieron a mí las palabras de mi hermano: faltaba poco para que fuera mayor de edad y pudiera casarme. La misma edad con la que los varones ingresaban en el ejército. Dos vidas completamente diferentes que apenas coincidían, solo para concebir una nueva camada de guerreros.

Tal vez fuera por las copas de vino que había bebido, pero aquella noche decidí que, aunque nadie me entendiera, al cumplir la mayoría de edad, me presentaría ante el eforado para pedir mi ingreso en el ejército espartano.

Selasia, una hora después de la batalla

Han oído las trompetas tocar a retirada. Los civiles han olvidado todo lo que han aprendido a su lado; corretean por las calles, de regreso a sus hogares, como si una puerta de madera les pudiera proteger del enemigo.

—¡Volved al ágora! —grita Egan desde lo alto de Manchas. Nella y Adara, a pie y cada una a un costado, se ven con dificultades para pasar a través de la gente—. El ejército del rey vendrá, tendremos que ofrecerles una posición protegida para reagruparse y seguir luchando.

Nadie le escucha. Su discípulo, un joven de la misma edad de Adara, ha oído sus órdenes y ha salido corriendo hacia el centro de la ciudad. A él le resulta fácil esquivar el caos que están generando las mujeres periecas al ver amenazadas sus casas. También les resultaría fácil a Nella y a Adara si no tuvieran que guiar a una burra cargando a tres personas. A dos y media, en realidad.

Egan detiene un momento sus pensamientos para contemplar al pequeño. Está abrazado contra su pecho, con los ojos cerrados y agarrando en sueños su túnica. Está claro que es hijo de su madre, no lo despierta ni el retumbar de una batalla. Le besa la coronilla y devuelve la vista al frente.

—Nella —ella levanta la mirada hacia él. La conoce lo suficiente para saber que detrás de esa máscara de tranquilidad se oculta un miedo visceral—, tenemos que llegar al ágora y proteger a los que se hayan quedado allí. El rey...

—Lo sé, Egan —le responde ella y señala hacia delante—, pero es imposible avanzar por estas calles.

Las mujeres, con los bebés al pecho y los niños agarrados de las manos, recorren la ciudad en todas direcciones. Son pocas las que parecen haberse dado cuenta de su estupidez y regresan hacia el ágora. La plaza central del pueblo es lo bastante amplia para que quepan todos ordenados. Las calles estrechas, por las que apenas caben los carros de suministros, no soportan tanto bullicio.

Alcanzan a duras penas la avenida principal que divide la ciudad en dos y en cuyo centro deberían estar atrincherados. Egan ve de lejos cómo están intentando volver a cerrar las brechas que el miedo ha abierto en la empalizada.

Sin embargo, no tienen tiempo de dar un paso más. Manchas se revuelve en el sitio y relincha, incómoda. Nella la apacigua con palabras amables y caricias en el morro. El animal ha detectado el peligro antes que ellos. Un temblor sacude la tierra bajo sus pies: es el retumbar de cientos de pisadas.

—Viene mamá —dice Cara, que se ha girado en dirección al ruido.

Egan debe sostenerla con fuerza para obligarla a no bajar de la burra. En parte tiene razón: el ejército está marchando con rapidez hacia ellos. Mentira, no marchan. Corren, huyen. No siguen ningún orden concreto, solo parecen tener clara una dirección.

Se yergue en la montura y logra identificar en el centro de toda esa marabunta de guerreros el rostro del rey Cleómenes. Acuden raudos a proteger la ciudad. Como harmosta, Egan es quien debe recibirlos e informarles de la situación. Así pues, con un suave tirón a las riendas, le indica a Mancha que se gire. El animal obedece y se pone de cara al pelotón que corre hacia ellos; sin embargo, no se detiene donde quiere que lo haga Egan, pues de golpe se gira hacia un lado y se aparta del camino. Nella ha tomado las riendas y está guiando a la bestia.

—¡¿Qué haces?! —le grita Egan—. ¡Es el rey! Quiero...

—Si no quieres acabar hecho papilla, será mejor que te apartes —le dice ella, airada—. ¿Es que no te das cuenta?

—¡Es el rey! —repite Egan, mirándola atónito.

—Y pasará por encima de ti para salvarse.

—No digas...

De repente mira al frente. Han llegado casi a su altura. Toda la muchedumbre que estaba arremolinada por las calles hace lo mismo que Nella, apartarse. Los que no se retiran a tiempo son arrollados por los guerreros sin ningún miramiento.

—¡Mi rey! —grita Egan—. ¡Estamos fortificando el ágora!

Pero nadie le escucha. Eso no le impide golpear con suavidad el lomo de Manchas para que camine paralelamente al camino.

—Algunos jóvenes pueden ayudar a defender la...

Egan se queda callado cuando contempla lo que hacen los hombres del rey. El mismísimo rey. Destrozan la empalizada que les bloquea el paso; atraviesan el ágora, sin importar quién se interpone en su camino, y siguen corriendo más allá, dejando la ciudad a sus espaldas para ir directamente a Esparta.

El rey los ha abandonado y, de paso, ha destrozado la poca protección que habían levantado para protegerse del enemigo. Los periecos que están a su alrededor, paralizados igual que él ante lo sucedido, estallan en gritos y se reanuda el caos en las calles.

Los macedonios llegarán detrás de ellos y en su mente solo resuena una pregunta, que Cara verbaliza como si pudiera sentir el mismo terror que él:

—¿Y mamá?

Jamás los abandonaría, jamás los dejaría atrás. Lucharía por su familia con uñas y dientes. Si no está ahí junto a ellos, velando por su bienestar, solo puede ser por una causa.

Orianna ha muerto.

11

NELLA

Las estaciones se sucedieron una tras otra hasta que dieron casi dos vueltas completas. El ama no me permitió volver a servir personalmente a Egan, aunque yo tampoco lo solicité. Era mi madre quien se ocupaba de atender sus necesidades. Lo veía por las mañanas, pues nos cruzábamos por los pasillos. Pero él evitaba mi mirada.

—Olvídate de Egan —me dijo Alysa—. Muchas han intentado enamorar a su amo para conseguir su libertad. Y no sale bien.

—Yo no... —respondí, frunciendo el ceño—. No es lo que pretendo.

—No te habré parido, pero te conozco bien. Evítalo.

Apreté los labios para cortarles el paso a todas las palabras que se peleaban por salir, y cabeceé una despedida mientras me encaminaba hacia mis labores diarias. Me había hecho enseguida con la dinámica que el ama pretendía de mí. Después de aprender durante un ciclo estacional entero, entendí cuál era mi verdadera labor allí. Representaba la autoridad del ama frente a sus esclavos agrícolas, me aseguraba de que todo fuera bien y que toda la cosecha pasara por mis manos. Era yo, guiada por la experiencia de Alysa y las órdenes de Agatha, quien distribuía la comida necesaria para alimentar a los ilotas y ordenaba la preparación del resto para que aguantara el frío e inclemente invierno. El grano se separaba entre aquel destinado a alimentar a las bestias y el destinado a humanos, que iba directo a los molinos para hacer la harina con la que las ilotas de Esparta preparaban los panes de los espartiatas.

Al principio me había parecido una tarea titánica, pero era simple aritmética. Analizando las cuentas de Alysa determiné qué cantidad de comida necesitaban esclavos y bestias para sobrevivir, añadí una reserva extra por si acaso y distribuí lo restante entre todos los acuerdos que el ama mantenía. Había periecos que esperaban una parte del grano a cambio de elaborar las prendas que madre e hijo llevaban. Otros que esperaban legumbres o carne de res a cambio de otros tratos que Alysa no quiso explicarme, aunque acabé enterándome de ellos cuando se puso enferma.

Un invierno especialmente frío, a Alysa le sobrevinieron unas fiebres que la dejaron en cama durante un par de semanas. Agatha me asignó sus tareas. Me despertaba dos horas antes de lo habitual para que hiciera lo propio con los dos amos, madre e hijo.

—¿Qué haces aquí? —espetó Egan cuando descorrí las cortinas—. ¿Y Alysa?

—Está enferma.

No nos dijimos ni una sola palabra más. Él asintió y aceptó mi ayuda. Le levanté de la cama como había hecho tantas otras mañanas, masajeé sus piernas para despertarlas y le ayudé a vestirse y a prepararse para el día.

—Debo atender mis labores —dije, haciendo una leve reverencia—. Puedo llamar a otro ilota si…

—No hace falta. —No me dijo que me fuera, así que permanecí en el sitio a la espera y cabizbaja—. ¿Cómo estás?

Me sorprendió su pregunta, así que me atreví a levantar la vista del suelo. Esa mirada dura que me había dedicado cada día se había ido quebrando con el paso del tiempo. Parecía como si le preocupara de verdad cómo estaba.

—Bien, amo —me limité a responder.

Él no añadió nada más y me permitió alejarme. Sentí una espina clavada en mi interior. Egan había sido un ancla que me amarraba a esa casa en la que tan segura me había sentido. Pero esa ancla se había soltado y ahora me sentía indefensa y desprotegida. No podía... No quería volver a sentirme así de confiada. La confianza te volvía vulnerable.

Se repitieron muchas escenas parecidas a aquella durante los días en los que Alysa permaneció en cama. Después de ocuparme de los amos, debía volver a nuestro hogar, recalentar las sobras de la noche y alimentar a mi madre. Se me hacía extraño tener entre mis brazos a esa mujer que, cuando estaba sana, se hacía con las riendas de todo a su alrededor, capaz de llevarse la mejor tajada de cualquier trato. Durante esos días la tuve envuelta en sábanas, temblorosa y delirante. Estaba débil y escuálida, pues apenas quería comer ni beber nada, y cada día parecía más conectada con un mundo que solo veía ella.

Nuestra relación se había vuelto extraña desde que me marcara la espalda a latigazos. Ella intentaba ser la de siempre, pero algo en su forma de llamarme y mirarme me hacía pensar que sospechaba del rencor que yo almacenaba en mi interior. Nunca le dediqué ni una palabra de reproche u odio; a fin de cuentas, mi supervivencia dependía totalmente de que ella siguiera acogiéndome en su hogar. Era su protección la que había impedido que el ama me condenara a muerte. Y para mantenerme donde estaba, tendría que recuperarse de la enfermedad que la aquejaba.

Después de dos días, con sus noches, delirando y negándose a comer, me atreví a abrir la caja en la que guardaba las monedas que ganaba y saqué cuatro o cinco óbolos. Con el dinero guardado en mi bolsa, me encaminé hacia el mercado. Conocía perfectamente a la mujer que vendía los remedios medicinales. Era una experta herborista y todos, espartiatas, periecos e ilotas por igual, recurrían a ella cuando a alguien de su entorno enfermaba.

—¿Qué hace la hija de esa mala perra en mi puerta?

El problema era que odiaba profundamente a Alysa y se había negado siempre a someterse a los tratos que mi madre imponía al resto de los mercaderes.

—Busco un remedio para las fiebres.

—Aquí no dispongo de nada para ti.

—Tus remedios no tienen rival —dije, viendo cómo se cruzaba de brazos y me miraba de arriba abajo—. No trataría a mi madre con remedios de ningún otro.

—Por mí, puede morirse. Esparta ya aguanta la carga de demasiados ilotas mezquinos y avaros. Suficiente tenemos con los espartiatas.

Me despachó con un ademán y dio media vuelta para refugiarse en el calor del hogar.

—Tu enfado es con mi madre —repliqué—. Hagamos un trato tú y yo.

—Sois la misma escoria —dijo, aunque detuvo sus pasos para mirarme.

—No me parió. Solo me encontró y me dio cobijo. El deber me obliga a procurar su bienestar.

—¿Qué me ofreces?

—¿Qué necesitas?

—Carne. Una buena pieza de carne fresca. Nada en salazón.

—Trato hecho.

Aquel año los rebaños no habían criado tanto como esperábamos. Se había puesto a secar o curar casi toda la carne resultante. Ahora, en pleno invierno, no había nada que sacrificar. Las dos gallinas que teníamos en casa eran escuálidas y apenas servían para hacer un caldo rancio. En las cuadras del ama solo quedaban las bestias justas y necesarias para que durante la primavera entrante pudieran reproducirse y ampliar de nuevo el rebaño. Lo había calculado yo misma, sabía que era imposible. A no ser...

Gasté un óbolo en una cuerda larga de hilo de lino, volví a casa para comprobar que Alysa seguía dormida y cogí la burra para comenzar mis labores del campo. Me aseguré de que estaban aprovechando la estación fría para hacer pequeñas reparaciones y guarecer los almacenes. Cumplidas mis tareas, dirigí mis pasos no hacia la ciudad, sino hacia la montaña. Aquel pelotón de ilotas se había quejado mucho de la aparición de conejos que diezmaban los cultivos, por lo que no me costó mucho encontrar una zona de arbustos frondosos. Lo había visto hacer mil veces, no me parecía demasiado difícil. Coloqué tantas trampas como cuerda tenía. Conseguí dejar siete lazos corredizos en lo que parecían zonas de paso frecuente de esos bichos.

Volví al día siguiente. Tres trampas seguían exactamente tal y como las había dejado, pero no así cuatro de ellas. Una estaba vacía y en las otras tres había dos conejos intentando deshacerse del lazo. El tercero había servido de banquete a algún depredador, así que dejé los restos en el sitio para que pudieran aprovecharlo. Partí el cuello de los dos que seguían con vida tan rápido como pude y los escondí en el fondo de una cesta que colgaba de un costado de la burra. Los cubrí con una manta y me encaminé de nuevo al centro de Esparta. Paré en casa, descargué las alforjas y escondí uno de los conejos en nuestro almacén. El segundo lo puse en una cesta, y añadí también un pequeño pan de leche redondo y algunas frutas que conservábamos en casa. Lo tapé con una tela para alejar de ella miradas indiscretas y me dirigí de nuevo hacia la parada de la herborista.

—¿Has vuelto? —me dijo después de despachar a dos clientes y quedarnos a solas.

—Siempre cumplo mi palabra. ¿Sigue en pie nuestro trato?

—Carne fresca a cambio de un remedio para las fiebres.

Asentí y le tendí la cesta. Ella la abrió y pareció realmente sorprendida al ver lo que contenía.

—He añadido un poco de pan y fruta como muestra de buena fe.

—¿De dónde lo has sacado? —me preguntó inquisitivamente.

—Suelen colarse en los campos.

—¿Lo has cazado?

—Los ilotas tenemos prohibido cazar bestia alguna —respondí con una sonrisa—. Tan solo ponemos trampas en los cultivos para deshacernos de ellos y que no se coman todo lo que guardamos en los almacenes.

Ella asintió, creyéndose mis medias verdades.

—¿Tu ama sabe que me lo estás entregando?

—No. —Ella frunció el ceño—. Conoce esta práctica y permite que nos quedemos con las piezas que caen en las trampas. Es la única carne a la que aspira la gente que trabaja los campos.

Pareció relajarse, no sé si porque todo lo que decía sonaba a verdad o porque se sentía feliz de ver que había alguien que lo pasaba peor que ella.

Se llevó la cesta al interior de su casa y, cuando salió, llevaba consigo un par de frascos de un mejunje pegajoso.

—Dos cucharadas al día para los niños, tres para los adultos. Siempre después de comer. Dáselo durante al menos tres días a ver si se recupera; lo ideal es mantenerlo durante una semana. —Asentí y acerqué las manos para coger los frascos, pero ella detuvo el gesto un momento para añadir—: Podría interesarme repetir un trato parecido.

—Lo tendré en cuenta.

Con las medicinas en mi poder, me dirigí de nuevo a

casa. Dejé las monedas en su lugar, siendo completamente consciente de que faltaba un óbolo y que Alysa se daría cuenta en cuanto recuperara la salud. Pero me centré en lo más urgente. Puse una cazuela al fuego, corté algunas verduras y me metí en el almacén con el conejo. No había despellejado criatura alguna y suerte que a la herborista le di la bestia entera, pues cuando lo intenté con el segundo, desaproveché mucha carne intentando separar el pellejo de esta. Acabé echando la mitad del animal en la cazuela e hice un guiso cuyo olor me embriagó. Alysa se despertó, tal vez convocada por los gruñidos de su estómago. La ayudé a incorporarse en su camastro y le acerqué un cuenco. Ella comió con avidez, disfrutando de cada pedazo de carne.

—¿De dónde la has sacado? —me preguntó en un momento de lucidez.

—He hecho un intercambio —le dije, sin añadir más explicaciones.

Ella asintió, dando por válida mi respuesta, y aproveché que volvía a desvanecerse en la penumbra de la fiebre para acercarle en ese momento una cuchara con la medicina que con el paso de los días la ayudaría a recuperarse.

Aquel invierno fui consciente de una necesidad que el pueblo tenía y me aproveché de ello. Dedicaba las horas muertas yendo de una parcela a otra para colocar o comprobar las trampas en las que caían los conejos. Los días buenos podía volver con tres o cuatro. Al principio los vendía enteros, recurriendo a esos mercaderes que ya tenían algún trato con Alysa y que, por lo tanto, confiaban en mi discreción. Pude devolverle a Alysa el óbolo que había tomado prestado y empecé a reunir yo también una pequeña fortuna.

Cuando Alysa despertó, no le dije nada de lo que había hecho. En lugar de traer los conejos a casa, los despellejaba en el campo, alejada de miradas indiscretas, y me aventuraba directamente en el mercado para vender o intercambiar las piezas. Cuando mi destreza en despellejar las piezas mejoró, pude también aprovechar la piel. No se la vendía a los periecos, pues a ellos no les interesaba apenas; en cambio vi que los ilotas podían curtirlas para confeccionar calzado o pequeñas mantas. No tenían dinero, pero sí algo mejor: intercambiaban las pieles por favores.

Así, en poco tiempo, la mayoría ya no solo me conocían por ser hija de Alysa y la mensajera del ama Agatha. Me hice con un renombre propio.

EGAN

Mis días se volvieron una rutina insoportable al lado del Agetes. Aquel año se cumplían los cuatro años de servicios de sus karneatai, los asistentes del sacerdote durante las Carneas, y fueron otros los que ocuparon este puesto. Me tenía a su lado, tocando para él y sus magistrados de confianza, como quien expone a un animal exótico.

—Lucha por lo que deseas —me dijo Orianna.

Aún no había anochecido. El Agetes me había despedido más temprano de lo habitual, así que había ido a buscarla a la palestra, donde sabía que estaría entrenando. No era la única, pero el resto de sus compañeras nos ignoraban.

—No sé qué quiero —repliqué.

—Sí que lo sabes. —Detuvo la flexión a medio camino del suelo y me miró a los ojos—. Pero no tienes los redaños suficientes de enfrentarte a tu madre.

—Dice Fannie que no me van a dejar entrar en la asamblea.

—Tonterías —espetó ella—. Todos los varones espartiatas tenéis ese derecho.

—Todos los que han participado en la agogé.

—Por todos los dioses, ¡cómo pueden ser tan necios! —dejó escapar ella.

—¿Tú qué crees?

Terminó la serie y se levantó. Resplandecía por el sudor, lo que la hacía aún más poderosa, más atractiva a mis ojos. Se lo limpió con el antebrazo y se acercó al bidón de agua de lluvia que había al lado del banco en el que estaba sentado. Se inclinó para beber y, sin previo aviso, alguien le saltó encima.

Era una maraña de pelo, piernas y brazos largos y estrechos. Se enredó en su espalda, aprisionándola con las extremidades. Orianna intentó quitársela de encima, pero le fue imposible tal y como estaba.

—¡Te pillé! —gritó. Cuando asomó la cabeza por detrás de la espalda de Orianna, reconocí a Rena. Ella pareció reparar en ese momento que me encontraba frente a ellas—. ¡Egan! No te había visto.

—Rena, igual de ágil que siempre.

—Y de revoltosa... —dijo Orianna, intentando librarse de su agarre—. ¿Quieres soltarme?

—Solo si me lo pides por favor.

—Ni aunque nadaras en oro.

—¿Y por un beso? —insistió, poniendo la voz más dulce que jamás le había escuchado.

—A ti te voy a besar... —respondió Orianna, divertida—. Apártate o te las verás con...

—Rancia —la cortó Rena, bajándose por fin de su espalda. Era dos palmos más bajita que Orianna, pero una chica de armas tomar—. Nos vamos ya, ¿vienes o...? —En vez de terminar la frase, me señaló con la cabeza.

—Me quedo aquí —respondió Orianna.

—Tú te lo pierdes —dijo Rena, antes de salir corriendo en dirección al pequeño grupo que empezaba a abandonar la palestra.

—Así que no soy el único con el que te besuqueas —dije, chinchándola.

—¿Qué? —preguntó ella, sorprendiéndose—. ¿Qué dices?

—No me extraña que se te acumulen las ofertas... —seguí con la broma. Ella se cruzó de brazos y bufó. Enseguida me di cuenta de que tenía la cabeza en otro lugar, así que pregunté—: ¿Todo bien?

—Ellen se casa.

—¿Y?

—Pues que dentro de poco estará preñada y, después de ella, todas las demás. Voy a estar rodeada de madres hablando sobre el olor de la mierda de sus bichos y...

—¿Bichos? —Ella puso los ojos en blanco y resopló—. ¿Por qué te molesta tanto?

—Mi hermano es un capullo.

—Eso ya lo sabía...

Ella me golpeó el hombro con cariño y se dejó caer a mi lado.

—Quiere que me case.

—¿Te sigue presentando a sus amigos?

—A sus amigos igual de capullos que él.

—No lo serán tanto...

Su sonrisa iluminó la conversación. Entonces puso su mano sobre la mía y me miró con aire triste.

—¿Por qué es tan difícil todo? —Bajó la vista a nuestras manos juntas. Había empezado a acariciar la suya con mi pulgar—. ¿Por qué nadie entiende qué es lo que quiero?

—Oye, yo no soy nadie —le dije. Levanté la mano hasta su barbilla y se la acaricié—. El primer día que te vi supe que acabarías metida en el ejército, porque no hay nadie capaz de decirte qué puedes o no puedes hacer. —Me acerqué a ella, mientras bajaba la mano por el cuello y enredaba los dedos en sus mechones. La miré a los ojos—. Si no saben verte, son unos estúpidos.

—Y tanto —susurró ella.

Su aliento calentaba mis labios.

No me pude contener y junté mis labios con los suyos, dejándome arrastrar por un beso que llevaba guardándome varias noches. Estaba muy centrada en su entrenamiento y no siempre la conversación nos conducía a las caricias y los besos a los que nos habíamos acostumbrado. Por desgracia, se separó de mí demasiado pronto. Chocó mi nariz con la suya y me susurró:

—No saben vernos. A ninguno de los dos. Si el Agetes tuviera dos dedos de frente, te nombraría su ayudante.

—¿Y si nos largamos? —le pregunté, medio en broma, medio en serio—. Grecia es grande. En algún sitio querrán a una muchacha que suelte mamporros a diestro y siniestro y a un tullido que cante, ¿no? —Ella soltó una carcajada que resonó por la palestra vacía—. ¿Qué?

—Los dioses te oigan. —Depositó un beso suave, delicado, sobre mis labios y se levantó—. Tengo que continuar.

—No sería tan malo, ¿no? —le pregunté, hilando los pensamientos tal cual me llegaban—. Podríamos buscar un refugio para los dos y alejarnos de... —señalé a mi alrededor, a ningún sitio concreto—, de todo esto.

—¿Y qué harían dos espartiatas fuera de Esparta?

—Pues muchas cosas. Muchos magistrados viven fuera.

Ella se olvidó de la idea enseguida, cuando volvió a repetir la misma serie de ejercicios. Yo, en cambio, seguí dándole vueltas a mi propuesta. No me sentía cómodo en Esparta, no era más que un monigote que obedecía órdenes, ya fueran de mi madre o del Agetes, sin sentir que formaba parte de nada. Por ese motivo volví temprano a casa y fui directamente a la estancia privada de mi madre, donde la encontré sola, revisando papeles. Cuando la llamé, ella levantó la vista de los pergaminos y me invitó a entrar con un ademán.

—¿No ibas a pasar la tarde con Orianna?

—Quería preguntarte algo. —Dejó lo que estaba haciendo y centró su atención en mí—. ¿Qué tienes planeado? ¿Cuál es el siguiente paso? ¿Qué vida voy a tener? ¿Voy a poder...? —La miré, ella tenía la frente arrugada—. ¿Voy a poder casarme y formar parte de la asamblea?

—Egan, hijo... —Se levantó de su asiento y se me acercó—. Mi intención es que puedas entrar en la asamblea, sí.

—¿Podrían rechazarme?

—Lo más probable es que sí. —Ella dudó un momento, pero añadió—: ¿Quieres casarte?

—Sí, claro —respondí casi de inmediato, aunque desvié el tema de conversación—: ¿Cómo pueden aceptarme?

—Convenciendo a los éforos de que puedes aportar algo a Esparta aunque no hayas participado en la agogé.

—Pero son reelegidos cada año. —Ella asintió—. Si todo sale mal... Si deciden que no soy...

—No lo harán —sentenció mi madre.

—Pongamos que sí —insistí—. ¿Qué será de mí?

Se hizo un silencio entre nosotros. Ella suspiró y se sentó en una de las cómodas sillas que reservaba para las visitas. Dio un golpecito en la que estaba a su lado para que me acomodara en ella.

—Lucho todos los días para que tengas una vida digna. —Fui a añadir algo, pero ella levantó la mano para que la dejara continuar—. Daría mi brazo derecho para que pudieras ser feliz. Eres todo lo que tengo, mi niño.

Me puso la mano en la mejilla, me apretó contra su pecho y me besó la frente. Era una postura incómoda, pero me aportaba una calidez que hacía tiempo que no sentía.

—No quiero pelear más —le confesé—. Estoy cansado de luchar para que me vean como a una persona y no como a un monstruo. Quiero... Querría...

—¿Qué?

—Irme. Quiero irme, mamá. Cuando cumpla mi mayoría de edad, no quiero que todos los hombres de la asamblea voten sobre si me consideran humano o no. Quiero irme.

Ella me abrazó más fuerte aún y se me escaparon las lágrimas.

—Tenemos unas tierras en Selasia —me dijo, rompiendo el silencio—. Eran de tu padre. No son gran cosa, pero hay una casa y un terreno amplio de cultivo. Serán tuyas si las quieres.

Asentí contra su pecho y me dejé mecer como cuando era pequeño y me despertaban las pesadillas. La diferencia era que entonces los malos sueños solo los tenía cuando dormía, y ahora me abrumaban despierto.

ORIANNA

Asistí a la boda de Ellen y allí conocí al que sería su marido, un joven fuerte y fornido, un año mayor que nosotras, que entraría en el ejército al cabo de unos meses. Su madre y sus hermanas se vistieron con sus mejores galas para despedirla, pues, desde ese mismo día, pasó a vivir en la oikos de su suegra y sus cuñadas. Eran de la misma tribu, por lo que no se alejaba demasiado de nosotras.

—¿Quién será la siguiente? —preguntó Rena mientras me ayudaba a hacer abdominales. Gruñí como única respuesta—. ¿No hay ninguno que te guste?

—No estoy para eso, Rena. ¿Y tú?

—Me aburren. —Terminó la serie e intercambiamos los puestos. Ella pasó a aguantarme las piernas mientras yo ejercitaba mis músculos—. Pero Sofía ya está hablando con uno del pelotón de tu hermano, y Lara tiene a dos detrás de ella. No sabe con quién quedarse.

Me detuve a mitad del ejercicio.

—¿A qué viene todo esto, Rena? Ya sé que todas están arremangándose la túnica con el primero que les ofrece la zanahoria.

Ella empezó a carcajearse tan fuerte que Maya se acercó a nosotras.

—¿Es que no aguantas unas pocas flexiones, Orianna?

—Claro, maestra. Es que Rena…

—Estábamos comentando las parejas que se están formando.

—Pues menos cotillear y más fortalecer esos músculos. Rena, si ya has terminado, ve cogiendo las armas para el resto.

Asintió a la orden y echó a correr, no sin dedicarme una mirada de ánimo. Fui a levantarme, pero Maya se arrodilló y ocupó el lugar de Rena. Seguí mis ejercicios en silencio, solo interrumpido por los jadeos que se me escapaban cuando aceleraba el ritmo.

—¿Por qué los rechazas a todos? —me preguntó la maestra.

—No me interesan. —Detuve mi movimiento arriba y me sostuve en las rodillas mientras cogía aire—. No quiero casarme.

—Tienes que casarte, Orianna.

—Tengo que aceptar a mi marido. —Reanudé mis ejercicios—. Y no acepto a ninguno.

—Te he visto con Egan.

Me detuve a media flexión y me la quedé mirando.

—Tú y todos, paso mucho tiempo con él.

—Ya sabes a lo que me refiero.

Me separé de ella, dejando el ejercicio sin terminar, y me levanté para estirar las piernas. Ella me imitó, colocándose a mi altura.

—No, no tengo ni idea. Yo…

—A mí me da igual, Orianna. Pero si es por él por lo que estás rechazando a...

—No es por él, es por mí —la corté, alzando un poco el tono de voz—. No quiero casarme, no quiero parir críos. Quiero ir a la guerra y proteger a mi pueblo. Quiero vestir el escarlata como tú.

—Yo estoy casada.

—Pero no tienes hijos.

—Porque no puedo tenerlos. —Se cruzó de brazos—. Lo intenté con varios y nunca me quedé embarazada. Por eso serví a Esparta con la espada y ahora os enseño a vosotras, es la única manera que tengo de entregarle algo al pueblo.

—No lo sabía.

Y era cierto. Sabía que no tenía hijos, pero supuse que todas las palabras que le dedicaban el resto de los maestros eran solo por ser mujer, no por ser una mujer estéril, una mujer inútil. Era igual de monstruoso que un hombre que no podía luchar.

—Ahora lo sabes.

—¿Cómo...? ¿Solo puedo si...? —empecé, sin saber cómo completar la pregunta.

—No lo sé. No he sido la primera en entrar en el ejército y espero no ser la última. Pero todas se casaron, es parte de nuestro deber como espartiatas.

Y se fue, dejándome con mil preguntas en la cabeza y otras tantas ideas al aire. Mi día empeoró muchísimo más cuando, aquella misma tarde, se presentó Dorien, el segundo de mis hermanos, frente a mi madre. Iba cogido de la mano de una muchacha pecosa y tímida. Se llamaba Mirta, pertenecía a una de las tribus adyacentes y habían decidido casarse frente a Atenea hacía apenas unas semanas. Mi madre frunció el ceño.

—¿Tan poco me respetas que te casas en secreto, hijo mío?

—No, madre. No es eso. Sus padres...

—¡Tanto da! —espetó ella, lanzando una copa sobre sus ropajes—. Eres sangre de mi sangre. Te creía con el valor suficiente para...

—Es mi decisión, madre —se plantó él, y su reacción nos sorprendió a las dos. Desde pequeño, Dorien siempre se refugiaba detrás de Xander en todas las peleas—. Amo a Mirta y he querido hacerla mi esposa para evitar discutir con mi suegra. Te traigo a una buena mujer, bien educada y cariñosa. Acéptala o me iré con ella.

—Yo no quiero... —empezó Mirta, levantando por primera vez la vista del suelo—. No pienso permitir que te separes de tu familia, Dorien. —Entonces centró su vista en mi madre—. Galena, he oído hablar de su fuerza y su genio, y sé que es la más brava de entre las espartiatas, que defiende a sus cachorros como una loba. Lo respeto, lo admiro. Permítame entrar en su oikos y enséñeme a criar a sus nietos.

Inclinó la cabeza, en señal de absoluto respeto, mientras Dorien miraba la escena con miedo. Al final resultaba que también se escondía detrás del valor de su recién estrenada esposa.

—Veo por qué mi hijo te escogió. —Asintió para sí misma—. Siéntate y come con nosotros.

En cuanto tomaron asiento en la mesa la tensión se deshizo en el aire, como ocurría con la mayoría de las discusiones entre mi familia. Cada vez había más personas sentadas alrededor de nuestra matriarca y, tan pronto como terminó la cena, me ocupé de enseñarle a mi cuñada su nuevo hogar.

Solo pasaron unos meses hasta que Leah nos anunció que volvía a estar embarazada. Mi hermano y mi padre seguían luchando en la guerra contra las ciudades que habían traicionado a Esparta, por lo que tenía que haber escogido a algún otro varón para quedar encinta. Llegaría otro crío gritón en unos meses, más el siguiente que engendraría Mirta, porque, a tenor de cómo se miraban ella y mi hermano, eso no tardaría mucho en suceder.

Me sentía cada día más fuera de lugar. Envidié la época en la que solo estábamos mi madre, mis tías y yo, a pesar de su férreo control sobre todo lo que hacía. Ahora me ahogaba. No solo aquellas muchachas —Mirta tenía exactamente mi edad— me recordaban cuál era el camino que tenía que seguir, sino que los ojos puestos en mí se duplicaban. Empecé a llegar cada vez más tarde a casa, centrándome en mi entrenamiento. Ni siquiera estar con las chicas me hacía sentir bien, pues no hacían más que parlotear sobre sus futuros maridos o, peor aún, sobre cuándo empezarían a parir como conejas.

Uno de esos días en los que madre pretendía presentarme a no sé qué amigo de la familia, decidí dar un paseo y desaparecer durante unas horas. Solo quería que el ruido de mi cabeza se apagara. Me acerqué a la casa de Egan. Sabía que no estaba, pues aún era temprano y no habría terminado sus tareas, así que continué caminando hacia ninguna parte, siguiendo un camino de tierra.

Nunca me había adentrado en los campos, no eran de mi interés. Pero allí encontré un lugar tranquilo en el que nadie me molestaría. Llegué hasta una pequeña villa de ilotas, donde todos me miraron con una mezcla de recelo y desconfianza. Un hombre, tan pelado como el resto, se acercó a mí.

—Buenas tardes, ama. ¿En qué podemos servirle?

—Solo estoy paseando.

—Si busca a la administradora, acaba de salir camino de la siguiente villa.

Asentí, sin saber a qué se refería. Aquellos ilotas no eran como los domésticos: vestían harapos y estaban de mierda hasta las orejas. Me alejé de aquel poblado y seguí por un caminito que desembocaba en una pequeña arboleda a los pies del Taigeto, la montaña por la que tiraban a aquellas crías que no eran perfectas. El lugar en el que Egan debería haber muerto si su madre...

Algo me impulsó a adentrarme en la vegetación. Quería escapar de todos y pensé que acercarme a un lugar sagrado, la propia naturaleza, me permitiría reordenar el caos que gobernaba mi cabeza.

Mi instinto de guerrera me alertó de un ruido cercano. Llevaba conmigo una espada roma de las de entrenar que desenfundé con rapidez. Me agazapé detrás de unos arbustos justo para ver a Nella cargando con varios conejos.

—¿Qué se supone que haces aquí? —espeté, saliendo de mi escondite y sorprendiéndola.

La ilota pegó un brinco en el sitio y me miró de arriba abajo. Uno de los conejos cayó al suelo. Se agachó para recogerlo, pero yo fui más rápida.

—Es mío —me dijo con una valentía y un valor que nunca había visto en ella.

—¿Tuyo? —le pregunté—. Los ilotas no podéis cazar.

—¿Y? Las mujeres espartiatas no podéis luchar en la guerra —me dijo, echándome en cara el origen de todos mis quebraderos de cabeza.

No pensé y actué como la bruta que siempre he sido, abalanzándome sobre ella. Nella era solo una ilota; yo, una espartiata. Soltó las presas, dejándolas tiradas en el suelo, y se escabulló de mí con una agilidad inusitada.

—Duele, ¿verdad? —me dijo—. Que te digan quién eres desde que naces, que te obliguen a seguir una senda que no quieres recorrer. Que controlen tu maldita vida cada segundo de tu existencia y que, encima, se crean con el derecho de hundirte aún más en la miseria cuando intentas salir de ahí.

—A mí no tienes que darme lecciones de nada, ladrona.

—No soy ninguna ladrona. Estoy muy harta de que me creas peor que tú solo porque estés celosa de que...

—No estoy celosa de ti —la corté, alzando la voz—. Nunca he estado celosa de ti.

—He visto cómo os miráis.

—Y yo también —dije, dando voz a lo que había sospechado durante meses—. Temía que le hicieras daño, Nella. Que le arrancaras el poco orgullo que siente por sí mismo y se lo pisotearas. Y eso has hecho.

—Mientes.

Nos quedamos en silencio unos largos minutos. Ella, preparada para echar a correr; yo, atenta a todos sus movimientos.

—¿Por qué estás cazando cuando lo tienes prohibido?

—Mi libertad tiene un precio, estoy reuniendo dinero para pagarlo.

—¿Cazando? —Ella asintió—. Eso está prohibido.

—Lo sé. Pero no aguanto más. —Apretó los puños y su voz tembló—. Aquí nadie me quiere, nadie se preocupa por mí. Así que he decidido sacarme yo misma las castañas del fuego. He comprado mi propio hilo, cumplo con todas las obligaciones que me imponen y, además, cazo para vender la carne y ahorrar unas monedas. No daño a nadie. —Me quedé callada observándola—. Di algo, por todos los dioses.

—Nunca me has caído bien —repliqué, y ella frunció el ceño—. Me parecías una arpía, con una falsa reverencia que no sentías. No me fiaba de ti.

—¿Y qué vas a hacer ahora, Orianna? Si me denuncias... —Dejó la frase sin terminar.

Tenía su vida en mis manos, no me cabía duda. Después de haber sido azotada por robar a la familia a la que servía, no serían misericordiosos con ella.

—Me caes mejor cuando eres sincera y me insultas.

Le sonreí y ella se relajó un poco. Bajé la vista al suelo y recogí los conejos muertos. Eran tres en total, atadas sus patas en una cuerda y con el cuello torcido.

—¿Has montado las trampas tú misma?

—El hilo lo compré con mi pro...

—No te estoy preguntando eso. —Alcé la mirada hacia ella y repetí la pregunta—: Las trampas, ¿las has montado tú?

—Sí, solo hace falta un poco de hilo y mucha paciencia.

—¿Me enseñas cómo?

Ella parpadeó varias veces.

—¿No vas a delatarme?

—¿Para qué? —Me encogí de hombros—. Egan te aprecia. No le haría algo así, por muy enfadado que esté ahora mismo. Eso sí —añadí—, déjate de tonterías conmigo, ¿vale? Si quisiera que me lamieran el culo, me buscaría a otra.

Se le escapó una carcajada que me contagió. Aquella muchacha escuálida me había sorprendido. Creía que no era más que una esclava con la intención de seducir a su amo para conseguir una plaza segura y cómoda, pero tenía coraje. Me fascinó comprobar que conociera tan bien aquellas tierras y que supiera cazar.

Después de pasar la tarde con Nella, recogiendo y reponiendo varias trampas, me propuse hablar con Egan para que la perdonara. O, como mínimo, que se dignase a hablar con ella. En definitiva, me cayó bien, y aunque aún no estaba dispuesta a admitirlo, me veía un poco reflejada en ella.

Cuando volví a Esparta, encontré un gran alboroto. ¡Los hombres habían regresado del frente! Corrí como una loca, saltando vallas y empujando a la multitud hasta mi hogar. En la puerta estaba Xander, estrujando a su criatura y a su esposa. Mis tías abrazaban a mi madre. Y, en cuanto llegué, todos se giraron hacia mí.

—¡Ya habéis vuelto! —dije con alegría. Entonces miré alrededor y pregunté—: ¿Y padre?

Todos callaron. Fruncí el ceño y repetí la pregunta. Madre se separó de mis tías y se acercó a mí. Puso su mano sobre mi hombro y su mirada me atravesó.

—Ahora debes ser fuerte, Orianna.

Selasia, dos horas después de la batalla

Egan se ha quedado paralizado sobre Manchas, pero Nella no se lo permite: la vida de las personas a las que más quiere corre peligro. Tira de las riendas de la burra para que avance entre las casas, esquivando los caminos de tierra que guían a los guerreros.

Los gritos de frustración se convierten en aullidos de dolor en cuanto se oye el sonido del acero contra la carne. No se detiene, solo piensa en salir de ahí. Ha recorrido esas calles durante más de una década y se han convertido en su hogar a lo largo de todo ese tiempo. Sabe los atajos por los que puede moverse sin ser detectada.

Se detienen en un patio exterior, oculto a la vista de los demás por las fachadas de tres casas. Conoce a los que viven allí, tres hermanos que construyeron sus oikos colindantes de tal forma que creaban un patio común para que los sobrinos y los primos jugaran juntos. Pero ahora no puede preocuparse por si están bien y se centra en lo importante.

Egan sigue sobre la burra, abrazado a Cara, que está nerviosa y solo tiene una pregunta en la punta de los labios, que repite sin cesar.

—Mamá se ha ido. ¿Dónde está mamá? ¿Por qué no vamos a buscarla?

Adara se planta al lado de Manchas y mira a Nella. Aprendió desde pequeña a interpretar los silencios de su padre, pero no sabe cómo responder a su hermana. Nella se acerca a su familia y coge en brazos a la pequeña.

—Mamá —la llama, como si la viera por primera vez—. ¿Por qué no vamos a buscar a mamá?

—No sabemos dónde está, cariño.

—Está luchando —responde ella, segura de sí misma—. ¿Por qué se ha ido mamá?

Nella la abraza contra su pecho y respira hondo.

—Puede que esté protegiendo al rey o puede que se haya quedado atrás.

—¿Atrás?

Nella asiente, Cara no parece entenderlo.

—Volver con el escudo o sobre él, Cara —le dice Adara, poniéndole palabras al temor de toda la familia.

La niña abre los ojos de par en par y busca la verdad en sus miradas. Egan la tiene perdida en alguna parte del horizonte; en cambio, Nella siempre ha sido un libro abierto para ella.

—¿No volverá?

—No lo sé, mi amor. —Nella contiene las lágrimas, sintiéndolas crepitar en sus ojos. Los cierra un momento, inspira hondo y los vuelve a abrir—. Sé que querría que nos pusiéramos a salvo. Que nos protegiéramos entre nosotros.

—La esperaremos —dice Egan de pronto—. Estará a punto de volver. Se habrá quedado atrás. No se iría sin nosotros. No lo haría jamás.

—Sí —insiste Cara, reforzando la esperanza de su padre—. Esperaremos a mamá.

Nella mira a Adara y su hija frunce el ceño.

—Egan —le llama Nella, con la voz tranquila y pausada

que usa siempre con los animales asustadizos—. Sabes tan bien como yo…

—No —la interrumpe él.

—Mamá me dio una orden muy directa —interviene Adara en un tono serio y hosco— y no pienso romper mi palabra. —Nella la mira sin comprender y la niña se lo aclara—: Proteger a mi familia, poneros a salvo.

Un único pensamiento recorre a Nella: «Endemoniada Orianna, ¿cómo se te ocurre poner sobre unos hombros tan jóvenes una responsabilidad tan grande?».

Todos se quedan callados, incluso Cara. Pero no hay silencio a su alrededor, sino voces que claman a los dioses y sonidos de cuerpos que caen al suelo sobre algo húmedo. Se está produciendo una verdadera matanza y cuanto más tiempo permanezcan quietos, antes darán con ellos.

—Debemos ir hacia las montañas —dice Nella mientras deja a Cara en el suelo y le coge la mano. Adara asiente y Egan niega con la cabeza. Eso desespera a Nella, quien es incapaz de controlar su ira—. Me da igual lo que quieras hacer con tu vida, Egan. Si deseas lanzarte a los brazos del enemigo o quedarte aquí esperando la muerte. Yo no pienso permitir que a mis hijos les pase nada malo.

—No he dicho que…

—Lo sé, y lo entiendo, de verdad. ¿Crees que no se me parte el alma? —No puede evitar que una lágrima recorra su mejilla—. ¿Acaso piensas que soy fría y calculadora y que no siento una presión en el pecho desde que vi al ejército cerca de vosotros? Claro que sí. Pero hay algo más importante. No quiero… no puedo…

La voz se le quiebra y acalla sus palabras para contener el torrente de lágrimas que amenaza con vaciarla por dentro. No puede dejarse llevar. No ahora.

—¿A las montañas? —pregunta Egan.

—Sí. No les interesamos nosotros. Solo quieren Esparta. No nos perseguirán.

—Los esclavos siempre son valiosos.

Nella mira a Adara, quien asiente, y luego contempla a Cara, que se ha quedado en completo silencio a su lado.

—Habrá que luchar para que nuestras niñas no acaben convertidas en esclavas, pues.

Egan parece convencido y le extiende una mano. Nella se acerca a él con pasos vacilantes, sin soltar a Cara. Egan se agacha y ella se pone de puntillas para recibir un beso en los labios.

—Perdona —le dice él. Ella niega con la cabeza y se separa, dedicándole una leve sonrisa.

—No hay nada que perdonar, estamos asustados. —Se gira hacia Adara, que permanece en la misma posición que antes—. Necesito que te ocupes de guiar a Manchas mientras yo abro camino. —La cría coge enseguida las riendas—. Egan, tendrás que ir inclinado hacia delante. Cara, avanza solo cuando yo te lo indique. Tendrás que guiar a tu hermana. ¿Me has entendido?

La niña asiente; ahora que tiene unas directrices claras, parece más despierta.

Nella se separa del grupo y se abre paso a través de dos de las casas, en dirección contraria a Esparta. Aquellas montañas son muy diferentes a las que coronan la ciudad en la que conoció a los amores de su vida, pero le parecen igual de impresionantes.

Avanza escondiéndose tras los muros. No oye pasos por la zona, por lo que asoma la cabeza y comprueba que la calle está despejada. Solo hay un único cuerpo bañado en un charco de sangre. Pasa hacia el otro lado, escondiéndose entre otro de aquellos caminos entre casas, y le hace una señal a Cara, que atraviesa la calle corriendo. Pisa el charco de sangre, manchándose las sandalias y los pies. Se detiene en el sitio, asqueada, y mira abajo. Su hermana, que tira de las riendas de Manchas, la empuja hacia delante y Nella la recibe en un abrazo.

Repiten el mismo movimiento en la siguiente calle, donde ha tenido lugar una refriega que ha dejado varios cuerpos tirados en el suelo; uno de ellos aún balbucea algo. Esta vez Nella toma a Cara del brazo y la arrastra en la huida. Se detienen a coger aire en la parte de atrás de la herrería, que colinda con uno de los almacenes y les da cobertura de miradas indiscretas.

Deben permanecer agazapados y en silencio; se escuchan voces al otro lado, dentro del almacén. Deben de estar saqueándolo, pero terminarán rápido, pues las armas están en el ágora, allí solo hay grano y forraje para los animales. Cara se remueve inquieta, Nella le besa la coronilla y le susurra palabras tranquilizadoras:

—Tenemos que esperar un poco, cariño. Enseguida estaremos en las montañas.

La pequeña se abraza a su madre y Adara le pone un brazo en el hombro. Egan las contempla desde lo alto de la burra mientras acuna al pequeño, que, como si fuera obra de los dioses, sigue adormecido. En cuanto oye las pisadas alejándose del almacén, Nella indica a Cara que se quede donde está y ella avanza unos pasos. Se esconde detrás de un montón de leña y espera unos segundos. Agachada, contempla el camino y permanece atenta a cualquier sonido. Solo oye unas voces lejanas. Sale poco a poco de su escondrijo y asoma la cabeza al exterior. No hay nadie.

Les hace una señal a las niñas. Adara empuja suavemente a su hermana y caminan las tres juntas, seguidas por la burra. Correr podría alertar al enemigo de su presencia, por lo que caminan rápido hacia la última cabaña, esa que queda a pocos metros de las montañas. Nella hace pasar a Cara la primera, que se resguarda detrás de los muros, y antes de que llegue Adara, el bebé rompe a llorar. Egan las mira con ojos asustados, se incorpora sobre el animal y acuna al pequeño para intentar calmarlo, pero con cada sacudida parece llorar más y más alto.

Las voces que antes sonaban lejanas ahora lanzan un grito y en cuestión de segundos se ven rodeados por tres guerreros macedonios que llevan las espadas manchadas de la sangre de sus vecinos.

12

ORIANNA

No recuerdo el entierro de mi padre. Los meses siguientes se han convertido en un borrón en mi memoria. Seguía yendo a entrenar, obsesionada con ser la más fuerte, la más brava, la mejor guerrera. Quería que él se sintiera orgulloso de su pequeña.

Mi familia, en cambio, tenía otros planes para mí. A Xander le permitieron quedarse durante una temporada en Esparta para, según él, «poner orden en casa». Lo que significó soportarlo como un dolor de muelas.

—En unos meses vas a ser mayor de edad, Orianna —me repetía una y otra vez, como si yo misma no fuera consciente de ello—. Te he propuesto a varios amigos míos y...

—Estoy ocupada —le dije en mitad de una serie de flexiones.

—Pronto volverá a casa Leonel. Y, como el resto, traerá una esposa con él.

—¿Y qué quieres decirme con eso?

Me puse en pie y me sacudí el polvo de las manos. Estiré la espalda y el cuello, preparándome para el siguiente ejercicio. Me apetecía golpear algo, por lo que me dirigí hacia las espadas de entrenamiento.

—Quiero decir...

—Si quieres hablar, coge una espada —le corté, señalando el armamento—. Has espantado a mis compañeras, lo menos que puedes hacer es no interferir en mi rutina.

A Xander pareció hacerle gracia mi propuesta y me hizo caso. Era algo que no pasaba a menudo. Me puse frente a él, manteniendo mi guardia protegida y esperé a que atacara. Para mi sorpresa, decidió seguir hablando:

—Nuestro primo traerá una esposa.

Di una zancada y finté hacia la derecha, pero no se dejó engañar y mantuvo su guardia protegida. El malnacido se apartó y me dio un ligero golpe en el costado, aprovechándose de mi postura desequilibrada.

—Otra más para casa —respondí, recuperando la postura inicial.

—Leah está embarazada y Mirta no tardará mucho.

—Lo sé. No hacen más que fornicar como conejos. En cambio, a ti y a Leah no os oigo nunca —repliqué, pues sabía que ni mi hermano visitaba el cuarto de su esposa ni ella el suyo.

Le sorprendió mi comentario, así que aproveché para dar dos zancadas y golpear su espada, desestabilizándolo. Acto seguido, lancé una patada a su entrepierna, pero logró esquivarla.

—No te será tan fácil, hermana —me dijo entre dientes—. Es lo primero que enseñan en la agogé.

—¿A tocar los cojones a tu oponente?

—Eso también.

Me empujó con su arma y se deshizo de mi agarre. No estaba luchando de verdad, solo se defendía; pero ya me estaba bien, necesitaba desahogarme un poco.

—¿Por qué no quieres fornicar tú también como una coneja? ¿Es que no vales para eso? ¿O es que el tullido te ha dejado seca?

Después de meses sintiéndome presionada por la familia

y mis compañeras, por el agobio dentro de la oikos, por el miedo de perder a Egan, sus palabras encendieron la llama y estallé. Descargué sucesivos mandobles buscando una grieta en su guardia, que era casi perfecta. La sonrisa torcida, presumida, que Xander había mantenido durante todo el enfrenamiento se desvaneció. Lo vi sudar mientras retrocedía, giraba y esquivaba.

Aproveché un momento de vacilación para empujar con fuerza y ponerle la zancadilla. Mi hermano cayó de espaldas al suelo, aunque se repuso rápidamente con una ágil voltereta para levantarse, pero yo no se lo permití y apoyé mi espada en su cuello.

—Se terminó.

—Eres buena —reconoció, y eso me hizo sentir extraña—. Muchos te temerán, y otros gozarán con la perspectiva de poseer a una esposa tan brava.

Puse los ojos en blanco.

—Estás obsesionado, Xander. ¿Por qué no me dejas en paz?

—Porque ahora que padre ha muerto, soy el cabeza de familia, y me preocupa que mi hermana se quede soltera.

—¿Y eso qué más te da? —Solté un bufido y me dirigí de nuevo a la pequeña armería.

Xander se levantó y me siguió. Mi hermano conseguía estropear hasta los momentos de victoria.

—Me da porque en casa ya no cabemos y eres una boca más que alimentar.

Su respuesta me dolió. Un poco. No es que estuviera realmente preocupado por mí, sino que para la familia yo suponía un estorbo. Éramos ya siete en casa, y llegarían dos adultos más en breve, más todas las crías que fueran capaces de parir mis cuñadas. Y solo tendrían una oikos y un terreno agrícola muy pequeño, herencia de mi abuelo, para mantenerse.

—Conseguiré mi propia oikos.

—¿Y cómo vas a hacer eso?

No le respondí, metí la cabeza en uno de los barriles de agua para refrescarme y beber un poco. Él vino detrás de mí y repitió de nuevo su pregunta.

—No te incumbe —le dije.

—Sí que me incumbe, Orianna. —Me cogió de la muñeca, obligándome a girarme hacia él, pero me zafé de un tirón—. Ahora respondes ante mí. Madre te ha mimado demasiado, y eso se ha acabado. Te casarás. O sigues el rito espartano y escoges a tu marido, o tendré que hablar con los gerontes e imponerte uno.

Tragué saliva despacio. Mi hermano no amenazaba en vano. Como cabeza de familia y ciudadano de pleno derecho de Esparta, siempre podía acudir al consejo de ancianos, aquellos que se dedicaban a dictar y hacer cumplir las leyes. Y había una que me obligaba a obedecer al cabeza de mi familia en cuanto al matrimonio.

Xander se alejó de la palestra, con andares furiosos, y yo me quedé plantada donde estaba.

—Escoge a uno que no sea demasiado feo —me dijo Rena cuando se lo conté al día siguiente a las chicas—. Los guapos están ya casi todos cogidos.

—O cógete a alguno jovencito y así lo tienes controlado —añadió Ellen.

—Al final, somos nosotras siempre más que ellos —dijo Lara—. Podemos escoger.

—Y hacerles pelear por ti, según me han contado —terció Ellen, dándole un codazo.

—Es divertido —respondió Lara, riéndose—. ¿Cómo escojo, sino? ¡Me quedaré con el más fuerte!

—¿Y son tan bobos como para aceptarlo? —le pregunté. Ella me miró ofendida—. O sea, eres preciosa y todo eso, pero... ¿en serio se van a retar en combate para ver quién se casa contigo?

—Claro. Sus madres insisten en que tienen que traer una esposa. Quedarse sin una es de ser un fracasado.

—¿No se había quedado soltero tu hermano? —le preguntó Rena, chinchándola.

—Por eso lo sé.

—Es una soberana estupidez —dije en voz baja mientras ellas seguían dándole vueltas al tema.

Estaba claro que no compartíamos el mismo punto de vista. Todas querían casarse enseguida, incluso Rena había empezado a tontear con un joven pecoso que venía a traerle dulces después de los entrenamientos. Aunque ella siempre prefería nuestra compañía a la de cualquier varón, había acabado pasando por el aro como un perro doméstico.

—¿Cuánto tiempo me das? —le pregunté dos días después a mi hermano, que tenía a su pequeño en el regazo.

—¿Cuánto tiempo para qué?

—Para escoger marido.

Su rostro se suavizó. Me imagino que aún no salía de su asombro al confirmar que por fin había entrado en razón.

—Un mes.

—Un año.

—Ni hablar. Seis meses.

—De acuerdo.

Escupí en mi mano para cerrar el trato y él hizo lo mismo. Levanté la vista hacia mis cuñadas, que estaban presentes, y las dos asintieron.

El rumor enseguida se propagó: la hija de Miles y Galena estaba a la caza de un marido. La misma muchacha que había roto las tradiciones para que le permitieran entrenar como un hombre. Xander tenía razón: a muchos les proporcionaba un placer inmenso mi arrogancia y mi determinación. Aparecían de día o de noche para intercambiar algunas palabras conmigo u ofrecerme presentes que yo siempre rechazaba. A fin de cuentas, mi intención solo era alargar el cortejo lo máximo posible antes de llevar a cabo mi objetivo: pedirle al eforado que me permitiera entrar en el ejército.

Actué como he hecho siempre: como una burra cabezona. Rechacé a todos los que se me acercaban, hasta que, pasados tres meses, cumplí los veinte años de edad. No se lo comenté a nadie más que a Egan.

—Es posible, claro —me dijo—. Para que permitan que una mujer entre en el ejército, esta tiene que esgrimir un motivo de peso.

—Soy fuerte, de las mejores, contando también a los varones, puedo ser alguien útil. Todos me vieron...

—Lo sé —me cortó él con esa sonrisa cálida que me apaciguaba—, a mí no tienes que convencerme. Solo te prevengo de lo que puede pasar.

—Si no lo hago ahora, no lo podré hacer nunca.

La misma mañana en la que cumplí mi mayoría de edad me dirigí a donde sabía que se reunía el eforado. Me había vestido con mi mejor túnica, una azul que solo me dejaban ponerme en las festividades importantes. No tenía armas propias, pero hacía tiempo que Maya permitía que me llevase las de entrenamiento a casa, así que me pertreché de ellas.

Cuando me presenté en la asamblea ante los éforos, algo que las mujeres tenían prohibido, no supieron cómo reaccionar. Vestía una túnica de mujer, con un tajo en la pierna derecha que dejaba al descubierto mis muslos; pero, al mismo tiempo, la sobreponía con las armas de un hoplita.

—¿Quién eres y qué haces aquí?

Hinqué la rodilla ante ellos y mantuve la mirada fija en el suelo.

—Soy Orianna, hija de Miles el Gigante y Galena, de la tribu de los Aegide.

Ellos guardaron silencio, así que me atreví a proseguir:

—Mi padre murió en la última de las guerras libradas por Esparta, colmándonos de honor. Me presento ante el ilustre eforado para pedirles ocupar un puesto en el ejército y que él esté orgulloso de mí.

—¿Un puesto en el ejército?

Asentí sin alzar la vista. Entonces los oí cuchichear.

—Eres la pupila de Maya, ¿verdad?

—La misma. Mi maestra me ha enseñado el arte de la guerra. Si los ilustres magistrados no creen en mi valía, puedo enfrentarme al campeón que escojan —me avancé.

Egan había apostado por esa estrategia para hacerme notar frente a ellos, para demostrar mis habilidades.

—¿Estás casada, joven Orianna?

—No, mi señor.

—¿Por qué no?

Vacilé.

—Quería esperar a saber vuestra respuesta antes de escoger con quién.

—Si formaras parte del ejército, ¿descartarías casarte? ¿Es eso lo que quieres decir?

—Sí, mi señor. En el frente sería difícil parir criaturas.

—Claro. Por eso no aceptamos a mujeres en el ejército.

Asentí, pues sabía lo difícil que sería traer a una criatura al mundo en mitad de una guerra. Uno de los éforos lanzó un largo suspiro.

—Admiré a tu padre y respeto a tu madre, Orianna. —Sonreí ante sus palabras, pero esa fugaz alegría enseguida se desvaneció—. Por eso no voy a decirle a tu hermano lo que has venido a pedirnos. Esparta se queda sin guerreros. No creas que tu labor no es importante. Necesitamos que nuestras mujeres traigan fuertes espartiatas al mundo, no podemos permitir que alguien tan joven y sin casar se enfrente a la crudeza de la guerra sin haber traído una nueva vida para nuestra patria.

—Pero...

—No, Orianna. La respuesta a tu petición es que no formarás parte del ejército sin estar casada ni haber tenido criatura alguna.

EGAN

No fui realmente consciente de los privilegios con los que contaba por ser hijo de mi madre hasta que nos los quitaron. Poco antes de cumplir la mayoría de edad, nuestro rey Cleómenes dio un golpe de Estado.

Todo sucedió de noche. Me despertó mi madre, zarandeándome y poniéndome la mano en la boca.

—No hagas ruido.

—¿Qué pasa, mamá? —pregunté, quitándome aún el sueño de los ojos.

Detrás de nosotros, Alysa atrancaba las puertas, ayudada por Nella.

—¿Qué ocurre? —insistí, incorporándome con ayuda de mi muleta.

—Cleómenes —dejó escapar mientras alisaba su túnica con las manos y miraba alrededor—. Alysa, la lira y las joyas. Deja las túnicas.

La esclava obedeció. Hizo un gesto con la cabeza a Nella y ella salió de mi cuarto para hacer lo que se le ordenaba. Fui tras ella, pero al aparecer en el patio no supe qué hacer. Era de noche, aunque aún entraba algo de luz de la luna.

—¿Qué tiene que ver el rey con mi lira?

—Ahora mismo están ejecutando a los éforos.

—¿Qué? —Se me heló la sangre.

—No a todos. Solo a los cuatro que se han mostrado contrarios a sus políticas reformistas.

—¿Cómo...? —Aquello me desconcertó totalmente. Había conversado con todos ellos, y aunque no eran especialmente amables conmigo, sí eran espartanos de pura cepa, fieles patriotas y brillantes estrategas.

—¿Y el rey Arquidamo?

—No es más que un niño mimado —espetó ella, disgustada. Su padre había muerto hacía unos años y lo habían subido al trono, aunque era Cleómenes quién decidía por él—. Demasiado acostumbrado a que el otro diarca haga lo que le dé la gana. Será incapaz de pararle los pies. Si es que no lo acaban matando a él también.

—¿No irá a...?

—No te preocupes por la cabeza de los demás, Egan. La nuestra corre peligro.

—La nuestra, ¿por qué?

No pudo responder. En ese mismo momento alguien golpeó la puerta de entrada con tanta fuerza que resonó por todo el patio. Nella se quedó plantada en el sitio. Alysa se giró hacia su ama, igual que hacía siempre que esperaba una orden, y mi madre la detuvo en el sitio con un gesto.

Esperamos diez largos e interminables segundos. Y, de nuevo, los golpes en la puerta sonaron fuertes y rabiosos. Todos volvimos nuestras miradas hacia mi madre, que permanecía en el sitio sin moverse un ápice. Entonces, quien estuviera fuera volvió a repetir su llamada, acompañándola de unas palabras amenazadoras:

—Agatha, sabemos que estás dentro. El rey invoca a su súbdita, ¿le negarás tu fidelidad?

Mamá se sentó en su silla favorita, frente a la fuente central de la estancia, y con un golpe seco me indicó que hiciera lo mismo a su lado. Estábamos sentados frente a la puerta principal, que empezaba a temblar debido a los golpes.

—Abre, Alysa.

—Pero, madre...

—Abre. Nella, quédate detrás de nosotros. No obedezcas ninguna de sus órdenes. Compré vuestras libertades, sois mías. ¿Está claro?

Las esclavas cabecearon y obedecieron. Sentí la mano de Nella en mi hombro, titubeante. Sabía que estaba tan asustada como yo, así que puse la mía sobre la suya y la apreté. La tensión entre nosotros no era nada comparada con la que teníamos ahora sobre la casa, por lo que me permití perdonarla.

En cuanto Alysa abrió el portón de la entrada, se hizo el caos. Entraron una docena de hombres armados. Parecía que esperaran hallar algún tipo de resistencia dentro, y se sorprendieron al encontrar tan solo a una mujer y a un tullido.

—¿Por qué has tardado tanto en abrir, Agatha?

De pronto los soldados se abrieron a los costados y en medio apareció un hombre grande y fornido que avanzaba hacia nosotros. Tenía una larga cabellera morena y una barba que cubría parte de su rostro. De entre las rendijas del casco se apreciaban dos ojos oscuros, cargados de rabia.

—Mira por encima de tu cabeza, Otis —le respondió en un tono amable y medido—. Nix aún es dueña del cielo. Nos habéis despertado de madrugada con tanto grito. De haber querido pasar una velada en nuestra casa, solo tenías que decirlo. —Volvió la cabeza hacia atrás, donde Alysa se había colocado—. Alysa, trae algo de vino para estos valientes guerreros. Estarán sedientos.

La esclava se dispuso a obedecer, pero el hombre la detuvo con un gesto.

—¡No me tomes por estúpido, Agatha! —exclamó—. He venido a ver cómo tu pequeña y rota familia se hunde en la miseria.

—¿Qué diría tu madre de...?

—¿Les robas a mis padres y ahora la nombras?

—No he robado nada, Otis. —Aún con la seguridad con la que hablaba, mi madre se removió en el sitio, acomodándose en los cojines—. Siéntate y hablemos.

—No tengo nada que hablar contigo —dijo el otro, y escupió a sus pies—. Te aprovechaste de la necesidad de mi familia y te quedaste con sus tierras a cambio de unas migajas.

—Le he proporcionado alimento a tu familia hasta tu reciente matrimonio, Otis. Ese fue el trato. No pasar jamás hambre a cambio de unas tierras que no usaban.

—¿Eso te dices por las noches para poder conciliar el sueño?

Mamá no respondió. Permaneció en silencio, aguantándole la mirada, con la barbilla bien alzada, con una pose de orgullo y cabezonería. Ganó ella, pues el otro la apartó en cuanto uno de los soldados que lo acompañaban tosió para llamar su atención.

—El rey...

—Sí. No vengo en mi nombre, Agatha. Si fuera por mí, correrías la misma suerte que algunos esta noche. —Hizo una pausa y le dedicó una sonrisa que me repugnó. Ella ni se inmutó—. El rey Cleómenes te exige que demuestres tu fidelidad.

—Estaré encantada de recibirle cuando guste presentarse.

—No tendrás ese privilegio. —Él sonrió, enseñando los dientes. Parecía más un lobo hambriento que un soldado cumpliendo órdenes—. El rey ordena que toda la riqueza de Esparta sea repartida en igualdad de condiciones entre todos los espartiatas. ¿Nos permites entrar en tu hogar y llevarnos todo lo que tienes?

Una docena de hombres armados, con manchas de barro y sangre en sus capas y túnicas, preguntándole a una mujer sola con su hijo si les permitía que le robaran. ¿Era posible un comportamiento más cruel y despiadado que aquel?

—Os permito llevaros todo lo que sea de Esparta —contestó mi madre, manteniendo su postura erguida—. Las esclavas son mías.

Otis pareció decepcionado con su comentario, pero no tardó ni dos segundos en soltar un silbido que impulsó a su tropa a entrar en nuestras habitaciones y desvalijarnos.

—Mantente firme, Egan, que no te vean dudar ni tenerles miedo.

—¿Por qué se lo permites, mamá? —le pregunté en un susurro.

—Era aceptar o morir.

Destrozaron la casa. Se llevaron tapices y esculturas. Removieron todos los armarios y volcaron el contenido de cajones, cajas y cestas. No osaron llevarse el busto de mi padre, que presidía el altar familiar. Al menos respetaban a los muertos.

Nos quedamos en sendas sillas, frente a la fuente de agua cristalina, mientras veíamos cómo cargaban con todas nuestras pertenencias, oíamos el estrépito de la vajilla romperse contra el suelo y sentíamos un vacío en nuestro interior. Obedecí a mi madre y permanecí impasible en el sitio, con la cabeza levantada y el calor de mi familia alrededor. No osaron acercarse a nosotros ni pretendieron arrebatarnos a ninguna de las ilotas. No sé cómo hubiese reaccionado al ver cómo se llevaban a Alysa. O a Nella.

Volví la cabeza hacia atrás. Nella tenía la mirada perdida en un punto indeterminado de la fuente; el mentón le temblaba, aunque intentaba disimularlo. Su madre le indicó con un gesto que mantuviera las manos a la espalda, lo que le hacía parecer más segura de sí misma. En un momento en el que nuestras miradas se encontraron, le dediqué una sonrisa. Ella me la devolvió, algo insegura.

—Tranquila —vocalicé sin pronunciar palabra—. No estás sola.

Cuando nos alcanzó el alba y los soldados se fueron finalmente de casa, Alysa cerró el portón de nuevo. Nella me ayudó a levantarme y miré alrededor.

—Se lo han llevado todo —dije en un susurro.

Solo habían dejado aquello que no eran capaces de cargar a cuestas.

A mi espalda, mi madre se había desplomado en la silla y lloraba. No era un llanto normal, sino que parecía ahogarse, como si todas esas lágrimas llevaran años, décadas, estancadas en su interior y ya no pudieran aguantar escondidas durante más tiempo.

Me senté a su lado y la abracé. Ella escondió la cabeza en mi pecho y se dejó acariciar el cabello mientras intentaba dedicarle palabras de consuelo.

—Lo siento —balbuceaba—. Lo siento, lo siento, lo siento...

Le sostuve la cara entre las manos y la separé un instante de mí para mirarla a los ojos.

—Me has dado la vida, madre. Y has luchado por mí cada día. Permíteme que sea yo el que ahora vele por tu bienestar.

Ella asintió, con las mejillas surcadas de lágrimas, y se las sequé con la mano. Me quedé a su lado hasta que el cansancio venció a la rabia y se quedó dormida. Me levanté sin despertarla y me acerqué a las ilotas.

—¿Dónde habéis escondido lo que nos queda?

Alysa miró a mi madre dormida y luego a mí. Asintió

y me llevó a la estancia privada de mamá. Allí, en diferentes escondites, había conseguido esconder algunas joyas, un puñado de monedas de oro, contratos importantes y mi lira.

Aquello y las cuatro paredes que nos rodeaban eran las únicas posesiones que nos quedaban.

NELLA

Todo cambió a partir de esa noche. El mundo de Egan, y el mío a su lado, se resquebrajaron. Agatha nos ordenó que despejáramos las estancias principales: la entrada, el patio y sus dependencias privadas. No nos dio tiempo más que a mover de un sitio a otro el estropicio que habían sembrado aquellos soldados en la oikos.

Cuando el sol alumbró la ciudad, un hombre anciano tocó a nuestra puerta. Era un éforo recién nombrado, uno de los que suplían a los que habían asesinado durante la noche. Alysa lo guio hacia la habitación donde se encontraba el ama Agatha y allí se encerraron durante dos horas.

Egan y yo nos quedamos en el patio, él sentado en la misma silla donde horas antes su madre había caído desplomada por la impotencia. Yo permanecí detrás de él, con las manos a la espalda.

—Viene a quitarle las tierras —me dijo Egan, rompiendo el silencio.

—¿No lo hicieron anoche?

—Anoche solo querían meternos miedo. —La voz le temblaba por la rabia—. Este viene a arrebatarle las tierras, los contratos.

—Es increíble la importancia que tiene un garabato en un papel —susurré, como pensando para mí misma.

Él se giró en el asiento para mirarme.

—Hay quienes los robarían para hacerse con unas monedas.

Me tensé en el sitio y agaché la mirada. No quería discutir con él. No tenía fuerzas para soportar de nuevo su rechazo, su desprecio ni su sospecha. No después de lo ocurrido la noche anterior.

—Me da igual —dijo—. No tiene sentido ya.

—Pero crees que lo hice —susurré, mirándole a los ojos.

—Ya no sé nada, Nella. —Se levantó con dificultad, pero sin requerir mi ayuda—. Tengo miedo de que...

—¿Tienes miedo de mí? —Él vaciló, sin saber qué decir, y con eso lo estaba diciendo todo—. Podrías ordenar mi muerte —solté, sin poder contenerme—, azotar mi espalda hasta que desfallezca de dolor o intercambiarme por algunas monedas. —Me alteré, impulsada por el miedo y la rabia, así que acabé gritando—: ¡¿Y tú tienes miedo de mí?! ¡Mi vida está en tus manos! Tu madre lo dijo anoche: soy de vuestra propiedad.

Él abrió y cerró la boca sin saber qué decir ni cómo reaccionar. Mis manos temblaban y, al mirarlas para intentar contenerlas, las vi borrosas. Las lágrimas empañaban mi visión. No sé cómo ni cuándo, Egan había acortado la distancia entre nosotros. Me envolvió con los brazos y permitió que reposara mi cabeza en su hombro.

—Perdona, Nella —me dijo, susurrándome al oído, mientras yo lloraba en silencio—. Pensé... creí... Ya no tiene sentido nada. —Él se calló, tal vez esperando alguna palabra mía, pero solo era capaz de sollozar en silencio. Por eso añadió—: Después de lo de anoche... No puedo... No quiero tenerte lejos. Temí por mi familia. —Se separó de mí y me miró a los ojos—. Y formas parte de ella. —Intenté apartar la mirada, pero me agarró con suavidad de la barbilla y me obligó a mirarle a los ojos—. No porque mi madre haya comprado tu libertad, sino porque eres una de mis mejores amigas. Me haces sentir a gusto.

—No puedo… —empecé, pero mi cuerpo me contradijo. Me acerqué un pasó más a él, aspirando el olor de su cuerpo y bebiendo de sus ojos el amor que me transmitía—. Siempre temerás que te traicione.

—No, no lo haré.

—Crees que robé a tu madre.

—Me da igual. De verdad. Sería un imbécil si alejara de mí a una de las pocas personas que me hacen feliz, ¿no crees? —Me acarició las mejillas y limpió las lágrimas con el dedo pulgar—. Me aparté de ti por una ira que no era mía. Te he echado muchísimo de menos.

—Y yo a ti.

Me sonrió igual que hacía aquellas muchas tardes y noches en las que conversábamos hasta quedarnos sin aliento.

—Si me juras que no tuviste intención de robar a mi familia, te creeré.

—Nunca he querido robaros nada —dije, y añadí con firmeza—: Lo juro.

—¿Me acompañas hoy junto al Agetes? —me preguntó, bajando sus manos a mis hombros y dedicándome una sonrisa sincera—. Tengo mil cosas que enseñarte y… —vaciló y, a continuación, bajó el tono de su voz—. Me sentiría más seguro si me enfrento hoy a Esparta contigo a mi lado.

Asentí con entusiasmo, y cuando me disponía a decirle algo, la puerta del cuarto del ama Agatha se abrió de improviso y golpeó con fuerza la pared contraria.

—Siempre es un placer hacer negocios con vuestra familia —dijo el anciano, que cargaba con una caja de madera rectangular. La reconocí enseguida.

La interrupción nos hizo separarnos casi de un brinco.

Saludé con una leve inclinación de cabeza al viejo espartiata. Tras él salió Alysa, lo acompañó hasta la puerta sin pronunciar palabra y, una vez que cerró por dentro, me dirigió una orden silenciosa.

—Me tengo que ir —le susurré a Egan.

Me aseguré de que se sostenía bien sobre su muleta y me despedí de él con una sonrisa. Eché a correr para alcanzar a mi madre, que ya salía por la entrada lateral, esa que conectaba directamente con nuestro hogar. Me puse a su altura con un par de zancadas.

—¿Qué estás haciendo? —me preguntó, y yo no supe qué decir. Por lo visto, no hacía falta, pues no esperaba una respuesta—. No vale la pena que te acuestes con Egan.

—¿Qué? ¡No! Yo...

Me pilló tan de sorpresa que no sabía qué decir. Me puse roja, como si mi cuerpo estuviera dispuesto a dejarme en evidencia.

—Han perdido todas sus propiedades —continuó, ignorándome—. Se han quedado solo con esta oikos. Ni campos, ni casas en las afueras ni nada.

—¡Pero si les han destrozado la casa!

—Y se han llevado todo el dinero que han conseguido encontrar. Están arruinados.

Entramos en nuestra casa, que, en comparación con cómo había quedado la de los amos, era mil veces más acogedora.

—Es una desgracia... —dije, pensando en todo lo que había luchado esa mujer para cuidar de su hijo.

—Para ellos, sí. —Mi madre sonrió, un gesto que no concordaba en absoluto con la desgracia que estaba narrando—. Si necesitan dinero, podremos pagar más barata nuestra libertad.

Sí, no lo había juzgado mal: parecía feliz. Estaba feliz. Había dejado en la puerta de entrada su máscara de ilota mansa y ahora mostraba quién era en verdad, cosa que no hacía a menudo. Sin embargo, la tragedia duró solo unos minutos. Respiró hondo, como si hubiera exhalado toda esa alegría y su interior se llenara de menosprecio y sospecha.

—Y eso me lleva a preguntarte algo, Nella. —Se dirigió al cuarto en el que dormía yo y, en cuestión de pocos segundos, volvió cargando con una pequeña bolsa de cuero. Mi alijo. El dinero que había ganado vendiendo la carne—. ¿Qué es esto?

—Es mío —respondí y, llevada por un impulso, me adelanté hacia ella con la intención de arrebatárselo, pero lo alejó de mí para que no pudiera alcanzarlo.

—¿Lo has robado?

—¡Claro que no! —No me preguntó nada, solo me miró fijamente, así que añadí—: El invierno pasado necesitabas medicinas.

—¿Y qué tiene que ver una cosa con la otra?

—Tuve que engatusar a la herborista para que quisiera vendérmelas. A cambio quería carne fresca y…

—Sales a cazar —afirmó ella, y yo asentí—. Está prohibido.

—No si asistes a un espartiata en esta noble labor.

—¿A quién?

Me quedé callada. Era la excusa que había ideado para defenderme ante un juicio si me veían cazando. Podía decir que Orianna me había encomendado la tarea de ayudarla a cazar pequeñas presas y que cumplía sus órdenes. Confiaba en que corroboraría mi versión ante los gerontes. Su palabra valía muchísimo más que la mía.

—Tanto da —dijo ella, al ver que no iba a añadir nada más—. No puedes guardar dinero para ti. Te he alimentado durante años. Es algo muy grave que me escondas lo que haces.

—¿Igual de grave que hacer que me azoten por cumplir tus órdenes?

No me pude contener. Llevaba esa espina clavada en las entrañas durante demasiado tiempo. Ella se cruzó de brazos, escondiendo mi dinero con el gesto, y me lanzó una de esas miradas que atraviesan la determinación de cualquiera, una igual a aquellas con las que conseguía que cualquier comerciante aceptara sus condiciones.

—Eres mi hija —sentenció—. Tu vida está en mis manos. Podría denunciarte al ama, pues sé que estás mintiéndome y que esto —sacudió la bolsa y se escuchó el tintineo de las monedas— solo se consigue si le dedicas tiempo. Ya sabes qué te pasaría.

Agaché la cabeza.

—Recibiste unos latigazos injustos. Date por castigada por esta traición a tu madre. No te delataré. —Abrió la bolsa y la volcó sobre la mesa—. ¿Has conseguido tanto en tan pocos meses? —Asentí—. Sigue haciéndolo.

—Pero… ¿y si me pillan?

—¿No decías que estabas sirviendo a un espartiata? —me dijo, con una risa burlona—. No cambies tus planes. Necesitamos reunir la máxima cantidad de dinero cuanto antes.

Contó con rapidez todas las monedas, las anotó en su vieja tablilla y las juntó con las suyas.

—Son mías… —susurré cuando vi cómo se perdían entre las monedas de Alysa.

—No te equivoques, niña. Me debes la vida, cada comida que te llevas a la boca y todas las sonrisas que le dedicas a tu enamorado —me dijo en tono burlón—. Si no fuera por mí, habrías muerto hace años. Lo mínimo que puedes hacer es obedecer a tu madre en todo lo que te diga.

Me quedé plantada donde estaba, apretando los puños con fuerza y sintiéndome impotente ante todo lo que me decía. Porque sí, tenía toda la razón del mundo. Me tenía en su poder. El ama Agatha siempre la creería a ella antes que a mí.

Sin embargo, en mi interior se estaba formando la dolorosa sospecha de que todo ese dinero acumulado solo serviría para comprar una sola libertad. Y sabía que se escogería a ella misma antes que a mí.

No en vano, ya lo había hecho antes.

Selasia, tres horas después de la batalla

Egan está en una de sus peores pesadillas y es incapaz de despertarse. El bebé llora cada vez más y más alto. Desde lo alto de Manchas ve cómo los mismos que estaban saqueando el almacén hace unos instantes vuelven sobre sus pasos. Llegan por el camino que debería conducirlos al ágora, pero enseguida se dividen para bloquearles el paso.

—Vaya, vaya. ¿Qué tenemos aquí? —espeta uno mientras desenvaina su espada.

Por suerte, Cara ha obedecido a su madre y permanece oculta detrás de la casa.

—No queremos problemas —dice Nella en un tono servil que hacía años que no oía en ella—. No tenemos nada de valor. Solo quiero proteger a mi familia, por favor.

El que ha hablado en primer lugar se relame los labios.

—¿Y qué estás dispuesta a ofrecernos para...?

No le da tiempo a reaccionar. A Egan, casi tampoco. Por suerte, sigue sosteniéndose con fuerza a la silla. Otro de los macedonios ha intentado rodear a Manchas pasando por detrás. Un chasquido de Nella y la burra ha empezado a cocear hacia atrás hasta derribar al infeliz que ha pasado demasiado cerca del animal.

—¡Condenados espartanos! —grita el primero.

Aprovechando la confusión, Adara ha tomado la lanza que había junto al cuerpo en el camino y se la ha arrojado al tercer macedonio, que se acercaba por la derecha. Con una fuerza y una puntería sorprendentes, se la ha clavado en el muslo, traspasándolo hasta que la punta ha dado en la tierra.

Ambas al unísono, madre e hija, desenvainan las dagas que tienen colgadas al cinto. La de Adara es una de guerra, su regalo de cumpleaños; la de Nella, la que emplea en las labores agrícolas.

—Podéis volver sobre vuestros pasos y vivir un día más —les dice Adara, repitiendo una de las frases de Orianna.

Egan decide espolear a Manchas y avanzar, aunque el soldado macedonio sujeta al animal de las riendas.

—Nadie va a mov…

Egan ha visto a Adara entrenar miles de veces, pero no es lo mismo verla pelear con sus amigas que hacerlo con quien está poniendo en peligro a su familia. Lanza la daga directa al soldado y se la clava en el estómago, haciéndolo caer. Se separa de Manchas, soltando las riendas y permitiendo que Egan pueda colocarse junto a su familia. Adara se tira sobre el macedonio y le saja el cuello de un tajo.

—¡Adara! —grita Egan, viéndolo todo como un testigo incapaz de intervenir.

Nella corre, pero no hacia su hija, sino hacia el tercer soldado, el mismo que hace un instante ha coceado Manchas y que permanece en el suelo, inerte. Se acerca con la intención de ponerle los dedos en el cuello para ver si sigue con vida, pero el macedonio la apresa agarrándole del brazo, tira de ella hasta derribarla y la afianza en el suelo colocándose encima. Luego desenvaina la espada que lleva en el cinto.

—¡Nella! —grita Egan, desesperado, tirando de las riendas del animal, pero es totalmente incapaz de hacer nada por ayudarla.

—¡Mamá!

De la nada aparece la figura de Cara, corriendo desde su escondrijo hasta donde se encuentra su madre. Lleva la segunda daga de su hermana en las manos, desenfundada, y sin que nadie pueda evitarlo, se la clava en la espalda al hombre.

Egan baja a trompicones del animal, enredándose con las riendas. Se cae al suelo de costado y, aunque el bebé sigue llorando, permanece protegido contra su pecho.

—¡Cara! —grita—. ¡Cara! ¡Ven aquí!

La niña se gira hacia Egan, con los ojos como platos y plagados de lágrimas. No ha soltado el arma aún, por lo que, cuando da un paso hacia su padre, arranca la daga del cuerpo del hombre y de la herida empieza a manar sangre. Nella consigue deshacerse de él, recuperar su cuchillo e imitar el tajo de Adara.

Su hija mayor ya ha llegado a su lado y estrecha a Cara entre sus brazos.

—Te habían dicho que permanecieras escondida —la regaña con suavidad. Es enternecedor ver la dulzura con la que Adara le habla a su hermana, es la única persona a la que trata con tanto amor.

—Mamá estaba en peligro —responde la pequeña con determinación—. Juntos somos más fuertes.

Nella se pone en pie, con la túnica manchada y húmeda por la sangre enemiga. Los mira a todos y se alarma al ver a Egan en el suelo.

—¿Qué...?

—Cara —responde, antes de que Nella termine de hacer la pregunta.

Se acerca a él y le ayuda a levantarse, sirviéndole ella misma de apoyo, como tantas veces había hecho en su vida pasada. Nella arrulla al pequeño, calmando su llanto ligeramente.

—Venga, nos vamos.

Todos obedecen a Nella. Las niñas ayudan a su padre a subir de nuevo a la burra y consiguen llegar sin problemas hasta la montaña. Se trata de una formación rocosa y empinada, carente de vegetación al inicio, pero donde pueden esconderse más arriba. Inician el ascenso a través de uno de los muchos caminos para cabras. Ahora que Nella tiene derecho a cazar, conoce esa zona tan bien como la propia ciudad.

Deben ignorar el ruido que está quedando a sus espaldas, los gritos, los llantos y el acero de las espadas chocando contra los escudos de madera o hundiéndose en la carne. Al final, Nella tenía razón, como siempre: Selasia no ha resistido un ataque.

Egan no puede evitar pensar que está dejando atrás una parte de sí mismo. La burra avanza por la montaña con paso rápido, siguiendo a Nella y a las niñas. Cuando alcanzan un poco de altura, Egan se permite mirar hacia atrás y ver una parte de Selasia. El movimiento de hace unos minutos se ha reducido drásticamente, lo que no es buena señal. Se ve a extraños moverse entre las calles, derribar puertas a patadas y salir de otras con baúles y cajas. Están lo bastante ocupados en robarles para vigilar los perímetros. Al menos, de momento.

Intenta mirar más allá, hacia donde sabe que se encuentra la ciudad que le vio nacer. Las montañas tapan su visión, pero sabe que el rey ha ido a refugiarse allí, entre sus iguales, dejando atrás no solo a un pueblo de periecos que ha entregado a sus hombres para luchar por su rey, sino también a una familia espartiata.

Vuelve la vista hacia delante, molesto. Ha ganado. Ha conseguido lo que siempre ha querido: una familia que le quiere, que le apoya y que le ve como algo más que un tullido. No solo se refiere a sus hijas y a sus mujeres, sino también a los alumnos periecos, que lo tratan con el respeto propio de un hombre verdaderamente libre. Y ahora él los está dejando morir a sus espaldas. Cierra los ojos, invadido de pronto por esas caras sonrientes que durante años le han acompañado en su madurez.

Cuando Manchas se para de pronto, los vuelve a abrir, temiendo una amenaza.

—¿Estás bien? —Nella se ha acercado hasta él y ha detenido al animal.

—Sí —miente—. ¿Por qué nos hemos parado?

—No puedes continuar subido aquí.

En cuanto Nella se aparta, entiende por qué le dice aquello. El camino se vuelve muy inclinado mientras rodea el monte en su ascenso hasta la cresta. Caben de uno en uno, pasando de lado.

—¿Y Manchas? —pregunta Cara.

La pequeña empieza a hurgar en una de las alforjas y saca al gato, que se echa al cuello. Sin mediar palabra, utiliza un retal de tela de los que siempre lleva su madre en la burra para atárselo contra el pecho, del mismo modo que carga Egan a su hermano.

—Manchas vendrá detrás de nosotros, pero con peso encima no estoy segura de que sea capaz. —Egan asiente y se deja ayudar para descender de la montura. Adara le tiende una de las muletas y Nella la otra—. Creo que debería llevarlo yo.

Nella acaricia el rostro adormilado del pequeño. Egan, con ambas manos ocupadas en las muletas, solo puede mirar la escena como un espectador.

—Tendrá hambre. —Es lo único que es capaz de decir, atormentado aún por la sensación de estar abandonando a sus pupilos.

—Creo que tengo leche. —Él la mira atónito y ella aclara, con naturalidad—: Siempre llevo comida en Manchas, por si voy a tardar en volver del campo. Espero que le guste la leche de cabra.

Sonríen, contemplando al bebé, y, por un momento, que este pueda comer se convierte en su única preocupación. Cuando observa a sus pequeñas, se siente bien y a gusto por tenerlas cerca. Solo falta Orianna. Al pensar en ella, se rompe la burbuja de irrealidad a su alrededor. Las túnicas de las tres están manchadas de sangre. Contra esa misma túnica, Nella recoge al pequeño y lo adormece contra su pecho.

El ascenso se hace complicado e interminable. Nella y las niñas enseguida lo dejan atrás. Avanzando de lado pero deprisa, acaban haciendo el giro completo a la montaña y se pierden más allá de su visión. Egan, en cambio, debe mover las muletas de lado, tanteando el terreno prácticamente a ciegas, y desplazar el peso de su cuerpo de una a otra. Despacio, poco a poco. Se le hace lento y tedioso y enseguida nota que los brazos se le agarrotan de cargar con el peso de todo su cuerpo, por no hablar de lo cansadas que tiene las piernas después del ajetreo en la ciudad.

Finalmente alcanza a las chicas, que se han detenido en un saliente algo más ancho a esperarle. Nada más llegar junto a ellas, apoya la espalda contra la roca, resoplando del esfuerzo.

—Siéntate y descansa —le ordena Nella. Está empapando una tela con la leche del odre que lleva en el morral para alimentar al pequeño.

Adara le hace un hueco a su padre y le ayuda a estirar las piernas. Cara se acerca a él y se abraza contra su hombro. Le besa la coronilla mientras le susurra palabras tranquilizadoras.

—No somos los únicos que hemos huido —dice de pronto Nella, sin apartar la vista del pequeño.

—Hemos visto movimiento en las montañas —añade Adara, señalando un punto determinado del paisaje—. Algunos siguen nuestra misma dirección; otros, la contraria.

—Tarde o temprano, cuando se aburran de saquear las casas, irán en busca de los que se han escondido.

Egan no sabe qué decir, es Cara quien da voz a sus dudas:

—¿Adónde vamos?

—El rey nos ha dejado atrás —dice Nella, colocándose al pequeño en el hombro y golpeando con suavidad su espalda—. Debemos abandonar estas tierras. —Levanta la mirada hacia Egan—. Esparta caerá, mi amor, debemos proteger a nuestra familia.

Nella siempre ve a través de él. No está pensando ni en el rey, ni en los guerreros que ha visto huir, ni siquiera en los pupilos que deja atrás.

Piensa en Orianna. En cómo podrá vivir sin ella.

Asiente y, antes de que le dé tiempo a estar realmente descansado, Nella se pone en pie y reanudan la marcha. Insiste en que deben atravesar las montañas y quedar fuera de peligro.

13

ORIANNA

Faltaban un par de meses para que se cumpliera el plazo. Había dado mi palabra y contaba con testigos que me impedirían desdecirme. Debía casarme. Incluso el eforado había insistido en ello.

—Orión no es demasiado feo —me dijo Rena.

Ella era la única a la que le había contado todo el asunto del trato que tenía con Xander. Aunque las demás sabían que mi hermano estaba desesperado por casarme, solo Rena entendía que no me entusiasmara demasiado meterme en una casa ajena para parir niños.

—Es medio idiota —espeté, con la imagen del muchacho en mi cabeza—. Morirá en la primera escaramuza en la que participe, no sabe ni agarrar una lanza.

—Pues mejor para ti —repuso ella, riéndose como una loca—. Aunque sí que sabe agarrar buenas lanzas, solo que no las de madera —añadió, doblándose por la mitad de la risa.

Tuve que golpearle la espalda para que se recompusiera. Se suponía que estábamos practicando lucha a mano desarmada y era imposible tomarse en serio a un enemigo que se tronchaba en tu cara. Ellen observaba todo el entrenamiento al lado de Maya, ayudando a gestionar el grupo. Ya se le empezaba a notar el vientre hinchado.

Intentaba hacer vida normal, seguir con mis entrenamientos como había hecho durante toda mi vida, pero me sentía vacía. No tenía una motivación real que despertara en mí las ganas de mejorar y ser cada vez más y más fuerte. Dejó de tener sentido, no encontraba el motivo de por qué debía matarme por Esparta si nadie iba a valorar mi esfuerzo. Sí, me decían que era fuerte y brava, aunque esperaban que me quedara con los brazos cruzados y las piernas abiertas para traer más y más niños al mundo.

—¿Qué sentido tiene algo así? —espeté, golpeando con fuerza mi objetivo de paja con la lanza.

—Esparta es una mierda.

Me sorprendió escuchar algo así por boca de Egan. Habíamos vuelto a la rutina de quedar todas las tardes, y Nella le acompañaba siempre. No pregunté por qué. No me hizo falta. Saludé con un asentimiento a la ilota la primera vez que la vi.

—Son una panda de necios. ¿Por qué rechazarme? Soy la más fuerte de toda mi generación. Seré una guerrera valiosa para el ejército.

—No aceptan lo diferente —continuó él—. Tienen que patearlo y destrozarlo hasta que no quede más que el recuerdo de lo que fue. Pisotearlo hasta que acabe hecho un ovillo en el suelo, sin ganas de nada más. Ni de continuar levantándose. Ni de seguir luchando. Ni de seguir viviendo.

Egan ya no estaba hablando de mí. Relajé la postura y me volví hacia él. Estaba sentado en un banco de piedra, con la mirada clavada en el suelo y los puños apretados. Nella se había acercado a él y le había puesto una mano en el hombro.

—Te aceptarán, Egan —le dijo ella, apretando con fuerza—. Porque no estás solo. Y porque tú… —Me miró—. Porque ambos sois fuertes.

—¿Qué pasa? —les pregunté, sintiéndome que me había perdido algo.

—En dos semanas cumplo la mayoría de edad. —Levantó la mirada del suelo y me dedicó una sonrisa triste—. Debo asistir a mi primera asamblea. No me aceptarán.

—Lo harán —insistió Nella, y yo asentí a sus palabras.

—¡Claro que lo harán! —reafirmé.

—No, no lo harán. No he sido educado en la agogé y no tengo esposa. ¿Quién querría casarse conmigo?

—Yo querría.

Lo dije sin pensar, porque era verdad.

—No digas tonterías.

—No digo tonterías.

—¿Te casarías conmigo? —me preguntó, frunciendo el ceño, como si le enfadara la insinuación—. ¿Aun con el riesgo de que tus hijos saliesen deformes? ¿De traer al mundo a inútiles que no son capaces de…?

Le callé con un beso. Él se sobresaltó, pero me lo devolvió.

—Sí —dije cuando nos separamos. Me agaché para quedar a su altura y mirarle directamente a los ojos—. ¿Por qué no lo hacemos?

—¿El qué?

—Casarnos.

—No digas tonterías —repitió él, removiéndose en el sitio.

—No, hablo en serio. —Busqué su mirada, que parecía evitarme, y le sostuve la barbilla con la mano, deteniéndola frente a mí—. Tengo que traer un marido a casa, y tú tendrás mayor apoyo si estás casado. Así ganamos los dos.

—No tengo nada que ofrecerte, Orianna. —Se deshizo de mi gesto e intentó ponerse en pie, pero le fallaron las fuerzas y cayó hacia atrás. Nella y yo le sostuvimos—. No puedo ni levantarme solo.

—Eso nunca me ha molestado —respondí, encogiéndome de hombros.

—Mi madre lo ha perdido todo. Nuestras propiedades, las casas, los ahorros… No tenemos nada más que la oikos.

—Ah, entonces nada. Dejaré de hablarte —bromeé—. Porque, claramente, solo lo hacía por el dinero que tenía tu madre.

—Lo haces por pena.

—¿Quieres dejar de decir tonterías? —Me puse frente a él y le cogí de la cintura, no con demasiada fuerza para no desestabilizarlo. Me acerqué a él, poniendo la otra mano en su nuca y le susurré—: No me imagino un marido mejor. Un hombre amable, inteligente y cariñoso.

—Pero débil.

—Tranquilo, la fuerza la pondré yo por los dos.

Me acerqué a él y rocé sus labios con los míos. Él me devolvió el gesto con un beso ansioso, hambriento. Enredó sus dedos en mi melena y tiró de mi cintura para quedarnos pegados el uno al otro. Cuando nos separamos, sentía su aliento contra el mío.

—Sabes que a nadie le gustará vernos casados, ¿verdad?

—¿Eso es un sí?

Esa misma tarde, acompañados por Nella, Egan y yo nos acercamos a la escultura de Atenea y, ante su mirada, nos tomamos por marido y mujer, prometiéndole a la diosa que formaríamos una familia. Tras jurar frente a ella, mirando a los ojos al que había sido mi mejor amigo durante toda mi vida, me sentía extraña.

—Enhorabuena —nos felicitó Nella con una sonrisa. Parecía realmente alegre.

—¿Ya está? ¿Ahora soy tu esposa? —le pregunté—. Pues me siento igual.

—Aún no del todo —me dijo él con una amplia sonrisa y sin dejar de mirarme los labios—. Nella, ¿puedes volver a casa y decirle a mi madre que hoy llegaré tarde? No le cuentes lo que ha sucedido hoy aquí.

Ella asintió y se alejó, dejándonos solos frente a la escultura. Nos cubría la vegetación de alrededor. Había muchas representaciones de la diosa en la ciudad, pero habíamos decidido alejarnos un poco para que nadie nos viera.

—Creía que era solo venir aquí y prometérselo a Atenea.

—Sí, esa es la primera parte.

Me besó de nuevo, pero esta vez saboreando mis labios con cariño, sin prisa. Sus manos recorrieron mi cuerpo y se detuvieron en mis caderas. Se separó un instante para mirarme a los ojos. No necesitamos ninguna palabra, entendí qué quería. Me subió un rubor al rostro que me avergonzó, pero, a fin de cuentas, estaba ante mi mejor amigo.

—¿Aquí? ¿Ahora?

—Solo si quieres —me dijo, alejándose un paso hacia atrás al malinterpretar mi pregunta.

—Sí.

Cubrí la poca distancia que nos separaba para encontrarme con sus besos y caricias. Le ayudé a tumbarse en la tierra, ante la atenta mirada de nuestra diosa. Me quité la túnica frente a él, mientras él parecía beberme con los ojos. Aunque nos habíamos visto desnudos infinidad de veces, aquella ocasión fue diferente.

Cuando me recosté a su lado, me envolvió de besos. Empezó en el cuello y fue bajando hasta llegar a mis pechos, que acarició con cariño y cuidado. Consiguió que se me escapara un gemido cuando apretó mis pezones.

—Llevo meses queriendo hacer esto —me susurró mientras seguía su camino de besos hacia mi vientre. Su contacto con mi piel me hacía sentir cosquillas y despertaba un calor que me llenaba por dentro—. ¿Puedo? —me preguntó, inclinado sobre mis muslos y buscándome con la mirada.

Asentí y cerré los ojos mientras sentía cómo su lengua

recorría mi cuerpo y se detenía en saborearme. La movía de lado a lado, lo que provocó que me estremeciera en el lugar.

—¿Estás...?

—Sigue —le corté, sin abrir los ojos y mordiéndome el labio inferior.

Él obedeció. Se le daba increíblemente bien. Hizo fuerza contra mi cadera para impedir que me moviera, mientras él jugaba a despertarme gemidos a lametones. Avivó en mí unas ansias que no había sentido nunca.

Cuando se separó un momento para coger aire, me abalancé sobre él. Le besé, catando mi propio sabor en sus labios, mientras él se derretía contra mi boca. Le quité la túnica como pude, a tientas y enajenada, hasta encontrarme con su miembro endurecido. Cuando lo toqué, él gimió y yo le sonreí. Palpé su erección y recorrí los nervios que envolvían su miembro. Él se removió en el sitio.

—¿Estás bien? —le pregunté, preocupada porque le estuviera haciendo daño.

Egan asintió y buscó de nuevo mis labios para volver a devorarme. Me puse sobre él, notando su erección contra mi vientre. Me incliné de lado a lado mientras el roce me hacía poner los ojos en blanco y él me gemía al oído. Sentía cómo me humedecía al verle así, sediento de mí.

—¿Puedo...? —le pregunté contra su oído.

—Por favor... —me suplicó él.

Ya estaba encima de él, solo tuve que acomodarme hasta sentir cómo su miembro y mi humedad se encontraban. Fue él quien empujó, levantando su cadera del suelo. Sentí cómo entraba en mí, poco a poco, con delicadeza. Dolió solo un instante, hasta que el placer se impuso.

—¿Estás bien? —me preguntó cuando me detuve.

—Sí —le dije—, me gusta tenerte aquí.

La mirada que me lanzó solo se la había visto una vez antes: aquel día en las termas, donde parecía devorarme.

Aquella noche lo hizo. Lo hicimos. Lo cabalgué hasta quedarme sin fuerzas, mientras sentía cómo su miembro me recorría y me estremecía de placer. Él acabó pronto, llenándome de su semilla.

Aunque aún bullía y sentía toda mi zona hinchada y ansiosa, me desmonté de él y me tumbé a su lado. O eso intenté, porque él me lo impidió cuando me obligó a sentarme sobre su rostro y así lamer mis labios hasta que colapsé de puro gozo.

Cuando caí rendida a su lado, cerré los ojos y le abracé, acunándolo contra mi pecho.

—No sé por qué hemos tardado tanto en hacerlo —le dije contra su oído.

Estábamos sudados y cubiertos de los fluidos del otro, incluida la sangre que había derramado al desvirgarme. Pero me dio igual. Ahí, entre sus brazos, me sentía feliz. Dormité unos minutos mientras él me acariciaba el pelo y me besaba allá donde viera piel desnuda.

—Como no llegues esta noche a casa —me susurró, despertándome—, tu madre entrará en todas las oikos hasta dar contigo.

—Que me encuentre. Así no tendré que contárselo.

—¿Te avergüenzas de mí? —me preguntó, medio en broma, medio en serio.

Levanté la cabeza y le miré directamente a los ojos.

—Jamás.

NELLA

Todo estaba cambiando y, al mismo tiempo, volvía a la normalidad. Dejé de ocuparme de mis tareas como administradora de las fincas agrícolas de mi ama porque ya no eran de su propiedad, y regresé a mis labores de asistente doméstica. Egan me había reclamado y Agatha no podía negarle algo así, no ahora que se acercaba su mayoría de edad.

—¿Qué será lo primero que hagas cuando cumplas los veinte? —le pregunté.

Había ido a despertarle bien temprano por la mañana y acicalaba su cabello frente al espejo. Su reflejo me contempló.

—Entraré en la asamblea —dijo, con una sonrisa—. Tanto me da si no hay nadie dentro, quiero pisar ese suelo.

—Tendrás que contarnos cómo es. —Me había contagiado su sonrisa—. Ni Orianna ni yo podremos entrar nunca.

—Pegaré un par de gritos en vuestro honor. —Lo miré confundida. Solo sabía que allí era donde se juntaban los hombres para decidir las cosas importantes. Al verme, él aclaró—: Es como se vota.

—¿A gritos?

—A gritos.

—Espartanos… —pronuncié, poniendo los ojos en blanco. Egan rio.

Cuando estuvo listo, me llevó con él a sus labores diarias. Hacía poco que las Carneas habían pasado y el Agetes no le reclamaba tanto, así que fuimos a visitar a Fannie, que recibía en su casa a un grupo muy joven de niñas. Aunque Egan ya no era su aprendiz, al menos de manera oficial, siempre se acercaba a echarle una mano.

—Te sienta bien enseñar —le dije cuando salimos y nos dirigíamos al templo de Apolo. Como él me miró extrañado, aclaré—: Cuando hablas con esas niñas de aritmética, tienes una sonrisa enorme en la cara.

—Sin ti no tenía con quién hacerlo —dijo, mirando al frente. Se giró un momento para dedicarme una sonrisa—. Además, ellas no me replican tanto como tú.

—¡Yo no te replico! —le respondí, divertida—. Solo tengo muchas preguntas.

No me contestó, porque no hacía falta. Ambos sabíamos que nos habíamos echado de menos. Intentábamos hacer ver que no había pasado nada, aunque se sentía algo forzado. En parte, porque yo seguía temiendo que, en cualquier momento, algo volviera a romper nuestra amistad, si es que un amo puede ser amigo de su esclava.

Conocí al Agetes cuando Egan me hizo acompañarle hasta el templo. Siempre me había parecido un espartano extraño, fuera de lo habitual. Lo había considerado una persona extravagante, sin más. Pero aquel día me causó una mala impresión. Era una persona muy dispersa. En sus conversaciones divagaba de una idea a otra, dejando con la palabra en la boca a sus interlocutores, convirtiéndose siempre en el centro de atención. Cuando llegamos, me contempló con los ojos entornados, pero me ignoró durante toda la mañana.

Por suerte, Egan no dedicaba su tiempo solo a conversar con el viejo sacerdote, sino que estudiaba. El de Apolo era un templo dedicado principalmente a la música, aunque también discutían sobre filosofía y medicina. El Agetes parecía especialmente interesado en todas las disciplinas y les mostraba textos y enseñanzas de sabios de diferentes ciudades de Grecia. Yo me quedaba tras Egan, empapándome de toda la nueva información que me alcanzaba. No tenía nada que ver con lo que enseñaba Fannie a las niñas —saberes prácticos para la vida doméstica—, sino que era todo mucho más abstracto. Aquel primer día que estuve con Egan, por ejemplo, discutían sobre el origen del universo y la humanidad.

—¿Qué más dará qué nos haya hecho ser como somos? —le pregunté en cuanto nos alejamos un poco del resto de los aprendices—. ¡Es una pregunta absurda!

—¿Te parece poco importante entender cómo funciona el mundo?

—¡Los dioses sabrán qué normas nos han impuesto! ¿Por qué perder el tiempo descifrándolas si solo ellos son capaces de entenderlas?

—Oh, eres de esas... —Se detuvo y me miró, enarcando una ceja.

—¿De esas?

—Una incrédula. —Puse los brazos en jarras y no contesté—. De las que prefieren mirarse el ombligo antes que mirar a los cielos —añadió.

—No estamos hablando de los cielos —insistí—, pues ya sabes que me gusta saber la posición de cada estrella. Estamos hablando de algo tan grande que pocos mortales serían capaces de entenderlo. ¿No es mejor dedicarse a contar estrellas para conocer el mundo en el que vivimos en lugar de bailar en un debate dialéctico que no nos lleva a nada?

—Serías un aprendiz de Agetes ejemplar —me dijo, ampliando su sonrisa.

—Lo dices por decir.

—Claro que no —replicó sin más, y echó a andar.

Así se sucedieron los días, enredados en la misma rutina. Por las mañanas, asistíamos al Agetes. Aunque Egan seguía sin ser uno de sus aprendices oficiales, convivía con ellos como uno más. No vestía sus túnicas ni llevaba los símbolos del sacerdocio, pero sí contaba con su protección y apoyo. Por las tardes, mi madre me reclamaba para sí. Ella se ocupaba de las tareas de las dos y me mandaba a mí al monte con la burra. Seguía preparando las trampas con las que capturar algún que otro conejo despistado. Al volver a casa con las piezas cobradas, mi madre se las quedaba y se ocupaba de llenarse los bolsillos.

—Está a buen recaudo —me dijo cuando le pregunté por la caja en la que guardaba el dinero. La había cambiado de sitio, pues en el escondite de siempre solo encontré las tablillas—. No debes preocuparte, Nella. Velo por ambas, y estamos a muy poco de poder comprar nuestra libertad.

Yo sabía que esa libertad me alejaría de mi servidumbre, que me convertiría en una mujer libre y que podría proporcionarme un lugar en Esparta. O bien podría decidir largarme de allí, alejarme de todo lo que había conocido —dolor, angustia, desesperación— para formar mi nuevo universo en un lugar distinto.

Pero, si me iba, ¿con quién contaría estrellas? Cuando caía la noche y la cúpula celestial se llenaba de antiguas leyendas, Egan me llamaba para que fuera con él y Orianna. Aprovechando que todos se resguardaban en sus casas al calor de la lumbre, ellos deambulaban por la ciudad para mirar a las estrellas y contar historias. Todo volvía a ser como antes. Habíamos crecido un poco, aunque sentía de nuevo que formaba parte de un hogar. Mi madre me llamaba idiota por fantasear con que mis amos eran también mis amigos, pero necesitaba refugiarme en esa idea para poder soportar mi día a día.

Toda esta fantasía se desdibujó cuando el ama encontró las monedas.

—¡¿Quién te crees que eres?! —me gritó—. ¡¿Cómo puedes robarme dos veces, rata asquerosa?! ¿En qué pensaba al meterte de nuevo en mi casa? ¡Justo ahora que la familia está en su peor momento!

Justo en ese instante Egan llegó al patio interior, donde me había acorralado su madre, corriendo a trompicones con la muleta.

—¿Qué pasa, madre? ¿Te has vuelto loca?

—¿Loca? ¿Esto te parece de locos? —Tiró a los pies de su hijo la bolsa de cuero de Alysa. El suelo se llenó de monedas de oro, plata y cobre—. Hay por lo menos tres minas.

—Dos y media —la corregí—, más o menos.

—¿Encima te crees con el derecho a replicarme?

Levantó la mano para golpearme, pero el grito de Egan la detuvo:

—¡Quieta, madre!

—Ya nos robó una vez —insistió ella. Egan me miró a los ojos y sentí cómo la vista se me nublaba—. ¿Seremos tan estúpidos como para dejarnos robar una tercera?

—¿Este dinero es tuyo, Nella? —me preguntó él, ignorándola.

—Parte de él, sí —respondí sin apartar mis ojos de los suyos.

—¿Lo has robado?

—Jamás os robaría nada. Ni a ningún otro espartiata —añadí por si acaso.

—¿Cómo lo has conseguido?

Vacilé. Desvié la mirada hacia el montón de monedas y luego volví la vista hacia Egan. Él esperaba pacientemente, aún de pie y con el pecho agitado de haber venido corriendo hasta allí.

—Consigo algunos conejos en mis viajes al campo y los vendo en el mercado.

El ama Agatha cruzó los brazos sobre el pecho, pero permaneció en silencio viendo cómo actuaba su hijo.

—¿Sabes que las ilotas tenéis prohibido cazar?

—Sí.

—¿Y por qué lo has hecho?

Ahí estaba la pregunta. Desvié la mirada hacia el ama Agatha, que apretaba la mandíbula con fuerza, y volví de nuevo la vista hacia Egan. A diferencia de su madre, él me contemplaba con curiosidad, no con enfado ni ira. Cogí aire para decir la verdad por primera vez en muchos años:

—Porque una hija debe obedecer a su madre.

No había confiado siempre en Nella, pero sí lo hice entonces. Mi madre le lanzó una pregunta tras otra, aunque no hizo falta ejercer demasiada presión, porque nos lo contó todo. Absolutamente todo. Era como si Nella llevara toda la vida guardando un montón de mentiras en su interior y ahora se desbordaran.

Mi madre se horrorizó ante los acuerdos a los que Alysa había llegado a sus espaldas con los comerciantes, y yo lo hice ante el trato que había alcanzado con su propia hija.

—Salgo a cazar —dijo, mirándonos alternativamente a mi madre y a mí. No me pasó desapercibido que hablaba apretando con fuerza los puños—. Por orden de mi madre. Despellejamos las piezas y las vendemos en el mercado. Decimos que vienen de su parte, ama, para que nos acepten el trueque sin hacer demasiadas preguntas.

—¿Todo este dinero lo habéis conseguido así? —preguntó mi madre, haciendo sonar la bolsa de cuero.

Nella negó.

—Cuando llegué a esta casa, ya tenía al menos una mina y media ahorradas.

—Necesito comprobar lo que me estás diciendo.

—Creo en ella, mamá —añadí yo, y Nella me dedicó una sonrisa.

—Lo tiene todo anotado —les dije.

La acompañamos hasta la casa que compartía con Alysa, sacó del pequeño almacén una tablilla de cera y la puso sobre la mesa. Allí, en letra minúscula, estaban apuntadas cada una de las transacciones que había ejecutado Alysa.

—Se ha llevado un buen pellizco de cada una de las compras que le encargué…

—Un poco menos de una cuarta parte —matizó Nella—. Según el comerciante y los favores que le debían.

Mi madre se dejó caer en el modesto asiento de aquella casa, mientras contemplaba y revisaba las anotaciones. Nella estaba frente a ella de pie, pero me miró a mí cuando dijo:

—No deseo ocultarle nada más. Me dolía que me viera como a una ladrona, amo a su familia y el trato que me ha dado.

—¿Por qué permitiste que te azotaran? —se me escapó de los labios, casi olvidando que mi madre se interponía entre nosotros.

—No tenía forma de evitarlo. Confiáis en ella.

—Ya no —dijo mi madre con una voz grave que pocas veces le oía. Se levantó, llevándose consigo la tablilla. Al salir afuera, ordenó a gritos a los ilotas que rondaban la casa—: ¡Traedme a Alysa cuanto antes!

Cuando nos vimos solos, abracé a Nella.

—¿Por qué no me habías dicho nada?

—No me hablabas —susurró con la voz temblorosa.

—Perdona. —Me separé de ella un poco para mirarla a los ojos y decirle, con firmeza—: No vuelvas a permitir que no te escuche, ¿vale?

—¿Aunque lo que tenga que decirte no te guste?

—Especialmente si no va a gustarme.

Mi madre estaba hecha un basilisco. Permanecía impasible frente a la casa de los ilotas, con los brazos cruzados sobre el pecho y la mirada firme en un punto indeterminado del paisaje. Pensaba y calculaba, mientras los labios se le fruncían más y más.

Alysa no tardó mucho en llegar del centro del pueblo, con una cesta cargada de verduras y acompañada de dos ilotas. Se le borró la sonrisa al ver a mi madre. Ella, al igual que yo, sabía descifrar la ira en el rostro de su ama.

—Mi señora —la saludó servilmente y agachó la cabeza frente a ella—. ¿Me ha hecho llamar?

—Explícate —ordenó mi madre, arrojando a sus pies la bolsa de tela, que resonó al chocar contra las baldosas del suelo. Alysa dirigió la mirada a su hija, que permanecía a mi lado, con la cabeza gacha y las manos entrelazadas a la espalda. Como tardaba en responder, mi madre repitió su orden—: Explícate, Alysa.

—Mi señora —sonrió con calidez—, son mis ahorros de toda la vida. De las pagas que me han ido dando a lo largo de todo mi servicio como ilota, tanto en las termas como al lado de su familia. Con ello compramos algunas cosas, pero la mayoría lo guardamos.

—¿Has conseguido casi tres minas con propinas de tus amos?

Ella vaciló un segundo, desviando la mirada de nuevo a Nella.

—Sí. Además de vender algunas de nuestras pocas posesiones cuando lo necesitamos. Si me permite, ama, ¿a qué se debe su enfado?

Mamá ignoró su pregunta.

—Por los años que llevas a mi servicio, Alysa, te voy a dar la opción de decirme la verdad. ¿De dónde has sacado tanto dinero?

—Si mi ama necesita algo de lo que tengo, solo tiene que pedírmelo. Me honraría...

—¡No desvíes la conversación, Alysa! —gritó mi madre, lo que sorprendió tanto a la ilota que dio un paso hacia atrás—. Te saqué de las termas porque vi en ti a una esclava útil. Te di un hogar propio, un trabajo digno y un estatus. Te he permitido adoptar a una hija y traerla contigo para formar tu propia familia. ¿Por qué deseas mi destrucción?

—Yo jamás...

—¿Ordenaste a tu hija robar mis contratos? ¿La obligas a salir a cazar para conseguir más dinero? ¿Hablas en mi nombre para conseguir tratos de los que solo tú te beneficias?

Alysa agachó la mirada y, cuando volvió a alzarla, no reconocí en sus ojos la mirada amable que siempre me dedicaba cuando me cuidaba. No miró a su ama ni a mí, sino que dirigió sus palabras a Nella:

—Te alías con ellos porque crees que te van a proteger, Nella. Ellos no harán lo mismo contigo cuando los necesites de verdad. Eres tan prescindible para ellos como lo soy yo ahora mismo. Creía que había criado a una niña más inteligente.

Y tras sus últimas palabras escupió a los pies de Nella, que había levantado la mirada para contemplar a su madre. Quiso acercarse a ella, pero los dos ilotas que la habían llevado hasta allí la agarraron de los brazos.

—Tu vida es mía, Alysa. No volverás a castigar ni a ofender a ninguna familia.

Desenfundó una pequeña daga que llevaba siempre en el cinto y se acercó a ella mientras los otros esclavos la retenían. Nella dio un paso hacia delante, tal vez para intentar detener a mi madre. Pero fui yo quien la detuvo a ella en el sitio con un tirón de su túnica.

Aparté la mirada cuando mi madre apuñaló a la esclava, pero Nella contempló toda la escena con lágrimas en los ojos. Fue entonces cuando entendí que aquello que me repetía tantas veces era literal: que su vida estaba en mis manos. ¿Era realmente justa una amistad donde una de las partes podía actuar así?

Perder a Alysa fue un duro golpe. No solo por dejar de tenerla en casa, sino porque me di cuenta de que lo que conocía de ella solo era una fachada. Una máscara. Desde que tengo memoria la recuerdo en mi hogar, ocupada de mi bienestar y de la seguridad de la casa y de la familia. Fue ganándose la confianza de mi madre hasta convertirse en la administradora de las fincas agrícolas que poseíamos.

Me dolía haber confiado en ella mucho más que en Nella, haberme dejado llevar por las ideas e impresiones de mi madre respecto de mi amiga, en lugar de juzgar por mí mismo lo que estaba pasando delante de nuestras narices. No volvería a cometer de nuevo ese error.

—¿Qué pasará con Nella? —le pregunté a mamá tras la ejecución—. Ayudó a Alysa a llevar a cabo sus planes, pero nos ha dicho la verdad y…

—¿Temes que le imponga un castigo?

—Ya recibió azotes siendo inocente.

Ella asintió y permaneció en silencio durante unos segundos.

—Lo hecho, hecho está —sentenció—. Si lo deseas, seguirá a nuestro cuidado. Dentro de poco te convertirás en el cabeza de familia y tendrás poder de decisión.

—Lo sé —afirmé con una sonrisa—. Nella se queda.

De hecho, mi primera decisión como hombre adulto y ciudadano de Esparta fue regalarle una de las fíbulas de plata de mi padre, una de las pocas joyas que habíamos podido conservar después de que nos robaran en casa tras el golpe de Estado.

—No puedo aceptarlo, Egan. No después de… —se interrumpió, con la voz temblorosa—. Vuestra familia necesita dinero y esto debe de valer mucho.

—No es cuestión de dinero —le dije, ignorando su negativa y colocándoselo en la túnica—. Llevar un emblema de la familia te protege. Es una forma de reclamarte como mía ante el resto de los espartanos.

—Ya lo soy. Tu madre…

—Es más complicado que eso.

Me había encerrado con mi madre en sus dependencias privadas y revisado a conciencia los contratos; entre ellos, el que hacía referencia a mi amiga. Era una ilota, una esclava del pueblo de Esparta y, técnicamente, no podía comprarse, sino que estaba a disposición de cualquier espartiata e, incluso, de algunos periecos. Mi madre hacía generosas donaciones para conseguir tener el control de dos esclavas en exclusiva y los reyes se lo concedían, pero seguían siendo de su propiedad.

—Por eso es importante dejar claro que me perteneces —le dije al terminar de explicárselo—. Es una forma de protegerte. No estamos en la mejor de las situaciones para seguir haciendo donaciones.

—¿Podría reclamarme cualquier otro?

—Exacto. Por eso Alysa estaba ahorrando para pagar su libertad. Sabía esto y que la familia perdería la capacidad de seguir protegiéndoos. Quiero serte sincero, Nella. Por eso he decidido devolverte esto.

Saqué la bolsa de piel. Había discutido con mi madre, y mucho, aunque finalmente llegamos a un acuerdo.

—¿Qué? —me preguntó Nella—. No. Eso no es mío.

—Sí que lo es. La carne es bastante cara. Hemos hecho cálculos y te hemos devuelto ochenta dracmas. Es más o menos lo que tu madre ganó por la carne que tú cazabas.

Ella asintió y aceptó las monedas.

—Gracias. —Me miró a los ojos y repitió—: Gracias.

Mi segunda decisión como hombre adulto y ciudadano espartano de pleno derecho no fue tan gratificante. Sabía que aquella semana se reunía la asamblea para votar una de las nuevas leyes de Cleómenes, había escuchado al Agetes hablar mucho de ello. Sabía a qué hora iban a reunirse los magistrados y me presenté allí con puntualidad. Todos estaban ya dentro y, cuando pisé aquel suelo embaldosado, sentí cómo todas las miradas se giraban para contemplarme y los susurros se multiplicaban por doquier.

Encontré al Agetes sentado en uno de los bancos, rodeado de su séquito, y me acerqué a él, ignorando los murmullos que despertaba mi presencia allí.

—Buenos días, venerable sacerdote. Todo un placer que coincidamos aquí, en esta digna asamblea de Esparta.

—No sabía si vendrías, Egan —dijo, midiendo bien sus palabras, mientras miraba alrededor. Era un hombre extraño, de los pocos que se habían dignado a conocerme de verdad. A escucharme—. Acompáñanos y ameniza nuestra espera. Parece que el eforado se ha enredado en las sábanas hoy.

Sonreí y me coloqué tras él, sin quitarle el asiento a nadie, protegido por su influencia. La conversación del grupo se reanudó, acostumbrados a mi presencia, pero podía sentir las miradas clavadas en mi nuca como puñales.

—¿Qué hace este aquí? —retumbó una voz en la sala que se hizo paso a través de la multitud. Era Damon. ¿Quién, sino?—. ¿Desde cuándo se le permite votar a alguien criado entre mujeres?

La suya fue la voz que lo desencadenó todo. Le siguió un par de segundos de silencio. Entonces todo el edificio resonó con las quejas de los hombres allí reunidos:

—¿Un tullido va a tener los mismos derechos que yo?

—¡Qué se vaya al templo de Afrodita y no moleste a nadie!

—¿Estamos locos? ¿Qué será lo siguiente?

Mientras esto ocurría, yo permanecí en el sitio, ignorando las voces. El Agetes pretendió continuar con la conversación, hasta que uno de los suyos se hizo eco de la queja generalizada:

—No nos beneficia tenerlo cerca, Agetes.

—Egan... —me llamó él—. ¿Has pedido permiso a...?

—Por todos los dioses, ¿qué está ocurriendo? —exclamó alguien desde el púlpito.

Era uno de los éforos, y tras él venían el rey Cleómenes y su hermano Euclidas, quien había usurpado el trono que correspondía a Arquidamo, perteneciente a la otra línea real.

Las voces se fueron apagando con su entrada, mientras los gobernantes miraban a los hombres allí reunidos, intentando averiguar el origen de tanto vocerío.

No había pasado tanta vergüenza nunca.

—Egan, hijo de Darius y Agatha, ha cumplido la mayoría de edad —dijo el Agetes, alzando la voz.

—El tullido —aclaró Damon, pues no me conocían por mi nombre—. No ha formado parte de la agogé. Por los dioses, ¡se ha pasado toda la vida entre las faldas de su madre! ¿Qué se supone que va a hacer aquí?

—He aprendido... —empecé a decir, pero las voces de enfado se impusieron a mis palabras, silenciándome—. Junto a ellas he podido...

—¿Quién es ese tal Egan? —preguntó un éforo.

Levanté la mano, aunque era fácil verme: todos me señalaban.

—Egan, hijo de Darius y Agatha —pronunció, mirándome directamente. Me atreví a cabecear un saludo—. Como éforo de nuestro pueblo, te pido que abandones la asamblea de inmediato. Este no es tu lugar.

Eso mismo era lo que llevaban diciéndome toda la vida. ¿Cómo se me había pasado por la cabeza intentarlo siquiera? Me sentí avergonzado y enfadado por quien era y por quien podría llegar a ser según mi madre, Nella y Orianna. Las tres me habían metido en la cabeza que sí, que era alguien útil para Esparta. Pero Esparta volvía, otra vez, a rechazarme.

Selasia, cuatro horas después de la batalla

Deben detenerse dos veces más para esperar a Egan. El pequeño se remueve en su pecho, inquieto por el ajetreo. Aprovecha para volver a alimentarlo con la leche de cabra. Cuando Egan las alcanza, le da unos minutos para reposar antes de reanudar la marcha.

—Nella, para —le dice él con la voz ronca. Ella se gira—. No podréis avanzar si cargáis conmigo.

—No digas tonterías —replica ella.

—Podemos ayudarte, papá —insiste Adara—. Más adelante...

—Si fuerais sin mí —la corta su padre—, alcanzaríais antes la parte más alta de la colina y podríais refugiaros en alguna de las cavernas.

Nella sabe que lo que dice es cierto, pero se niega a aceptarlo.

—Si seguimos a este ritmo, llegaremos antes del mediodía arriba de todo y...

—No puedo mantener este ritmo. —Egan aprieta los labios y mira hacia abajo, conteniendo las lágrimas—. No puedo seguiros. Y no pienso permitir que os pase nada por culpa de mis piernas.

—Cargaremos contigo —propone Adara.

—Peso demasiado, hija. El camino es estrecho y no voy a ponerte en peligro.

—Mamá no querría que te dejáramos atrás —dice Cara, y les hace enmudecer a todos.

Egan mira a Nella, tiene los ojos húmedos. No han querido pensar ni hablar de ella. No delante de las niñas. No cuando aún tienen que recobrar fuerzas para ponerse a salvo. Adara se cruza de brazos y asiente a las palabras de su hermana.

—Lo último que me dijo mamá es que te protegiera —sentencia.

Egan se acerca a ella. Apoya todo su peso en una de las muletas para extender un brazo y acariciarle la mejilla.

—Tu madre jamás me perdonaría que os pusiera en peligro, Adara. Jamás. —La cría se dispone a protestar, pero él se lo impide—. A mí me ordenó protegeros a toda costa.

—Egan, no sé... No... —empieza Nella, sin saber qué decir.

Cara se separa de ella y abraza una de las piernas de su padre.

—¿Y si te cambio una de las mías por una de las tuyas?

Los tres sonríen.

—Entonces iría cojo... Más aún.

Adara ríe y se le escapan todas las lágrimas que tenía acumuladas en el pecho.

—No puedes quedarte, papá.

—No me quedaré. Bajaré al pueblo y les ayudaré. Buscaré a tu madre.

—Egan... —Nella se acerca a él y le pone una mano en el hombro.

Él asiente mientras seca las lágrimas de su hija.

—Cuida de tu hermana y de tu madre.

—Egan... —repite Nella—. No puedes irte, no puedes

dejarnos. —Se pone frente a él y le acaricia la mejilla—. No me dejes sola.

Él acerca los labios a los suyos y la besa.

—Te quiero, Nella —dice contra su boca—. Por favor, vete y ponlas a salvo.

Aunque le parece imposible, contiene las lágrimas mientras lo mira a los ojos. Esos que siempre la han mirado con amabilidad, que han visto más en ella que una cabeza rapada, con quien ha tenido las conversaciones más interesantes de toda su vida.

—Te quiero, Egan.

—No. No. No —dice Adara, alzando la voz—. No te puedo dejar, papá. No puedo. No quiero. No... no...

—Haz el favor de serenarte —le ordena él en tono marcial. La niña se sobresalta y se pone firmes, casi en un acto reflejo—. Os quiero más que a mí mismo, Adara. Vas a tener que ser fuerte. Tanto como tus madres.

—Seré tan fuerte como tú, papá. —A Egan se le empaña la visión—. Porque la fortaleza no solo es tener un cuerpo fuerte.

—Cuando encuentres a mamá, ¿volverás? —le pregunta Cara, aún abrazada a él.

—Lo intentaré, mi vida. Con todo mi corazón.

—Vámonos —dice Nella.

Aprieta de nuevo el hombro de Egan y guía a las niñas por el camino, por delante de ella. Adara abre la marcha y Cara pisa donde lo hace su hermana. Siente la mirada de Egan puesta en ellas, pero sabe que si se gira, no será capaz de dar un paso más, igual que le ocurrió a aquel héroe al bajar al Inframundo. Y de la misma forma que le sucedió al mítico Orfeo, antes de perderse en la siguiente vuelta del camino, mira por última vez atrás. Egan la observa fijamente y puede leer en sus labios, en su mirada y en su corazón todo el amor que le dedica. El pequeño balbucea algo en sueños, lo coloca bien contra su pecho y sigue avanzando. Se despide de uno de sus amores recordando el calor de sus labios contra los suyos.

Siguen caminando durante todo el día y por fin llegan a la parte alta de la colina, desde donde pueden ver lo que sucede alrededor. Tal y como sospechaba, varios grupos de soldados macedonios están moviéndose hacia las zonas montañosas en busca de los huidos. Siguen estando en peligro, pero conoce ese terreno como la palma de su mano y sabe que existe un paso estrecho que comunica las montañas y les permitirá cruzar la frontera sin ser detectadas.

Así, paso a paso, Nella deja atrás el tañido de la guerra. Huye como lo intentó hacer su madre y, aunque paga un alto precio para salvarse, se lleva consigo a las tres personas que más quiere en el mundo.

14

ORIANNA

El golpe de Estado había supuesto una desgracia para la familia de Egan. A mí, en cambio, me dio un respiro. Dorien y Leonel recibieron una oikos cada uno y allí se largaron con sus mujeres y los críos que iban pariendo. De golpe y porrazo pasé de estar rodeada de mujeres entrometidas y críos gritones, llorones y cagones, a quedarme de nuevo sola.

O más o menos sola. Xander estaba con el ejército la mayor parte del año, así que me quedaba con mi madre, Leah y sus dos hijos. Ya había parido al segundo: un niño de melena morena y piel oscura. Como había nacido un mes antes de lo previsto y algo enclenque, lo llamaron Keelan, como la palabra que usamos para llamar a los flacos, aunque enseguida se aferró a la teta de su madre y engordó como un cerdo.

Como futura matriarca de la familia, se preocupó por mi futuro y heredó de mi hermano su pretensión de presentarme a sus amigos para que me centrara en buscar uno que fuera de mi agrado.

—Un hoplita tiene un buen sueldo —me decía—. Conozco a un tercer hijo a quien ahora le han dado una tierra muy fértil y que busca una esposa que haga riqueza con ellas.

—Me casaré con quien quiera —repetía, una y otra vez.

—Y tanto, cuñada. Pero búscate a un hoplita, desaparecen la mayor parte del año.

Yo dibujaba una amplia sonrisa en mi boca. Ese debía de ser el secreto de un matrimonio feliz, como todos los que las hembras de mi familia habían conocido: casarse con un miembro del ejército espartano al que solo veían durante unos meses al año.

No le dije a nadie que ya estaba casada. Como mi rutina incluía pasar tiempo con Egan, nadie sospechó de mi cercanía con él. Nella nos cubría cuando deseábamos pasar más tiempo juntos, valiéndonos de la naturaleza para escondernos. Sentía que ese secreto que nos unía me hacía más fuerte, feliz y alegre. Nunca había pensado en el matrimonio de esa forma, aunque con Egan todo era mucho más fácil.

—Mi cuñada insiste en que me case con un hoplita —le dije. Estaba adormecido sobre mi pecho—. Así podría estar casi todo el año sin tener que aguantarle.

—Nadie se casaría con Xander si tuviera que estar a su lado todo el año —bromeó él.

—Eso es verdad.

Le acaricié el pelo para peinárselo, pues se le había revuelto y le tapaba el rostro. Sonreía, manteniendo los ojos cerrados. De pronto los abrió y me miró.

—Creo que es hora de que lo hagamos público.

—No es necesario, no hasta que... —Detuve mis palabras y le miré frunciendo el ceño.

—Hoy hace ya dos lunas desde tu último sangrado.

—¿Dos lunas ya? —pregunté, agitándome e incorporándome en el suelo—. Pensé que tardaríamos más... ¡Por todos los dioses!

—Eh, ¿qué pasa? —me preguntó mientras se incorporaba y me acariciaba la mejilla.

—Que es asqueroso. Y doloroso. No pensaba que fuera tan rápido y...

—Estaré contigo.

—Los hombres no entran en...

—Nadie podrá impedírmelo —me dijo, con una sonrisa—. Pienso estar a tu lado en todo momento. —Y me besó, calmando un poco mis miedos—. Bueno, en casi todos.

—¿A qué te refieres?

—Vas a tener que decírselo primero a Xander. ¿No vuelve el ejército en unas semanas?

—Mierda.

—¡Esa coincidencia bien parece una broma pesada de Zeus!

Estaba aterrorizada, pero me acogió entre sus brazos y me hizo recuperar el calor y la seguridad que había perdido. Me repitió al oído que estaría siempre conmigo y eso me ayudó a reunir el valor suficiente.

Fueron las semanas más largas de toda mi vida. Seguí haciendo vida normal, para que nadie sospechara, hasta que una mañana el ejército irrumpió en la ciudad.

—Pero ¿tú dónde tienes la cabeza? —me reprendió Ellen. Había parido ya a su crío y se lo había dado a Rena mientras peleaba contra mí.

—Solo te estaba dando una ventaja por si te habías oxidado después de parir.

—Ahora soy más fuerte que nunca, necia.

Y me dio una buena tunda, por supuesto; yo tenía la cabeza en mil cosas. Aquel mediodía, en lugar de acompañarlas a las termas, volví a casa. Me quedé en el umbral de la puerta y cogí aire para infundirme un poco más de valor.

Entré y ahí estaba Xander, lanzando por los aires a su pequeño, que ya trotaba por el suelo. Las risas se extendían por la casa, mientras Leah acunaba al recién nacido.

—Llegas pronto —me saludó mi cuñada.

—Tengo que contaros algo —dije, yendo al grano. Miré alrededor—. ¿Y madre?

—En el gineceo.

Ella era el escudo perfecto para protegerme de la tiranía de Xander, que en ese instante se llevaba al pequeño a su regazo.

—¿Qué ocurre? ¿La hago llamar?

Asentí y salió de la sala. Unos minutos después apareció seguida de mi madre.

—¿A qué tanta urgencia?

Todas las miradas estaban puestas en mí. Era ahora o nunca.

—Estoy… estoy embarazada —dije a trompicones.

—¡¿Qué?! —exclamó mi hermano, atónito.

—Estoy… embarazada —repetí con lentitud y alargando las vocales.

—¡¿Qué malnacido te ha hecho eso?! —Xander bajó al niño al suelo y se puso en pie—. Pienso darle una paliza.

—¿Qué? ¿Por qué?

—Nadie toca a mi hermana ni le hace daño.

—Si ese fuera el caso, me basto y me sobro para defenderme.

Mi madre sonrió y eso me calmó un poco.

—Lo que tu hermano quiere decir —intervino ella, con una tranquilidad que rompía la tensión entre nosotros— es que quiere asegurarse de que esa criatura se críe con un padre.

—Eso. —Xander asintió—. ¿Quién ha sido?

Los miré a los tres, que esperaban una respuesta. Xander se cruzó de brazos.

—Mi marido.

Silencio.

Más silencio.

Cruzaron las miradas entre ellos.

—¿Por qué no me lo has presentado? —me preguntó mi madre, algo ofendida.

—No pensé que sucedería tan rápido.

—¿Quién es? —preguntó Xander, con una alegría genuina—. ¿Quién ha conquistado por fin a mi hermana?

Aquello me estaba costando la vida... Respiré hondo y lo solté por fin:

—Egan.

Un manto de silencio cayó sobre nosotros, y me los imaginé intentando averiguar quién era ese Egan del que les hablaba.

—¡¿El tullido?! —gritó Xander.

—Hija... —empezó madre, pero mi hermano la interrumpió.

—¿Cómo te atreves a ofendernos de esta manera? ¿Es que eres estúpida? ¡Si ahora su familia está arruinada! ¡Te van a salir los hijos deformes! ¡Y solo es medio hombre!

Sus palabras me calentaron y no pude evitar provocarle:

—Él al menos se acuesta conmigo y me ha dejado embarazada.

Esquivé su derechazo de puro milagro.

—¡Serás hija de puta! —me gritó.

La pelea se detuvo de inmediato en cuanto mi madre le dio una colleja tan sonora a Xander que lo dejó plantado en el sitio.

—Como vuelvas a faltarme al respeto de esta forma, hijo, te cortaré la lengua.

Mi madre nunca amenazaba en vano.

—Basta ya todo el mundo —espetó Leah, cargándose al crío al cuello y poniéndose de pie—. Si os queréis pelear, iros a las Platanistas.

—Pero... —empezó Xander.

—No —le cortó ella, y dirigiéndose a mí—: ¿Te has casado a los ojos de Atenea? —Asentí—. ¿Egan va a reconocer al hijo como suyo? —Volví a asentir—. Pues no hay más que hablar. Vete a calmar esa ira fuera de mi casa, esposo, y vuelve solo cuando estés más tranquilo. Esta noche celebraremos las nupcias de Orianna y la acompañaremos hasta su nuevo hogar. —Nos quedamos todos estupefactos por su templanza—. ¿Entendido?

Asentimos los dos, casi al unísono. Ella me cogió del brazo y me llevó al gineceo, para alejarme de su marido.

—¿Por qué no me lo habías dicho? —me preguntó—. Me habrías ahorrado el ridículo hablándote de otros jóvenes y atractivos guerreros.

—Pensé que no lo aprobarías.

—No tengo que aprobar tus decisiones, Orianna. Ni tu hermano ni tu madre. Al final eres tú la que escoges con quién quieres casarte. —Se rio de pronto—. Vas a tener que aguantar a tu marido durante todo el año, porque ese no se irá a ningún lado. ¿Te verás capaz?

Sonreí.

—Siempre.

EGAN

Aunque mi madre se enteró de nuestra unión en la cena, junto al resto de los vecinos, no pareció sorprenderse. Las madres intercambiaron palabras susurradas y se abrazaron, aceptando formalmente nuestro compromiso. Orianna me sonreía detrás de la suya y a mí se me escapó una risa nerviosa. Era consciente de las murmuraciones a nuestro alrededor, pero me daban igual.

Los ilotas prepararon manjares deliciosos, y comimos y bebimos hasta bien entrada la noche. Cuando llegó la hora de marchar, me puse en pie y tendí la mano hacia Orianna. Ella apuró su copa y se levantó con ímpetu. Me tomó de la cintura y me besó. Sabía a vino especiado y a aceitunas.

—Llevaba tiempo queriendo hacer esto en público —me susurró al oído.

—¿Vamos a casa?

Me sonaba rara aquella palabra: «casa». Siempre me había sentido pequeño rodeado de tantas habitaciones vacías. Pero ahora mi hogar se llenaba. Orianna asintió.

Según el rito, yo debería guiarla hasta allí, seguidos primero de mi madre y después de toda la familia de mi esposa, que no era poca. Sin embargo, Orianna se puso a mi lado, sin soltar mi mano, y caminamos juntos subiendo la pequeña pendiente hacia nuestro hogar.

—Bienvenida a casa, hija —le dijo mi madre, besándole la frente una vez nos detuvimos en la puerta.

—Sé buena, Orianna —se despidió la suya—. Demuestra el valor de las mujeres de nuestra familia y...

—Lo haré, madre —la cortó Orianna.

Entonces me soltó la mano un momento para acercarse a ella y abrazarla. Galena se quedó parada en el sitio, incómoda, hasta que devolvió el abrazo a su hija, hundiendo la mejilla en su cabello. Le susurró algo al oído y, cuando se separaron, me pareció ver un par de lágrimas a punto de salir de los ojos de mi amiga. Mi mujer.

Volvió a mi lado y la tomé de la mano. Entramos en casa junto a mi madre, dejando a su familia en la puerta.

—Si me lo hubieseis contado —dijo a modo de regañina—, te habría preparado una habitación del gineceo. No tengo una cama apropiada para...

—Da igual, Agatha —dijo Orianna—. No necesito nada especial.

Ella asintió con una sonrisa. Se despidió y se fue hacia sus dependencias. Nosotros entramos en mi cuarto.

—Un poco de razón tiene —le dije—. Mi habitación es pequeña para los dos. Se supone que las mujeres viven en el gineceo y...

—Eso díselo a tu madre —replicó, riendo.

Entramos en el cuarto y miró alrededor.

—He estado poco aquí, pero me gusta —dijo.

Era grande para una sola persona. La mitad de la estancia estaba ocupada por un largo escritorio, donde guardaba mis materiales de escritura y mis instrumentos musicales. Tenía un armario y un baúl, ahora prácticamente vacíos. Al menos tendría sitio para colocar sus túnicas.

—La cama es amplia. —Se sentó en el borde y me miró, extendiéndome una mano—. Hoy te has esforzado de más, ¿cómo te encuentras?

—Agotado —reconocí—. Y feliz. —Me senté a su lado y ella se arrodilló en el suelo frente a mí—. ¿Qué haces?

—No vamos a despertar a Nella.

—¿Cómo dices?

Noté la presión de sus dedos en mi tobillo. Fue subiendo poco a poco mientras relajaba la tensión del día en mi pierna mala. Se me escapó un gemido cuando tocó un punto de dolor y, con suavidad, fue deshaciendo el nudo en el músculo. La pierna derecha siempre me dolía, era un mal que arrastraría de por vida; pero ahora, al menos, la sentía más relajada.

—Gracias.

—¿Cómo que gracias? ¿No vas a recompensarme? —Me miró desde el suelo, con una de esas sonrisas que yo conocía tan bien.

Se sentó sobre mí, cruzando las piernas detrás de mi espalda, y me besó. Su lengua buscaba la mía, hambrienta, mientras sus manos me recorrían el rostro y el pelo.

Aquella primera noche en casa como matrimonio no dormimos demasiado. Nos despertamos pasada el alba, con un toque tímido en la puerta. Orianna gruñó y se tapó la cara con las sábanas.

—¿Sí? —balbuceé, despegándome las legañas de los ojos.

—Tu madre... —Nella entró en el cuarto, como hacía

cada mañana. Pero en esa ocasión detuvo las palabras al vernos y se excusó—: Perdonad, si queréis más...

—No, tranquila —dije yo, con una sonrisa. Orianna volvió a gruñir desde debajo de las sábanas—. Parece que alguien necesita algunas horas más de sueño.

—Por todos los dioses, ¿os podéis largar a charlar a otra parte? —espetó Orianna, dándose por aludida.

Nella apenas pudo aguantarse la risa al oírla.

Me levanté y me ayudó a encontrar la túnica que Orianna había lanzado por los suelos. Una vez vestido y más o menos despierto, salimos del cuarto.

—¿Qué decía mi madre? —pregunté, con la puerta de nuestro cuarto cerrada.

—Están empezando a traer las cosas de Orianna. Pregunta dónde quiere guardarlas.

—Ni siquiera habíamos pensado en ello.

—Ya he visto que habéis estado ocupados...

Ella dibujó una sonrisa en los labios y yo le golpeé el hombro con cariño. Había añorado tanto la naturalidad con la que me hablaba.

Me acompañó hasta el patio interior, donde los ilotas habían ido dejando los baúles con la dote de Orianna. Mi madre caminaba entre ellos, abriéndolos para ver qué había en su interior.

—Nos han dado menos de lo que le hubiesen entregado a cualquiera —protestó.

—Buenos días a ti también, mamá.

—Pensaba que nunca saldrías de ahí. —Se cruzó de brazos. La sonrisa delataba que no estaba enfadada conmigo, todo lo contrario.

—¿Era eso de lo que estabas hablando con Galena? —Enarqué una ceja—. ¿Cuánto sacar por mi boda?

—Pues sí. ¡Y no me mires con esa cara, Egan! Necesitamos cualquier ayuda. Sobre todo ahora que vendrá una criatura. —Hizo una pausa y dirigió la vista hacia la puerta de mi cuarto—. ¿Cómo se encuentra? ¿Está bien?

—Sí, está descansando.

Ella asintió y se volvió para seguir con el recuento de la dote. Me quedé ahí plantado, con una pregunta a punto de escapárseme de los labios.

—Mamá... ¿Saldrán mis hijos mal?

Ella se giró despacio hacia mí.

—¿A qué te refieres? —Mi única respuesta fue mirarme las piernas—. Oh.

El silencio que se instauró entre nosotros me encogió el corazón.

—No lo sé —dijo al fin—. Podría heredar tus piernas, sí. O también las de Orianna.

—No quiero... —Se me cortó la voz. No quería que nadie de mi estirpe viviera en sus carnes lo que yo había tenido que aguantar, que fuera infeliz por una tara de la que no tenía culpa. Que no pudiera correr como el resto, ser feliz como el resto.

Sentí la presión de la mano de Nella en el hombro.

—Mi niño... —me dijo mi madre, y me abrazó—. No es algo que podamos controlar. Esa criatura tendrá una familia que la querrá incondicionalmente. Y una abuela capaz de mover cielo y tierra para protegerla.

No me cabía duda de eso. Pero también era una realidad que Esparta jamás aceptaría a otra criatura deforme. Si a mí me privaban de los mismos derechos que al resto de los espartiatas, ¿qué le pasaría a mi hijo? ¿Y si fuera una niña?

Estas ideas me rondaron la cabeza durante semanas. Y cuando la panza de Orianna empezó a hincharse, tomé una decisión. Seguía acudiendo al ágora cada día y recopilaba la información que se susurraba entre aquellas columnas. La guerra contra los macedonios era inminente y nuestro rey no tenía suficientes guerreros, en parte porque había matado a unos cuantos en su golpe de Estado.

Pensando en esa criatura que crecía dentro de Orianna, entré por segunda vez en la asamblea de Esparta. No recurrí a la influencia del Agetes, sino que me quedé plantado en el centro de la sala, sin tomar ningún asiento, esperando a que acudieran los éforos y los reyes. A pesar de que estaba prohibida la violencia en el eforado, me quisieron echar a patadas de allí, pero aguanté el tipo y no me moví de mi sitio.

Cuando nuestros gobernantes llegaron, dirigieron sus miradas a mí. Uno de ellos, el mismo que había venido a nuestra casa para quitarle a mi madre sus contratos, se dispuso a hablar, pero yo me adelanté:

—Me queréis lejos de vuestra vista, incluso de vuestras vidas. Lo sé. Pero Esparta necesita ahora más que nunca a todos sus hombres y toda la ayuda que estos puedan proporcionar.

—¿Qué ayuda vas a darnos tú, tullido? —escupió uno a mi espalda.

—No soy un guerrero, así que no podré pelear en el campo de batalla. Sin embargo, puedo ser útil. —Hice una pausa y miré fijamente a Cleómenes, que me observaba desde arriba, con curiosidad—. Mi rey, mi señor, las tropas carecen de soldados suficientes y la guerra caerá sobre nosotros dentro de poco. Es una realidad y a todos nos preocupa la fuerza que Esparta está perdiendo.

—¡Tú no eres nadie para hablar de debilidad! ¡Ni te puedes mantener en pie!

—Una de sus ideas, mi rey, es afianzar nuestra fuerza ayudándonos de los periecos. —Se hizo el silencio, las voces a mi espalda callaron. Aquel era un tema polémico, pues Cleómenes pretendía concederles la ciudadanía y los espartiatas sentían que nadie que no fuera puro de sangre se la merecía—. No entraré en cuestiones políticas, pues eso es algo que se debe decidir aquí. Le traigo una propuesta, si desea escucharla.

Él me dedicó un ademán para animarme a hablar.

—He sido aprendiz de Fannie y del actual Agetes, y he servido como profesor durante años. Mi esposa, ahora encinta, es una de las mejores guerreras de su generación, varones incluidos. —Estallaron las protestas, pero el rey las silenció con otro gesto—. No me queréis en Esparta y aceptaré esta incomodidad si mi rey me permite ayudarle. Mandadme a Selasia. Allí educaré a los jóvenes periecos y mi esposa los entrenará. Así, cuando los llaméis a la guerra, nuestro ejército se nutrirá de jóvenes bien preparados.

Ante mi sorpresa, Cleómenes no me echó de allí como si le hubiese propuesto una locura, sino que asintió a mis palabras y me prometió que me daría una respuesta pronto.

Había conseguido hacerme escuchar.

NELLA

Los meses que siguieron a la boda de Egan y Orianna fueron tranquilos. Él iba y venía del ágora a casa, tramando algo que no nos contaba. Mientras, Orianna se peleaba con su suegra para poder seguir entrenando, a pesar de que su tripa estaba tan hinchada que apenas podía verse los pies.

Egan me pidió que me quedara con ella para asegurarme de que se cuidaba como debía, y aquello se convirtió en una pequeña odisea. Habíamos acordado que se ejercitase durante una hora diaria, corriendo por la pista, pero ni un minuto más. Había accedido a regañadientes, frente a su suegra y su marido, pero no hubo un solo día de los que siguieron que no intentara convencerme para hacer pesas, lanzar jabalinas o correr otra media hora más. No parecía ser consciente de que llevaba en su interior una criatura.

—Nella...

—No vamos a volver atrás, ya has corrido más de lo acordado.

Se había detenido, así que me giré con una sonrisa en el rostro, esperando la misma discusión de cada día. Ella, en cambio, se miraba los pies con la mano posada en el vientre. Entonces me fijé en su barriga y, más abajo, cómo le chorreaban las piernas.

—Mierda... —murmuré.

—Oh, no, no, no, no, no.

—Sí, Orianna. —Me acerqué a ella y la cogí de las manos—. Haré llamar a Egan.

—¡No me dejes sola! —gritó cuando intenté soltarme. Me agarró con fuerza, hincándome las uñas—. No quiero. ¡No!

La guie de vuelta a casa mientras se contraía de miedo y soltaba palabrotas cada cinco pasos.

—Eres fuerte, Orianna. Podrás con ello.

—¡Y una mierda! —gritó, aferrada a mi mano.

Antes de llegar a la oikos, detuve a un ilota que pasaba por nuestro lado y le ordené ir a buscar a Egan y a Agatha. Estábamos completamente solas, pero sabía qué debía hacer. Unas semanas antes, Egan había insistido en tener un plan de acción. Orianna se había reído de él, diciéndole que eso de los planes era para la guerra. Por suerte, Egan pensaba en todo y no le hizo caso.

La llevé hasta el cuarto del gineceo que Agatha había preparado para su nuera, donde ya había una cama enorme y, al lado, una cuna. Antes de que me diera tiempo a acomodarla, gritó y se contrajo de dolor.

—Hemos tardado unos diez minutos en llegar —le dije en tono calmado, a pesar de los nervios que me envolvían y el dolor que sentía en mis dedos, entumecidos de tan fuerte como me los agarraba—. Dos contracciones en diez minutos. Respira hondo, coge fuerza. ¿Necesitas agua?

Orianna se sentó en el borde de la cama mirándose y acariciándose la tripa. Parecía que no me había escuchado.

—No quiero que Egan me vea así.

Me senté a su lado y le puse una mano en el hombro.

—¿Así cómo?

—Sudorosa y débil.

Me reí y ella me lanzó una mirada asesina.

—Si le molestara el sudor, no se hubiese casado contigo. Y no conozco a una mujer más fuerte que tú. —Fue a decir algo, pero la corté—: Además, no me veo capaz de negarle la entrada. No se separaría de ti por nada en el mundo.

Ella sonrió.

—Es un cabezota.

—Tiene a quién parecerse.

Agatha llegó cuatro contracciones más tarde, con el pelo alborotado y la cara roja de haber venido corriendo.

—Se ha adelantado —dijo al entrar—. ¿Cómo estás?

Orianna asintió mientras gemía de dolor, de pie, apoyada contra la pared. No se estaba quieta, gimoteaba, gritaba y balbuceaba improperios.

—Necesitamos agua —le dije—. No ha dejado que me separara de ella.

—¡Necesito a Egan! —gritó ella, sintiendo una nueva punzada.

Le dediqué una mirada interrogante al ama y ella, sin pronunciar palabra, me dio a entender que no sabía dónde estaba su hijo. Aun así, dijo como si tal cosa:

—Estará al llegar, Orianna. No te casaste con él por lo rápido que andaba, ¿verdad?

Aquella broma le arrancó a Orianna una sonrisa. Agatha se hizo con el control de la situación, calmándola y sosteniéndola cuando le sobrevenía el dolor de nuevo. Eso me permitió escabullirme para ir a por una vasija de agua.

Egan tardó casi media hora en llegar. No lo hizo solo: venía con Fannie. Entraron directamente en la habitación, aunque la anciana se detuvo en el umbral.

—Tú, muchacho...

—No pienso quedarme fuera —dijo con tanto ímpetu que nos sobresaltamos las dos—, y como...

—Está bien, Egan. Asegúrate de que beba agua y que no empuje hasta que yo se lo diga.

Él asintió y se acercó a Orianna, que estaba acuclillada en el suelo, con su suegra agarrándola por la espalda mientras le decía palabras de ánimo y le limpiaba el sudor de la frente.

—Egan... —susurró al verle.

—Perdona, ya estoy aquí.

—Se ha adelanta... —Detuvo sus palabras, apretó los dientes y cerró los ojos.

—No puedes empujar aún. —Ella asintió—. Mírame. Puedes con ello. Sabes que me cambiaría por ti, pero esto solo puedes hacerlo tú. Estaremos juntos, ¿vale?

Ella reposó su mejilla en la mano que él le tendía.

El parto duró casi el día entero. Agatha y Fannie se turnaban para estar con la parturienta. Egan permaneció a su lado todo el proceso. Por fin, ya con la luna en lo alto, un llanto quebró el silencio de la noche.

Me acerqué con un paño de algodón y recogí en él a la criatura de Orianna. Ella se dejó caer, agotada, sobre el regazo de Egan. Fannie se ocupó de cortar el cordón que la unía a sus entrañas y limpiarle las fosas nasales para que pudiera tomar su primera bocanada de aire.

—¿Cómo es? —preguntó Egan, sin poder incorporarse.

—Es una niña —le dije mientras se la acercaba.

—Pero ¿cómo es? ¿Está...?

—Es tan hermosa como una estrella —respondí.

—Pero ¿tiene...?

—Es perfecta.

Y lo era. Tenía los ojos de su madre y la sonrisa de su padre. Me agaché para entregársela a Orianna y ella la apoyó sobre su pecho. Egan repitió mis palabras en un susurro. Fue entonces cuando los dos se quedaron dormidos después de un día agotador.

Me encargué de la criatura mientras los padres descansaban. Había nacido con los ojos abiertos y parecía mirarlo todo con curiosidad. La limpié con agua tibia y la vestí con una de las túnicas que Agatha había encargado para su nieta. No sé qué fue lo que pasó en aquellas primeras horas a su lado, pero la pequeña me cautivó. Me seguía con la mirada y pedía estar en mis brazos continuamente.

Dos días después de parir, Orianna volvió a la palestra, dejando a la pequeña a nuestro cuidado. Aunque el ama reprobaba su actitud de desapego hacia la recién nacida, yo la entendía. Se sentía enjaulada entre cuatro paredes, rodeada de miradas que le decían qué cosas debía hacer y cómo. Me la entregó en custodia durante las horas que entrenaba, pero al final nos disputábamos su cariño Egan y yo, que la llevábamos arriba y abajo mientras hacíamos nuestras tareas.

Cuando cumplió los cinco días de vida, Egan y Orianna la presentaron al resto de la tribu y le dieron su nombre: Adara. Sin poder evitarlo, cuando escuché el nombre escogido y vi la mirada de ambos puesta en mí, se me empañaron los ojos de lágrimas.

Adara significa «hermosa como una estrella».

Selasia, cuatro horas después de la batalla

El ejército se lo ha hecho encima, los soldados salen corriendo en estampida y el enemigo, más descansado y sereno, les da caza como si fuesen conejos asustados. Damon y Orianna han podido esquivar al pelotón de infantería macedonio, que ha considerado un botín más apetitoso a sus compañeros en retirada. Escondidos entre la maleza, son testigos de la matanza.

—¿Qué hacemos? —pregunta Orianna en un susurro.

—Ni idea —responde Damon—. Las órdenes eran descender del monte para reagruparnos.

—¿Cómo demonios han llegado hasta nosotros con tanta facilidad? ¡Teníamos una mejor posición!

—Se han colado entre los vigías. O alguien nos ha traicionado.

—Hijos de perra... No podían luchar de frente.

Guardan silencio mientras, con mirada experta, analizan la posición de los combatientes en el campo de batalla. Los macedonios han empujado a los espartanos hasta arrinconarlos y les han obligado a huir, traspasando la zona delimitada para la batalla y llegando hasta el corazón de Selasia.

—Mi familia está ahí —dice Orianna—. Deben de haberse reagrupado en la ciudad, tenían órdenes de fortificar el ágora.

Damon no responde, pero asiente a sus palabras. Frente a ellos hay un campo abierto, sin cobertura de ningún tipo. Queda un grupo numeroso de macedonios que se están dedicando a rematar a los heridos y rapiñar sus cadáveres.

—¿Puedes correr? —le pregunta.

—Pues claro que puedo correr. Solo es una puñetera flecha en el hombro.

Damon asiente y le señala el camino hasta Selasia. Se miran, desenvainan las espadas de nuevo y se lanzan al campo de batalla, codo con codo. Al principio pasan desapercibidos, pero el enemigo no tarda mucho en dar la voz de alarma y correr tras de ellos.

Entrenar cada día de su vida le ha servido a Orianna para no preocuparse por los que la siguen, que son incapaces de mantener su ritmo, sino por esquivar a los que quedan por delante. Los primeros ni se inmutan, pero les acaba alertando el vocerío de sus compañeros.

—¡Por Esparta! —grita Damon, quien, en lugar de esquivar a un lancero, le atraviesa el vientre con la espada.

Orianna se detiene a pocos metros para derribar de un empujón a otro. Damon arranca a correr de nuevo y ella le sigue, sin molestarse en rematar al que está en el suelo. Si se detienen demasiado, los que han quedado detrás darán con ellos.

Llegan por fin a los campos de cultivo que con tanto cariño cuida Nella. Demasiado cerca de la ciudad, media docena de lanceros se giran al oírles llegar.

—Mierda —espeta Damon.

Orianna no se detiene, se abalanza contra uno que ha quedado unos pasos por detrás de sus compañeros, lo empuja y lo derriba. Le pisa con fuerza la mano derecha y un crujido, seguido de un grito, le confirma que lo ha incapacitado. Se le acercan sus cinco compañeros. Damon le quita de encima a dos y ella tiene que enfrentarse al resto.

Uno, con ira en la mirada, se le abalanza con frenesí. Ella esquiva el primer envite girando a un costado y aprovecha su inercia para hacerle trastabillar. No pierde el tiempo y se abalanza hacia el siguiente macedonio, clavándole la espada en el pecho. Nota la sangre caliente en las manos y gira su cuerpo, aún con vida, para usarlo de escudo y así evitar la estocada que iba a clavarse en su espalda. El macedonio arremete contra su compañero sin pretenderlo y Orianna aprovecha los segundos de vacilación para lanzarle el cuerpo e inmovilizarlo contra el suelo. Saca la espada del primer cuerpo y degüella al segundo.

Se había olvidado del tercero. Un grito la pone en alerta. Intenta hacerse a un lado, pero la espada enemiga la atrapa en una posición vulnerable y se hunde en su costado. No ha visto por dónde se le ha acercado el enemigo, así que lanza estocadas a ciegas hacia su espalda, sin resultado alguno.

Gruñe de dolor cuando el macedonio extrae la hoja de su cuerpo y siente la sangre manar de la herida. Aun así, aprovecha que ha quedado liberada para incorporarse y defender su posición. Permanece en guardia; el otro hombre imita su gesto. Orianna no puede perder el tiempo, así que embiste de nuevo contra él, lanzando tajadas a diestro y siniestro hasta que derriba su guardia y consigue clavarle la espada en la carne. En cuanto lo logra, y ante el estupor del macedonio, repite el gesto varias veces para asegurarse de su muerte.

Al girarse para apoyar a Damon, lo ve caer. Pega un par de zancadas hacia su amigo y se enfrenta al soldado que lo ha derribado, haciéndole retroceder.

—Damon —le dice, desde arriba, mientras protege su posición—. Responde, maldita sea.

Pero el pentekonter no pronuncia palabra. Tampoco se mueve. El charco de sangre se va haciendo más y más grande.

—¡A por ellos! —gritan a su espalda.

El grupo que les venía siguiendo campo a través ha dado con ellos... con ella, más bien, y la rodean. La mayoría solo tienen arañazos superficiales. Orianna, en cambio, tiene la punta de una flecha alojada en el hombro, una herida sangrante en el costado, un golpe en la cabeza y la debilidad de un parto reciente.

—Con el escudo o sobre él —susurra, repitiendo la frase que toda madre dedica a sus hijos cuando marchan hacia la batalla.

De inmediato entra en un frenesí tal que parece poseída por el mismísimo Ares. Golpea, empuja y embiste mientras los cuerpos caen a su alrededor. No lo hace por Esparta ni por su pueblo. Lo hace por sus niñas. No sabe si ya han caído o siguen vivas; de todos modos, matará a todo macedonio que pueda tocarles un solo pelo.

Cuando apuñala al quinto soldado enemigo, siente una espada clavarse en su espalda y sobresalir por su pecho. Intenta mantenerse en pie, escupiendo sangre, y con un último impulso logra matar a su oponente. Pero ha bajado la guardia y tres macedonios se abalanzan sobre ella.

Sabe que no puede hacer nada, que ha perdido, pero aún se resiste y apuñala cuerpos hasta que acaba tendida en el suelo, boca arriba. Oye voces a su alrededor, pero es incapaz de entender lo que dicen. Se le emborrona la vista y, por un momento, le parece escuchar a su familia.

Al cerrar los ojos, está de nuevo en casa. Egan les cuenta a las pequeñas una de sus historias, mientras Nella acuna al recién nacido. Se sienta a su lado, los besa, primero a Nella y luego a Egan, antes de prometerles que nunca más se separará de ellos.

15

EGAN

Adara era la niña más hermosa que había conocido nunca. En cuanto Orianna se recuperó, pocas semanas después del parto, quiso volver al entrenamiento. Así que me quedé con la niña, aunque lo hubiese hecho de todas formas. Me la colgaba del pecho y la arrullaba con un brazo para que se durmiera. No podía quedarme en casa, no en mitad de las negociaciones con el eforado, así que me movía con ella por la ciudad.

—No puedes hacer eso —me reprendió mi madre el primer día que me vio pasear por el ágora con la niña a cuestas—. No es lo que tiene que hacer un padre. Les incomodará.

—Mejor, quiero que se sientan incómodos.

Ella frunció el ceño y no dijo nada más. No le había contado a nadie lo que había solicitado a la asamblea. Temía que me lo negaran y no quería ilusionarles por nada del mundo. Para que no olvidaran mi propuesta, insistía cada día. Me negaban el acceso al eforado, pero no me importaba. Salía del recinto cuando llegaban los magistrados para evitar discusiones, y me quedaba fuera esperando para preguntarles si ya habían tomado una decisión.

Los días en los que no había asamblea, seguía la rutina que había aprendido con Fannie. Paseaba por el ágora y conversaba con los hombres allí reunidos. La primera semana de vida de Adara la llevé al ágora por primera vez. Todos me miraban, pero me daba igual. Estaba acostumbrado; ahora, al menos, lo hacían por algo precioso.

—No deberías traerla aquí —me dijo el Agetes, en un tono neutro, cuando llegué a su lado.

Me estaba informando más que reprendiendo.

—Nació con los ojos abiertos, sería una crueldad no permitirle ver el mundo en el que vive.

—Debería estar con su madre.

—Estará con su padre.

Al viejo sacerdote no le gustó mi respuesta, pero no añadió nada más.

Durante todo un mes permanecí a la espera de que respondieran, pues no me habían negado aún la propuesta. Aun así, no me quedé de brazos cruzados. Me acercaba a los hombres de confianza de los éforos y conversaba con ellos sobre política, artes y ciencias. Me mostré como quien era realmente. Y desde que tuve a mi niña en mis brazos supe también que quería dedicarme a enseñar.

Deseché todas las inseguridades que habían gobernado mi vida y le mostré a Esparta el Egan que realmente era, no ese que pretendía correr igual que el resto, ni que ocultaba sus debilidades o se escondía detrás de alguien. Me acercaba a ellos con todas mis vulnerabilidades a la vista, con la persona a la que más quería colgada al pecho y con todas mis virtudes como estandarte. No todos estaban dispuestos a hacerme caso, aunque al menos dejé de ser invisible a sus ojos. Seguían juzgándome por mi cuerpo y la debilidad que me envolvía, pero ahora podían valorarme como una pieza que poder utilizar en beneficio de todo el pueblo.

Uno de esos días se me acercó un éforo. Yo estaba hablando con un grupo de maestros, ya ancianos. Detuvimos la conversación cuando el magistrado me llamó a su lado.

—¿Tu mujer sigue queriendo entrar en el ejército?

—Sí, claro.

—¿Se contentaría siendo maestra de lucha?

—Seguramente no. Cumpliría con sus labores, pero querría ayudar a su pueblo a derrotar a nuestros enemigos.

—Enseñar es una forma de…

—Lo sé —le interrumpí—. Pero ¿acaso ha hablado con ella? Es cabezona como un burro.

Él éforo, que había permanecido serio e impasible durante toda la charla, sonrió.

—He tenido el placer, sí.

Entonces insistí en saber si ya habían tomado una decisión a mi propuesta.

—Al atardecer, nos acercaremos a vuestra oikos —respondió.

Aquel día seguí con mi rutina habitual, a pesar de que me temblaban las piernas y tenía la cabeza en otro lugar. Sentir a Adara en mis brazos me recomponía; ella era la razón por la que había decidido cambiarlo todo. Después de concluir mi conversación con los maestros, la pequeña demandó comida y volví a casa. Orianna no se olvidaba de su hija. Cada mañana se extraía la leche suficiente para que la niña pudiera alimentarse hasta que ella regresara al mediodía.

A mi madre no le gustó esa costumbre e intentó encargarse ella misma, pues, según decía, era una tarea exclusiva de las mujeres. Pero yo me negué. Era un momento tranquilo, después de pasear, que me permitía sentirme más cercano a mi hija. Aún no me terminaba de creer que la hubiésemos creado Orianna y yo.

—No entiendo por qué te empeñas en hacer todo lo contrario a lo que debes hacer —me dijo mi madre aquella mañana, sentándose a nuestro lado.

—Nunca me han dejado hacer lo que se supone que debo

hacer —le respondí, sin apartar la mirada de Adara—. ¿Por qué debería empezar ahora?

—No es propio...

—Tampoco lo es que me haya educado entre mujeres; que un tullido como yo esté casado con una mujer tan hermosa y valiente, ni, de hecho, que aún esté vivo.

Desvié la mirada hacia ella y le dediqué una sonrisa. Se le habían formado arrugas alrededor de los ojos de tanta preocupación que tenía que sobrellevar.

—¿Qué es lo peor que puede pasar? —le pregunté, rompiendo el silencio—. ¿Que no me dejen entrar en la asamblea por afeminado?

Nos reímos y Adara gorjeó, como si hubiese entendido la broma.

En el momento en el que terminó de comer, la limpié y se la tendí a Nella, para que la metiera en la cuna. Estaba en sus brazos cuando, horas después, llegaron dos miembros del eforado.

—¿Qué es lo que tienen que decirnos? —me preguntó Orianna, que hacía poco que había llegado a casa.

—Vienen a darnos una respuesta a nuestras peticiones.

Los recibimos en un salón que, aunque carecía de una decoración ostentosa, era amplio. Allí los esperábamos Orianna, mi madre y yo. Nella, después de servirnos vino y dulces, nos dejó a solas para cuidar de Adara.

Conocía a los dos éforos. Uno de ellos permanecía con el ceño fruncido y el otro mantenía un semblante serio. Aquello no auguraba nada bueno, aunque intenté que no se me notara el nerviosismo. Me removí en el sitio, mientras mi madre hablaba sobre trivialidades con ellos. Orianna me puso su mano sobre la mía.

—Hablemos de lo que nos ha traído aquí en realidad —dijo uno de ellos, mirándome a mí directamente.

Asentí a sus palabras, de pronto mudo.

—Por supuesto, señores —contestó mi madre—. ¿En qué podemos ayudarles?

—El eforado ha estado deliberando sobre tu propuesta, Egan. —Mi madre, perpleja, me interrogaba con la mirada—. Es cierto que nuestro pueblo está pasando por uno de sus peores momentos y necesitamos a más hombres en el frente.

Ahora fue Orianna la que se removió en su sitio.

—Y por eso el rey ha insistido mucho en tu idea.

—¿El rey? —pregunté.

—Le impresionaron tus palabras —me respondió el que no habían hablado aún, agitando la cabeza—. Cleómenes desea devolver el esplendor a Esparta y para ello tenemos que recuperar algunos valores que hemos perdido, pero también conseguir engrosar nuestras filas con nuevos reclutas.

—¿Y eso quiere decir…?

—Hemos venido para nombrarte harmosta de Selasia.

No recuerdo nada más de lo que dijeron. Discutieron mis emolumentos con mi madre, así como el día en el que debíamos partir y qué propiedad nos cederían para vivir allí. En ese momento nada de eso me importaba. Miré a Orianna, que parecía confundida.

—Nos vamos de Esparta, amor mío —le dije al oído cuando nadie nos prestaba atención—. Podré traer un sueldo digno para nuestra familia. Tendremos una casa propia. —No me pude contener y la besé—. Y pelearemos juntos para que consigas tu capa.

ORIANNA

Traer una criatura al mundo fue incluso más difícil de lo que había pensado. Sentí cómo me desgarraba, abriéndome paso para poder salir de mi interior. Su llanto me permitió respirar, por fin, y pasó a estar en los brazos de Nella.

Era mi hija y la quería, pero no de la forma que se esperaba de mí. No iba a quedarme encerrada dentro de casa. Quería que me pudiera ver con el escarlata a los hombros, igual que yo había visto a mi padre. Que se sintiera orgullosa de mí. Por eso retomé mi entrenamiento en cuanto mi cuerpo se recuperó. Adara crecía a pasos agigantados, estaba feliz en brazos de Egan y Nella. No nos hizo falta hablarlo. Fue él quien trajo la vasija del mercado. Un artilugio sencillo que servía para extraer la leche sin demasiado dolor.

—Yo no podría... —me decía Ellen, con el primero de sus críos colgado de la teta. Estábamos ambas sentadas en uno de los bancos alrededor de la palestra, observando cómo el resto entrenaban. Se empeñaban en que no me esforzara en demasía—. ¿La ilota esa la amamanta por ti?

—Nella —la corregí—. Dejo la leche que necesita para comer.

—¿Te ordeñas como una vaca? —dijo Rena, que se había acercado a nosotras sin que nos diéramos cuenta y, como era habitual, había puesto la oreja en nuestra conversación.

—Sí, y preparamos un queso buenísimo... ¡Menudas estupideces dices!

—Pero... —siguió ella, pensativa—. ¿Egan te...? —Hizo el gesto en el aire de ordeñar algo, y estallé en carcajadas.

—No para eso, al menos.

—Sigo sin creer que lo escogieras a él antes que a cualquier otro espartiata —me dijo Ellen. Cuando le lancé una mirada, se encogió de hombros—. Solo digo la verdad, se te acercaban hombres verdaderamente interesantes.

—A mí no me extraña —respondió Rena—, son inseparables. Siempre lo han sido. ¿Recuerdas el derechazo que te llevaste por meterte con él?

—Fue un buen golpe —dije, echándome para atrás y mirando el cielo, que empezaba a cubrirse de nubes.

—Sea como sea —terció Ellen—, me alegra que hayas decidido formar una familia. Teníamos miedo de que...

Se detuvo.

—¿Miedo de qué?

—De que acabaran aceptándote en el ejército y de que te alejaras de nosotras. —Entonces me puso una mano sobre la pierna y me sonrió—. Estamos juntas, con niños que tendrán casi la misma edad. Criaremos a nuestras familias y, quién sabe, quizá algunos formen parte de su mismo grupo de iguales.

—¿Pretendes ya prometer a tu hijo con la niña de Orianna? —le preguntó Rena, chinchándola.

Siguieron discutiendo un buen rato más, pero sus palabras me hicieron pensar en la vida que había tenido mi madre, y su madre antes de ella. Todo se reducía a ser eso: madres. Emparejarse con hombres fuertes, parir niños sanos y criarlos hasta convertirlos en guerreros poderosos. La única parcela de libertad la tuvo cuando marcharon todos a la agogé, pero no tardaron nada en llenarle la casa de nietos que también tenía que criar.

No quería eso para mí.

—¿Tan malo sería? —les pregunté, cortando la conversación que tenían ambas.

—¿El qué? —me preguntó Ellen.

—Que me aceptaran en el ejército, que me permitieran defender a nuestro pueblo.

—Disfruto tanto como tú de nuestros entrenamientos, Orianna. —Se cambió al crío de teta y se inclinó hacia mí—. Pero solo son eso, entrenamientos. Una forma de ejercitar el cuerpo y de demostrar mi fuerza. Con esto tengo suficiente.

—Yo no.

Las dos se quedaron calladas y se miraron la una a la

otra. Noté que querían decirme algo, pero ninguna se atrevía a ello, lo cual me exasperó.

—¡¿Qué?!

Cuando Rena por fin se disponía a hablar, Ellen la calló con un gesto. Tomó aire y me dijo:

—Romperás lo que tenemos, Orianna. Dejarás huérfana a una recién nacida, te marcharás al frente a convivir con hombres y nos abandonarás a nosotras aquí.

—Sabes bien que es la vida que siempre he deseado.

—Sí, pero no pensé que…

—¡¿No pensaste qué?! —grité, poniéndome en pie y llamando la atención de todas, que detuvieron su entrenamiento al oírme dar voces—. ¿Es que acaso piensas igual que el resto? ¿Que no soy capaz? ¿Que no valgo? ¿Que no es mi lugar?

—Yo no he dicho…

—Has dicho demasiado —repliqué, antes de largarme de allí.

Rena corrió hacia mí, pero la aparté de mi lado de un empujón sin pensarlo y me dirigí directamente a la zona de entrenamiento de los chicos. Se acercaba el frío invernal, así que una parte del ejército había vuelto a la ciudad. Entre ellos, el pelotón que se iniciaba ese año, esos que pertenecían a mi misma generación.

—¡Damon! —le llamé a gritos. Todos volvieron la cabeza hacia mí y el susodicho me dedicó una amplia sonrisa—. Ven aquí si tienes lo que hay que tener.

—¿A qué debo el honor? ¿Tu marido no te da lo tuyo?

Me planté frente a él en medio de la palestra y él se acercó al trote. En cuanto lo tuve al alcance, le solté un derechazo que le hizo dar un paso hacia atrás y escupir sangre.

—Pero ¿qué mosca te ha picado? ¿Acaso te has vuelto loca?

—Esta noche. En las Platanistas. Tú y yo, sin armas.

Y me di media vuelta.

—No pienso pegarme con una mujer.

—¡Poco me importa lo que quieras o no! —le grité, encarándole de nuevo—. Pienso demostraros que soy tan fuerte como cualquiera de vosotros. Y si no tienes los huevos de presentarte, todos sabrán qué tipo de guerrero eres. ¡Qué venga cualquier otro! ¡Me da igual!

—Pero ¿no acabas de parir?

—Por eso, imbécil, voy a darte ventaja.

Cuando regresé a casa, la noticia del desafío que había lanzado a gritos en la palestra del templo de Atenea había llegado antes que yo.

—¿Qué has hecho, Orianna? —me increpó Agatha, arrugando el ceño.

—Estoy más que harta de que me vean siempre por debajo de ellos. Pienso destrozarle la cara.

—A mí no me hables así —me regañó mi suegra, pues aún seguía alterada.

—¿Qué ha pasado? —me preguntó Egan, que se había acercado al oír las voces.

—Tu mujer se ha retado con Damon. —Él me miró, arqueando una ceja. Su madre añadió, mirándome también—: Esta misma noche.

—¿Podrás quedarte tú con Adara, mamá?

—¿Qué? —Se volvió hacia su hijo, sorprendida.

—Las Platanistas es una zona enfangada, necesitaré la ayuda de Nella para pasar por ahí.

—¿Te has vuelto loco?

—No —respondió con seriedad e ignorando el tono de sorpresa de su madre; luego se acercó a mí—. ¿Estás bien? ¿No es muy pronto? Solo hace unas semanas que...

—Estoy en plena forma y... —Dudé al mirar a Agatha, pero centré de nuevo la mirada en él—. Lo necesito.

Egan no dijo nada más. Pidió a Nella que avisara a Fannie y que hiciera correr la voz por el ágora.

—Si quieres que te reconozcan el valor, es preciso que haya público —me explicó.

Sabía que ir allí no era la mejor forma de tomar una decisión, pero serviría para quemar adrenalina y liberar la tensión con algo que llevaba abrasándome por dentro tanto tiempo. Era otra de esas cosas que decían que eran exclusivamente masculinas. Pero, a esas alturas, tanto me daba.

Fuimos los tres juntos, dejando a una sollozante Adara en los brazos de Agatha. Mi suegra intentó desalentarme, pero cuando vio que era imposible, hizo lo propio con Egan. Fue la primera vez que vi cómo se enfrentaba a su madre y defendía mi derecho a demostrar mi valía. No existía en el mundo persona que confiara más en mí que él. Aquella noche lo quise como nunca. Había sido el único, entre todos los hombres y las mujeres que había conocido, que me entendía de verdad. Sin juzgarme.

Llegamos cuando el carro de Helios ya se escondía en el horizonte. Había un grupo numeroso esperándonos. El Agetes nos recibió con un gesto de la cabeza y se acercó a nosotros, seguido de un hombre calvo e igual de viejo que él.

—Tú eres la muchacha que quiere entrar en el ejército. Debo reconocer que has despertado mi interés.

—Me alegro.

—¿Aceptas que tu esposa...? —empezó a preguntarle a Egan.

—No tengo que darle permiso para que zurre a nadie, magistrado —le cortó él—. Solo he venido por el espectáculo.

El hombre asintió y se giró hacia la pequeña multitud que se había reunido allí. Habían traído algunas antorchas, aunque la luna estaba llena y nos iluminaba bastante bien. Pude ver a Damon, rodeado de sus hombres de confianza, pero también a otros que no supe reconocer. Sonreí cuando vi allí a mis chicas; en primera fila, Ellen me sonrió, como disculpándose. Tras ella, Maya cabeceó dándome fuerzas. Y a su lado, Fannie nos miraba sostenida por su bastón.

—Suele ser una salvajada —me susurró Egan al oído—. No te contengas.

—No pensaba hacerlo —le respondí, lamiéndome los labios.

El público nos rodeó, creando un círculo que nos colocaba en el centro.

—Orianna, hija de Miles y Galena, ha retado a Damon, hijo de Damon y Gloria —empezó el éforo, dando un paso al frente. Todos callaron de golpe al escuchar sus palabras—. Resolverán sus diferencias al puro estilo de Esparta. Al salir de aquí, volverán los dos con unos cuantos moratones y habiendo solucionado sus diferencias.

Dicho esto, se levantaron decenas de gritos animando a Damon, mientras nos estudiábamos el uno al otro buscando por dónde iniciar el ataque.

Damon balanceó su peso hacia delante, lo que indicaba que sería el primero en golpear. Me avancé a él con dos rápidas zancadas y le lancé un puñetazo directo al costado. Fue una mala idea, pues me encontré con su puño en mi cara. Salté hacia atrás y alcé mi guardia. No me dejó reaccionar y me pateó el vientre, haciéndome caer y rodar en el barro.

—¿Ya has tenido suficiente? —me soltó como un escupitajo—. ¿O necesitas más?

A su alrededor, los hombres rieron y corearon sus palabras. Su error fue no seguir golpeándome. Me levanté y escupí la sangre que se me había acumulado en la boca. Lo mío no eran las palabras, así que repetí mi ataque inicial avanzando hacia él.

Fue tan estúpido que pensó que repetiría la misma estrategia, pero esta vez estaba preparada para su contraataque. Antes de que el golpe llegara a impactar, le agarré de la muñeca y aproveché su propio impulso para lanzarle un rodillazo directo a su entrepierna, pero se movió en el último momento y mi rodilla impactó contra su vientre.

En esa posición, me agarró del muslo, intentando desestabilizarme. Lancé mi peso hacia él para no caer mal, y utilicé su mala posición para rodearle el cuello con un brazo mientras le propinaba reiterados codazos en las costillas. Su única opción fue utilizar su peso para lanzarse al suelo y llevarme a mí con él. Damon cayó de espaldas y yo rodé por el barro. Acto seguido, se montó encima y no pude evitar los primeros golpes en la cara. Por suerte, mi pierna izquierda había quedado libre. En cuanto lanzó el siguiente puñetazo, agarré su brazo y le pasé la pierna por el cuello. Estaba inmovilizado.

—¿Te rindes? —le pregunté.

—No —gruñó—. Jamás.

Por un momento, los gritos y murmullos de los que nos rodeaban se silenciaron en cuanto se oyó un chasquido de huesos. Acababa de romperle el brazo.

Me levanté.

—¿Te rindes? —repetí, jadeando por el esfuerzo.

La furia de Ares chisporroteaba en sus ojos. Le había herido algo mucho más importante: el orgullo. Su respuesta fue embestir con toda su ira. El público apenas tuvo tiempo de apartarse cuando me estrelló contra un platanero, dejándome sin aliento.

—¡Pagarás por mi brazo, puta!

Lanzó un cabezazo mientras gritaba esas palabras y me rompió la nariz. Apenas conseguía respirar, atrapada como estaba entre su cuerpo y el árbol. Notaba la sangre caliente deslizándose por mi rostro.

No iba a permitir una derrota, no después de luchar tanto por lo que deseaba. Pensaba demostrar mi valor y mi fuerza hasta que ya no me quedara ninguna. Quería que me vieran igual que le veían a él. Y solo había una cosa que nos diferenciaba.

Sin pensar demasiado, le agarré los testículos y le hice caer, para luego inmovilizarlo rodeando con mi brazo libre su cuello. Mientras mi sangre nos manchaba a ambos, alcé la mirada hacia el éforo presente.

—Si esto es lo que necesito para que me acepten en el ejército, ¡se los arrancaré!

Para mi sorpresa, el anciano parecía complacido. Entonces me dirigí a Damon:

—¿Te rindes? No lo preguntaré otra vez.

Los vítores de los espartanos acallaron el susurro de mi contrincante:

—Me rindo.

Le solté y me vi de golpe abrazada por la multitud. Ellen se fundió en una disculpa y me besó; por su parte, Rena me cogió con tanta fuerza que me dejó sin respiración. Sin saber cómo, acabé por los aires mientras coreaban mi nombre.

De pronto, un grito acabó con la celebración de un plumazo:

—¡Soltadla!

Cuando estaba de nuevo en el suelo, la multitud se separó de mí. Damon se había levantado, ligeramente inclinado hacia delante, sujetándose el brazo roto. Me miraba negando con la cabeza y con una sonrisa en el rostro. No había sido él quien había hablado, sino el éforo. Le abrieron paso hasta que llegó a mí. Me miró de arriba abajo. Debía de tener una pinta estupenda: con la cara marcada por los puñetazos y la túnica manchada de barro y sangre.

—Has herido a Damon.

—Lo he derrotado, señor.

Antes de responder, permitió que unos segundos de silencio se interpusieran entre ambos. Me hizo sentir incómoda, pero permanecí firme en el sitio, mirándole a los ojos.

—Le has roto el brazo a un hoplita espartano, impidiendo que pueda marchar a la guerra.

Cuando me disponía a rebatir su observación, una mano en mi hombro me detuvo. Egan estaba a mi lado y su mirada me mandaba callar. Le hice caso; él conocía mejor que yo hasta qué punto les gustaba a los éforos escucharse a sí mismos. Y aquel en concreto parecía disfrutar más que otro cualquiera.

—Por eso vas a tener que ser su brazo derecho. —Aquellas palabras hicieron que abriera los ojos de par en par—. Pasarás el invierno con ellos, en el templo. Tendrás que aprender disciplina. Seguir órdenes de tu superior directo. —Yo asentía a todo—. Si en el ejército te ven capaz, marcharás con ellos a la guerra. Pero no será lo habitual. Tu labor a partir de ahora será entrenar a los periecos de Selasia, junto a tu familia.

—¿Podré llevar el escarlata? —pregunté en un susurro.

—Te lo ruego, anciano —intervino Damon, y deseé golpearle de nuevo para hacerle callar—. Haced el favor de darle el escarlata o se dedicará a tocarnos los cojones a todos.

No pude evitar reírme ante sus palabras, lo cual se contagió a todo el que nos rodeaba. Miré a Damon, y no parecía enfadado conmigo. De pronto intuí que ese grandullón y yo seríamos buenos amigos.

—Podrás llevar el escarlata, Orianna —concluyó el éforo—. Serás nombrada hoplita del ejército espartano.

Todos aullaron a mi lado, proclamando mi victoria. Todos, hombres y mujeres, corearon mi nombre y me subieron a unas espaldas anchas que me llevaron al centro de Esparta. Una vez allí, sacaron comida y bebida para celebrarlo. Mi madre me miró con orgullo y mis hermanos me tendieron una mano amable.

—Cuando te contaba mi historia con tu padre —me dijo mi madre—, pensé que también te batirías en duelo por un marido. Me alegra ver que me has superado. Me has hecho sentir muy orgullosa de ti, hija.

Aquel fue el primer día de una nueva vida. Había conseguido lo que llevaba ansiando desde que envidié llevar el escarlata a la espalda como lo lucía mi maestra. Desde entonces, todos se habían empeñado en convencerme de que no era capaz de servir al ejército. Pero ahora me habían permitido acceder, asomarme desde una pequeña ventana para ver si, de verdad, podía defender a mi pueblo.

No les defraudaría. Les entregaría hasta mi último aliento para proteger sus calles y a sus gentes. Para que la niña que crecía a pasos agigantados supiera que podía llevar también el escarlata, igual que su madre. Para que nadie le dijera que no podía guerrear, que no servía igual que el resto.

NELLA

Mientras Adara crecía, Orianna aprovechaba el invierno para conocer a los que se acabarían convirtiendo en su pelotón. Al parecer, darle una paliza a su cabecilla le había hecho ganar prestigio. Era algo que nunca me dejaba de sorprender de aquella gente: valoraban la fuerza bruta siempre por encima del ingenio.

Mientras ella permanecía en Esparta, Egan y yo nos preparábamos para mudarnos a Selasia. Viajamos una primera vez hasta allí, con Adara colgada a mi cuello, para ver qué tipo de pueblo nos íbamos a encontrar.

—Están asalvajados —me dijo él, en confianza—. No tienen ni palestra donde fortalecerse ni un lugar en el que educarse.

—Tienen todos un techo sobre sus cabezas y comen caliente más de una vez al día —le dije, centrada en alimentar a Adara—. Cuando vienes de donde vengo yo, eso es todo un lujo.

—Perdona. —Me puso la mano en el hombro—. No siempre soy consciente de...

—Es lo que soy —afirmé, encogiéndome de hombros, aunque rectifiqué—: Es la única vida que conozco.

Dedicamos aquellos días a pasear por las calles y hablar con los vecinos, presentándose Egan como el nuevo harmosta de la ciudad. No hacía falta ser muy listo para darse cuenta de que detrás de esas primeras sonrisas se escondía el desprecio. Identificamos rápidamente al que había ocupado el puesto de líder, que se mostró muy crítico con la aparición repentina de Egan.

—No entiendo por qué Esparta envía a ningún harmosta, nos hemos cuidado muy bien estos años solos, y no hemos fallado ni una sola vez en enviar la parte correspondiente de nuestras cosechas.

—No sois especialmente eficientes —dije yo, olvidando por un momento mi lugar. El perieco me miró con cara de sorpresa y Egan lo hizo invitándome a seguir hablando—. Ponéis en barbecho algunas tierras que podrían aprovecharse para cultivos poco invasivos. Además —me acerqué a la mesa en la que descansaban los registros que estaban consultando—, no habéis mencionado en ningún lugar que tenéis la zona sur infestada de larvas. ¿Acaso es algo que queréis ocultar? O, peor aún, ¿de lo que no tenéis constancia?

—¿Quién demonios te crees para habl...?

—No hables así a Nella —le cortó Egan, sin alzar la voz. Entonces ya ostentaba una posición superior y no tenía necesidad de hacerlo, así que empleó la misma calma que le había visto usar a Alysa o a Agatha al comerciar en el mercado—. Contesta de inmediato a sus preguntas o entenderé que me estabas ocultando información.

Me mantuve con un brazo sosteniendo a la pequeña y la mirada fijada en el perieco. Conversamos largo y tendido sobre las técnicas que estaba usando para decidir el cambio de cultivo, qué se plantaba en cada zona y cómo detectar y eliminar mejor las plagas que pudieran surgir. Antes de irme, me atreví a tenderle la mano, como si fuera mi igual. Él me la estrechó con fuerza, confundido.

—Gracias —le dije a Egan cuando estábamos en la oikos que el eforado nos había entregado. Era grande, pero estaba completamente vacía. Habíamos dispuesto de los muebles indispensables para pasar esos días allí, la mayoría pensados más para Adara que para nosotros.

—¿Por qué?

—Por defenderme.

Él hizo un gesto para restarle importancia.

—Eres la mujer más inteligente que conozco, sería estúpido no escucharte.

Pasamos los meses de invierno yendo y viniendo de Esparta a Selasia. Era un viaje corto que podíamos hacer de sol a sol, pero que teníamos que realizar con frecuencia por Adara. Egan se había negado en redondo a dejarla con Agatha, y Orianna estaba demasiado ocupada para encargarse de ella, así que teníamos que volver para recoger la leche que su madre seguía extrayéndose cada mañana.

Esa era la excusa que Egan le daba a su madre. Pero yo sabía que también lo hacía porque necesitaba volver a la seguridad de su casa para recomponerse. Estaba cambiando, haciéndose más fuerte y sintiéndose más seguro de sí mismo; pero aún necesitaba el apoyo y la confianza ciega de su esposa.

Adara empezaba a gatear cuando la primavera asomó. Todo estaba listo para la mudanza definitiva. Orianna se incorporaría a las huestes del ejército espartano, pero antes de que llegara ese momento, quiso partir con nosotros para ayudarnos a instalarnos. El día antes de nuestra marcha, se encerraron ambos con Agatha en su habitación. No le di importancia entonces, pues era algo habitual.

Estuvieron hablando durante horas y, cuando terminaron, me buscaron. Estaba, como cada tarde, en el saloncito que el ama había dispuesto para su nieta, lleno de cojines y muñecas que la pequeña desperdigaba por el suelo.

—¿Nella?

No me di cuenta de que estaban Egan y Orianna en el umbral de la puerta hasta que me llamaron. Les dediqué una sonrisa. No me levanté, pues justo en ese momento Adara intentaba sentarse, y era una niña tan bruta como su madre.

—¿Sí?

—¿Podemos hablar contigo?

—Claro. —No era el tono habitual de Egan. Lo noté serio. Orianna estaba tras de él, sin abrir la boca. Me preocupé—. ¿Todo bien?

Ellos entraron y se sentaron junto a la pequeña, que se había vuelto a caer de espaldas en el suelo mientras mordisqueaba uno de sus juguetes de madera.

—Hemos estado hablando con mi madre —dijo él, sin responder a mi pregunta—. Sobre dónde irías tú.

—¿Yo? —Puse los ojos como platos. Daba por hecho que los acompañaría, aunque era cierto que no habíamos dicho nada al respecto—. Creía que... —Miré a Adara. Llevaba tanto tiempo junto a ella que separarme de la niña me suponía una tortura, algo imposible de soportar—. Quiero...

—Tranquila... —Egan se incorporó hacia delante y me

tomó de las manos. Miró a Orianna y ella asintió. Parecía que habían ensayado lo que iban a decirme—. El ejército no tiene guerreros suficientes. —No comprendía a qué venía todo eso—. Una de las medidas de Cleómenes consiste en reclutar a periecos. —Cada vez estaba más confusa—. Otra es comprar mercenarios, pero no tienen dinero.

—No entiendo... —empecé, pero Orianna me interrumpió.

—Mañana en la asamblea lo harán oficial. —Sonrió—. Van a poner a la venta la libertad de aquellos ilotas que puedan pagársela.

Los miré a los dos. No estaba entendiendo absolutamente nada.

—Me han adelantado parte de mi salario —continuó Egan—, he vendido algunas joyas que aún...

—¿Que has hecho qué?

—Este es el dinero que mi madre hubiese pagado al eforado para seguir manteniendo tu exclusividad. —Egan me tendió una bolsa—. Nos ha costado convencerla.

—Mi hermano puso demasiadas joyas en mi dote que no voy a ponerme nunca —dijo Orianna, y me tendió otra bolsa.

—Y el sueldo de un harmosta no está tan mal.

Una tercera bolsa se unió al resto, justo al lado de la pequeña Adara.

—Si no he calculado mal —empezó Egan—, sumado a lo que ya tienes, debería ser suficiente.

—¿Suficiente para qué? —les pregunté. Tomé las dos últimas bolsas y se las devolví—. Os lo agradezco de corazón, pero no quiero vuestro dinero, de verdad. No quiero que perdáis...

Orianna cerró sus manos sobre las mías, con las bolsas en su interior.

—Nella, estamos ofreciéndote tu libertad. Lo hemos hablado mucho Egan y yo. Eres valiente, fuerte e inteligente, y estás cuidando a mi hija como si fuera tuya. No sabía cómo demostrar lo agradecida que me siento.

—No queremos que nos acompañes en esta nueva vida como una esclava. Queremos que vengas como un miembro más de nuestra familia.

—A menos que decidas tomar otro camino distinto, si es lo que deseas —intervino Orianna—. Mañana te acompañaremos al ágora para que puedas pagar tu libertad.

—Sea cual sea tu decisión, tienes las puertas abiertas en nuestro hogar —añadió Egan.

—No sé qué decir... No...

—No digas nada —dijo Orianna, apartándose y dejando las bolsas en mis manos—. Mañana serás una mujer libre, piensa qué quieres hacer con tu libertad.

No pegué ojo en toda la noche. Había asumido que viviría como ilota toda mi vida, o al menos gran parte de ella hasta que reuniera todo lo que necesitaba para comprarla. Egan me había dado parte de su sueldo, Orianna había vendido alguna de las joyas de su familia... Me sentía en deuda, y sucia por permitir que hicieran ese sacrificio por mí.

Salí de la cama, luego de la casa, y deambulé por las calles oscuras de Esparta. Aún no sé cómo mis pasos me llevaron a esa calle en la que, hacía ya más de diez años, me había quedado absorta observando a unas niñas luchando en la palestra. Acaricié la piedra fría del muro y me apoyé en él. En la quietud de la medianoche, Esparta parecía una ciudad pacífica.

Mi madre había huido por las montañas; aunque hubiese sobrevivido, jamás podría encontrarla. Su rostro se desdibujaba de mi memoria. Me había entregado a cambio de su libertad. Mi segunda madre estaba dispuesta a venderme para conseguir la suya, así que tuve que hacer lo propio para garantizar mi seguridad. Ahora que llevaba meses sin pensar en ello, se me presentaba la oportunidad de huir, de alejarme de esta ciudad que me odiaba. De vivir lejos de allí, de conocer mundo y, quién sabe, tal vez de tener mi propio negocio.

Pero había alguien que se había ganado mi corazón, que estaba en mis pensamientos cada día y que me hacía sentir feliz solo con una sonrisa. Adara, mi pequeña, mi niña.

Aquella noche decidí quedarme para ser algo que nunca tuve: una madre.

Epílogo

EGAN

La risa de los niños inunda la casa; ya se han despertado. En pocos minutos, el alboroto se apodera de la habitación.

—¡Es mentira! —grita Alida—. ¡Díselo, Egan!

—¿Qué debo decirle? —pregunta el adulto con una sonrisa.

Los niños están enfrascados en una discusión, eso está claro. Alida tiene las mejillas rojas y aprieta con fuerza la mano del pequeño de la familia, que los sigue con el dedo en la boca. Detrás aparece el mayor, taciturno y negando con la cabeza.

—Cristel dice que Perséfone no quiere volver con su madre, que…

—¡Es la reina del Inframundo! —espeta este—. Gobierna sobre todos los muertos y es feliz junto a su marido. ¡La obligan a volver!

—Eso es verdad —asiente el adulto.

—Pero es la diosa de la naturaleza, con su madre Deméter —insiste la pequeña—. Mamá nos hace rezarle cada vez que nos ponemos malos.

—Eso también es verdad.

Los niños lo miran sin comprender. Cristel se cruza de brazos y Alida oscila su mirada entre ambos.

—La voluntad de los dioses es volátil y caprichosa. Muchas veces no seremos capaces de entenderlos. Ellos son dioses y nosotros, humanos. Vivirán por toda la eternidad, mientras que todos nosotros tenemos preparada una residencia junto a Hades.

—Pero, entonces, ¿quiere o no quiere salir del Inframundo? —insiste Alida. No solo es que le encante llevar razón, es que tiene una sed de conocimiento insaciable.

—Se podría decir que sí y que no.

—¿Cuento? —pregunta el pequeñajo.

Ha sido la primera palabra que ha aprendido.

Los tres niños se sientan frente a su silla acolchada, cada uno en un cojín diferente.

—Sabéis que Perséfone se casó con Hades. —Los niños asienten—. Pero fue una unión que Deméter no consintió. Creyéndola perdida, la buscó, la buscó y la buscó.

—¡Mientras ella reinaba en el Inframundo!

—Exacto, Cristel. Reinaba junto a un esposo al que no conocía y al que finalmente amó. Se convirtió en una reina justa y se sentaba junto a Hades en igualdad de condiciones.

—Pero su madre la echaba de menos.

—No hay amor más grande que el de un padre o una madre. —Al pronunciar esto, algo se remueve en su interior, pero no detiene la historia—. La buscó por toda la faz de Gea y no la encontró.

—¡Porque estaba en su interior! —grita Alida, emocionada.

—Sabelotodo —gruñe Cristel.

—Exacto. Solo había un testigo, el mismísimo Sol. Y cuando Deméter se enteró de lo que había pasado… —Egan hace una pausa, negando con la cabeza—. Decidió dejar de hacer su trabajo.

—¡El primer invierno! —añade Alida.

—Solo pidió una cosa.

—Recuperar a Perséfone —dice esta vez Cristel, adelantándose a su hermana.

—Pero la diosa había probado los manjares del Inframundo. —Hace una pausa y se inclina hacia ellos—. ¿Recordáis qué comió?

—¡Una granada! —grita Alida, emocionada en el sitio.

—No seas tonta —le dice su hermano—. Solo seis semillas de granada.

—¡Es lo mismo! —protesta ella.

—Si se hubiese comido una granada entera —interviene Egan para calmar la pelea—, tendríamos inviernos mucho más largos. Fue el pacto entre el dios de la muerte y la diosa de la vida: por cada semilla comida, pasaría un mes al año junto a él.

—¡Por eso cada año Deméter se pone triste! —exclama Alida. Se inclina hacia un lado, para mirar a través de la ventana—. Falta poco para que vuelvan a estar juntas.

—¡Pero ella no quiere volver! —insiste Cristel—. Está obligada a hacerlo por un pacto entre su marido y su madre.

—Tal vez está ya tan acostumbrada que lo vive feliz —intenta conciliar Egan.

—¿Quién dejaría de ser reina para convertirse en alguien al servicio de otro?

—¿Acaso no es el amor más importante que el poder?

Debaten algunos minutos más sobre el papel de la diosa infernal, tanto entre los vivos como entre los muertos. Cristel está creciendo y cada vez hace preguntas más complejas. Ve el mundo de una forma diferente al resto, con un interrogante siempre en la punta de la lengua. A Egan le encanta aquel niño, a pesar de que no siempre compartan el mismo punto de vista.

Es el heredero de una importante familia macedonia. Sus

preocupaciones, heredadas de su padre y su abuela, van más enfocadas a mantener el poder, crear alianzas y ganar respeto y riquezas. Lo entiende. Forma parte de su naturaleza y, según ciertos filósofos, es algo heredado de padres a hijos. Aun así, Alida es completamente diferente. Todavía la empaña la inocencia de su edad y disfruta de cada enseñanza con una ilusión genuina. Se aprende todas las historias que Egan les cuenta y al día siguiente vuelve con preguntas y discusiones. No debería tener una favorita, y jamás admitirá algo así delante de nadie, pero Alida es la niña de sus ojos.

Esa mañana que anuncia ya la primavera, terminan las lecciones de historia mítica y continúan con la organización habitual. Cristel está aprendiendo oratoria; Alida, aritmética sencilla. El bebé los sigue y lo observaba todo con curiosidad. Aún faltan un par de años para que le enseñe a escribir.

Bal acude al estudio al mediodía para anunciar a los niños que la comida está servida. Los dos mayores se despiden de su maestro con respeto y el pequeño balbucea algo imitándoles. Salen corriendo por el pasillo de camino a las cocinas.

—Amos, no corran por... —grita Bal con un acento muy marcado.

—Ya no vas a poder pillarles, Balkhan —le advierte Egan, sonriente.

La esclava ha llegado hace poco. Proviene de la lejana África y su piel es completamente negra. Los amos están contentos de tener un ejemplar tan exótico entre sus posesiones, pero se han disgustado con un nombre tan extraño y difícil de pronunciar, así que se lo han acortado a Bal. Egan es el único que la llama por su nombre de nacimiento.

—No sé cómo puedes aguantar todas las mañanas con ellos —le susurra—. Yo me vuelvo loca solo con llevarles al comedor.

Hace ademán de irse, pero Egan la detiene cogiéndole la muñeca.

—Espera. ¿Te han puesto una cama más cómoda?

—Sí. Y no tenías por qué.

—Claro que sí. Ponen la educación de sus hijos en mis manos y solo les estoy pidiendo que te traten con humanidad.

—No quiero que te juegues el pellejo por mí, Egan —dice muy seria. Sabe que ha tenido experiencias muy malas con anteriores amos—. Ellos tienen tu vida en sus manos, podrían…

—No tengo nada, Balkhan. Al menos protegeré a mis iguales.

Se hace un silencio incómodo entre ambos. Los dos llevan tras sus espaldas una historia dura, y cada uno se queda ensimismado en sus propios pensamientos y su dolor.

—Hace muy buen día —dice Bal—. ¿Te saco afuera?

Egan asiente, agradecido. Con el paso de los años, la pierna derecha se le ha quedado totalmente inutilizada. Y la izquierda, por sí sola, es incapaz de sostener todo su peso. Con las muletas puede erguirse y dar solo unos pocos pasos. Envidia la agilidad de su infancia, aquella en la que era capaz de correr junto a sus compañeras de entrenamiento. Ahora vive en esa silla. Está acolchada para hacerla cómoda y tiene ruedas para poder empujarla.

Recorren los pasillos y la esclava lo deja en el jardín interior, su lugar favorito de aquella casa. Está rodeado de naturaleza, con una fuente en el centro y una obertura en el techo por donde entra la luz y el agua de lluvia. Bal se despide de él con un gesto de la cabeza y vuelve tras los niños, que ya deben de estar sentados a la mesa para comer.

Una vez solo, no puede evitar darle vueltas a la discusión de sus discípulos. Perséfone renuncia cada primavera a su lugar en el trono infernal para volver junto a su madre. Deméter la entrega cada otoño a su esposo y su tristeza marchita Gea. Cada vez que cuenta esa historia, se acuerda de las largas conversaciones con Orianna y Nella. Siempre había entendido a Deméter, creyendo, igual que Alida, en la tristeza de la diosa. Ahora se ve reflejado en Perséfone, quien renuncia a quien ama por un bien mayor.

Ha echado de menos a sus hijos cada uno de los días de los casi diez años que lleva sirviendo como esclavo en una familia de la alta aristocracia macedonia. Los ha dejado atrás para protegerlos y procurarles un futuro al lado de Nella. Sigue soñando con ellos casi a diario, imaginándoselos de mayores. En cada uno de sus cumpleaños enciende una barra de incienso y eleva a los dioses una súplica: que les procuren fortuna.

Sabe que se reencontrarán en el Hades, y entonces podrá escuchar de sus propios labios sus historias y volver a abrazarlos.

NELLA

Una de las costumbres que Nella sigue manteniendo después de sus años de servidumbre es levantarse varias horas antes del alba. Le permite tener un espacio sosegado para ella, tranquilo del caos habitual de su día a día.

Baja hasta la cocina, se calienta una copa de vino especiado y dedica unos instantes solo a sentir el calor en sus manos y, tras el primer sorbo, en su pecho. Un ronroneo se restriega contra su pierna. Bigotes debe de haberla oído y ha abandonado su cama para compartir con ella las primeras horas del día. Le ayuda a subir sobre la mesa, pues el pobre acumula una década en sus huesos, y le acerca los restos de la carne del día anterior.

—Cualquiera diría que te matamos de hambre —le dice en cuanto el animal se abalanza sobre la comida.

Cuando vacía el cuenco, lo deja en el suelo y se encaminan juntos hacia el cuarto donde trabaja. Allí abre sus tablillas de cuentas, revisa los cálculos del día anterior, los encargos para el presente y empieza a rellenar una tablilla sin estrenar. El caos de la mañana la encuentra a mitad de esta tarea.

—Está ocupada —escucha un susurro detrás de su puerta.

—Pero necesito a mamá.

—¿No te valgo yo?

Silencio, una risa acallada.

—Claro que no.

Nella termina la frase que tiene a medio escribir, se levanta y abre la puerta. Allí se encuentra agazapadas a Adara y a Cara. La primera la mira con una disculpa dibujada en los ojos; la segunda, con una sonrisa amplia. El gato se escapa por la puerta y va a saludar a su dueña, quien lo coge en brazos.

—Pensaba que estabais dormidas.

—Tengo entrenamiento a primera hora —responde Adara—. Seleccionamos al nuevo pelotón.

—Debes de estar nerviosa —le responde su madre, con una sonrisa comprensiva. Adara asiente—. Cara, ¿qué haces despierta tan pronto?

—Me la he encontrado bajando las escaleras de puntillas como una ladrona —responde Adara.

—Venía a ver a mamá.

—Ya te he dicho que estaría ocupada, que no podías molestarla.

—A mí no me molestáis —les responde—. Nunca.

Cierra la puerta, quedándose en el pasillo con ellas.

—Pero últimamente, con los encargos que te han llegado... —empieza Adara.

—Unos encargos de cuatro desconocidos nunca se pondrán por encima de vosotros. Vamos a desayunar y me cuentas.

Desanda el camino hacia las cocinas y sus hijas la acompañan, una a cada lado.

—¿Tiene que estar Adara presente? —Cara mira a su hermana de reojo—. Se va a burlar de mí.

—En esta familia podemos hablar de cualquier cosa —empieza Nella, y luego se dirige directamente hacia su primogénita—: Y nunca nos burlamos de las personas a las que queremos.

Al llegar a las cocinas, corta tres rebanadas de una hogaza de pan y las coloca en tres platos, acompañadas de queso fresco, aceitunas y un pedazo del pastel de carne que cocinaron la noche anterior. En cuanto Nella deja los platos sobre la mesa, alrededor de la cual sus hijas ya se han sentado, Cara rompe el silencio:

—¿Recuerdas que te hablé de Damián?

—¿El hijo del mercader de telas? —Cara asiente, pero no añade nada más—. ¿Qué pasa con él?

—¿Ya habéis fornicado? —le pregunta Adara, gran heredera de la brusquedad que caracterizaba a su otra madre.

—No. O sea, no... Yo... —balbucea sin saber qué decir ni dónde esconderse. Las mejillas se le han enrojecido. Adara se ríe ante la reacción de su hermana.

—Es un buen chico —añade Nella, ignorando el comentario de Adara, y se sienta frente a ellas—. Siempre le veo ayudando a su padre y llevando las cuentas del negocio. Es amable y considerado con los clientes, también con los esclavos a su servicio.

—¿Cómo te has fijado tanto en él? —le pregunta Adara, con la boca llena después del mordisco al pastel.

—No le quito ojo a quien se acerca a vosotras —responde Nella—, por si tuviera que espantarle a escobazos.

Adara y Cara comparten una sonrisa con su madre.

—Entonces... —interviene Cara, dubitativa—. ¿Puedo...? —Mira a su hermana, que sigue entretenida dando buena cuenta de su plato—. ¿Puedo verme con él?

—Puedes verte con quien quieras, amor —le responde con total naturalidad Nella—. Eso sí, debes tener algunos cuidados; eres una chica lista. Piensa que si te quedaras embarazada, se tendría que forzar una boda.

—Y si... ¿la deseara?

—¿A quién? —le pregunta Adara, confusa—. ¿No estabas hablando de Damián?

—La boda.

Se hace una pausa y las dos muchachas, ya mujeres, miran a su madre.

—Yo nunca me llegué a casar y fui feliz los años que estuve con vuestro padre y vuestra madre.

—Lo sé, pero... ¿y si él me hubiera insinuado que es su deseo?

—No seas idiota —espeta Adara—. Una boda te ata, te convierte en una propiedad de tu marido. Puede prohibirte hacer lo que deseas y encerrarte sin salir de casa.

—¡Pero eso solo pasa en Atenas! —protesta Cara, intentando defenderse.

—Encámate con quien quieras, pero búscate un oficio. Si te casas, tendrás que ser madre y esposa. Y nada más.

Adara tuvo las ideas muy claras en cuanto llegó a la pubertad. No prestaba ningún tipo de atención a los jóvenes que la rondaban y prefería pasar tiempo con sus compañeras. Allí, en Lesbos, había encontrado a su gran amor, Aria, y se dedicaban a entrenar juntas a jóvenes doncellas en el arte de la guerra.

Cara era diferente. Empezaba a sentir curiosidad por el otro sexo y aquel iba a ser su primer amor. Su dulce, callada y cándida niña ya no era tan niña. Cara buscó a Nella con la mirada, esperando otra opinión diferente, de alguien más parecido a ella.

—Tu hermana tiene parte de razón. —Cara bajó la vista—. Aunque eso no quiere decir que sea una mala idea iniciar una relación con Damián. Tu familia estará siempre para ti y apoyaremos tus decisiones. Y Adara estará encantada de darle una buena paliza si te trata mal, ¿verdad que sí? —La hermana mayor se crujió los dedos de las manos y la pequeña soltó una risa nerviosa.

—Entonces, ¿lo ves bien, mamá?

—No voy a dirigir tu vida, Cara. Si deseas pasar tiempo con él, hazlo. Pero no le des una respuesta rápida a una proposición de boda, esas cosas hay que pensarlas con calma.

Se interrumpieron al escuchar el traqueteo de unas pisadas bajando corriendo las escaleras. El pequeño de la familia entró en la cocina y les dirigió una mirada ofendida. Aunque nunca los llegó a conocer, tenía la misma mirada de Orianna cuando se enfadaba y la sonrisa de Egan cuando se sentía feliz.

—¡No me habéis llamado para desayunar! ¡Y Judit no me ha despertado!

—Es sabbat, cariño, Judit hoy le reza a su dios.

Nella se levanta y prepara un plato más pequeño para él. Mientras lo coloca todo en la mesa, el niño ya se ha sentado frente a Adara y mira a sus dos hermanas.

—¿Qué pasa?

Eso lo ha heredado de ella: conoce el significado de cada una de las expresiones de sus hermanas. Cara mira su plato fijamente, sin levantar la vista. Adara está con los brazos cruzados, mirando un punto indeterminado de la pared blanca.

—Cara tiene un pretendiente —espeta esta última.

—¿¿Qué?? —El niño pone los ojos como platos—. ¿¿Quién??

—No es mi...

—Damián —responde Adara, disfrutando enormemente de chinchar a su hermana.

—¿El chico guapo de las telas?

—No es mi... —repite Cara, pero sus dos hermanos rompen a reír—. ¡Mamá!

—Basta ya, niños. Dejad tranquila a Cara. —Nella sonríe—. Invítalo a cenar a casa esta noche.

—¡Mamá! —exclama, ofendida, mientras los otros dos intentan esconder la risa—. No pienso traerlo con estos dos aquí, ni en broma. Adara le va a amenazar y...

—No hará nada de eso, porque también vendrá Aria. Y no querrá quedar en ridículo delante de ella, ¿verdad?

—No sé si podrá, porque... —empieza Adara, pero se corta con una mirada de su madre—. Se lo diré.

—Y tú, renacuajo —le dice al pequeño mientras le hace cosquillas y sus risas rebotan por las paredes—. Será mejor que los trates bien si no quieres comer acelgas todos los días.

Terminan el desayuno y, cuando el sol despunta por el horizonte, abandonan la casa. Adara se despide enseguida, con un rápido gesto de la cabeza y una sonrisa, y sale al trote hacia la palestra. Ese amor por la guerra la conecta de un modo imperecedero con su madre.

Cara le da un beso y encamina sus pasos hacia el puerto, donde tiene el recado de ir a comprar los mejores vinos que hayan llegado. Nella le ha enseñado todo lo que sabe: a llevar las cuentas, a tratar con los proveedores y los clientes, a conseguir el mayor beneficio... Si no se casa, se quedará con su negocio. Y si lo hace... ¿quién sabe?

El pequeño va cogido de su mano mientras lo observa todo a su alrededor. Más de una vez se le ha perdido en el mercado, pues se queda encandilado por el brillo de algún artilugio, los bordados de las telas o las melodías de los músicos. Tiene una curiosidad voraz que le provoca hacer las preguntas más complejas, aun con sus tiernos diez años, que muchas veces ni ella puede responder. Pero, al mismo tiempo, demuestra una gran ferocidad a la hora de defender a su familia y sus hermanas con una lealtad inquebrantable.

Le habían contado su historia en cuanto fue lo suficientemente mayor. También lo importante que era que mantuviera la mentira de que Nella era una viuda de un importante guerrero espartano, caído en el campo de batalla. Aunque eso solo era una media verdad, pues Orianna, su madre, así había muerto, y aún no sabían qué suerte había corrido Egan, su padre.

Al pequeño le encanta ser cómplice de una verdad tan evidente, no solo por lo diferente que es físicamente a su madre, tanto él como Adara, sino porque lleva en su nombre a sus dos padres, para que su historia y su memoria siempre perdure en la familia.

—Ya hemos llegado, Ogan. Nos vemos por la tarde.

Han llegado a las puertas de la academia, donde estudia junto a niños dos años mayores que él. Se despide con un beso de su madre y echa a correr hacia el interior de aquel edificio que oculta todo el saber conocido hasta el momento.

Nella lo ve marchar mientras piensa, como otras tantas veces, en lo rápido que han crecido sus niños y en cómo su familia se está ampliando. Se imagina siendo abuela y se sorprende sonriendo.

¿Quién le hubiese dicho que una joven ilota podría tener una vida como aquella?

Nota de la autora

Cuando tejo una historia, no siempre empiezo dando las mismas puntadas, sino que me acerco a cada una de ellas de forma diferente. En el caso de *La ciudad sin murallas*, la primera en llegar a mí fue Orianna. Trencé su historia como juegan los niños, por pura diversión, entrelazando unos retos de escritura con lo que ya conocía del pueblo más belicoso de Grecia. A su lado enseguida apareció Egan, pues quería explorar cómo podía sobrevivir un hombre discapacitado en una sociedad que solo valoraba a los varones según su fuerza y su ferocidad. El último cordel de la trenza lo ocupó Nella, pues necesitaba equilibrar la visión de Esparta y darle voz al pueblo ilota, sometido durante siglos a la brutalidad de sus amos y señores.

Ese solo era el primer paso, pues cualquier lienzo necesita un fondo acorde con los personajes que pretende representar. Así que comencé la tarea de hilar para ellos un decorado. La historia del pueblo de Esparta se extiende a lo largo de casi diez siglos, durante los cuales fue conquistando territorio y adquiriendo la fama de ganar combates solo con presentarse en el campo de batalla, o eso cuentan algunas crónicas. Los espartanos llevaban la guerra en sus corazones; de ahí que, a diferencia del resto de los pueblos griegos, esculpieran a la diosa del amor, Afrodita, armada como una guerrera. Sin embargo, no era esa la faceta que debía circunscribir a mis personajes ni la historia que empezaba a entrelazarse entre ellos. Necesitaba una gran derrota para mostrar lo que no siempre somos capaces de ver.

La ciudad sin murallas no pretende explicar grandes hazañas históricas. Es uno de esos grandes tapices en los que, a pesar de los infinitos detalles, la mirada siempre se centra en las tres figuras centrales. De hecho, los pocos personajes históricos solo aparecen como parte del decorado que rodea a los protagonistas. Mi intención es mostrar el día a día de aquellas personas que nunca salen en las crónicas, pero sí que se ven empujadas por los acontecimientos que otros manejan a su alrededor.

La novela abarca veinte años de la historia de Esparta, del 242 a.C. al 222 a.C. Son dos decenios especialmente convulsos que merece la pena analizar, pues nos revelan el declive de la sociedad espartiata, la antesala a su derrota en el 146 a. C., cuando toda Grecia fue subyugada por los romanos. Pero esa es otra historia. Centrémonos en el periodo recogido en estas páginas.

Nuestro tapiz empieza en lo alto, representando una sociedad marcada por el asesinato de Agis IV, rey de la dinastía de los Euripóntidas. Durante su reinado se percata de la decadencia que está sufriendo la ciudad. Originalmente, Esparta contaba con una política antieconómica; es decir, la economía productiva, el dinero, solo estaba en manos de periecos e ilotas. Los verdaderos ciudadanos, los espartiatas, recibían tierras e ilotas que las trabajaban para poder vivir cómodamente de las rentas. Sin embargo, tras la gran victoria contra los persas en la guerra del Peloponeso (431-404 a. C.), consiguieron una fortuna en oro y plata que, por primera vez, decidieron repartirse entre los propios espartiatas. Esto, ligado con una ley aprobada en la asamblea, permitió a los espartiatas trampear el sistema y «ceder» tierras que tenían asignadas a cambio de favores u oro. Todo ello provocó que en adelante la riqueza se repartiera de forma desigual, lo cual queda reflejado en las diferencias económicas entre la familia de Orianna, que convive junta en una misma oikos, y la de Egan, que posee varias propiedades en custodia, con favores y tratos comerciales ventajosos que la posicionan como una familia influyente y poderosa.

Es más, el propio Agis forma parte del sector privilegiado de esta sociedad, pues su madre y su abuela eran las personas más ricas de toda la ciudad. Él mismo actúa como modelo y cede sus propiedades para repartirlas entre todos los espartiatas. Inicia así un movimiento social que deriva casi en una guerra civil, pues todas esas familias desfavorecidas se unen a él. Sin embargo, las poderosas y acaudaladas recurren a Leónidas II, el rey de la dinastía de los Agíadas, para detener a Agis y se arma un gran revuelo en la ciudad. Aunque gana Leónidas en la asamblea por un único voto de diferencia, se inicia una guerra diplomática que pretende deslegitimar al diarca, al estar casado con una extranjera, para que Agis pueda imponer sus leyes sin oposición. Tal es la presión social que, tras varios ataques entre ellos, Agis acaba refugiado en el templo de Atenea. Leónidas soborna a uno de sus amigos más fieles para hacerle caer en una trampa, capturarlo y ejecutarlo junto a su madre y su abuela. Así, se reparten sus riquezas entre ellos y terminan con la amenaza. O, al menos, eso creen. Ningún hecho histórico es aislado, no se trata de una simple puntada en un tapiz en blanco, sino que esta y otras tantas representan un dibujo que solo puede verse con claridad desde lejos.

Como bien se representa en la novela, Leónidas sube al trono al heredero de Agis IV, Eudamidas III, aunque se trata de una mera formalidad: Leónidas es quien toma las decisiones. Solo queda un cabo suelto: Agiatis, la viuda de Agis y heredera de una gran fortuna. El rey decide casarla con su propio hijo, Cleómenes III, aunque es demasiado joven para tener esposa. Y este es un punto interesantísimo de la historia, pues Cleómenes parece reflexionar sobre las políticas del enemigo de su padre y las acepta como propias. ¿Qué papel tuvo Agiatis en este cambio político de la dinastía de los Agíadas? Aunque la voz de esta poderosa reina queda silenciada en las crónicas, he querido darle en la novela mayor importancia que ser una nota al pie; de ahí que veamos como Agiatis se muestra interesada en los cambios sociales que sufre Esparta e, incluso, influye en las decisiones de su marido. No parece casual que sus dos esposos, reyes de Esparta ambos, pero cada uno de familias enfrentadas, compartieran la misma visión política e intentaran aplicar las mismas leyes.

De hecho, la trama de *La ciudad sin murallas* se desarrolla durante la vida y obra de estos reyes: Cleómenes III y Agiatis. Es este el decorado más cercano a los protagonistas y el que determina gran parte de las acciones de los personajes. Cuando Cleómenes sube al trono, encuentra la sociedad desordenada y desequilibrada. Las familias ricas se dan a los placeres y a la codicia, mientras que un gran número de espartiatas viven en la pobreza. Además, él mismo solo conserva de rey el nombre, pues todo el poder del gobierno de Esparta recae en los éforos. Viendo la decadencia a la que estaba sometido su pueblo, decide intentar arreglarlo de una forma totalmente espartana. Considera que la única manera de unir de nuevo a los espartiatas es fortaleciendo su espíritu guerrero. Así, se inician lo que los historiadores han llamado las «guerras de Cleómenes». Esta circunstancia envuelve por entero a nuestros protagonistas, pues Orianna, cuando cumple la mayoría de edad, pedirá su lugar en el ejército para poder participar en una de ellas. Es más, tras varias victorias, Cleómenes da un golpe de Estado para hacerse con el poder. Reparte las tierras entre todos los espartanos y pone a su propio hermano como diarca de la otra dinastía, rompiendo con la tradición de Esparta. Esta, de hecho, es una de las escenas más desgarradoras que vive la familia de Egan, pues pierde todo el poder que poseía. Llegamos al final de nuestra historia cuando, después del golpe de Estado y las bajas en el ejército, el rey debe conceder la libertad a aquellos ilotas que puedan permitírsela para contratar más mercenarios.

Además de los primeros pasos de Cleómenes como rey, en la novela también somos testigos de la primera derrota espartana en su propio territorio. Y, de nuevo, no se trata de un hecho aislado. Las continuas hostilidades de Cleómenes fraguan una enemistad profunda con Arato, general de los aqueos. Si bien este personaje no figura en nuestro tapiz, pues esta historia no es la suya, sí es el gran artífice de la derrota en Selasia. Tras ser derrocado por su propio pueblo como general, decide aliarse con los macedonios para destruir a su gran enemigo. Así, acude hasta Selasia con el peso de todo el ejército extranjero. Si bien supera en número a los espartanos, Cleómenes cuenta con una gran ventaja en el campo de batalla, al ocupar sus soldados una posición elevada sobre el terreno respecto al enemigo, lo cual debería darle la victoria sin sufrir demasiadas bajas, tal como comenta Orianna. Sin embargo, perecen en una gran derrota. Los cronistas no se ponen de acuerdo sobre qué la causó; por mi parte, he tomado la versión de que había alguien infiltrado en las filas espartanas, aprovechando que la conformaban en su mayoría periecos y mercenarios, e impidió que los vigías dieran la voz de alarma a tiempo.

Lo que sucede con el pueblo perieco de Selasia sirve para terminar de decorar nuestro tapiz con un escenario no demasiado favorable. Tras una gran matanza de guerreros en el campo de batalla, el ejército huye en dirección a Esparta, dejando atrás a los civiles de Selasia. Estos terminan sometidos al ejército macedonio y muchos de ellos acaban como esclavos. La puntada final de *La ciudad sin murallas* muestra la realidad de los protagonistas supervivientes diez años después de la batalla. Un final agridulce con el que he querido representar la dura realidad que muchos experimentaron en esa época concreta. Aunque la Orianna, el Egan y la Nella que has conocido en estas páginas nunca existieron realmente, sí relatan tres experiencias vividas en primera persona por muchos hombres y mujeres de la Antigüedad.

Espero que tras la lectura de *La ciudad sin murallas* descubras una nueva cara de Esparta y la importancia de sus mujeres.

Agradecimientos

Siempre he dicho que escribir una novela no es una tarea solitaria, y con *La ciudad sin murallas* esta afirmación se hace más real que nunca. No conocerías la perseverancia de Orianna, la ternura de Egan ni la inteligencia de Nella de no ser por todas las personas que me han ayudado a pensar, escribir y corregir su historia.

Al primero al que debo mencionar es a mi Egan particular: David, mi marido y mi mejor amigo. Sin él, esta novela no estaría en tus manos. Ha escuchado cada una de sus versiones, me ha ayudado a detectar incoherencias y a darle las últimas costuras a la trama. Pero no solo eso, también se ha prestado a coreografiar cada una de las peleas, luchas y combates para que fueran mucho más dinámicas y violentas. Gracias a él, estas escenas tan agresivas las recuerdo entre risas y caídas accidentales. Quiero seguir bailando contigo, David, en cada una de las historias que escriba.

Otra persona sin la cual no hubiese terminado esta novela es mi amiga Carla Sarrión. Su apoyo constante, sus mensajes de ánimo y sus comentarios a medida que la iba escribiendo me han dado la fuerza suficiente para cerrarla de la mejor manera. Tiene tanta confianza en mí y en mis historias, que a veces debe cederme una pizca de la suya para que yo también sienta que esa trama y esos personajes son interesantes. Espero que disfrutes, Carla, de la versión definitiva, sabiendo que Egan no sería Egan si no lo hubieses adoptado como hijo tuyo.

Si David y Carla han sido fundamentales para acabar de escribir esta historia en particular, sin mi hermana Laura no tendría ninguna terminada, pues todas eran para ella: trazaba aventuras para entretenernos mientras jugábamos con muñecas, inventaba enemigos que solo ella podía vencer en los parques y le contaba entre susurros esas historias que empezaba a escribir para que se durmiera. Ella siempre me ha conocido como cuentacuentos y escritora. Ahora, que ya no es tan infantil, ha sido la que más alto ha saltado al conocer la noticia de esta publicación. Si bien esta historia no tiene tanto que ver con esas primeras que te contaba, Laura, espero que la disfrutes igual. ¡Y que no hayas hecho trampa y leas esto una vez terminada la novela!

En Adriana Pablo, que es casi una hermana para mí, me encontré de adolescente a otra gran aficionada a la lectura. Pronto se convirtió en quien confiaba para relatarle mis tramas y presentarle a mis personajes. No sé cómo lo hacía, pero, antes de terminar de contárselas, siempre adivinaba cuáles eran los grandes giros de guion o cómo se iban a entrelazar los personajes. Solo para llevarle la contraria, aprendí a ser más creativa, a salirme de ciertos clichés y a expandir mi zona de confort. Le agradezco no solo eso, sino también que nuestra amistad nos mantenga unidas más de quince años después de habernos conocido en el instituto y que siempre podamos encontrar un hueco para charlar durante horas sin aburrirnos la una de la otra. Ya me contarás qué te ha parecido esta historia, Adriana, y si te veías venir el final.

Además de todas estas maravillosas personas que llevan acompañándome más de diez años en mi andadura como escritora y creadora de contenido en redes sociales, he forjado amistades y vínculos que han reforzado mi confianza en esta labor. No sé quién sería sin la amistad de Sara González y Mireia de No Honrubia, ni sin nuestra cita semanal los viernes por la tarde para adentrarnos en la Antigua Grecia y dar vida a las grandes heroínas. También por todas esas tardes en las que, aun sin partida de rol programada, quedábamos para charlar y ponernos al día. Vuestra compañía, a pesar de la distancia, ha sido un ancla todos estos meses.

Dos amistades inesperadas este año han sido Ari (@detrasdelconejoblanco) y Celia Añó, una de mis autoras nacionales favoritas. A través de la creación de un club de lectura de las obras de Celia, hemos acabado teniendo una amistad preciosa que va mucho más allá de los libros. A vosotras, chicas, os agradezco el apoyo, los consejos y el espacio en el que desahogarme. Y espero que podamos juntarnos por fin las tres en un mismo lugar para achucharos en un abrazo.

No puedo dejar de mencionar a mis grandes compañeras de *La Palabra Errante*: Laura G. W. Messer, Aritz P. Berra, Rebeca A. López y Montse Saffi. Con ellas he compartido casi cinco años de este podcast de escritura creativa, pero no solo eso: representan un espacio seguro en el que poder hablar, donde las desgracias y las alegrías se comparten para mitigar el dolor y expandir la felicidad. Lleváis escuchándome hablar de mis espartanas desde el día en que Orianna apareció en mi cabeza, así que espero que el resultado final haya estado a la altura de lo que imaginabais.

La Palabra Errante no solo me ha dado cuatro compañeras que ya son familia, pues la organización de los retos de escritura —los que llamamos #NaNoErrante— ha conformado una comunidad maravillosa de escritoras. Lo que empezó como un reto mensual se ha transformado en un grupo con una misma afición, donde compartimos consejos y una cantidad asombrosa de chistes malos que siempre me sacan más de una carcajada. No puedo nombraros a todas, porque sois muchísimas, pero sabed que *La ciudad sin murallas* se ha escrito junto a vosotras en uno de estos retos.

También debo mencionar a todas las que escucháis cada semana mi podcast (*Donde nace la fantasía*), compartís conmigo vuestras impresiones e interpretaciones sobre los mitos que os traigo, que me dais vuestros puntos de vista sobre las novelas que os recomiendo y que, semana a semana, pasáis un ratito conmigo hablando sobre literatura y mitología.

Si bien todas las personas mencionadas me han ayudado en el proceso de creación y escritura de esta novela, debo destacar al equipo de Grijalbo por la confianza puesta en mi proyecto. Le doy las gracias a Toni Hill por aceptarme entre sus escritores con una amplia sonrisa. Le agradezco enormemente a Marta Araquistain, mi editora, todo el esfuerzo dedicado a gestionar y mejorar este libro, del que me siento enormemente orgullosa. Te dije en nuestra primera reunión que mi objetivo era crear una novela de calidad y, gracias a vosotros, lo hemos conseguido. Y si la novela cuenta con un título tan maravilloso y bien encajado con la historia es precisamente por este buen trabajo. Un agradecimiento particular al equipo de corrección; el texto ha quedado enriquecido y sin un solo anacronismo. Se nota en su trabajo la profesionalidad y los años de experiencia; no podría haber tenido mejores revisores. Agradecer también a Martí Sanchís el maravilloso diseño de portada, que capta por completo la esencia de la obra, así como también a todas las personas implicadas en la invisible tarea de maquetación, impresión y distribución. Sin vosotros, este proyecto no estaría en las librerías.

Por último, pero no menos importante, quiero agradecerte a ti el tiempo que has dedicado para llegar hasta estas páginas finales. Espero que ahora sepas un poquito más sobre Esparta y sobre las mujeres que vivían en esa ciudad sin murallas. Si quieres conocer más sobre el proceso de escritura de la novela y, tal vez, descubrir otras historias mías, puedes encontrarme en mi página web (www.tatiana herrero.es).

Glosario

Agetes: Sacerdote de Apolo, era el encargado principal de celebrar las Carneas y de llevar a cabo los sacrificios.

Agogé: Sistema escolar público espartano. Solo tenían acceso los espartiatas varones. Se iniciaba a los siete años de edad, cuando quedaban separados de sus familias, pues pasaban a vivir bajo custodia del Estado.

Ágora: Plaza pública que se encontraba en el centro de la ciudad. Estaba destinada a funciones sociales y políticas.

Carneas: Una de las fiestas religiosas más importantes de Esparta, se celebraban en honor al dios Apolo Carneo.

Eforado: El conjunto de los cinco éforos.

Éforo: Magistrado público de Esparta escogido anualmente en la asamblea. Eran los encargados de dirigir el gobierno de Esparta.

Enomotarca: Ciudadano espartano encargado de dirigir una enomotía.

Enomotía: Unidad básica del ejército, compuesta por un pelotón de hoplitas. El número de hoplitas varía (entre doce y cuarenta) dependiendo de la disponibilidad de guerreros. Se juntaban varias enomotías para formar una pentekontys. Estas, a su vez, se juntaban en cuatro para formar una lochoi. Y estas lo hacían en dos para crear las moras.

Espartiata: Clase social de Esparta. Se trataba de un ciudadano libre nacido de la unión entre dos espartiatas, independientemente de si estos estaban casados entre sí o no. Aunque numéricamente eran inferiores, era el grupo social que dominaba al resto: tenían plenos derechos sociales, políticos y económicos.

Falange: Cuerpo de infantería pesada que formaba la principal fuerza de los ejércitos griegos.

Fíbula: Broche de metal que se empleaba para ajustar las túnicas.

Gerontes: Miembros del consejo de ancianos, mayores de sesenta años y escogidos por la asamblea. Eran los encargados de administrar la justicia de la ciudad. Se trataba de un cargo vitalicio.

Gerusía: Consejo de ancianos, compuesto por 28 gerontes.

Gineceo: Parte de la oikos destinada a las mujeres, era el lugar en el que vivían junto a los hijos menores de siete años. Los varones tenían prohibida la entrada.

Harmosta: Magistrado espartano encargado de gobernar las guarniciones militares de una ciudad.

Hoplita: Soldado griego de infantería. Los espartanos llevaban lanza, escudo y espada corta. Era poco habitual la fuerza de caballería, por lo que la mayoría de los varones espartanos servían en el ejército como hoplitas.

Ilota: Tipo de esclavo vinculado al territorio. Pertenecían al pueblo de Esparta y la mayor parte de ellos se ocupaban de labores agrícolas, aunque hay constancia de ilotas domésticos o, incluso, de asistentes en la guerra.

Karneatai: Asistentes del Agetes durante las Carneas. El sacerdote escogía a cinco varones solteros menores de treinta años de cada una de las tribus de Esparta. Ocupaban este cargo durante cuatro años y debían permanecer solteros hasta terminar.

Oikos: Vivienda familiar propia de los ciudadanos libres.

Pentekonter: Ciudadano espartano encargado de dirigir una pentekontys; es decir, encargado de dirigir la unión de varias enomotías y a sus enomotarcas. La cantidad de enomotías unidas para formar una pentekontys varía en las fuentes y oscila entre dos y cuatro.

Perieco: Ciudadano libre de Esparta, sometido a la autoridad espartana. Debían obediencia al gobierno, aunque no tenían acceso a los mismos derechos.

Peristilo: Patio rodeado de columnas en torno al cual se disponían las estancias de la oikos familiar.